CHONGWENGUAN

读古人书　友天下士

百余年前，崇文书局于武昌正觉寺开馆刻书，成晚清四大书局之一。所刻经籍，镌工精雅，数量众多，流布甚广，影响巨大。为赓续前贤，昌明国学，弘扬文化，本社现致力于传统典籍的出版。既专事文献整理，效力学术，亦重文化普及，面向大众。或经学，或史论，或诸子，或诗词，各成系列，统一标识，名之为“崇文馆”。

崇文馆

CHONGWENGUAN

中华经典全本译注评

楚辞

译注评

孙家顺　孔军　吴文沫　注译

长江出版传媒｜崇文书局

前　言

无论从自身的价值还是对后世的影响来说，《楚辞》都堪称是中国古代文学源头的一座高峰。从这座高峰中流出的涓涓溪水，两千多年来一直滋润着中华大地的古老文明，像乳汁一样哺育了一代又一代的炎黄子孙，为中国古代各体文学的发展提供了丰厚的营养。《楚辞》所具有的特殊的文化气质、瑰异的文学风貌、飘动不羁的艺术想象与惊采绝艳的语言魅力，使之成为古代中国最为重要的文学经典之一，两千年来长期流传，久盛不衰。

屈原是“楚辞”的奠基人与代表作家。屈原，名平，字原，又字灵均，他生活在先秦战国时代。据学者考证，屈原大约出生于楚威王元年（公元前 339 年），在楚顷襄王二十一年（公元前 278 年）前后去世，活了六十岁左右。

屈原生活的时代，正是“战国七雄”争霸天下、楚国由强盛走向衰落的时期。楚人的远祖原本生活在中原地区，大约夏朝末期，楚人由中原南迁到江汉流域，在荆楚一带斩除草莽，开辟疆土，艰苦创业，逐步建立起新的国家。到了春秋时期，由于楚王室内氏族繁衍，其中的一支被分封在屈地，其子孙便以封地为氏。史书记载，楚国有昭、景、屈三大氏族，尊奉同一位远祖，属于同一个家族系统，所以屈原实际是楚王族的成员。屈原的祖先中不乏朝廷高官，在楚国历史上建立有显赫的功业。屈原的氏族与楚王室的关系，可以说是血肉一体、休戚与共。

屈原自幼受到良好的教育，他博闻强记，熟悉历史，娴于辞令。从青年时代起，他就进入朝廷，协助楚王处理政务。据司马迁《史记》记载，此时的屈原在朝中担任“左徒”一职。他入则与楚王一起商议朝政，出则接待宾客，应对诸侯，以其才干与忠诚赢得了楚王的信任，这为实现他的政治抱负提供了难得的机遇。屈原的理想，是在国内革新政治，修明法度，对外抵御侵略，保卫国家。然而，当时楚国的政权长期操纵在一批守旧的贵族手里。屈原的政治主张与作为自然受到朝中权贵集团与守旧势力的嫉恨与排斥，他们勾结在一起向楚王进谗言，使得楚王逐渐疏远了屈原。大约在二十七岁时，屈原被排挤出朝廷权力核心，改任“三闾大夫”。“三闾大夫”执掌楚王室贵族子弟的教育事务，相对于“左徒”而言，是一个并不重要的闲职。此时的屈原尽管遭到疏远，但仍旧关心并试图积极参与朝政。然而楚国政局的发展对屈原不利，楚怀王受骗前往秦国，被劫持到咸阳，数年后客死于秦国。楚顷襄王即位后，屈原受到更严重的迫害，他被放逐到长江以南荒僻的山野，度过了漫长的流放生涯。大约在楚顷襄王二十一年（公元前 278 年），秦将白起攻破了楚国的郢都，屈原得知这一消息后，痛感国事无望，怀着无法解脱的悲愤，自沉汨罗江而死。

屈原的一生是悲剧的一生。从青少年时代起，他就将自己对于美政理想的追求与不幸遭遇，将烈火一般燃烧的诗情、雄健而飘逸不羁的文学才华，熔铸为不朽的“楚辞”。在《楚辞》一书中，收录有屈原的《离骚》《九歌》《天问》《九章》《远游》《卜居》《渔父》等（其中有些作品的作者学界有异议）。《汉书·艺文志》称“屈原赋二十五篇”，指的就是这些作品。

《楚辞》中屈原作品是一座不朽的文学宝库，其中的篇章内容丰富多彩，风格各异。在南朝著名的文论著作《文心雕龙·辨骚篇》中，刘勰评论说：《离骚》《九章》的风格明丽、意志悲愤（“朗丽以哀志”），《九歌》《九辩》华美婉约而情感忧伤（“绮靡以伤情”），《远游》《天问》想象奇特而思绪灵巧（“瑰诡而慧巧”），《招魂》《大招》辞藻浓艳而内蕴深华（“耀艳而深华”),《卜居》畅述其立身处世的胸襟怀抱,《渔父》寄托他遗世独立的人格风范。在我国先秦时代的文学作品中,《楚辞》犹如一首气势宏大、旋律激扬、韵味不尽的交响乐曲,其曲调或激烈奔放,或跌宕飞扬,或清绮隽永,或神秘悠长,其内在蕴含的文学艺术魅力,拨动了一代又一代文人敏感的心弦,而产生出连绵不尽的回响。

屈原的作品有着十分丰厚的历史文化蕴涵。首先,作品中激荡着屈原真挚的爱国情怀,展现了他报效祖国而九死不悔的决心。在《离骚》中,屈原把自己的国家比为一辆行驶中的大车,他希望朝政能够在康庄大道上顺利前进,他自己则愿意奔走前后,为之先导。他时刻担心的是这辆大车在幽隘的道路上一朝倾覆,并为此日夜焦灼不安。在屈原的笔下,读者总是能够感受到诗人将国家的安危、兴衰担负在自己肩头的强烈责任感。尽管他遭到党人的谗毁与世俗的嘲笑,受到君王的疏远与误解,他还是不改痴心,始终眷恋着自己的国家。他怀抱着一线希望,便用全部的身心去奋斗。因此,他的爱国心便化成了一团火焰、一束光明,永远地闪耀在历史的夜空。

其次,是屈原对于“美政”理想的追求。所谓“美政”,即尊重法治,任用贤能,清除朝廷的弊端,实现国家清明、民生和谐的政治主张。《荀子·儒效》篇中写道:“儒者在本朝则美政,在下位则美俗。”在《离骚》中,屈原批判“党人”的腐化享乐(“惟党人之偷乐兮”),指责他们思想保守、见识卑下(“夫惟党人之鄙固兮”)。他为楚国开出的改革药方,一是任用贤能,二是遵循法度(“举贤而授能兮,循绳墨而不颇”)。他还关怀百姓的安危,同情民众的疾苦。作品中他一再提到民心、民生、百姓、黎服,用指民众的生活、情感与愿望。然而,屈原所处的时代,楚王昏庸又受蒙蔽,党人势力庞大又勾联成网,世风萎靡又唯利是趋。在这种背景下,屈原理想的失落几乎难以避免。因此在《离骚》之末,诗人痛切地表示:“既莫足与为美政兮,吾将从彭咸之所居!”表示既然不能实现美政的理想,那就只能牺牲生命来报效祖国。旧说彭咸是殷商时代的贤大夫,直言进谏，不被采纳，最后投水而死。屈原为了自己的理想，最终献出了宝贵的生命。

其三，是作品所塑造的新型士大夫的人格风范。春秋战国时代，正是天下纷乱变故、沧海横流、社会转型之际，士人中一些具有独立思想与坚定意志的人依据自己的价值判断，而葆有各自卓异的人格。“楚辞”的出现，标志着其中一种富于文学色彩、探索精神与执着追求的士大夫人格的成熟与定型。这种人格的特征，是十分注重内在品德的修炼，同时不惜为人格的正直清白而献身（“伏清白以死直兮，固前圣之所厚”）。在《九章·涉江》中他坚定地表白：我不能改变心志去追随世俗，所以准备愁苦终生（“吾不能变心而从俗兮，固将愁苦而终穷”）。又写道：我将坚守正道直行，即使终生遭遇忧患也不会改变（“余将董道而不豫兮，固将重昏而终身”）。这种守道不阿、终身无悔的人格坚守，对于后世身处逆境的知识分子是一种极大的鼓励与安慰。后代的志士仁人，莫不从中吸取力量，增强信心。

其四，尊重历史文化，探求古代文明发展中的经验教训，是《楚辞》的一大特色。在《离骚》《天问》中，几乎可以读到我国上古三代至春秋战国的全部历史（当然其表述是诗化的）。《楚辞》歌咏涉及众多的历史人物与事件，其中既有圣哲守道的明君，也有暴戾无道的昏君；既有贤正能干之臣，也有廉洁隐逸之士。这种历史的陈述与追忆，其意义是对民族文化传统的正面肯定，对于历史经验教训的再度确认。在《天问》中，屈原曾就殷商王朝的兴亡提出疑问，探讨历史发展的动力与规律是什么？所谓“天命”的作用何在？屈原对于社会发展原动力的追问，对于究竟应该由谁来管理天下的质疑，都表现出理性探索的精神。《楚辞》中大量历史的叙述与评说，对于古代文明的求索，对于人生际遇的沉思，逐渐融入中国诗赋文学之中，成为其人文传统的一个重要内涵。

楚民族本是一个富于艺术气质的民族。传说中的楚人先祖都笼罩着一层神秘的色彩，加之南迁后所在地区山川交错、森林茂密、人迹罕至，容易对自然万物产生神秘恐惧的心理，似乎冥冥之中有着超自然的神力主宰一切，巫风因而流行。崇信神鬼巫术成了楚民俗的一个重要特征。屈原自幼受到这种风俗的熏陶，加之他的家族有着巫文化的背景，这无形之中对于他的精神心理造成浓重的影响，激发了他汪洋恣肆、飞腾不羁的想象力与创造力。《楚辞》中展现的是一片充满奇异色彩的巫术、神话与图腾的世界，表现的是一个神灵崇拜与原始性爱相融合的世界。它的艺术风格，既雄健又婉约，既迷狂又冷静，既挚爱生命的享受又追求心灵的超越。《楚辞》开创了一种饱含激情而又兴象丰茂、富有张力的文学传统，提供了系统的创作经验与艺术技巧。正是这种文学经验与技巧，对于后代的文学艺术乃至民间风俗，都产生了深远的影响。

《楚辞》开启了中国古代文学"香草、美人"的象征手法，并建构了一个灵光闪烁的隐喻系统。《楚辞》中歌咏草木的诗句不胜枚举，其中幽兰、白芷、菊花、芙蓉、杜蘅、薜荔等都是香花芳草，松柏、橘树、辛夷、木兰、桂、椒等都是嘉木，薋、菉、葹、萧艾、茅草等都是臭草一类。《楚辞》中用香花香草来比喻贤臣，用种植香草来暗喻培育人才，用咀食芳草的花叶果实寓意培养美好的节操，用佩带香草象征坚守道德的善美。本来，自然界的草木虽然形态有别，却并不具备人间善恶的品质。自从《楚辞》歌颂香草嘉木、贬责臭草恶木以后，这些自然物也都被人格化，被赋予了善与恶、崇高与卑劣的不同品质。香草嘉木成了美好品质与事物的象征，而臭草恶木则成了奸邪、谗佞以及卑劣品质的代表。《楚辞》中还经常写到"美人"的形象，也各有其特定的象征意义。《离骚》中说"恐美人之迟暮"，《九章·抽思》中说"结微情以陈词兮，娇以遗夫美人"，《九章·思美人》开篇就说"思美人兮，揽涕而伫眙"。这些地方的"美人"有时是指楚王，有时指屈原自己。屈原作品中又多次写到"求女"的情节，叹息没有好的媒人从中联络传情。这些则是以男女之间的爱情相思与缔结婚姻，来象征君臣遇合之事。在后代的诗词创作中，"香草、美人"成为一种传统的文学修辞手法，受到历代文人的喜爱。

与“香草、美人”结合在一起的，则是一个更为包容广大、情趣荡漾的意象系统。《楚辞》中的骐骥（千里马）、玉虬（无角的龙）、白螭（一种白龙）、鷖（有彩纹的凤凰）都是善鸟瑞兽，鸩鸟、雄鸠、燕雀、邑犬都是不祥的鸟兽，各自具有美丑、善恶的寓意。甚至天地、日月、星辰、飘风、云霓也都被赋予了人间的意义，被人格化、情感化了。这些共同构成了《楚辞》特有的金镶玉式的艺术风貌。《楚辞》，它的重情感、富想象、美藻饰的辞采风度，它的空间阔大、魅力四射的意象系统，它的神思与秀句，始终滋润着后代诗词歌赋的艺术生命，给后代文人以文学的灵感与启示。

由于屈原曾任“三闾大夫”一职，掌管楚国贵族子弟的教育，他的作品又具有丰厚的历史文化蕴涵，加之文辞壮丽，辞藻动人，作为楚地“以相教传”的文本而在民间被保存了下来。到了西汉初年，随着人口的流动与迁徙，“楚辞”由南方的楚地被带到了都城长安，又由于西汉王室喜好楚地的歌词与乐调，“楚辞”更加迅速地在全国流传开来，并且融入了汉代文学的主流。

屈原不仅是“楚辞”的奠基人与代表作家，而且是“楚辞”活的灵魂。“楚辞”璀璨的艺术之光，是屈原用其不息的生命之火点燃的。《史记·屈原贾生列传》记载：“屈原既死之后，楚有宋玉、唐勒、景差之徒者，皆好辞而以赋见称。”宋玉、唐勒、景差等人，组成了屈原之后最早的楚地作家群。进入西汉，又有贾谊、淮南小山、东方朔、严忌、王褒、刘向等人，他们缅怀前贤的文采风流，继续用“楚辞”这种体式抒怀言志，在继承、模仿中也委婉地倾诉了内心的现实感伤。这些，构成了“楚辞”创作及传播中一道奇异的景观。

“楚辞”作品最初以单篇的形式在民间流传。司马迁《史记·屈原贾生列传》中写道：“余读《离骚》《天问》《招魂》《哀郢》，悲其志。”司马迁历数“楚辞”的篇名，可知当时他所能见到的还是单篇流传的作品。到了汉成帝时，光禄大夫刘向受命，将宫廷旧存堆积如山的典册以及各地新献的图书分别加以校雠缮写。每一种图书整理完毕，都要写出“叙录”来评论其宗旨，指出其是非，然后加以载录。“楚辞”的整理与结集，就是在这一期间由刘向完成的。刘向编订的《楚辞》，共分为十六卷，其中最后一卷是刘向自己所写的《九叹》。东汉王逸作《楚辞章句》，所依据的就是刘向编辑整理的这个本子。

自从刘向编订十六卷本《楚辞》，后世为之作注、解说、研究、阐释的著作绵绵不绝。《楚辞》作为中国古代不朽的人文经典，它所蕴涵的社会理想、人格追求、文学想象以及情感心态已经融化在后世文人的血液之中，其影响一直延续到今天。

武汉大学中文系教授、博士生导师　李中华

目　录

离　骚

关于"离骚"的解释，历来争议较大，一般认为是遭遇忧患的意思。刘安《离骚经序》称："离骚者，犹离忧也。"司马迁认同此说，并称："屈平之作离骚，盖自怨生也。"班固亦在《离骚赞序》中云："离，犹遭也；骚，忧也；明己遭忧作辞也。"后世大儒如颜师古、朱熹等均持此说。

关于《离骚》的创作背景，据司马迁《史记·屈原贾生列传》载，屈原遭上官大夫靳尚谗害，被楚怀王疏远，"忧愁幽思而作《离骚》"。而《史记·太史公自序》又说"屈原放逐，著《离骚》"，《报任安书》里也说"屈原放逐，乃赋《离骚》"，则当是屈原被楚顷襄王放逐江南之时。至今尚无定论。

《离骚》是屈原的重要代表作，也是一篇宏伟壮丽的政治抒情诗，代表了"楚辞"的最高艺术成就，在我国古代诗歌史上占据着重要的历史地位。

帝高阳①之苗裔②兮，朕③皇考曰伯庸。摄提④贞于孟陬⑤兮，惟庚寅⑥吾以降。皇览揆余初度⑦兮，肇锡⑧余以嘉名⑨：名余曰正则⑩兮，字⑪余曰灵均⑫。纷吾既有此内美⑬兮，又重之以修能⑭。扈⑮江离⑯与辟芷兮，纫⑰秋兰以为佩。汨⑱余若将不及兮，恐年岁之不吾与⑲。朝搴⑳阰㉑之木兰兮，夕揽㉒洲之宿莽㉓。日月忽其不淹㉔兮，春与秋其代序㉕。惟㉖草木之零落兮，恐美人[27]之迟暮[28]。不抚[29]壮而弃秽兮，何不改此度？乘骐骥[30]以驰骋兮，来吾道[31]夫先路！

【注释】

①高阳：上古时期帝王颛顼（zhuānxū）的号。相传颛顼曾为高阳部落首领，因以此为号。

②苗裔：后裔，后代。

③朕：我，上古时期的第一人称。先秦之前人们无论身份地位的上下尊卑，都可以自称朕，等到秦始皇的时候，才成为帝王专用的人称代词。

④摄提：“摄提格”的简称，是古代“星岁纪年法”的一个名词。古人把天宫分为十二等份，也即子、丑、寅、卯、辰、巳、午、未、申、酉、戌、亥，是为十二宫，以太岁运行的方位来纪年。当太岁运行到寅宫那一年的时候，人们就称其为“摄提格”，也就是平常所说的寅年。但也有学者认为“摄提”不是“摄提格”的略称，而是星宿的名称。

⑤孟陬（zōu）：孟春正月。

⑥庚寅：屈原出生的时辰，同时庚寅日也是楚国民间习俗中的良辰吉日。

⑦皇览揆余初度：父亲仔细审视着我初生时候的气度。皇，指皇考，对父亲的称呼。览，观察，端详。揆，估量，测度。初度，初生的时候。

⑧肇（zhào）锡：占卜赐给。肇，通“兆”，古人取名字的时候一般要通过卜兆的仪式。锡，通“赐”。

⑨嘉名：美好的名字、名称。

⑩正则：公正且有法则。屈原名平，字原，“正则”隐含着“平”的意思。

⑪字：此处用作动词，起表字的含义。

⑫灵均：灵善且均调的含义。

⑬内美：指先天所具有的内在的高贵品质。

⑭修能：即“修态”，指美好的外表和形态仪容。

⑮扈：披，楚地方言。

⑯江离：香草名，又名“靡芜”。

⑰纫：联缀或编织在一起。

⑱汩(yù)：疾行。

⑲不吾与：即“不与吾”的倒言。

⑳搴(qiān)：拔取。

㉑阰(pí)：坡地。

㉒揽：采摘。

㉓宿莽：一种经冬不死的香草。

㉔淹：通“延”，逗留，停留。

㉕代序：代谢。

㉖惟：思。

㉗美人：指楚怀王。

㉘迟暮：比喻晚年。

㉙抚：凭借，依仗。

㉚骐骥：骏马。

㉛道：通“导”，引导。

【译文】

我是远古帝王高阳氏的后世子孙啊，我已故去且无比尊贵的父亲是伯庸。当太岁正好运行到寅年正月的时候，我就在庚寅那一天呱呱坠地。我的父亲仔细审视着我初生时的气度啊，于是通过占卜赐给我如此贞祥的名字：给我起的名字叫作正则啊，给我取的字叫作灵均。我非常高兴在刚刚出生的时候就有这许多内在的美质啊，同时又有着出众的仪容。佩戴着幽香的江离和白芷啊，又缀结串串秋兰作为腰饰。我疾步前行但是唯恐赶不上时光的流逝啊，岁月匆匆向前不等人啊令我如此担心。清晨我爬上山顶拔取那芬芳的木兰花啊，傍晚时分我来到水洲江滨采摘水中的宿莽。时光像流水一般飞逝一刻也不肯停留啊，一年中春天和秋天这样四季往返交替循环不休。想起秋风中的草木在凋零飘落啊，我害怕楚王悄然老去。为什么不趁着年华正好的时候去扬污去垢啊，就此改变您的态度呢？跨上骏马尽情地奔驰啊，来吧，让我在前面为您开路！

昔三后[①]之纯粹兮，固众芳[②]之所在。杂申椒与菌桂[③]兮，岂惟纫夫蕙茝[④]！彼尧舜[⑤]之耿介[⑥]兮，既遵道[⑦]而得路。何桀纣[⑧]之猖披[⑨]兮，夫惟捷径[⑩]以窘步。惟夫党人[⑪]之偷乐兮，路幽昧以险隘。岂余身之惮[⑫]殃兮，恐皇舆[⑬]之败绩！忽奔走以先后兮，及前王之踵武[⑭]。荃[⑮]不察余之中情兮，反信谗而齌怒[⑯]。余固知謇謇[⑰]之为患兮，忍而不能舍也。指九天[⑱]以为正[⑲]兮，夫惟灵修[⑳]之故也。曰黄昏以为期兮，羌中道而改路。初既与余成言[㉑]兮，后悔遁而有他。余既不难[㉒]夫离别兮，伤灵修之数化。

【注释】

①三后：这里指楚国历史上的三位贤王，即熊绎、若敖、蚡冒。

②众芳：比喻众多才能出众的人士。

③申椒：花椒。菌桂：像竹子一样圆的桂树。

④蕙茝(chǎi)：均为香草名。

⑤尧舜：两位传说中的上古帝王。尧年老之后，将君主的职位传给了舜；舜年老之后，又将君主的职位传给了禹。

⑥耿介：圣明正大。

⑦道：正途，这里指治理国家的正道。

⑧桀纣：夏桀和商纣，相传都是暴君。

⑨猖披：衣服不系带子，散乱不整的样子，这里引申为狂乱放荡的意思。

⑩捷径：原指便捷的小路，这里指不走正道，贪图便宜而求快的做法。

⑪党人：结党营私之人。

⑫惮：害怕。

⑬皇舆：帝王的乘车，这里比喻国家的政权。

⑭踵武：足迹。踵，脚后跟。武，足迹。

⑮荃（quán）：香草名，亦名“荪”，这里则喻指楚怀王。

⑯齌（jì）怒：疾怒，暴怒。齌，用急火煮食物，引申为暴烈。

⑰謇謇（jiǎn）：直言的样子。

⑱九天：谓天之中央与八方。

⑲正：通“证”，验证。

⑳灵修：能神明远见者，此处指楚怀王。

㉑成言：约定，彼此说定的话。

㉒难：畏惧，害怕。

【译文】

古时候的三位圣君可谓是德行完美、纯正无私啊，因此才会有众多的贤臣聚集在他们的身旁。他们把花椒和菌桂全部采集在一处啊，何止是把蕙草白芷缀结起来独自欣赏！尧舜二位圣王是多么的光明正大啊，他们遵循治国的正道而使国家走上昌盛兴旺的道路。而那桀纣又是多么的荒淫放荡啊，因为贪图便利的捷径而导致他们走投无路。还有那些结党营私的小人苟且偷安一味地享乐啊，从而导致国家的前途黑暗险隘。难道说我是害怕自己遭受祸殃吗？其实我是担心国家的兴亡荣辱。我匆促地为君王前后奔走啊，希望君王能够将先王的事业继承下来并发扬光大。可惜的是君王不能体察我的一片忠心啊，反而轻信谗言对我勃然大怒。我原本就知道忠言直谏会带来祸患啊，可是我宁愿忍受祸患也绝不改变初衷！我对高高在上的苍天发誓明证啊，我的所作所为都是为了君王的缘故。最初的时候君王和我约定在黄昏的时候会面啊，可是后来又反悔而中途改道。最初的时候和我订下誓约啊，可是随后又反悔而另有所求。我不是害怕和君王您分离远去啊，只是伤心君王您朝令夕改。

余既滋[①]兰之九畹[②]兮，又树蕙[③]之百亩。畦留夷与揭车[④]兮，杂杜衡与芳芷[⑤]。冀枝叶之峻茂兮，愿俟[⑥]时乎吾将刈[⑦]。虽萎绝[⑧]其亦何伤兮，哀众芳之芜秽[⑨]。众皆竞进以贪婪兮，凭不厌乎求索[⑩]。羌内恕己以量人[⑪]兮，各兴心[⑫]而嫉妒。忽驰骛[⑬]以追逐兮，非余心之所急。老冉冉[⑭]其将至兮，恐修名之不立。朝饮木兰之坠露兮，夕餐秋菊之落英[⑮]。苟余情其信姱[⑯]以练要[⑰]兮，长顑颔[⑱]亦何伤！揽木根以结茝兮，贯薜荔[⑲]之落蕊。矫菌桂以纫蕙兮，索胡绳[⑳]之纚纚[㉑]。謇[㉒]吾法夫前修[㉓]兮，非世俗之所服。虽不周[㉔]于今之人兮，愿依彭咸[㉕]之遗则。

【注释】

①滋：培植。

②畹（wǎn）：古代地积单位，约等于三十亩。一说是十二亩，还有二十亩的说法。

③树蕙：种植蕙草。蕙草也称佩兰，古人佩戴或作为焚香以避邪。

④畦留夷与揭车：将芍药和揭车分畦栽种。畦，分畦种植。留夷、揭车，均为香草名。

⑤杂杜衡与芳芷：中间还种下了马蹄香和芳芷。杂，间种。杜衡，香草名，即马蹄香。

⑥俟：等待。

⑦刈（yì）：收割。

⑧萎绝：枯萎黄落的样子，这里比喻所培养的人才被摧残。

⑨芜秽：本义指田地里长满了杂草，这里比喻所培养的人才变节。

⑩求索：努力钻营的样子。

⑪内恕己以量人：指以小人之心度君子之腹。

⑫兴心：生心。

⑬驰骛：疾驰，奔腾。

⑭冉冉：渐渐，形容时光悄然流逝。

⑮落英：坠落的花朵。一说为初开之花。

⑯信姱：真正美好。

⑰练要：精诚专一。

⑱颇颔（kǎnhàn）：形容因饥饿而面黄肌瘦的样子。

⑲薜荔：香草名，又名木莲。

⑳索：搓，绞。胡绳：香草名。

㉑𫄧𫄧（xǐ）：长而下垂的样子，此处指曼妙飘逸的身姿。

㉒謇（jiǎn）：楚地方言，发语词。

㉓前修：前代贤人。

㉔周：调和，适合。

㉕彭咸：商朝的贤良大夫，因劝谏君王不被听从，投水而死。

【译文】

我曾经培植了九畹的春兰啊，又栽种了上百亩的蕙草。将芍药和揭车分畦栽种起来啊，中间还种下了马蹄香和芳芷。原本希望它们能够长得枝繁叶茂啊，我愿意为此等待合适的时机将它们收获。即使是花谢草枯纷纷凋零我也不会感到伤心啊，只不过悲哀的是这些花草中途变成了一地荒棘。如今那些小人都争名夺利而贪得无厌啊，孜孜以求而从不满足。他们以自己的心思来猜疑别人啊，一个个勾心斗角而又相互嫉妒。四处奔走争权夺利啊，这一切对于我来说都不屑一顾。可是眼见我的垂老之年一天天来临啊，担心的是人生的美名还没有树立起来。早上我去啜饮木兰花上滴落的露水啊，晚上我去咀嚼坠落的秋菊。只要我能够做到情操美好、精诚专一啊，就是长期忍受神形消损又有何悲戚呢？我拿起木根在上面系上一株株白芷啊，然后将初开的薜荔联接成串。使菌桂变直并缀结上一棵棵蕙草啊，再把胡绳绞合起来而彰显飘逸的身姿。我效仿前代那些贤人的装束啊，与世俗之徒的穿戴截然不同。虽然这样并不能够迎合当世之人啊，但是我宁愿像彭咸那样清白而死！

长太息[1]以掩涕兮，哀民生[2]之多艰。余虽好修姱以鞿羁[3]兮，謇朝谇[4]而夕替。既替余以蕙纕[5]兮，又申[6]之以揽茝[7]。亦余心之所善兮，虽九死[8]其犹未悔。怨灵修之浩荡[9]兮，终不察夫民心。众女嫉余之蛾眉[10]兮，谣诼[11]谓余以善淫。固时俗之工巧兮，偭[12]规矩而改错[13]。背绳墨[14]以追曲兮，竞周容[15]以为度[16]。忳[17]郁邑余侘傺兮，吾独穷困乎此时也。宁溘[18]死以流亡兮，余不忍为此态也。鸷鸟[19]之不群兮，自前世而固然。何方圜[20]之能周兮，夫孰异道而相安？屈心而抑志兮，忍尤[21]而攘诟[22]。伏[23]清白以死直兮，固前圣之所厚。

【注释】

①太息：叹气的样子。

②民生：即人生，作者自谓。

③鞿羁（jījī）：马缰绳和络头，此处比喻束缚。

④谇（suì）：进谏。

⑤蕙纕（xiāng）：佩戴着以蕙草编缀的带子。纕，佩戴。

⑥申：加上。

⑦茝（chǎi）：芳香的白芷。

⑧九死：多次濒临死亡。形容处于极其危险的境地。

⑨浩荡：本义是大水横流的样子，比喻怀王骄横放纵，行为荒唐。

⑩蛾眉：本意为女子美好的容貌，此处喻指屈原自己美好的品德。

⑪谣诼（zhuó）：楚地方言，造谣诽谤的意思。

⑫偭：违背。

⑬错：通"措"，措施。

⑭绳墨：工匠画直线用以取直的工具，这里比喻法度。

⑮周容：苟且迎合，取悦于人。

⑯度：法则。

⑰忳（tún）：忧愁，烦闷。

⑱溘：忽然。

⑲鸷（zhì）鸟：指鹰隼一类的猛禽。

⑳圜：通“圆”，圆形。

㉑尤：罪过。

㉒攘诟：容忍耻辱。

㉓伏：通“服”，保持。

【译文】

长长叹息我仰面擦拭泪水啊，感伤这人生的道路是如此的艰难坎坷。我虽然爱好高洁的美德却遭受羁绊啊，早上向君王进献忠言但是晚上就被废弃在一边。之所以将我废弃是因为我身上佩戴着蕙草啊，又加上我用芳香的白芷作为佩饰。它们都是我内心的最爱啊，为此即使九死也绝不会后悔。我埋怨君王的行事是如此的放荡糊涂啊，始终不能够明察我的一片苦心。众多的美女都嫉妒我的美貌啊，她们中伤我喜好淫逸。原本那些世俗之徒就善于取巧啊，违背原则并把政令篡改抛弃。他们违反正道而没有是非标准啊，争相迎合讨好并把这种行为当成是一种法则。我是如此忧愁抑郁、烦恼失意啊，偏偏只有我被困在这不幸的时代里。我宁愿忽然死去形体不存啊，也不忍心以媚态的样子存活在这人世之间。威猛的鹰隼高飞在天、卓尔不群啊，自古以来就一直是这个样子。方枘圆凿怎么能够融合在一起啊，志不同、道不合的人又怎能相安无事？我只好委屈压抑自己的心志情怀啊，去包容和忍受那些耻辱和罪过。坚持清白的躯体为正义而死啊，这才是那些前代圣贤们所嘉许的行为。

悔相[①]道之不察兮，延伫[②]乎吾将反。回朕车以复路兮，及行迷之未远。步余马于兰皋[3]兮，驰椒丘[4]且焉止息。进[5]不入以离尤兮，退将复修吾初服[6]。制芰荷[7]以为衣兮，集芙蓉[8]以为裳[9]。不吾知其亦已兮，苟余情其信[10]芳。高余冠之岌岌[11]兮，长余佩之陆离[12]。芳与泽其杂糅[13]兮，唯昭质[14]其犹未亏。忽反顾以游目[15]兮，将往观乎四荒[16]。佩缤纷[17]其繁[18]饰兮，芳菲菲其弥章[19]。民生各有所乐兮，余独好修[20]以为常。虽体解[21]吾犹未变兮，岂余心之可惩[22]？

【注释】

①相：观看，观察。

②延伫：长久地站立。

③兰皋：生有兰草的水边高地。皋，水边高地。

④椒丘：长有椒树的丘陵。

⑤进：指入朝为官进谏忠言的行为。

⑥初服：未入仕时的服饰，喻指自己原来的志趣。

⑦制：裁剪。芰(jì)荷：菱叶与荷叶。

⑧芙蓉：荷花。

⑨裳：古代对下身衣裙的称呼。

⑩信：确实。

⑪岌岌：高耸的样子。

⑫陆离：长长的样子。

⑬杂糅：掺杂混合。

⑭昭质：指光明纯洁的品质。

⑮游目：纵目眺望。

⑯四荒：天地四方极远的地方。

⑰缤纷：繁盛的样子。

⑱繁：众多。

⑲弥章：更加显著。章，通“彰”，显著。

⑳好修：爱好修饰。

㉑体解：肢解，古代酷刑之一，此处比喻粉身碎骨。

㉒惩：悔戒，畏惧。

【译文】

我悔恨当初没有将前方的道路看清楚啊，现在站在这里久久地凝望就要准备回返。我将我的车头重新调转到正确的道路上去啊，趁在歧路之中还没有走出太远的距离。我让马儿漫步在长满兰草的水边啊，然后再跑向满是椒树的土坡上暂歇。进谏忠言不被君王采纳却反获罪过啊，我将就此隐退重新穿戴上我当年的衣冠。裁剪荷叶制成上衣啊，缝缀荷花作为裙裳。没有人能够真正理解我也就算了吧，只要我的心志情怀真正高尚就可以了。加高我的帽子使之更加高耸啊，加长我腰间的佩剑使其更加斑斓夺目。芳香和腐臭聚合在我的身上啊，只有明洁的品质没有一丝的损伤。我忽然回头极目远望啊，打算去荒远之地周游。身上佩戴着五彩缤纷、华美无比的佩饰啊，浓郁的幽香使它们更加耀眼。世人各有各的爱好啊，我独爱好修洁并习以为常。即使是粉身碎骨也不会有任何的改变啊，我的内心还有什么值得去畏惧的呢？

女媭之婵媛①兮，申申②其詈③予，曰：鲧④婞⑤直以亡身兮，终然殀乎羽⑥之野。汝何博⑦謇而好修兮，纷独有此姱节⑧！赍菉葹⑨以盈室兮，判⑩独离而不服⑪。众不可户说⑫兮，孰云察余⑬之中情？世并举⑭而好朋兮，夫何茕独⑮而不予听！

【注释】

①女媭之婵媛：女媭对我十分关怀。女媭，一说为屈原之姊，一说为女巫或神巫。婵媛，眷恋的样子。

②申申：反反复复。

③詈(lì):责骂。

④鲧(gǔn):传说为禹的父亲,奉尧之命治水,未成,被舜杀于羽山。

⑤婞:倔强。

⑥羽:即羽山。一般认为鲧治水失败后被杀,但是韩非却认为鲧因为直谏尧而被杀。

⑦博:广博,多。

⑧姱节:美好的节操。

⑨薋(cí):通"茨",积聚。菉:草名,即荩草,又名王刍。葹:草名,即苍耳。

⑩判:分别,不同。

⑪服:佩带。

⑫户说:挨家挨户地去说。

⑬余:我们,这里指女媭和屈原两人。

⑭并举:互相吹捧夸耀。

⑮茕独:孤独的意思。

【译文】

女媭对我十分关怀啊,她重重地责备我。她说:"鲧因为性格太过刚直而遭到流放啊,最后被杀死于羽山的荒野。您博采众芳而爱好美洁啊,独自保留这美好的节操而与众不同。荩草、苍耳这些杂花野草堆满整间屋子啊,而您却与众不同偏偏不肯佩戴在身上。不可能向所有的人表明自己的心曲啊,谁又能够明白理解我们真诚的内心呢?那些世俗的小人互相吹捧并结党营私啊,您为什么又孤傲不群并连我的劝告也不肯听从呢?"

依前圣以节中[①]兮,喟凭心[②]而历兹!济[③]沅湘以南征兮,就重华[④]而陈词:启[⑤]《九辩》与《九歌》兮,夏康娱以自纵。不顾难[⑥]以图后兮,五子用失乎[⑦]家巷[⑧]。羿[⑨]淫游以佚畋[⑩]兮,又好射夫封狐[⑪]。固乱流其鲜终兮,浞[⑫]又贪夫厥家。浇[⑬]身被服强圉[14]兮，纵欲而不忍。日康娱而自忘兮，厥首用夫[15]颠陨[16]。夏桀[17]之常违兮，乃遂焉而逢殃。后辛[18]之菹醢[19]兮，殷宗[20]用而不长。汤禹[21]俨而祗敬兮，周[22]论道而莫差。举贤而授能兮，循绳墨而不颇[23]。皇天无私阿兮，览民德焉错辅[24]。夫维圣哲以茂行兮，苟[25]得用此下土[26]。瞻前而顾后兮，相观民之计极[27]。夫孰非义而可用兮，孰非善而可服！阽[28]余身而危死兮，览余初其犹未悔！不量凿而正枘[29]兮，固前修以菹醢。曾歔欷[30]余郁邑兮，哀朕时之不当。揽茹[31]蕙以掩涕兮，沾余襟之浪浪。

【注释】

①节中：适中得当，不偏不倚。

②凭心：愤懑。

③济：渡，过河。

④重华：舜的美称。传说舜两眼都是双瞳仁，故名重华。舜南巡，死于苍梧之野，葬于九嶷山。

⑤夏：指夏启，大禹的儿子。启继承帝位之后，结束了禅让制，开启了“家天下”的统治模式。

⑥不顾难：不顾最初取得天下的艰辛不易。

⑦用失乎：即“用乎”，因而、因此的意思。“失”为衍字，无义。

⑧家巷（hòng）：内讧。巷，通“讧”。

⑨羿：即后羿。传说中夏代有穷氏的国君，善射，不修民事，后为家臣寒浞所杀。

⑩佚畋：纵情沉溺于打猎。

⑪封狐：大猪。一说为大狐狸。

⑫浞（zhuó）：即寒浞。传说中后羿的相，后羿不理政事，寒浞遂杀死后羿而自立。

⑬浇（ào）：即寒浇，寒浞的儿子。

⑭强圉(yǔ):依仗自己强大的力量。

⑮用夫:因此。

⑯颠陨:坠落。

⑰夏桀:桀是夏朝最后 位君主,以残暴著称,后被商汤所灭。

⑱后辛:即殷纣王。商王朝最后一位君主,又名帝辛。在位期间宠幸妲己,后被周武王率兵消灭。

⑲菹醢(zūhǎi):古代一种酷刑,将人剁成肉酱。

⑳殷宗:殷朝的国运。

㉑汤禹:即商汤、夏禹。商汤是商朝的开国君主,夏禹是夏朝的开国君主。

㉒周:周文王。

㉓颇:偏邪。

㉔错辅:措置。错,通“措”。

㉕苟:于是。

㉖下土:天下。

㉗计极:兴亡的原因,治与变的道理。

㉘阽(diàn):接近危险。

㉙凿:榫眼,器物上承受榫头的凹形洞。枘(ruì):榫头,器物或构件上利用凸凹方式相连接的凸出部分。

㉚歔欷:抽泣声。

㉛茹:柔软。

【译文】

依从先圣的价值标准而不偏不倚啊,我满怀愤懑喟叹为何会遭受如此的厄运。渡过沅水和湘水向南方前进啊,到舜帝重华面前大声陈述自己的心曲:“夏启创制了《九辩》《九歌》啊,但是他却从此放纵自己恣意寻欢作乐。不顾念先王创业的艰辛也不为自己的后代考虑啊,因此他的五个儿子相互争斗而惹来大祸。后羿纵情沉溺于畋猎啊,又专门喜欢射杀大猪以取乐。原本那些恣意行乐的人就少有好的结果啊,寒浞将他的权力夺走又霸占了他的妻子。寒浇恃强尚武啊，只顾着纵情享受而不知节制。每天都沉浸在寻欢作乐之中而忘乎所以啊，他的头颅因此被砍落。夏桀的所作所为违背治国的正道啊，最终遭逢大祸。殷纣王帝辛发明了将人剁成肉酱的酷刑啊，商朝因此不能够国运长久。夏禹庄穆而畏天敬贤啊，周文王施行仁政而没有差错。推举贤良并选用那些有才能的人啊，遵循法则并能够做到不偏颇。皇天是如此的公正无私从不会偏袒谁啊，只是以民心的向背而去辅佐谁。只有让自己做到圣明睿智、德行美好啊，才能够享有这整个天下。回望历史的过往再看看现在啊，去观察世间治与变的道理。又有谁不是因为忠义而被任用啊，又有谁不是因为善良美好而成为奉行的楷模。尽管我身陷危难几蹈死地啊，但是回想起我的初衷从不曾悔恨。没有度量好凿孔就想去选择合适的榫头啊，这正是前代贤人被剁成肉酱的原因。我忍不住频频地悲泣忧伤啊，喟叹我命途多舛生不逢时。拿起柔嫩的蕙草掩面痛哭啊，泪水止不住地滚落下来而沾湿了衣襟。”

跪敷衽①以陈辞兮，耿吾既得此中正②。驷玉虬③以乘鷖④兮，溘埃风⑤余上征。朝发轫⑥于苍梧兮，夕余至乎县圃⑦。欲少留此灵琐⑧兮，日忽忽其将暮。吾令羲和⑨弭节⑩兮，望崦嵫⑪而勿迫。路曼曼⑫其修远兮，吾将上下而求索。饮余马于咸池⑬兮，总⑭余辔乎扶桑⑮。折若木⑯以拂日兮，聊逍遥以相羊。前望舒⑰使先驱兮，后飞廉⑱使奔属⑲。鸾皇⑳为余先戒㉑兮，雷师告余以未具。吾令凤鸟飞腾兮，继之以日夜。飘风㉒屯其相离兮，帅㉓云霓而来御。纷总总其离合兮，斑㉔陆离其上下。吾令帝阍开关兮，倚阊阖㉕而望予。时暧暧㉖其将罢兮，结幽兰而延伫㉗。世溷浊㉘而不分兮，好蔽美而嫉妒。

【注释】

①衽：衣服的前襟。

②中正：不偏邪的中正之道。

③驷玉虬：以四虬龙驾车。驷，古时 车四马，故称。虬，传说中的一种无角的龙。

④鹥（yī）：传说中的一种鸟，身上有五彩的花纹，凤凰之属。

⑤溘埃风：倏忽间卷着尘埃的大风。溘，忽然。

⑥发轫：出发的意思。轫，阻止车轮转动的木头，车开动时，则将其抽走。

⑦县圃：神话传说中的山名，是神仙的居住地，在昆仑山顶。又作“悬圃”“玄圃”。

⑧灵琐：县圃之门。

⑨羲和：古代神话传说中驾驭日车的神。

⑩弭节：徐徐前行。

⑪崦嵫（yānzī）：神话中山名，在今甘肃省天水市西部，传说为日落之处。

⑫曼曼：遥远绵长的样子。

⑬咸池：神话中日浴之处。

⑭总：系好。

⑮扶桑：神话中的树名，传说日出于扶桑之下，拂其树杪而升，因谓为日出之处。

⑯若木：神话中的树名，在昆仑山西极，太阳所入之处；还有一种说法是若木就是扶桑。

⑰望舒：神话中为月驾车的神。

⑱飞廉：即风神。

⑲奔属：奔跑跟随。

⑳鸾皇：又作“鸾凰”，鸾与凰，皆为瑞鸟名。

㉑先戒：先行警戒。

㉒飘风：旋风。

㉓帅：通“率”，率领。

㉔斑：斑斓。

㉕阊阖：神话中的天门，楚人也称门为阊阖。

㉖暧暧：昏暗不明的样子。

㉗延伫：久立。

㉘溷（hùn）浊：混乱污浊。

【译文】

我铺开衣襟跪在地上诉说心曲啊，我清楚我已经得到了无私的正道。驾起四条无角的虬龙所拉的凤车啊，倏忽间我乘着长风直上云霄。早上我从苍梧山出发啊，晚上到达昆仑山的悬圃停歇。原本我打算在神门处稍作停留啊，可是落日匆匆夜幕降临。我让羲和徐徐前行啊，一旦看见崦嵫山就暂且停止前行。前行的道路漫长没有边际啊，但是我将上天下地寻求光明的出路。我让马儿在咸池饮水啊，将马的缰绳系在扶桑树上。攀折若木枝去遮蔽日光啊，姑且在这里逍遥徜徉无拘无束。我让月神望舒在前面开路啊，让风伯飞廉在后面紧紧相随。前面有鸾凤为我沿途戒备啊，雷神却告诉我没有备全行装。我命令凤鸟高高飞腾在九天之上啊，日夜兼程不能停歇。暴风聚集想要使得队伍离散啊，率领着前来相迎的云霓。云霓来势盛大忽离忽合啊，上下飘忽翻腾光彩夺目。我命令天帝的门卫将天门打开啊，但是他却倚靠着天门视而不见。此时天色昏暗日将西落啊，我只得编结着幽兰而在门外长久地等待。世道混乱而善恶不分啊，总喜欢掩盖贤良而嫉妒贤能。

朝吾将济于白水[①]兮，登阆风[②]而绁马[③]。忽反顾以流涕兮，哀高丘之无女。溘吾游此春宫[④]兮，折琼枝[⑤]以继佩。及荣华[⑥]之未落兮，相下女[⑦]之可诒[⑧]。吾令丰隆[⑨]乘云兮，求宓妃[⑩]之所在。解佩纕[⑪]以结言兮，吾令蹇修[⑫]以为理[⑬]。纷总总其离合兮，忽纬繣[14]其难迁。夕归次于穷石[15]兮，朝濯发乎洧盘[16]。保[17]厥美以骄傲兮，日康娱以淫游。虽信美而无礼兮，来违弃而改求。览相观于四极兮，周流乎天余乃下。望瑶台[18]之偃蹇兮，见有娀[19]之佚女。吾令鸩[20]为媒兮，鸩告余以不好。雄鸠之鸣逝兮，余犹恶其佻巧。心犹豫[21]而狐疑兮，欲自适[22]而不可。凤皇既受诒兮，恐高辛[23]之先我。

【注释】

①白水：神话中水名，源于昆仑山，相传饮之可以长生不死。

②阆风：神话中山名，神仙居住的地方，在昆仑之巅。

③绁(xiè)马：系马。

④春宫：神话传说中东方青帝居住的地方。

⑤琼枝：神话传说中的玉树。琼，美玉。

⑥荣华：草木茂盛的样子。

⑦下女：下界美女。

⑧诒：通“贻”，赠送。

⑨丰隆：神话传说中的雷神。

⑩宓(fú)妃：相传为伏羲氏之女，溺死于洛水，遂为洛水女神。

⑪佩纕：佩带的饰物。纕，佩带。

⑫蹇修：人名，传说中伏羲的臣子，正直贤良。

⑬理：使者，媒人。

⑭纬繣(huà)：乖戾，不合。

⑮穷石：地名，相传为夏时有穷氏后羿所居。

⑯洧(wěi)盘：神话中水名，发源于崦嵫山。

⑰保：依仗，依靠。

⑱瑶台：美玉所砌成的高台。

⑲有娀(sōng)：传说中的古国名。

⑳鸩:传说中的一种毒鸟,羽有毒,置于酒中,饮后可以致人死命。

㉑犹豫:迟疑不决。

㉒自适:自往。

㉓高辛:帝喾的别号。

【译文】

早上我将渡过白水啊,登上阆风山并系马停留。忽然回首四顾不由潸然泪下啊,喟叹这高山之上没有美丽的女子。我匆匆来到青帝的春宫游历啊,攀折琼枝来增添我的佩饰。趁着缤纷花草还没凋落啊,我寻访下界美丽的女子并赠送给她。我命令雷神丰隆驾起云车前行啊,去探寻宓妃的住处。解下身上佩戴的香囊来立下盟约啊,我让蹇修充当我的媒人。纷繁盛多来去不定啊,忽然间变得乖戾难以迁就。夜晚的时候她回到穷石山住宿啊,早上又到洧盘处将秀发梳洗。她依仗美貌而心高气傲啊,每日里只顾着寻欢作乐游玩无度。虽然她美丽无比但是缺乏礼节啊,算了吧蹇修,丢开她让我们另去别的地方寻觅。我审视天下四方啊,遍游了天上又降临人世。远远望见玉台高耸云天啊,我看见了有娀氏的美女简狄。于是我让鸩鸟去为我做媒啊,它却欺骗我并讲述她的种种不好。雄鸠高叫着高飞远去啊,它讨巧轻佻使我厌恶无比。我内心深处犹豫不决满腹狐疑啊,本想亲自去造访但是又不符合礼仪。凤凰虽然将我的聘礼送去了啊,但是我又怕帝喾捷足先登。

欲远集而无所止兮,聊浮游以逍遥。及少康①之未家兮,留有虞②之二姚。理弱而媒拙兮,恐导言③之不固。世溷浊而嫉贤兮,好蔽善而称恶。闺中既邃远兮,哲王④又不寤⑤。怀朕情而不发兮,余焉能忍与此终古?

【注释】

①少康:夏代中兴之君,帝相之子。

②有虞:传说是虞舜后裔的一个部落国家,故址在今河南省虞城县。

③导言:指传送的信札。

④哲王:明智的君王,指楚怀王。

⑤寤:醒悟。

【译文】

我想远走高飞去别的地方栖身可是又无处落脚啊,姑且漫游在天地之间而自娱自乐。趁着少康还没有娶妻成家啊,有虞氏的两位娇女还待嫁闺中。使者无能媒人又太拙劣啊,恐怕不能够传达我的心曲使人信服。世道混乱而又嫉恨贤良啊,总喜欢遮蔽美善而彰显丑恶。宫闱是那样的深远啊,明智的君王又不知道让自己醒悟过来。我满怀真情但是无处倾诉啊,怎么能够永远地忍受下去而抱恨终生啊!

索藑茅①以筳篿②兮,命灵氛③为余占之。曰两美④其必合兮,孰信修而慕之?思九州之博大兮,岂惟是⑤其有女⑥?曰勉远逝而无狐疑兮,孰求美而释女?何所独无芳草兮,尔何怀乎故宇⑦?世幽昧以昡曜⑧兮,孰云察余之善恶?民好恶其不同兮,惟此党人⑨其独异!户服艾⑩以盈要⑪兮,谓幽兰其不可佩。览察草木其犹未得兮,岂珵⑫美之能当?苏⑬粪壤⑭以充帏⑮兮,谓申椒其不芳。欲从灵氛之吉占兮,心犹豫而狐疑。巫咸⑯将夕降兮,怀椒糈⑰而要⑱之。百神翳⑲其备降兮,九疑缤其并迎。皇剡剡⑳其扬灵兮,告余以吉故。曰:勉升降以上下兮,求矩矱㉑之所同。汤禹俨而求合㉒兮,挚咎繇㉓而能调。苟中情其好修兮,又何必用夫行媒?说㉔操筑于傅岩兮,武丁用而不疑。吕望㉕之鼓刀㉖兮,遭周文而得举。宁戚㉗之讴歌兮,齐桓闻以该辅㉘。及年岁之未晏㉙兮,时亦犹其未央。恐鹈鴂㉚之先鸣兮,使夫百草为之不芳。何琼佩之偃蹇兮,众薆然㉛而蔽之?惟此党人之不谅㉜兮,恐嫉妒而折之。时缤纷其变易兮,又何可以淹留。兰芷变而不芳兮，荃蕙化而为茅。何昔日之芳草兮，今直为此萧艾[33]也？岂其有他故兮，莫好修之害也！余以兰为可恃兮，羌无实[34]而容长[35]。委厥美以从俗[36]兮，苟得列乎众芳。椒专佞以慢慆[37]兮，榝[38]又欲充夫佩帏。既干进而务入兮，又何芳之能祗[39]？固时俗之流从[40]兮，又孰能无变化？览椒兰其若兹兮，又况揭车与江离？惟兹佩之可贵兮，委[41]厥美而历兹[42]。芳菲菲而难亏兮，芬至今犹未沬[43]。和调度[44]以自娱兮，聊浮游而求女。及余饰之方壮兮，周流观乎上下。

【注释】

①藑(qióng)茅：即旋花，一种多年生的茅草，可用于占卜，因此又称为灵草。

②筳篿(tíngzhuān)：竹片。

③灵氛：传说中的神巫名，善于占卜。

④两美：指代明君贤臣。

⑤是：此处，这里。指楚国。

⑥女：美女。

⑦故宇：故居，家园，这里指楚国。

⑧眩曜(xuànyào)：眼光迷乱、迷惑。眩，一作“眩”。曜，通“耀”，光芒灿烂的样子。

⑨党人：指楚国谄上欺下的结党营私之徒。

⑩服：佩带。艾：白蒿，一种恶草。

⑪盈要：满腰。要，通“腰”。

⑫珵(chéng)：美玉。

⑬苏：拾取。

⑭粪壤：粪土。

⑮帏：香囊。

⑯巫咸：传说中的神巫名。

⑰椒糈(xǔ)：以椒香拌和的精米，类似粽子。糈，精米。

⑱要：通"邀"，迎候。

⑲翳(yì)：遮蔽。

⑳剡剡(yǎn)：闪闪发光、光彩四溢的样子。

㉑矩彟(yuē)：喻指法度。彟，尺度。

㉒求合：寻求志同道合的人。

㉓挚(zhì)：商汤名臣伊尹，伊姓，名挚。咎繇(gāoyáo)：即皋陶，舜之贤臣。

㉔说：傅说，殷高宗武丁时贤臣。传说武丁在梦中得一贤臣，就画像到处访寻，后来在傅岩筑墙的刑徒中找到了傅说，于是用为国相，国遂大治，武丁成为商代中兴之君。

㉕吕望：即姜子牙。

㉖鼓刀：宰杀牲畜时敲击刀刃，使之发声。相传吕望未发迹时曾在朝歌做屠夫。

㉗宁戚：春秋时期卫国人，未发达的时候曾为商贾赶车。一日夜宿城门，宁戚站在车旁喂牛，远远望见齐桓公，百感交集，便敲击牛角，高歌抒怀。齐桓公认为他是非常之人，任之以国。

㉘该辅：征用以备辅佐之选。该，备。

㉙晏：晚。

㉚鹈鴂(tíjué)：鸟名，即杜鹃。据说杜鹃鸣叫的时候，正是春事已过百花凋零的时节。

㉛薆(ài)然：遮蔽的样子。

㉜谅：诚信。

㉝萧艾：贱草，比喻小人。

㉞无实：徒有其表，缺乏内在的实质。

㉟容长：外表好看。

㊱从俗：追随世俗，和小人同流合污。

㊲慢慆（tāo）：傲慢狂妄。

㊳榝（shā）：古书上说的一种类似茱萸的植物。

㊴祗：尊敬，爱护。

㊵流从：原指像水一样从高处顺势而下，这里比喻盲目跟从，不能明辨是非。

㊶委：丢弃。

㊷历兹：到了如此地步。

㊸沬（mèi）：香气消散的意思。

㊹和调度：指调节自己的心态，缓和自己的心情。

【译文】

我拿出占卜用的筵草和竹片啊，命令灵氛为我占卜。灵氛说："两种美好的事物一定会结合在一起啊，哪个真正美好的人不会招人思慕眷恋呢？想一想九州之地是如此的广大啊，难道只有这里才有美女存在吗？"灵氛接着说："劝您远走高飞不要迟疑啊，哪有真心寻求美好的人会把您丢下？天底下何处没有芳草啊，您又何必苦苦眷恋着故乡？"世道黑暗使人眼花缭乱啊，谁又能明察我内心深处的善恶呀。世人的好恶标准原本就不一样啊，只是这些小人格外令人不可思议。家家户户都将艾蒿挂满腰间啊，说幽谷的兰草不能够充当佩饰。他们这些人连草木都不能够分辨清楚啊，又怎能正确评价玉石的质地呢？拾取粪土装满香囊啊，反说申椒毫无幽香。我想听从灵氛的吉卦啊，但是心中十分犹豫决心难下。巫咸今晚就要降临啊，我怀揣着香粽去迎接他。众神遮天蔽日一齐降临啊，九疑山诸神也一起前来接驾。神光耀眼显示着神灵啊，他们告诉我灵氛吉卦的含义："努力上天下地周游四方不停地去寻找啊，只为寻求君臣之间齐心合力。夏禹、商汤虔诚地访求和自己德行一致的贤臣啊，最后终于寻访到了伊尹、皋陶并实现了君臣的协调。内心修洁美好啊，又何必派遣使臣前去沟通？傅说在傅岩操筑垒墙啊，武丁任用他时毫不迟疑。吕望在朝歌挥刀屠肉啊，但是遇上周文王就得到了重用。宁戚在半夜里叩击牛角高歌啊，齐桓公听到他的歌声之后就请他入朝参政。趁着您的年龄还没有衰老啊，还有充足的时间一展才华。”但令人担忧的是杜鹃鸣叫得太早啊，从而使得百花凋零黯淡了香气。为什么玉佩那么高贵不凡啊，世人却群起将它的光彩遮蔽？可以说这些奸猾的小人根本没有诚信可言啊，恐怕都会生出嫉妒之心并将其摧残。时世纷乱变化莫测啊，又有什么理由在这里长久地逗留呢？兰草和白芷都被同化而不再香醇啊，荃和蕙也都变得和茅草没有什么区别了。为什么曾经的那些香花芳草啊，如今竟与白蒿、艾草同处一地？难道说还有别的什么缘故吗？这是不注重修洁所带来的祸患啊！我原以为兰草值得去依靠啊，谁知它只是华而不实徒有其表。它将美德抛弃而选择了随波逐流啊，苟且偷生得以名列群芳的行列。椒兰专权谄谀傲慢狂妄啊，榝又想要混入人们的香囊之中冒充香料。既然一门心思地钻营求取名利啊，又怎能对芳华的品质满怀敬意？本来世道习俗就是随大流啊，又有谁能够坚持原则不为所动？看到椒和兰也都变成了这个样子啊，又何况揭车和江离呢？想到我的佩饰如此宝贵啊，但是它的美质却一直被人唾弃竟到了如此地步。难能可贵的是它香气浓郁丝毫不减啊，芬芳的气息至今还没有消散。调节心态自我欢娱啊，姑且漂游四方再将知己寻觅。趁着我现在依然年富力强啊，上天下地四处巡行游历。

灵氛既告余以吉占兮，历[①]吉日乎吾将行。折琼枝以为羞[②]兮，精琼爢[③]以为粻[④]。为余驾飞龙兮，杂瑶象[⑤]以为车。何离心之可同兮，吾将远逝以自疏[⑥]。邅[⑦]吾道夫昆仑兮，路修远以周流。扬云霓[⑧]之晻蔼兮，鸣玉鸾[⑨]之啾啾。朝发轫于天津[⑩]兮，夕余至乎西极[⑪]。凤皇翼[⑫]其承旂[⑬]兮，高翱翔之翼翼[⑭]。忽吾行此流沙兮，遵赤水[⑮]而容与[⑯]。麾蛟龙使梁津[⑰]兮，诏西皇[⑱]使涉予。路修远以多艰兮，腾[⑲]众车使径待。路不周[⑳]以左转兮，指西海[㉑]以为期。屯余车其千乘兮，齐玉轪[㉒]而并驰。驾八龙之婉婉兮，载云旗之委蛇[㉓]。抑志[㉔]而弭节兮，神高驰之邈邈[25]。奏《九歌》而舞《韶》[26]兮，聊假日以媮[27]乐。陟[28]升皇[29]之赫戏兮，忽临睨夫旧乡。仆夫悲余马怀兮，蜷局[30]顾而不行。

乱[31]曰：已矣哉！国无人[32]莫我知兮，又何怀乎故都[33]！既莫足与为美政[34]兮，吾将从彭咸[35]之所居！

【注释】

①历：选择。

②羞：通“馐”，精美的食物。

③琼靡(mí)：玉屑，玉粒。

④粻(zhāng)：干粮。

⑤瑶象：珠玉象牙。

⑥自疏：自我疏远，这里指离开楚国远行。

⑦邅(zhān)：调转，转向。

⑧云霓：以云霓为旗，一说画有云霓的旗。

⑨鸾：通“銮”，马铃。

⑩天津：天河的渡口。

⑪西极：最为辽远的西部地区，传说这里为日落之地。

⑫翼：展翅。

⑬承旂(qí)：这里指凤旗和龙旗随风舒卷，交互掩映。旂，竿头系铃，绘有双龙缠斗图样的旗帜。

⑭翼翼：整齐的样子。

⑮赤水：神话中水名，发源于昆仑山。

⑯容与：徘徊不前。

⑰梁津：在渡口之间架起浮桥。

⑱西皇：西方之神，传说为古帝王少皞氏。

⑲腾：告诉，传令。

⑳不周：不周山，神话中山名，在昆仑西北。因为山有缺口，故称不周。

㉑西海：古代神话传说中西部大湖泊的名称。

㉒轪（dài）：车毂端包的铁皮、铜皮。

㉓委蛇（wēiyí）：迎风舒展的样子。

㉔抑志：气定神闲的样子。

㉕邈邈：遥远的样子。

㉖《韶》：传说为夏启时代的乐舞。

㉗婾：通“愉”，愉悦。

㉘陟（zhì）：上升。

㉙皇：天。

㉚蜷局：蜷曲不伸。

㉛乱：楚辞篇章末尾总括全篇要旨的部分。

㉜无人：指没有贤人。

㉝故都：故国。

㉞美政：指屈原的政治理想和主张。

㉟彭咸：商朝的贤良大夫，因劝谏君王不被听从，投水而死。

【译文】

灵氛已经告诉我吉祥的卦辞啊，我就选择一个良辰出发上路。攀折琼枝当作美味啊，把美玉磨成细细的粉末当作点心。替我把奔腾的飞龙驾起啊，用珠玉象牙去装饰车身。志不同道不合的人怎么能够和平共处啊，我将远走离开故国。将车头调转直奔昆仑山啊，道路是那么的漫长遥远我驾车四方绕行。高扬的云霓旌旗遮天蔽日啊，车上的玉铃叮咚作响发出悦耳的鸣声。早上从天河渡口出发啊，晚上我就来到了日落的西方。凤凰张开它的翅膀并高举着龙旗啊，它们整齐地翻飞翱翔尽情在长空舒展。我疾步前行来到流沙之地啊，沿着赤水河徘徊不前。我指挥着蛟龙在渡口间架起浮桥啊，命令西皇少皞助我渡河。前方的路途遥远漫长而又艰险重重啊，传令众车径直侍候身旁。路过不周山的时候将车向左调转啊，遥指西海作为相会的地方。将我的千辆车乘聚合在一起啊，一排排整齐的玉轮并驾齐驱。驾驭八匹龙马蜿蜒前进啊，载着迎风飘动绘有云霓的旗帜。气定神闲不疾不徐地向前方进发啊，我的心神遐想高驰远方。弹奏《九歌》舞起《九韶》啊，暂且借着这点时光娱乐身心。登临光明博大的苍天啊，突然间向下一瞥看见了楚国的故土家园。车夫悲伤我的马儿也无比哀恋啊，恋恋不舍地徘徊不肯向前。

乱辞：算了吧！国中没有贤士，也没人可以真正理解我啊，我又何必苦苦眷恋着故国呢？既然没有人能够可以和我一起推行美政治理国家啊，我将追随彭咸去他隐居的地方。

【评析】

《离骚》全诗共373句，带有强烈的自传性质，是屈原个人思想最为深刻的写照。在这篇气魄宏伟、多姿壮丽的长篇政治抒情诗中，屈原以追求美政为中心，以浪漫的笔调加以修饰，充分表达了致力于推行美政的个人理想以及失败之后依然坚定不移的意志和决心。

从内容和意境上看，《离骚》可分为五大部分，十二章节，具体而言，第一部分主要叙述屈原的家世和高洁的个人品行，蕴含着坚持理想矢志不渝的高贵情操；第二部分主要描写政治失败之后的种种反思，在反思之后更加坚定了自己的理想与信念；第三部分则重在刻画屈原在现实中的种种努力和探索活动，但在小人的谗言之下，均宣告失败；第四部分描述了屈原孤独无助的悲愤心情，只能够以问卜的方式决定日后行动的方针，最终只好无奈地离开楚国远游四方；第五部分描述屈原准备远游，却因为眷顾楚国而中途放弃，最后决定以死明志。

纵览全诗，在诗人的如椽大笔下，其想象的思维上天入地，将现实世界、理想世界以及神话世界有机地融合在一起，一方面无情揭露了楚王美善不分、忠奸不辨的昏聩行为，另一方面也极力抨击了贵族集团嫉贤妒能、贪婪献媚的卑鄙嘴脸，从而使得抒情主人公所具有的高尚品行和顽强不屈的艺术形象得到了完美升华，全面彰显了诗人强烈的爱国情怀和宁为玉碎、不为瓦全的坚贞品格。其所蕴含的理想和情操，千百年来令无数读者为屈原誓死追求美政的决心和无处不在的爱国理念而激愤不已。

在语言风格上,《离骚》的言辞非常优美,既有浓郁的楚地特色,也有诗歌的优雅。诗中大量运用了比喻象征的写作手法,如“香草美人”一语,已然成为忠贞贤良、忠君爱国的代名词。其次是全诗四句一节,错落变化的句子结构,加之以“兮”作为上下句的连接,以及固定偶字韵的运用,叠音词和连绵词的相对,使得全诗的旋律呈现出一种独特的回环往复的特征,读来朗朗上口,极富节奏感。最后是对比手法的广泛应用,使得美与丑、善与恶得到了鲜明、有力的衬托。如诗中以远古时期尧、舜贤君的“耿介”和桀、纣暴君的“猖披”相对照,以此劝谏楚王应当遵循为政之道;又如以“恐年岁之不吾与”和“惟夫党人之偷乐兮”相对照,突显了诗人忠君爱国与小人苟且偷安的形象对比,取得了较好的讽刺劝谏作用。

综合而言,《离骚》一诗文采华美,想象丰富,感情真挚,将屈原个人的痛苦、彷徨、忧愤、压抑、努力、坚持展露无遗。全诗气势充沛,根植于现实又不失奇葩瑰丽的幻想,如大河奔腾一般浩浩荡荡、飞流直下,于抒情中叙事,于叙事中感慨,处处闪耀着鲜明的人性光辉,确实是一篇浪漫主义的杰作,其文辞、思想对后世的文学创作产生了积极深刻的影响。

九　歌

《九歌》是屈原赋体诗中最为优美、最富魅力的篇章，也是屈原艺术成就的最高代表作。全章由一组祭祀神灵的乐歌组成，原本在楚国民间流传，经过屈原修饰完善而使之焕发出了新的精神面貌。

《九歌》的内容主要是描写楚国开创者以及众多神话人物的宏伟业绩，涵盖了楚国的山川自然、天地神灵、神话故事与历史传说等诸多方面的典故，同时将屈原遭受政治挫折的悲愤心情和忠君爱国的真挚情感融入其中，有强烈的艺术感染力。

从具体篇章内容上看，一般认为《九歌》之"九"为虚数，实为十一篇，前十篇是祭十种神灵，其中《东皇太一》《云中君》《大司命》《少司命》《东君》五篇为祭祀天神之歌；《湘夫人》《湘君》《河伯》《山鬼》四篇是祭祀地祇之歌；《国殇》是祭祀楚国阵亡将士的哀歌；最后一篇《礼魂》被认为是送神曲，表明祭礼结束。天神地祇人鬼的体例安排，展现了《九歌》具有内在的完整性和系统性。

《九歌》在艺术形象的刻画上，多是一些天地神灵，带有浓重的宗教祭祀氛围。正如王逸在《楚辞章句》中所评价的那样："昔楚国南郢之邑，沅、湘之间，其俗信鬼而好祠。其祠必作歌乐鼓舞以乐诸神。屈原放逐，窜伏其域，怀忧苦毒，愁思沸郁。出见俗人祭祀之礼，歌舞之乐，其词鄙陋。因作《九歌》之曲，上陈事神之敬，下见己之冤结，托之以风谏。"因此从一定意义上说，也可以将其称之为一种"祭歌"，是楚地浓郁宗教色彩的一种文学反映。但从另一方面看，屈原笔下的神灵，并非是超越人世间的神，而是对现实中人的一种艺术神化，带有醇厚的生活气息，于活泼轻灵的格调之中而又不失其庄重典雅之风。

关于《九歌》的创作时间，过去一般认为是顷襄王时，屈原被放逐于江南，见闻民间祭祀歌舞而创作《九歌》，如王逸、朱熹等均赞同此说。而现代研究者考证屈原生平，多认为《九歌》作于屈原任三闾大夫时期。“三闾大夫”是战国时楚国特设的官职，是主持宗庙祭祀兼管贵族屈、景、昭三氏子弟教育的闲差事。而最能表明创作具体时间的，应该是《国殇》。屈原于楚怀王十八年出使齐国，当年返回后任三闾大夫。而此前一年，楚军接连在丹阳、蓝田惨败于秦军，蒙受重大损失。楚国上下为悼念死亡将士，祭奠亡灵，举行国祭。屈原作为职掌祭礼的官员，亲自参与祭祀歌舞的创作，自然而然诞生了这篇将神、鬼、人三者融合，惊天地、泣鬼神的诗篇。

东皇太一

吉日兮辰良①，穆②将愉兮上皇。抚长剑兮玉珥③，璆④锵鸣兮琳琅。

【注释】

①辰良：“良辰”的倒文。

②穆：恭敬的样子。

③珥：即剑珥，剑柄上端像两耳突出的部分，又称剑镡、剑鼻。

④璆(qiú)：美玉。

【译文】

吉祥的日子啊美好的时光，恭敬地取悦天神东皇。手中抚摸着镶玉的长剑啊，身上的佩玉啊铿锵和鸣。

瑶席[1]兮玉瑱[2]，盍[3]将把[4]兮琼芳[5]。蕙肴蒸[6]兮兰藉[7]，奠[8]桂酒兮椒浆[9]。扬枹[10]兮拊[11]鼓，疏缓节[12]兮安歌[13]，陈竽瑟[14]兮浩倡[15]。

【注释】

①瑶席：装饰华美的供案。席，献玉的供案。

②瑱：通“镇”。

③盍(hé)：通“合”，聚集。

④将把：指摆设的动作。

⑤琼芳：形容花色鲜美如玉。琼，美玉名。

⑥肴蒸：祭祀时候使用的肉。

⑦藉：衬垫。

⑧奠：祭奠。

⑨桂酒、椒浆：两者都是用香料泡制的美酒。

⑩枹(fú)：鼓槌。

⑪拊：轻轻敲打。

⑫节：音乐的节拍。

⑬安歌：安详平静地歌唱。

⑭竽瑟：均为乐器名。竽，笙类吹奏乐器，有三十六簧；瑟，琴类弹奏乐器，有二十五弦。

⑮浩倡：声势浩大的样子。

【译文】

精美的瑶席啊摆放着玉瑱，还摆上大把啊芳香的鲜花。蕙草包裹着祭肉啊兰叶作为衬垫，将桂椒酿制的美酒啊献给神灵。祭巫举起鼓槌啊轻轻敲打着鼓面，鼓声的节奏舒缓啊声调安详，又吹竽又鼓瑟啊声势震天。

灵[1]偃蹇[2]兮姣服[3]，芳菲菲[4]兮满堂。五音[5]纷兮繁会[6]，君欣欣兮乐康。

【注释】

①灵：楚人称神、巫为灵。此处指以歌舞娱神的巫。

②偃蹇（yǎnjiǎn）：形容巫师优美的舞蹈姿态。

③姣服：美丽的衣服。

④芳菲菲：香气浓郁。

⑤五音：指宫、商、角、徵、羽五种音阶。

⑥繁会：音调繁杂，交响合奏。

【译文】

巫师翩翩起舞啊服装美艳，芬芳的香气啊满溢祭殿。宫商角徵羽五音齐备啊众音交响，天帝欢欣啊安乐无边。

【评析】

《东皇太一》是一篇祭祀最高天神的乐歌，因居《九歌》之首，也被认为是迎神之曲。从篇名看，"皇"是对天神的一种尊称，楚国人立神祠于东方，故称之为"东皇"；而"太一"，亦作"太乙"，即道家所称的"道"，或是形成天地万物的元气，是天神、上帝的专名。

全篇一共分为三节，首先描写的是楚人选择一个良辰吉日，然后怀着恭敬的心情去祭祀心目中的天神；其次描写宏大的祭祀场面，着重展现了祭品的丰盛以及人们载歌载舞的欢快之情；最后写对天神的美好祝愿，希望天神能够康乐如昔。

虽然名为"东皇太一"，但纵览全诗，对于东皇太一的具体形象并没有实质性的描写，其写作重点在于着力渲染祭神过程中的热烈场面，由此衬托出楚人在自然而然之中生发的对天神的敬慕和虔诚之情。

云 中 君

浴兰汤[1]兮沐芳[2]，华采衣兮若英。灵[3]连蜷[4]兮既留，烂昭昭[5]兮未央[6]。

【注释】

①浴兰汤：在兰汤之中洗干净身体。古人祭神之前，必先斋戒，用兰汤沐浴。兰汤，即煮兰为汤。

②沐芳：用白芷水洗头发。芳，白芷。

③灵：指云中君。这里指扮演云神的巫。

④连蜷(quán)：形容身姿矫健美妙。

⑤烂昭昭：光明灿烂的样子。

⑥未央：未尽，未已。

【译文】

我用芳香的兰汤沐浴啊以白芷水清洗长发，穿上华美的彩衣啊像绚丽的鲜花一样。神灵附身啊巫师身姿曼妙令人无限向往，天光微明啊夜色未尽。

蹇[1]将憺[2]兮寿宫[3]，与日月兮齐光。龙驾[4]兮帝服[5]，聊翱游兮周章。

【注释】

①蹇(jiǎn)：发语词。

②憺(dàn)：安居。

③寿宫：供神之宫。

④龙驾：用龙拉的车。

⑤帝服：当作“虎服”，驾着虎。服，车右边所驾之物。

【译文】

云神将要安居啊在那云间殿堂，那里灯火通明啊与日月齐光。驾驭着龙车啊驱驰着虎，在空中翱翔游览啊周旋四方。

灵[①]皇皇[②]兮既降，猋[③]远举兮云中。览冀州兮有余，横四海兮焉穷。思夫君兮太息[④]，极劳心兮忡忡[⑤]。

【注释】

①灵：这里指云中君。

②皇皇：同“煌煌”，形容云中君降临时光明灿烂的样子。

③猋(biāo)：疾速前行。

④太息：即叹息。

⑤忡忡(chōng)：忧愁的样子。

【译文】

神灵神光灿烂啊从天而降，旋即又疾速飞入云霄啊在长空翱翔。俯瞰冀州啊并超越九州，横绝天下啊也不会穷尽。我如此思念您啊不由长长地叹息，每日里忧心忡忡啊黯然神伤。

【评析】

《云中君》是一篇祭祀云中之神的乐歌。王逸《楚辞章句》题解说：“云中君，云神丰隆也。一曰屏翳。”或以为月神、雷神、云梦泽之神、云中郡神、高禖女神等。

《云中君》这篇诗是以主祭的巫同扮云神的巫对唱的形式来颂扬云神的，表现对云神的思慕之情。按韵可分为两章，每一章都是对唱。开头四句，先是祭巫唱，说她用香汤洗浴了身子，穿上花团锦簇的衣服来迎神；扮作云中君的巫翩翩起舞，神灵附身尚未离去，身上隐隐放出神光。这是表现祭祀的虔诚和祭祀场面的。“蹇将憺兮寿宫”以下四句为扮演云中君的巫所唱，表现出云神的神性、尊贵、排场与威严。接着祭巫又唱，祭享结束之后云中君如狂飙一般上升而去，升到高空后高覆九州、横绝四海，极具威严。末尾二句，是祭巫表示对神灵离去的惆怅与思念。

全诗笔法曲折精微且委婉动人，细腻地捕捉到了云朵在天际中的各种形态，而把这些形态转换成拟人的云神的形象。天上的云与想象中的云神融合而一，鲜明生动，变幻莫测，令人叹为观止。

湘　　君

君不行兮夷犹[①]，蹇谁留兮中洲？美要眇[②]兮宜修，沛吾乘兮桂舟。令沅湘兮无波，使江水[③]兮安流。望夫君兮未来，吹参差[④]兮谁思？

【注释】

①夷犹：迟疑，犹豫不前的样子。

②要眇（yāomiǎo）：姿态美好的样子。

③江水：指长江。

④参差（cēncī）：洞箫的别名，即无底的排箫，相传为舜所造，其状如凤翼一般参差不齐，故名参差。

【译文】

您犹豫彷徨啊迟迟不来赴约，究竟为谁停留啊在您居住的水中沙洲？我已经修饰打扮好了啊容仪美好，急流中驾起轻快的桂舟啊来到这里守候。我让沅水和湘水啊不要掀起风浪，让长江的水流啊安安静静地舒缓前行。我望了又望啊可是还看不到您的丽影，只有吹起排箫啊为谁思情悠悠?

驾飞龙①兮北征,邅②吾道兮洞庭。薜荔③柏兮蕙绸④,荪桡兮兰旌。望涔阳⑤兮极浦,横大江兮扬灵⑥。

【注释】

①飞龙:即"桂舟",行如龙飞一般,故称。

②邅(zhān):楚地方言,转弯或改变方向。

③薜荔(bìlì):一种蔓生的常绿灌木,又称为木莲。

④蕙绸:以蕙草编织为帷帐。绸,通"帱",帷帐。

⑤涔(cén)阳:地名,在涔水的北岸,地处洞庭湖和长江之间,现今湖南省澧县有涔阳浦。

⑥扬灵:划船前进。灵,通"舲",一种有舱有窗的船。

【译文】

我驾起龙舟啊一直向北航行,掉转船头啊取道洞庭。用薜荔做帘啊用蕙草做帐,香荪绕桨啊香兰为旗。远远地望见涔阳啊在那遥远的水边,扬起风帆继续横渡大江啊划船寻找。

扬灵兮未极①,女婵媛②兮为余太息。横流涕兮潺湲③,隐思君兮陫侧④。桂棹⑤兮兰枻⑥,斲冰⑦兮积雪⑧。采薜荔兮水中,搴⑨芙蓉兮木末⑩。心不同兮媒劳⑪,恩不甚兮轻绝。石濑⑫兮浅浅⑬,飞龙兮翩翩⑭。交不忠兮怨长,期⑮不信⑯兮告余以不闲。

【注释】

①极:终极,引申为到达。

②婵媛：忧愁悲伤。

③潺湲（chányuán）：水不停流动的样子，这里形容流泪的样子。

④陫侧：同“悱恻”，流泪的样子。

⑤棹（zhào）：船桨。

⑥兰枻（yì）：兰木做的船舷。

⑦斲冰：在激流中行船，波浪翻卷而水花四溅的样子。

⑧积雪：比喻浪花翻腾，清澈洁白。

⑨搴（qiān）：拔。

⑩木末：树梢。

⑪媒劳：媒人徒劳无功。

⑫石濑（lài）：沙石间的流水。

⑬浅浅：水快速流动的样子。

⑭翩翩：轻快飞行的样子。

⑮期：约会，约定。

⑯不信：不守信用，不赴约。

【译文】

我划船前进啊一直看不到您的踪影，您身边的侍女啊也不禁为我叹息忧伤。我热泪纵横啊犹如泉涌，痛苦地思念您啊心情是多么的悲伤。桂木为桨啊木兰为舷，飞舟破浪啊水花飞溅。薜荔生长在陆地上啊偏要到水中去采摘，荷花开在水中啊偏要上树梢去拔取。二人如果不同心啊即使媒人说合也是徒劳，双方恩爱不深啊就会轻易地彼此抛弃。石滩上的江水啊快速流淌，我的龙舟啊轻又快地在水上前行。两人相爱不忠诚啊难免彼此怨恨绵长，约会不守信用啊却告诉我说没有闲暇。

鼌[①]骋骛[②]兮江皋[③]，夕弭节[④]兮北渚。鸟次[⑤]兮屋上，水周[⑥]兮堂下。

【注释】

①鼂(zhāo):通“朝”,清早。

②骋骛(chěngwù):急速奔走。

③江皋:江边高地。

④弭节:泊船,停船。

⑤次:栖息。

⑥周:环绕,围绕。

【译文】

早晨我行船到江岸高地上啊将您寻找,傍晚一无所获啊重新在北洲停留。但见孤独的鸟儿啊在屋顶处栖息,弯弯的江水环绕啊在祭坛的下边。

捐①余玦②兮江中,遗余佩兮醴浦③。采芳洲兮杜若④,将以遗兮下女。时不可兮再得,聊⑤逍遥⑥兮容与⑦。

【注释】

①捐:抛弃。

②玦(jué):圆形而有缺口的佩玉。同时玦与“决”同音,有表示决断、决绝的意思在内。

③醴浦:澧水之滨。醴,通“澧”,澧水。

④杜若:香草名。

⑤聊:姑且,暂且。

⑥逍遥:徜徉,缓步慢行的样子。

⑦容与:从容闲舒的样子。

【译文】

我把玉玦啊抛向滚滚的江流之中,把玉佩啊丢在了澧水之滨。我在芳草丛生的水洲上啊采摘杜若,准备赠给她的侍女啊聊表寸心。时光匆匆啊一去不会再来，暂且漫步啊从容闲舒。

【评析】

《湘君》和下篇《湘夫人》两者同是祭祀湘水之神的乐歌。传说舜帝在南方巡守时，死于苍梧之野，葬于九疑山，舜帝的两位妃子娥皇、女英殉情，投湘水自尽。因此人们将舜帝当作湘君，而娥皇、女英便是湘夫人了。

《九歌》中，《湘君》和《湘夫人》是两首最富生活情趣和浪漫色彩的作品。本篇以湘夫人的口气进行诉说，充分表现了湘水女神对湘君的思念之情以及对爱情的炙热追求。纵览全诗，湘夫人对恋人的思念可谓是一片痴心，约会前精心准备，约会中苦苦等候，等不到恋人的到来而黯然神伤，对爱情的执着令人动容。

诗歌从结构上可以分为五个段落，第一段写湘夫人乘着小船来到与湘君约会的地点，可是却不见湘君前来，于是在失望中吹起了哀怨的排箫；第二段写久等湘君不至，湘夫人便驾舟向北往洞庭湖去寻找，依然不见湘君的踪影；第三段是湘夫人失望至极的怨恨之情的直接宣泄；第四段补叙湘夫人遍寻湘君不着，返回约会地点；最后一段写相会最终成为泡影，湘夫人黯然离去。

湘　夫　人

帝子[①]降兮北渚，目眇眇[②]兮愁予。袅袅[③]兮秋风，洞庭波兮木叶下。

【注释】

①帝子：湘君对湘夫人的称呼，古时候“子”既可以用于称呼儿子，也

可以用于称呼女儿，因为湘夫人是帝尧的女儿，所以称其为帝子。

②眇眇：望眼欲穿的样子。

③袅袅（niǎo）：微风吹拂的样子，这里形容秋风比较微弱。

【译文】

湘夫人以帝子之尊啊降临在洞庭湖北岸的小洲上，我望眼欲穿啊心中升起无限的哀愁。萧瑟的秋风啊慢慢吹拂，洞庭湖波涌浪翻啊枝叶凋零。

登白薠[①]兮骋望，与佳期兮夕张。鸟何萃[②]兮蘋[③]中，罾[④]何为兮木上？沅有茝兮醴[⑤]有兰，思公子兮未敢言。荒忽[⑥]兮远望，观流水兮潺湲。

【注释】

①白薠（fán）：水草名。

②萃（cuì）：聚集，汇聚。

③蘋（pín）：水草名，多年生草本，生长在浅水之中。

④罾（zēng）：用木棍或者竹竿做支架的方形渔网。

⑤醴：通“澧”，澧水。

⑥荒忽：模糊不清的样子。

【译文】

在白薠丛中啊举目远望，与佳人约会的美好时刻啊已经准备就绪。但是鸟儿为什么聚集在啊水草之中，渔网怎么会挂在啊树梢枝头？沅水生长有白芷啊澧水生长有香兰，我心中思念着您啊却不敢说出口。我忧思恍惚啊向远方张望，但见那流水啊缓缓流淌。

麋[①]何食兮庭中，蛟何为兮水裔[②]？朝驰余马兮江皋，夕济[③]兮西澨[④]。闻佳人兮召予，将腾驾[⑤]兮偕逝[⑥]。筑室兮水中，葺[7]之兮荷盖。荪壁[8]兮紫坛[9]，播[10]芳椒兮成堂。桂栋[11]兮兰橑[12]，辛夷[13]楣[14]兮药房。罔薜荔兮为帷，擗[15]蕙櫋[16]兮既张。白玉兮为镇，疏[17]石兰兮为芳。芷葺兮荷屋，缭之兮杜衡[18]。合百草兮实庭，建芳馨兮庑门，九嶷缤兮并迎，灵之来兮如云。

【注释】

①麋(mí)：麋鹿。哺乳动物，毛为淡褐色，雄性有角，角像鹿，尾巴像驴，蹄子像牛，脖子像骆驼，但是从整体上看又什么都不像，因此又被称作为“四不像”。

②水裔：水边。

③济：渡过。

④西澨(shì)：西岸。澨，水滨。

⑤腾驾：飞快地驾车，车马急速地前进。

⑥逝：往，前往。

⑦葺(qì)：原指使用茅草苫盖房屋，此处指盖房屋。

⑧荪壁：用荪草装饰墙壁。荪，香草名。

⑨紫坛：用紫贝砌成的中庭的路面。

⑩播：通“掬”，捧。

⑪桂栋：用桂木做正梁。

⑫兰橑：木兰做屋椽。橑，屋椽。

⑬辛夷：辛夷树，属木兰科，落叶乔木，高数丈，木有香气。

⑭楣：房屋的横梁，即次梁。

⑮擗(pǐ)：拆开。

⑯櫋(mián)：隔扇。

⑰疏：摆上，摆设。

⑱杜衡：香草名。

【译文】

麋鹿为什么啊在庭院觅食，蛟龙为什么啊被困在水边？早晨我跃马飞驰啊在江边，傍晚时分我渡过江啊到了西岸。一旦听到佳人啊亲切的召唤，我就疾驰飞奔啊和她一同前往。我们将在水中央啊构筑豪华的宫室，荷叶圆圆啊可以当作屋顶。用香荪装饰墙壁啊用紫贝铺设庭院，用芳椒和泥啊涂抹祭坛。以桂木做正梁啊以木兰做屋椽，用辛夷为次梁啊用白芷装饰卧房。编织薜荔啊巧手做帷帐，剖开蕙草成隔扇啊放置停当。白玉为镇啊压住睡席，摆上石兰啊为床前的屏风。白芷加盖啊荷叶为屋，四周缠绕啊还有杜衡。聚集百草啊布满庭院，门旁走廊下啊芳香四溢。九嶷山的众神啊纷纷前来祝贺新宅的落成，群神降临啊纷纷扬扬如云一般。

捐余袂兮江中，遗余褋[①]兮醴浦。搴[②]汀洲兮杜若，将以遗[③]兮远者。时不可兮骤得，聊逍遥兮容与。

【注释】

①褋（dié）：禅衣，指贴身所穿的汗衫之类的衣服。

②搴（qiān）：采摘，折取。

③遗：赠寄，留给。

【译文】

我把衣袖啊抛向滚滚的江流，把禅衣啊扔在了澧水之滨。我在水边的沙洲上啊拔取杜若，准备再次相见的时候啊赠寄给远方的爱人。如此美好的时光啊不容易得到，姑且漫步啊安闲自得。

【评析】

本篇承接《湘君》的写作思路，只不过描写对象和角度发生了转换。本文重在刻画湘君对湘夫人的爱慕和思念之情，为了等候心目中爱人的出现，湘君可谓是望眼欲穿，在充满无限的期待中憧憬着爱情的美好。但最终湘君的等待却没有结果，这种相恋却不能相见的失望和惆怅情绪在文中末尾突显出来。

从篇章结构上看，诗歌可以分为四个小部分，第一部分描绘了湘君见不到湘夫人的哀怨、思念之情；第二部分刻画了湘君渴慕的心态之中所呈现出来的那种难以表露心曲的纠结、郁闷；第三部分是湘君想象两人会面后的种种美好场面；最后是湘君最终失望而归的不舍和心酸，对湘君心路历程的描写与刻画可谓传神入骨。

通观全诗，文笔细腻而又情思绵绵，诗人通过对现实和假想景物以及幻想场景的描写，全方位地烘托出了人物情感的波动变化，其悲情意象和缠绵悱恻的情怀，令人感同身受。

大　司　命

广开[①]兮天门，纷[②]吾乘兮玄云[③]。令飘风[④]兮先驱，使涷雨[⑤]兮洒尘。

【注释】

①广开：大开。

②纷：多。

③玄云：黑云，浓云。

④飘风：即旋风。

⑤涷雨：暴雨。

【译文】

完全敞开了啊天国的大门，我从天门出发啊乘上浓密的青云。我命令旋风啊在前面开道，又叫那暴雨啊洗洒路上的灰尘。

君[①]回翔兮以下，逾空桑[②]兮从女。

【注释】

①君:对大司命的尊称。

②空桑:传说中的山名。产琴瑟之材。

【译文】

神君在天上盘旋啊从空中降临,越过空桑山啊来到众巫中间。

纷总总[1]兮九州,何寿夭[2]兮在予。

【注释】

①纷总总:盛多的样子。

②寿夭:人的生老病死。

【译文】

人数众多啊九州的芸芸众生,为什么生老病死啊都握在我的手上。

高飞兮安翔,乘清气兮御阴阳[1]。吾与君兮齐速,导帝之兮九坑[2]。

【注释】

①阴阳:指天地间的阴阳二气,古人认为宇宙万物的发展变化都是由阴阳二气运行所定。

②九坑(gāng):指九州之山。坑,通“冈”,土山,高地。

【译文】

大司命高高飞起啊在长空中翱翔,乘着天地的正气啊主宰生死阴阳。我虔诚恭敬啊为您做向导,迎接您来到啊这天帝所创立的九州大地上。

灵衣兮被被[1],玉佩兮陆离[2]。壹阴兮壹阳[3],众莫知兮余所为。

【注释】

①被被:通“披披”,飘动的样子。

②陆离:光彩绚丽的样子。

③壹阴兮壹阳:或阴或阳,即或死或生。

【译文】

神衣飘动啊长长委落,佩戴的玉佩闪烁啊色彩绚丽。死亡啊生存,世间的众生哪里知道啊都由我掌握。

折疏麻[①]兮瑶华[②],将以遗兮离居。老冉冉[③]兮既极,不寖[④]近兮愈疏。

【注释】

①疏麻:传说中的神麻,常折以赠别。

②瑶华:玉白色的花。借指仙花。

③冉冉:渐渐,逐渐。

④寖:亲近。

【译文】

我折取神麻啊那玉色的花朵,准备送给啊即将离去的神灵。我已渐渐衰老啊步入暮年,如果再不亲近神灵啊就会日益疏远。

乘龙兮辚辚[①],高驰兮冲天。结桂枝兮延伫[②],羌[③]愈思兮愁人。

【注释】

①辚辚:车子行走时所发出的声响。

②延伫(zhù):长久地站立。

③羌:楚地方言,用在句首作发语词。

【译文】

大司命乘着龙车啊车声辚辚,它高飞啊直入云霄。我手持一束编织好的桂枝啊在原地久久伫立,越来越想念他啊满腹愁肠。

愁人兮奈何,愿若今兮无亏。固人命兮有当[①],孰离合兮可为?

【注释】

①当:定数。

【译文】

伤心哀愁啊又有什么用呢,但愿像现在这样啊没有缺损。人的寿命生死啊本来就有定数,面对离合啊谁又能做什么?

【评析】

《大司命》是祭大司命之神的歌舞辞,大司命是传说中掌管人类寿夭以及生死的神。本篇由男巫饰大司命,由女巫迎神,其唱词由大司命和迎神女巫穿插配合演唱,表现出大司命的高高在上、自命不凡,迎神女巫的热烈追求、一厢情愿以至追求不得的无可奈何。

全诗可分为八个小节,第一节四句为扮大司命所唱,大司命降落人间,呼风唤雨,声势夺人。第二节两句为迎神女巫的唱词,大司命是受迎神女巫的礼祭从天而降的,而迎神女巫的追求则是出于对大司命的爱恋。第三节两句又是大司命的唱词,大司命高傲地亮明自己的权威,体现出了大司命的大权在握、唯我独尊。第四节四句是迎神女巫的唱词,她承顺了大司命的自炫心理,赞颂神的功德无量,表现了对神的虔诚恭敬。第五节是大司命的唱词,大司命继续夸耀其衣饰华美,神力非常,高高在上、神秘莫测的大司命形象显露无遗。最后三节全部为迎神女巫的唱词，第六节迎神女巫折疏麻以挽留大司命，表现了迎神女巫对大司命的恭敬依恋，也表现了自己年纪既老而情感愈疏的悲伤，流露了希望延年益寿的情绪。第七节，大司命全然不顾迎神女巫的挽留，乘龙冲天而去，即表明了大司命的冷酷无情，又表现了迎神女巫的痴情和忧愁。最后一节为大司命离去后迎神女巫的自我宽解之词，显示了迎神女巫对生死寿夭的达观态度，又流露出追求不得的失落和惆怅。

屈原在创作这篇作品时，寓意遥深，在人神离合的情节中，也寄托了自己君臣离合变化的情思和希冀。

少　司　命

秋兰兮麋芜①，罗②生兮堂下。绿叶兮素华③，芳菲菲④兮袭予⑤。夫人自有兮美子，荪⑥何以兮愁苦？

【注释】

①麋(mí)芜：香草名，一般在七八月间开白花，香气浓郁。

②罗：散步。

③素华：即白色的花。

④菲菲：形容香气浓郁。

⑤袭予：指香气扑鼻，沁人肺腑。予，主祭男觋的自称。

⑥荪：香草名，此处借指少司命。

【译文】

秋兰啊麋芜，分散生长在啊厅堂台阶下。绿色的叶子啊白色的花朵，香气浓郁啊沁入我的肺腑。世间的人都自然有啊娇美的子女，您为何还要替他们啊愁苦忧伤？

秋兰兮青青[1]，绿叶兮紫茎。满堂兮美人[2]，忽独与余兮目成[3]。入不言兮出不辞，乘回风兮载云旗。悲莫悲兮生别离，乐莫乐兮新相知。

【注释】

①青青：通“菁菁(jīng)”，草木茂盛的样子。

②美人：指参加祭礼的人们。

③目成：眉目传情，结成亲好。

【译文】

秋天的兰花啊如此茂盛，嫩绿叶片中啊长出紫色花茎。满堂之中啊有众多美好的人士，忽然都对我啊秋波传送。悄悄降临啊走时又默默无言，乘风驾云啊飘然离去。世上最悲哀的事情啊莫过于有情人的离别，世上最开心的事情啊莫过于结交新的知己。

荷衣兮蕙带，儵[1]而来兮忽而逝。夕宿兮帝郊[2]，君谁须兮云之际？

【注释】

①儵(shū)：通“倏”，忽然。

②帝郊：指天国的郊野。

【译文】

用荷叶做衣啊用蕙草做腰带，匆匆而来啊又匆匆飘散于天外。傍晚时分啊停宿在天国的郊野，您又把谁等待啊在那遥远的天际？

与女游兮九河，冲风至兮水波扬。与女沐兮咸池[1]，晞[2]女发兮阳之阿[3]。望美人兮未来，临风怳[4]兮浩歌。

【注释】

①咸池：神话中的天池，日浴之处。

②晞（xī）：晒干。

③阳之阿：即旸谷，日出之处。

④怳（huǎng）：失意的样子。

【译文】

我多想与您啊一同畅游天河，但是暴风来临啊掀起滔天巨浪。多想与您啊一起在天池中清洗秀发，在那日出的地方啊将头发晒干。不停地张望啊美人不来，心神恍惚啊伫立在风中放声高歌。

孔盖兮翠旍①，登九天兮抚彗星②。竦③长剑兮拥幼艾④，荪⑤独宜兮为民正⑥。

【注释】

①翠旍：用翡翠鸟的羽毛制成的旌旗。

②彗星：俗称扫帚星，古人认为是灾星。彗星形似扫帚，所以古人想象可以用之扫除污秽。

③竦（sǒng）：手持，举起。

④幼艾：泛指少年男女。

⑤荪：对神的敬称。

⑥民正：人民命运的主宰。

【译文】

您以孔雀的羽毛为车盖啊以翡翠鸟的羽毛作旌旗，飞上九天啊安抚彗星。您手持长剑啊保护着幼童，只有您才有资格啊成为我们命运的主宰。

【评析】

《少司命》是祭祀少司命神的歌舞辞，少司命是主管人间子嗣的女神。这首诗和《大司命》一样，也是以对唱的形式层层深入，从劝谏少司命接受祭祀开始，到陈述对少司命的爱戴结束，涵盖了降神、娱神、颂神以及送神的祭祀全过程。

全诗可分为五个部分，第一部分是群巫合唱的迎神曲，主要描述祭祀现场，清雅素净，恬静悠远。第二部分是代表少司命女神的主巫独唱的临坛曲，少司命降临接受祭祀，又不得不离去，人神相通，体现了少司命的温柔多情。其中“悲莫悲兮生别离，乐莫乐兮新相知”是传颂千古的名句，历来为人称颂。第三部分是群巫合唱的问词，展现出少司命来去匆匆，众人依依不舍的情态。第四部分是少司命的答词，众人不能成行，少司命真情流露，失落惆怅。第五部分是群巫合唱的送神曲，表达了对少司命的崇敬与爱戴。五个部分环环相扣，如行云流水般自然衔接，不着痕迹，语言流畅，富于回味。

东君

暾[①]将出兮东方，照吾槛兮扶桑。抚余马兮安驱，夜皎皎兮既明。

【注释】

①暾(tūn)：初升的太阳。

【译文】

火红明亮的太阳啊即将从东方升起，照耀着我门前的栏杆啊光芒出自扶桑。轻轻抚拍我的宝马啊缓缓前行，夜色渐渐消失啊露出微微的曙光。

驾龙辀[①]兮乘雷，载云旗兮委蛇[②]。长太息兮将上，心低佪兮顾怀[3]。羌[4]声色[5]兮娱人，观者憺[6]兮忘归。

【注释】

①龙辀：即龙驾的车。辀，车辕，代指车。

②委蛇（wēiyí）：蜿蜒曲折的样子。

③顾怀：眷顾怀恋。

④羌：楚国方言，发语词。

⑤声色：指日出时的景象。

⑥憺（dàn）：安乐，这里有迷恋的意思。

【译文】

驾着我的龙车啊车声隆隆如同雷响，遍插云旗啊旗帜随风舒卷。我长长地叹息啊将要升上天去，心中却又徘徊犹豫啊眷恋故乡。日出的景象啊光辉灿烂令人心醉，观看的人群迷醉不已啊流连忘返。

絙瑟[1]兮交鼓，箫钟兮瑶簴[2]。鸣篪[3]兮吹竽，思灵保兮贤姱[4]。翾飞[5]兮翠曾[6]，展诗[7]兮会舞。应律兮合节，灵之来兮蔽日[8]。

【注释】

①絙（gēng）瑟：绷紧瑟弦。

②簴（jù）：悬挂钟磬的架子两侧的立柱。

③篪（chí）：一种竹制的吹奏乐器，形似笛，上面有八孔。

④贤姱：贤惠又美貌。

⑤翾（xuān）飞：鸟儿轻飞滑翔的样子。

⑥曾：通“翻”，举起翅膀，飞举。

⑦展诗：齐声朗诵诗章。

⑧蔽日：形容神灵众多，遮天蔽日的样子。

【译文】

绷紧瑟弦啊对敲乐鼓，敲击铜钟啊钟架被震动摇晃。吹响横篪啊吹奏笙竽，思恋神灵啊贤惠又美貌。飞翔而下啊像翠鸟一样展翅高飞，神人齐声朗诵诗章啊载歌载舞。应着音律啊和着节拍，群神纷纷来迎接啊遮天蔽日。

青云衣兮白霓裳[①]，举长矢兮射天狼。操余弧[②]兮反沦降，援[③]北斗兮酌桂浆。撰[④]余辔兮高驼[⑤]翔，杳冥冥兮以东行[⑥]。

【注释】

①青云衣兮白霓裳：以青云为衣，以白霓为裳。古时上衣称为衣，下衣称为裳。霓，副虹，指虹外围的光圈。

②弧：木弓，亦为弓的通称。

③援：端起。

④撰：抓紧。

⑤驼：通“驰”。

⑥东行：古人认为太阳白天在空中西行，夜晚在大地背面赶回东方。

【译文】

我以青云为衣啊以白霓为裳，高高举起手中的长箭啊去射杀凶残的天狼。手中持着木弓啊准备返回西方，端起北斗七星啊让它斟满桂酒醇浆。抓紧手中的马缰绳啊高高飞驰，穿越幽幽的黑暗长夜啊再次奔向东方。

【评析】

东君是古代神话中的日神，因为日出东方，故称东君。本篇就是一首祭祀日神的乐歌，也是中国文学史上第一首关于太阳的礼赞曲。

纵览全诗，诗人以拟人化的写法，在诗中极力颂扬了太阳神光照万物、惩罚邪恶的小人以及时刻保佑众生的美好品质，从而使得东君这一神灵更加亲切自然，有血有肉，而不再是神秘而令人敬畏的天神。同时在另一方面，诗人对太阳神光照万物和除暴安良行为的描写，其实也在一定程度上反映出了屈原自我真实的内心，希望楚国君王也能像太阳神一样，清除身边的小人，以实现国家的繁荣富强。

从篇章结构上看，全诗一共可以分为四个部分，第一部分描写了日出东方的壮美景象。第二部分先写日神行天的壮丽场景，转而描绘日神流连眷顾故居的心情。第三部分展开笔锋叙述了在日神祭祀中宏大的歌舞场面，展现了人们对日神的尊敬和无限期望之情。最后一部分则是日神的自述，讲述自己除暴诛恶、战胜邪恶的英雄气概。其中“射天狼”一语，明显是针对秦国而言，反映了楚国人民战胜强秦的强烈愿望，也寄寓了诗人的报国之志和爱国之情。

河　　伯

与女游兮九河①，冲风起兮横波。乘水车兮荷盖，驾两龙兮骖螭②。

【注释】

①九河：黄河下游河道的总名。传说大禹治水到兖州的时候，为了防止河水泛滥，把河水分为九道，分别为徒骇、太史、马颊、覆釜、胡苏、简、洁、钩磐、鬲津。

②骖（cān）螭：以螭龙为骖。古时用四匹马驾车，辕内的两匹马叫服，辕外的两匹马叫骖。

【译文】

我与河神您啊畅游九河，暴风搅动河水啊泛起巨浪。我们以水为车啊以荷叶做车盖，以两条神龙驾辕啊以螭龙为骖。

登昆仑兮四望，心飞扬兮浩荡①。日将暮兮怅②忘归，惟极浦兮寤怀③。

【注释】

①浩荡：形容胸怀无比的宽畅。

②怅：姜亮夫《屈原赋校注》中推断“怅”应为“儋”之误。儋，安乐的意思。

③寤怀：难以入眠而怀念，犹言日夜怀念。

【译文】

登上神山昆仑啊纵目四望，心意飞扬啊胸怀无比宽畅。太阳即将落山啊令人流连忘归，我还在怀念那遥远的水乡啊难以入眠。

鱼鳞屋①兮龙堂②，紫贝阙兮珠宫，灵③何为兮水中？乘白鼋兮逐文鱼，与女游兮河之渚，流澌④纷兮将来下。

【注释】

①鱼鳞屋：以鱼鳞做瓦的房屋。

②龙堂：以龙鳞装饰之堂。

③灵：神灵，指河伯。

④流澌：解冻时流动的冰。

【译文】

用鱼鳞做屋瓦啊用龙鳞装饰厅堂，用紫贝装饰宫门啊用珍珠装饰宫殿，河伯啊您为什么久住水中呢？驾驭着白鼋啊有五彩的鱼儿跟随着我，我和您一同游玩啊在那河中的沙洲上，冰块纷纷解冻啊向前奔流。

子[1]交手兮东行，送美人兮南浦。波滔滔兮来迎，鱼邻邻兮媵[2]予。

【注释】

①子：指河伯。

②媵（yìng）：送，送别。

【译文】

您拱手告别啊向东行走，我特意来送您啊到南方的水边。滔滔的波浪啊奔涌来迎，众多的鱼儿啊列队向我告别。

【评析】

河伯是神话传说中的黄河之神，一开始称为河神，战国时期改称为河伯，本篇就是一首祭祀河伯的诗歌。

从诗歌内容上看，本篇主要描述了女巫幻想中和河伯欢会畅游的场景。他们先是在九河之上遨游，接着又登上昆仑之巅，望极浦，入龙宫，游河洲，最后依依不舍地分别。

全诗节奏欢快通畅，描写真挚自然，尤其是女巫和河伯畅游过程中，有波涛相伴，也有鱼儿相随，我们可以感受到诗人无拘无束的情怀以及充沛的想象力。无疑这种情景交融的描写，使得全诗既满含深情，又闲适从容。

山　　鬼

若有人兮山之阿[1]，被薜荔兮带女萝[2]。既含睇[3]兮又宜笑，子慕予兮善窈窕。乘赤豹兮从文狸，辛夷车兮结桂旗。被石兰兮带杜衡，折芳馨兮遗所思。

【注释】

①阿(ē):凹曲处。

②女萝:一种地衣类隐花植物,又名松萝。

③含睇(dì):眉目含情,微微斜视。睇,微盼。

【译文】

隐隐约约有个人儿啊在山坳之处,身披薜荔啊腰间束着松萝。我含情脉脉啊自然微笑,您爱慕我的姿容啊美丽窈窕。我驾着赤豹啊后面有花狸相随,辛夷木做成车啊捆结桂枝为旌旗。身披石兰为衣裳啊用杜衡作飘带,折下那香花啊送给我思慕的人。

余处幽篁[①]兮终不见天,路险难兮独后来。表独立兮山之上,云容容[②]兮而在下。杳[③]冥冥兮羌昼晦[④],东风飘兮神灵雨。留灵修[⑤]兮憺[⑥]忘归,岁既晏[⑦]兮孰华[⑧]予?

【注释】

①幽篁(huáng):幽深的竹林。

②容容:形容云气浮动的样子。

③杳(yǎo):深远。

④昼晦:白日光线昏暗。

⑤灵修:指所思思慕的人。

⑥憺:安然,泰然。

⑦晏:晚,迟。

⑧华:使开花。

【译文】

我身居幽深的竹林啊终日见不到太阳,道路艰险啊使我姗姗来迟。看不到所思慕的人啊我孤独地站在山巅,云卷云舒啊在我脚下翻腾。天色幽暗啊白昼如同夜晚，东风阵阵吹过啊雨神为我下起雨来。想挽留爱慕的人啊使他流连忘返，年华已迟暮啊谁来使我重现花容？

采三秀[①]兮於山间，石磊磊兮葛蔓蔓。怨公子[②]兮怅忘归，君思我兮不得闲。山中人[③]兮芳杜若，饮石泉兮荫松柏。君思我兮然疑[④]作，雷填填[⑤]兮雨冥冥，猨[⑥]啾啾兮狖[⑦]夜鸣。风飒飒兮木萧萧，思公子兮徒离忧。

【注释】

①三秀：灵芝草的别名。灵芝一年三次开花，所以称为“三秀”。

②公子：指山鬼所思念的人。

③山中人：山鬼的自称。

④然疑：将信将疑，半信半疑。然，相信。

⑤填填：形容雷声之大。

⑥猨：同“猿”。

⑦狖（yòu）：古书上说的一种猴，黄黑色，尾巴很长。

【译文】

我在山间啊采摘灵芝仙草，山石嶙峋到处堆积啊葛藤蔓生缠结。怨恨爱慕的人失约啊我惆怅忘返，或许您也思念我啊只是没有空闲。我这山中的人儿啊像芳芬的杜若，啜饮石间的清泉啊伫立在松柏林中。或许您思念我啊却又半信半疑，雷声隆隆啊细雨绵绵，猿声啾啾啊划破夜空。秋风飒飒啊黄叶纷纷飘零，思念公子啊徒然令人神伤。

【评析】

本篇为祭祀山神的乐歌。古今许多学者认为诗中所写的山中女神就是传说中的巫山神女瑶姬。郭沫若《屈原赋今译》根据诗中“采三秀兮於山间”一句，认为“於”“巫”古音通转，“於山”即巫山，山神即宋玉《高唐赋》中所写的巫山神女。

本篇最值得称道的地方就是能够将景物描写和人物心理活动的刻画完美地结合在一起，依次描述了这位山中女神满怀期待地前去赴约，在等待恋人过程中所表现出来的喜悦和不安相互交织的心理变化，最后是预感到约会不能实现时的哀怨心情。山鬼的形象既有山川景色的自然美，又有社会人世美丽多情女子之美，是自然美与社会美的巧妙结合。

国　殇

操吴戈兮被犀甲①，车错毂②兮短兵接。旌③蔽日兮敌若云，矢交坠兮士争先。凌余阵兮躐④余行⑤，左骖殪⑥兮右刃伤⑦。霾⑧两轮兮絷⑨四马，援玉枹⑩兮击鸣鼓。天时怼⑪兮威灵怒，严杀尽兮弃原野。

【注释】

①犀甲：用犀牛皮制成的铠甲，极为坚韧。

②车错毂：车轮相互交错。毂，车轮中心有洞可以插轴的部分，借指车轮或车。

③旌(jīng)：旌旗，旗的通称。

④躐(liè)：践踏，踩踏。

⑤行：队列。

⑥殪(yì)：死。

⑦右刃伤：右侧骖马为刃所伤。一说“刃”当为“服”，伤者是车辆右边的辕马。

⑧霾(mái)：遮蔽，掩埋。

⑨絷(zhí)：拴住马足。

⑩援玉枹(fú):手持鼓槌,谓随时可以指挥进军。古时以击鼓指挥军队进击。玉枹,鼓槌的美称。枹,同"桴",鼓槌。

⑪怼(duì):怨恨,憎恨。

【译文】

手持吴戈啊身披犀甲,车轮相互交错啊短兵相接。旌旗遮天蔽日啊敌人如云,乱箭交坠而下啊勇士奋勇争先。强敌冲击我军阵地啊打乱我军的队列,左侧骖马已经倒地死去啊右骖也遭受重创。车轮深陷啊四匹战马被禁锢,手持鼓槌啊敲响震天的战鼓。苍天哀怨啊神灵发怒,严酷厮杀啊尸横疆场。

出不入兮往不反[①],平原忽兮路超远。带长剑兮挟秦弓,首身离兮心不惩[②]。诚[③]既勇兮又以武,终刚强兮不可凌。身既死兮神以灵[④],子魂魄兮为鬼雄!

【注释】

①反:通"返",返回。

②不惩:不戒惧,不畏惧。

③诚:确实,实在。

④神以灵:精神成为神灵。指精神不死而永存。

【译文】

当初勇士出征啊并没有想着活着回来,荒原辽阔苍茫啊路途遥远漫长。身佩长剑啊手持秦弓,即使身首分离啊也无所畏惧。你们实在是勇敢啊又武艺出众,始终刚强不屈啊敌人难以侵凌。如今为国捐躯啊精神永生不死,你们的魂魄啊不愧为鬼中的英雄!

【评析】

"国殇"是指为国而牺牲的人。《九歌》组诗中,从《东皇太一》到《山鬼》，诗歌所祭祀的都是自然界中的神祇，只有《国殇》这一篇是祭祀人间为国牺牲的将士这一类人群，是活生生且具体的人。许多学者认为这和战国时秦楚战争有关，“国殇”应该是在秦楚战争中那些牺牲的楚国将士。楚国人民为了保卫国家，抗击强秦，表现出了前赴后继、奋不顾身的英雄气概，乃至付出了宝贵的生命，令人钦佩不已。

从结构上看，文中首先从两军激烈战斗的场面开始描写，详细地描绘了楚国将士奋不顾身、保家卫国的忠勇精神和爱国气节；后一部分悼念将士为国捐躯，颂扬他们至死不屈的英雄精神，对这些战死在疆场上的英灵给予了高度的礼赞，并希望以此来激励楚国的民众。

全诗描写铺排陈事，用词激昂慷慨，是古今不朽的杰作。

礼魂

成礼①兮会鼓，传芭②兮代舞③，姱④女倡⑤兮容与。春兰兮秋菊⑥，长无绝兮终古。

【注释】

①成礼：祭祀礼仪结束。

②传芭(bā)：互相传递花朵。芭，通“葩”，初开的花朵。

③代舞：轮番来跳舞。

④姱(kuā)：美好。

⑤倡：领唱。

⑥春兰兮秋菊：春祭用兰花，秋祭用菊花。

【译文】

祭礼全部完成啊一齐击鼓鸣乐，传递着鲜花啊众人轮番起舞，美女高声领唱啊姿态从容安适。春祭奉献兰花啊秋祭供奉晚菊，永无休止啊传承千古。

【评析】

本篇是《九歌》一章的结束部分，文中的“魂”也即是神的另一种称谓，《九歌》前十篇所祭祀的天地神祇和人鬼都包含在内，所以说“礼魂”就是礼成送神之辞。

诗中描写祭礼完成时载歌载舞的场面非常隆重热闹，礼魂时的准备很充分，仪式内容也非常完备。有激昂的鼓声，有声势浩大的人群，还有无数的鲜花以及灵动的舞姿，组成了一场气氛欢快的送神仪式，表达了人们希望祭礼终古无绝的心情，也显示出对神灵的敬畏之情。

天　问

《天问》是屈原作品中体制比较独特的一篇，在中国诗歌史上占据着重要的地位，充分表现出了诗人独特新奇的思想，是其伟大艺术想象力的又一次集中爆发。诸多对于自然、人生、宇宙的疑问，展现出了诗人孜孜不倦的探索精神和求真求实的思想。在另一方面，也反映了春秋战国时期我国思想文化领域所呈现出来的活跃度，是时代进步在学术层面上的必然要求。

"天问"篇名的由来，在学术界众说纷纭，比较具有代表性的是王逸。他在《楚辞章句》中曾这样解释说："何不言'问天'？天尊不可问，故曰'天问'也。"我们不妨将王逸的解释来作为对这篇文章名称一个较为中肯的理解。

既然文章标题冠之以"天问"，显然易见，全篇内容必然是以"问"为主，所以通观全篇，一共 374 句，提出了 172 个问题，涵盖了有关天文自然的运行规律、社会现象的探讨以及对过往历史的拷问等多方面的内容，具有强烈的怀疑和批判精神。这些问题既表达了屈原渊博的知识结构，也在一定程度上体现了他大胆质疑的求实精神，反映出屈原努力追求自我人生价值、实现自我政治理想以及对楚国社会发展和人类命运的深度思考。正如鲁迅评价的那样："怀疑自遂古之初，直至百物之琐末，放言无惮，为前人所不敢言。"

从结构上看，本章大体上可以分为两大部分。其一是从"遂古之初"一句开始，诗人由此提出了自己的疑问，主要提问内容集中在对大自然事物的发问上面，情节富有变化且饶有趣味；第二部分从“禹之力献功”一句开始，诗人在这一部分中针对古往今来所流传的神话故事、历史传说以及种种史料展开了全方位的反问，其提问内容以人事方面为主，同时也表达了诗人对历史兴衰成败与历史人物贤能奸邪的认识和看法，寄寓了自我的政治理想，是诗人内心思想情感的真实流露。

曰：遂古①之初，谁传道②之？上下③未形，何由考之？冥昭瞢暗④，谁能极之？冯翼⑤惟像⑥，何以识之？明明暗暗，惟时何为？阴阳三⑦合，何本何化？圜⑧则九重，孰营度之？惟兹⑨何功，孰初作之？斡维⑩焉系？天极焉加？八柱⑪何当？东南何亏？九天⑫之际，安放安属？隅隈⑬多有，谁知其数？天何所沓⑭？十二⑮焉分？日月安属？列星安陈？出于汤谷⑯，次⑰于蒙汜⑱。自明及晦，所行几里？夜光⑲何德，死则又育⑳？厥利维何，而顾菟㉑在腹？女歧㉒无合，夫焉取九子？伯强㉓何处？惠气安在？何阖而晦？何开而明？角宿㉔未旦，曜灵安藏？

【注释】

①遂古：往古，远古。遂，通“邃”，辽远的意思。

②传道：传说。

③上下：代指天和地。

④冥昭瞢(méng)暗：天地未分时，宇宙明暗混沌的状态。冥，幽暗；昭，明亮；瞢，晦暗无光。

⑤冯(píng)翼：大气弥漫的样子。

⑥像：指想象中的无形之像。

⑦三：通“参”，参错。

⑧圜：通“圆”，指天。古人误认为天圆地方。

⑨兹：此。

⑩斡(wò)维:运转的枢纽。古人认为天体运行是围绕一个轴心运行的,在中心轴上有绳把天体系住。斡,运转。维,绳。

⑪八柱:古代传说中支持天宇的八根柱子。

⑫九天:指天的中央和八方。

⑬隅隈:角落和弯曲之处。隅,角落。隈,弯曲处。

⑭沓:会合。

⑮十二:古人认为太阳在天空中运行的轨迹是一个圆圈儿,称之为黄道。太阳和月亮在黄道上每年相遇十二次,故将黄道分为十二,以记日月运行之轨迹。后人引申与地之十二分野相对应。

⑯汤谷:古代神话中日出之处。

⑰次:驻扎。

⑱蒙汜:日落之处。

⑲夜光:月亮的别名。

⑳死则又育:指月亮缺而复圆。

㉑顾菟:月亮中玉兔的名字。"菟",即兔。一说为蟾蜍。

㉒女歧:神话传说中的神女,没有丈夫而生有九个儿子。

㉓伯强:即禺强。神话传说中的风神。

㉔角宿:星宿名,二十八宿之一。有两颗星,早晨位在东方。古代传说两星之间为天门,黄道经行其中,七曜运行其间。

【译文】

问道:远古时期最为初始的情况,是谁将它流传下来的?天和地还没有形成之前的状况,根据什么才能探究清楚?宇宙混沌一片,昏暗蒙昧,谁能够将它考察明白?大气弥漫,空濛无形,根据什么将其辨认出来?天地初分,白昼光明,黑夜无光,为什么会是这个样子?阴阳二气相互交融而诞生万物,何为本源,何为演化?圆圆的天分为九层,是谁曾经度量过它?这样浩大的工程,最开始的时候又是谁创建的?使天体围绕轴心旋转的绳索,系在天轴何处?天轴的顶端,又安放在哪里?支撑天体的八根天柱,分别在什么地方?东南的地面为什么会塌陷?天体的四面八方各有边际，分别在什么地方？它们又是如何连接在一起的？天际的角落曲曲折折，谁能知道它确切的数目？天上的太阳和月亮在什么地方会合？十二分野如何划分？太阳和月亮悬挂在天上为什么不会掉下来？群星又是如何排列而井然有序？太阳从汤谷升起，歇息在蒙汜。从清早到傍晚，它一天究竟奔行了多少里路？月亮有什么高尚的美德，竟然能够缺而复圆？它上面那块黑色的东西究竟是什么？难道说是兔子藏在那里？女歧从未婚配，她怎么能够生育出九个儿子？风神伯强又居住在什么地方？那祥和之风又是从哪里吹来的？为什么天门一旦闭合就是夜晚？为什么天门一开就是白天？天门没有打开之前，太阳还未出来之时，阳光又藏身何处？

不任汩[①]鸿，师何以尚[②]之？佥[③]曰何忧？何不课[④]而行之？鸱龟[⑤]曳衔，鲧何听[⑥]焉？顺欲[⑦]成功，帝何刑焉？永遏[⑧]在羽山，夫何三年不施[⑨]？伯禹愎[⑩]鲧，夫何以变化？纂[⑪]就前绪[⑫]，遂成考[⑬]功。何续初继业，而厥谋[⑭]不同？洪泉极深，何以寘[⑮]之？地方九则[⑯]，何以坟[⑰]之？河海应龙[⑱]，何尽何历[⑲]？鲧何所营？禹何所成？康回冯怒[⑳]，墬[㉑]何故以东南倾？九州安错[㉒]？川谷何洿[㉓]？东流不溢，孰知其故？东西南北，其修[㉔]孰多？南北顺椭[㉕]，其衍[㉖]几何？昆仑县圃，其尻[㉗]安在？增城[㉘]九重，其高几里？四方之门，其谁从焉？西北辟启[㉙]，何气通焉？日安[㉚]不到，烛龙[㉛]何照？羲和[㉜]之未扬，若华何光？何所冬暖？何所夏寒？焉有石林？何兽能言？焉有虬龙，负熊以游？雄虺九首，倏忽焉在？何所不死？长人[㉝]何守？靡蓱九衢[㉞]，枲华[㉟]安居？一蛇吞象[㊱]，厥大何如？黑水玄趾[㊲]，三危[㊳]安在？延年不死，寿何所止？鲮鱼何所？鬿堆[㊴]焉处？羿焉彃[㊵]日？乌[㊶]焉解羽[㊷]？

【注释】

①汩(gǔ)鸿:治水。汩,治理。鸿,通“洪”,洪水。

②尚:推举。

③佥:皆。

④课:试验。

⑤鸱龟:形如鸱鸟的乌龟。

⑥听:音近“圣”,谓圣德。

⑦顺欲:顺从众人的期望。

⑧遏:囚禁,幽闭。

⑨施:释放。

⑩愎:通“腹”。传说鲧死后三年不腐,有人以刀剖开其腹,大禹乃降生。

⑪纂:继承,继续。

⑫绪:事业。

⑬考:对已死父亲的尊称。

⑭谋:指治水的方略。

⑮寘(tián):通“填”,填平。

⑯九则:九等。《尚书·禹贡》上记载大禹划分九州的土地为九等,即上上、上中、上下、中上、中中、中下、下上、下中、下下。

⑰坟:区分。

⑱应龙:古代神话中有翼的龙。

⑲历:经过。

⑳康回冯(píng)怒:共工发怒。康回,即共工。

㉑墬(dì):同“地”。

㉒错:通“措”,安置。

㉓洿(hù):深。

㉔修:长。

㉕椭:狭长。

㉖衍：多余。

㉗尻（kāo）：即“尻”，本指脊椎尾骨，或臀部。此处引申为边际、尽头。

㉘增城：神话传说中的城名，在昆仑山上。

㉙辟启：敞开。

㉚安：照射。

㉛烛龙：神话中的神名，传说“其瞑乃晦，其视乃明”，即他闭上眼睛就是黑夜，睁开眼睛就是白昼。

㉜羲和：神话中为太阳驾车的神。

㉝长人：长寿之人。一说为身材高大之人，即防风氏。传说防风氏长约三丈，守封、嵎二山。

㉞靡蓱（píng）：漂流的浮萍。九衢（qú）：谓分枝众多。

㉟枲（xǐ）华：麻的花。枲，大麻的雄株，只开雄花，不结果实，称“枲麻”。也泛指麻。

㊱蛇吞象：《山海经·海内南经》：“巴蛇食象，三岁而出其骨。”

㊲黑水：神话中水名，出昆仑山。玄趾：传说中山名，在西方。

㊳三危：山名。《尚书·禹贡》记载：“导黑水，至于三危，入于南海。”

㊴鬿（qí）堆：即鬿雀，神话中的怪鸟，其状如鸡而白首，鼠足而虎爪，食人。

㊵弹（bì）：射。

㊶乌：乌鸦，神话传说中太阳里面有三足乌。

㊷解羽：指后羿射落太阳，里面的三足乌羽翼散落而死。

【译文】

鲧既然不能够胜任治理洪水的重任，众人为什么还要推举他？大家都纷纷对尧说：您有什么好担忧的，为什么不让他试一试再做决定？鲧到底有什么样的美德，竟然可以让神龟来帮助他治水？按照鲧的想法治水会成功的，为什么尧还要惩罚他？将鲧长久地囚禁在羽山，为什么那么多年还不将他释放？禹从鲧的腹部出生，怎么会有这样奇怪的事情出现？禹继承了父亲鲧的事业，终于成就了亡父治理水患的未竟之功。禹继承了父亲鲧的遗业，为什么他们治水的方略却一点也不相同？洪水是那么深，禹是用什么东西来填平它的？大地被分为九等，禹又是采用了什么标准来划分的？应龙的尾巴都划过了哪些地方？江河流归大海主要是通过哪里？鲧被什么迷惑而导致治水不能成功？禹为什么又取得了治水的成功？共工怒火冲天，为什么会使大地向东南倾斜？九州如何设置？河谷的水为什么这么深？水东流入海而大海永不满溢，谁能知道其中的缘故？东西南北四个边际，哪一边的距离更长？南北方向是一个狭长的形状，它比东西长多少呢？昆仑山上有县圃，它们的边际到底在哪里？上面增城高达九层，它到底有多高？昆仑山上四个方向都有门，什么人可以从中出入往来？西北方向的大门敞开着，究竟什么风从这里吹过？太阳什么地方照射不到，烛龙又照亮了什么地方？太阳还没有升起之前，若木花为什么能够照亮大地？什么地方冬天温暖？什么地方夏天寒冷？什么地方有石林？哪一种野兽可以口吐人言？什么地方有无角的虬龙，可以背着大熊游来游去？一条大蛇九个头，迅疾如飞，这种蛇到底在什么地方？什么地方的人可以长生不死？那些长命的人有什么样的操守可以如此？分出许多枝叶的浮萍和开花的枲麻生在哪里？一条大蛇可以吞下一只大象，它究竟有多大？黑水、玄趾以及三危，它们都分别在什么地方？延长寿命以求长生不死，他们的寿数究竟到何时才会结束？鲮鱼在哪儿？鬿雀又在哪里？后羿为什么射落九个太阳？太阳中的三足金乌又为什么会死？

禹之力献功①，降省②下土③四方。焉得彼嵞山④女，而通⑤之于台桑⑥？闵妃匹合⑦，厥身是继⑧。胡维嗜不同味，而快⑨朝饱？启代益⑩作后⑪，卒⑫然离蠥⑬。何启惟⑭忧，而能拘是达⑮？皆归射鞠⑯，而无害厥躬。何后益作⑰革，而禹播降⑱？启棘宾商⑲，《九辩》《九歌》。何勤子屠母⑳，而死㉑分竟地？帝降夷羿[22],革孽[23]夏民。胡射夫河伯[24],而妻彼雒嫔[25]?冯[26]珧[27]利决[28],封狶[29]是射。何献蒸肉[30]之膏,而后帝不若[31]?浞[32]娶纯狐[33],眩妻[34]爰[35]谋。何羿之射革,而交吞揆[36]之?阻穷[37]西征,岩何越焉?化为黄熊[38],巫何活焉?咸播秬黍[39],莆雚是营[40]。何由并投,而鲧疾[41]修盈[42]?白蜺婴茀[43],胡为此堂?安得夫良药[44],不能固臧[45]?天式从横[46],阳离爰死。大鸟[47]何鸣,夫焉丧厥体?蓱[48]号起雨,何以兴之?撰体协胁,鹿[49]何膺[50]之?鳌戴山抃[51],何以安之?释[52]舟陵行[53],何以迁之?惟浇[54]在户,何求于嫂[55]?何少康[56]逐犬,而颠陨[57]厥首?女歧[58]缝裳,而馆同爰[59]止。何颠易厥首[60],而亲以逢殆?汤[61]谋易旅,何以厚之?覆舟斟寻[62],何道取之?桀[63]伐蒙山[64],何所得焉?妹嬉[65]何肆,汤何殛[66]焉?

【注释】

①力献功:勤勉地进献其功。力,勤勉。功,指治理水患。

②降省:到下面视察。

③下土:指天下。

④嵞(tú)山:即涂山。传说大禹在治水途中,娶涂山氏女为妻。

⑤通:相会。

⑥台桑:地名。传说为禹娶涂山氏之女处。

⑦闵:爱怜。妃:配偶。匹合:婚配。

⑧厥身:指禹。继:继承,指生下启。

⑨快:满足。

⑩益:大禹的贤臣,是禹所选定的继承人。

⑪后:君王。

⑫卒:通"猝",突然。

⑬离蠥(niè):遭受灾难。离,遭受;蠥,忧患,灾难。

⑭惟：遭受。

⑮达：逃脱。

⑯射鞠：指交战时箭如雨下。

⑰作：通“祚”，国祚，国家的命运。

⑱播降：播下种子。指禹留下后代子孙，得以繁荣昌盛。

⑲棘：急切。宾：祭祀。商：“帝”字之误。

⑳勤子：贤子，指启。屠母：传说启的母亲涂山氏化为石，禹大呼：“归我子！”石破而生启，故曰“屠母”。

㉑死：通“尸”，即尸体。

㉒夷羿：东夷有穷国的君主，擅射，驱逐夏王太康而自立，后被家臣寒浞杀死。

㉓孽（niè）：灾祸，祸患。

㉔河伯：即黄河水神。

㉕雒（luò）嫔：神话传说中的雒水女神。

㉖冯（píng）：持，挟。

㉗珧（yáo）：蚌壳，这里指饰有贝壳的良弓。

㉘决：通“玦”，一种套在右手大拇指上钩弦发箭的器具，又称扳指。

㉙封狶（xī）：大野猪。

㉚蒸肉：祭祀用的肉。

㉛若：通“诺”，保佑。

㉜浞：寒浞，后羿的相。

㉝纯狐：纯狐氏之女，后羿之妻。

㉞眩妻：善于迷惑人的妻子，指纯狐。

㉟爰（yuán）：于是。

㊱揆：消灭。

㊲阻穷：阻绝，阻断。西征：指鲧被放逐于东海之滨的羽山，曾向神巫众多的西方行进求救。

㊳黄熊：指鲧。

㊴秬(jù)黍：黑米。

㊵莆雚(huán)：皆水草名。营：耕种。

㊶疾：罪恶。

㊷修盈：谓罪恶深重。修，长。盈，满。

㊸白蜺：白色的虹。婴：环绕。茀：云雾。

㊹良药：即不死之药。

㊺臧：同“藏”，保存，保管。

㊻天式：自然法则。从横：即“纵横”，指阴阳二气的消长变化。

㊼大鸟：指王子侨所化之鸟。王逸《楚辞章句》云：“崔文子取王子侨之尸置之室中，覆之以弊篚，须臾则化为大鸟而鸣，开而视之，翻飞而去，文子焉能亡子侨之身乎？言仙人不可杀也。”

㊽蓱(píng)：蓱翳，雨师的名字。

㊾鹿：指风神飞廉。

㊿膺：响应。

51鳌戴山抃(biàn)：鳌，大龟。抃，拍手，四肢挥动。王逸《楚辞章句》：“《列仙传》曰：‘有巨灵之鳌，背负蓬莱之山而抃舞，戏沧海之中。’”

52释：放置。

53陵行：在陆地上行走。

54浇(ào)：寒浇，寒浞之子，传说为大力士。

55嫂：浇的嫂子女艾。

56少康：夏朝的国君，夏后相之子。浇杀相，后少康又杀浇，中兴夏朝。

57颠陨：坠落，此指浇被杀。

58女歧：即女艾。据《左传·哀公元年》载，女艾是夏少康为报父亲后相为寒浇所杀之仇，复兴夏王朝，派到寒浇身边充当间谍一类的人物，目的在于色诱寒浇使其淫乱，从而伺机杀之。

59爰：与，一起。

60易：交换，此处指砍错了。厥首：此处指女歧的头。王逸《楚辞章句》:“少康夜袭得女歧头,以为浇,因断之,故言易首,遇危殆也。”

㉑汤:当为“康”之误,即少康。

㉒斟寻:古国名,在今河南巩义市西南。

㉓桀:夏代亡国国君。

㉔蒙山:古国名。传说桀攻蒙山,得到了琬、琰二女。

㉕妹嬉(mòxǐ):夏桀的宠妃。

㉖殛(jí):惩罚。

【译文】

大禹勤劳地治理洪水,巡查四方考察水情。不知道他怎样遇到了涂山国的那位女子,两个人相爱并私会桑台?大禹和那位姑娘因为恩爱而结合成配偶,生儿育女以接代传宗。为什么他们相距那么远,又是同一族姓,本不该通婚,却贪恋一时的儿女欢情而放纵自己?启想取代伯益成为君王,突然之间遭遇了祸患。然而为什么启虽然遭遇麻烦,却能够顺利逃脱?益和启两个部落打仗,双方阵前箭如雨下,但是启却毫发无伤。为什么益的王位被革除,大禹的后代却繁荣昌盛?启急切地祭祀上帝,并得到了《九辩》与《九歌》。为什么这样贤良勤勉的儿子却将自己的母亲害死,并让她的尸体弃落荒野?天帝又派后羿降临人间,让他替夏人除去祸患。他为什么要将河伯的眼睛射瞎,同时还把他的妻子雒水女神霸占?后羿拿着强弓利器,射杀了大野猪。为什么他献给天帝肥美的祭肉,天帝却不保佑他?寒浞娶走了后羿的妻子,那个善于迷惑人的妻子于是与他合谋。为什么后羿气力强壮并且善射,但是却被他们阴谋杀害?鲧向西行进路途艰险,那些高峻的山岩他是怎么攀越的?鲧死后尸体变为黄熊,神巫又怎样将他复活?鲧辛勤地耕种,铲除杂草。但是鲧还是和共工一起被放逐,难道真的是罪无可赦?嫦娥佩戴着精美的首饰,她为什么要打扮得如此妖娆?她从何处得来那个不死神药,却又不能长久保藏?自然法则阴阳消长,万物离开阳气就会死亡。王子侨为什么死后化作大鸟发出悲鸣,他是如何失去了原有的躯体?雨师屏翳发出号令就能够下雨,雨又是怎样兴起的呢?风神性情乖巧,他凭借什么力量能够响应云起雨落呢？海中的大龟背负着大山在水中游动，它是怎样让大山安稳的？将船放在陆地上，怎样才可以将其移动？大力士浇在家，为何还有求于他的嫂子？为什么少康驱驰着猎犬打猎，最后砍掉了浇的首级？女艾给浇缝制衣裳，并同他一起住宿。为什么少康将女艾的首级砍下，亲信之人也遭受劫难？少康谋划整顿军队，他靠什么增强自己的力量？浇曾倾覆了斟寻国的战船，少康用了什么手段取胜？夏桀攻伐蒙山国，他从中都得到了些什么？妹嬉本人并不十分放荡，但是汤为什么要将她惩罚？

舜闵①在家，父何以鳏②？尧不姚③告，二女④何亲？厥萌⑤在初，何所亿⑥焉？璜台十成⑦，谁所极⑧焉？登立为帝，孰道尚之？女娲⑨有体，孰制匠之？舜服厥弟⑩，终然为害。何肆犬体⑪，而厥身不危败？吴获⑫迄古⑬，南岳是止⑭。孰期去斯，得两男子⑮？缘鹄饰玉⑯，后帝⑰是飨。何承谋夏桀⑱，终以灭丧？帝乃降观⑲，下逢伊挚⑳。何条㉑放致罚，而黎服大说㉒？

【注释】

①闵：妻室。

②鳏(guān)：同“鳏”，男子年长而无妻。

③姚：舜的姓。这里指舜的父亲。

④二女：指尧的两个女儿娥皇和女英。

⑤萌：通“民”。

⑥亿：通“臆”，预料，料到。

⑦璜台：用玉装饰的高台。十成：十层，形容极高。

⑧极：登临其上。

⑨女娲：神女名，传说中的女帝。《山海经·大荒西经》注：“女娲，古神女而帝者。”

⑩弟：指象，舜的异母弟弟。

⑪犬体：对象的贬称。谓象心术不正，行径悖乱不法，如同狗一样。

⑫获：得到。

⑬迄古：从远古时代开始，绵长久远，此处指国运长久。

⑭止：留下居住。

⑮两男子：指太伯、仲雍。《史记·吴太伯世家》载，太伯、仲雍是古公亶父的长子和次子，他们见古公亶父想把君位传给幼子季历，于是主动出走，跑到江南。当地人拥立太伯为国君，太伯死后，仲雍继位。

⑯缘鹄饰玉：指伊尹借为商汤烹调鹄羹的机会接近商汤，向他讲述治国之道。饰玉，镶玉的大鼎。

⑰后帝：指汤。

⑱承谋夏桀：指伊尹受商汤意旨，假意事奉夏桀，实则探听夏国虚实，图谋灭夏。

⑲降观：四处考察民情。

⑳伊挚：即伊尹，名挚。商朝初年名臣。

㉑条放：指夏桀在鸣条被商汤击败并被流放。条，鸣条，地名。

㉒说：通"悦"，欢欣鼓舞。

【译文】

舜在家的时候已经有了妻室，为何称他鳏夫？尧没有告诉舜的父母，又怎么能够把两个女儿都嫁给舜呢？舜在最开始为平民的时候，何曾料到今日登基成为君王？玉台高耸，又有谁可以登临其上？舜被立为君王，又是谁引导着他登上高台？女娲的躯体变化无穷，又是谁造就的？舜处处顺从他的弟弟象，终于酿成了大祸。为什么像象这样放肆，最终却没有败亡？吴国在南方立国，国运长久。谁能料到事情的发展会是这个样子，难道只是因为出了太伯、仲雍这两位贤才吗？伊尹用精美的器具烹制可口的鹄羹进献给商汤，因而得到了汤的赏识。为什么他假装要为夏桀出谋划策，使夏桀最终败亡？汤巡视四方，遇到了伊尹。他在鸣条战胜夏桀，并将其放逐，为什么黎民百姓个个欢欣鼓舞？

简狄[1]在台[2]，喾何宜？玄鸟致贻[3]，女何喜[4]？该秉季德[5]，厥父是臧[6]。胡终弊于有扈[7]，牧夫牛羊？干协时舞[8]，何以怀[9]之？平胁曼肤[10]，何以肥[11]之？有扈牧竖[12]，云何而逢？击床[13]先出，其命何从？恒[14]秉季德，焉得夫朴牛[15]？何往营班禄[16]，不但[17]还来？昏微[18]遵迹，有狄[19]不宁。何繁鸟萃棘[20]，负子肆情[21]？眩弟并淫，危害厥兄[22]。何变化以作诈，后嗣而逢长[23]？成汤东巡，有莘[24]爰极。何乞彼小臣[25]，而吉妃[26]是得？水滨之木，得彼小子[27]。夫何恶之，媵[28]有莘之妇？汤出重泉[29]，夫何罪尤[30]？不胜心伐帝[31]，夫谁使挑之？

【注释】

①简狄：有娀氏女，帝喾的妃子，生契，契为商始祖。

②台：传说简狄未嫁时住在九层高楼上。

③玄鸟：燕子。致贻：送礼。

④喜：一作“嘉”。指怀孕生子。王逸《楚辞章句》：“简狄侍帝喾于台上，有飞燕坠遗其卵，喜而吞之，因生契也。”

⑤该：即殷侯亥，殷人的祖先。秉：承接。季：即殷侯冥，王亥之父。

⑥臧：善。

⑦有扈：即有易，古部落名，在黄河之北或易水附近。《山海经·大荒北经》：“王亥托于有易，河伯仆牛。有易杀王亥，取仆牛。”

⑧干：盾。协：和合。时舞：即万舞，古时一种大型乐舞。

⑨怀：诱惑，挑逗。

⑩平胁曼肤：体肤丰满润泽。平胁，胸部丰满。曼肤，皮肤润泽。

⑪肥：丰满。

⑫有扈：指王亥所淫乱的有易之女。牧竖：指王亥。王亥当时在有易之地牧牛。

⑬击床：指王亥与有易女行淫，有易之人入而袭击其床，亥被杀。

⑭恒：殷侯恒，王亥之弟。

⑮朴牛：即服牛，可驾车的大牛。

⑯营班禄：谋求爵禄。营，谋求。班禄，班位和俸禄。

⑰不但：目的没有达到。

⑱昏微：殷侯上甲微，王亥之子，王恒之侄。

⑲有狄：即有易。

⑳繁鸟萃棘：众多的鸟儿聚集在树上。喻上甲微晚年荒淫无行，虽无人在旁，但有许多鸟看着，掩盖不住。

㉑肆情：纵欲，放纵不羁。此句本事不详，大约也是记上甲微的事情。

㉒眩弟并淫，危害厥兄：谓亥与弟恒并淫有易之女，致亥被杀身死。眩，惑乱，荒唐。

㉓后嗣而逢长：疑指恒继兄位，终娶有易女为后，其后子孙众多，血食弥久。

㉔有莘：国名。爰：乃。极：到。

㉕乞：索取。小臣：奴隶，指伊尹。

㉖吉妃：善妃。《吕氏春秋·本味》篇记载，汤向有莘国要伊尹，有莘国不给，汤于是请求有莘国君把女儿嫁给他，有莘国君很高兴，就把伊尹作为陪嫁的奴隶一道送来。

㉗水滨之木，得彼小子：《吕氏春秋》载，伊尹的母亲住在伊水边上，伊水泛滥，全邑淹没，她变成一棵空心桑树，生下伊尹。有莘国有女子采桑，在空桑中得到伊尹，献给有莘国君。

㉘媵(yìng)：陪嫁。

㉙重泉：地名，据《史记·夏本纪》载，夏桀曾将汤囚禁在夏台，重泉当是夏台之所在。

㉚尤：罪过。

㉛不胜心：心中的怒火不能抑制。帝：指夏桀。

【译文】

简狄住在高台之上，帝喾为什么要祭祀求福？玄鸟送给简狄一枚卵，为什么她吞下去之后就会怀孕生子？亥继承了他父亲季的美德，并得到了褒奖。为什么最终被困于有易氏，为人放牛牧羊？亥手执盾牌跳起万舞，他用什么来诱惑有易氏之女？这位姑娘体肤丰满润泽，是什么让她如此丰满？他们两个人一个是有易氏之女，一个是低贱的牧人，是什么让他们相逢在一起？有易氏要杀掉亥，如果他在事情发生之前尚未走出家门，那么最终他的命运会是怎样？恒也承继了父亲季的德行，他又从哪里夺回了哥哥驾车的大牛？为什么他又去有易氏那里钻营爵禄，目的没有达到他为什么又回来了？上甲微遵循父祖的美德，有易氏从此不得安宁。上甲微为什么晚年纵欲贪欢，荒淫无度？荒唐的弟弟和哥哥一起淫乱，最后谋害了他的兄长。为什么坏人篡夺了王位，行为奸诈，最后反倒子孙昌盛？成汤到东方去巡视，一直走到了有莘国那里。他为什么想要得到小臣伊尹，但是却得到了一位美丽的妃子？在伊水边的桑木中，伊尹降生了。为什么有莘氏会讨厌他，把他当作有莘氏姑娘的陪嫁送了过来？汤因何种罪过被囚禁在重泉，直到后来被释放？成汤压抑不住心中的怒火去讨伐夏桀，这又是谁在背后唆使的？

会鼌[①]争盟，何践吾期？苍鸟[②]群飞，孰使萃之？列击纣躬[③]，叔旦[④]不嘉。何亲揆发足[⑤]，周之命以咨嗟[⑥]？授[⑦]殷天下，其德安施？反[⑧]成乃亡，其罪伊[⑨]何？争遣伐器，何以行之？并驱击翼，何以将之？昭后成游[⑩]，南土爰底[⑪]。厥利维[⑫]何，逢彼白雉[⑬]？穆王巧梅[⑭]，夫何为周流？环理[⑮]天下，夫何索求？妖夫曳衒[⑯]，何号于市？周幽谁诛，焉得夫褒姒？天命反侧，何罚何佑？齐桓九合，卒然身杀。彼王纣之躬，孰使乱惑？何恶辅弼[⑰]，谗谄是服？比干何逆，而抑沈[⑱]之？雷开[⑲]何顺，而赐封之？何圣人之一德，卒其异方？梅伯[⑳]受醢，箕子佯狂[㉑]。稷维元子[22]，帝何竺[23]之？投之于冰上，鸟何燠[24]之？何冯弓挟矢，殊能将之？既惊帝切激，何逢长子？伯昌[25]号衰，秉鞭[26]作牧。何令彻彼岐社[27]，命有殷国？迁藏[28]就岐，何能依？殷有惑妇[29]，何所讥？受赐兹醢[30]，西伯上告。何亲就上帝罚，殷之命以不救？师望在肆[31]，昌何识？鼓刀扬声[32]，后何喜？武发杀殷，何所悒[33]？载尸[34]集战，何所急？伯林雉经[35]，维其何故？何感天抑墜[36]？夫谁畏惧？皇天集命，惟何戒之？受礼[37]天下，又使至代之？初汤臣挚[38]，后兹承辅。何卒官汤[39]，尊食宗绪[40]。勋阖[41]梦生，少离散亡。何壮武厉，能流厥严[42]？彭铿斟雉[43]，帝何飨？受寿永多，夫何长？中央共牧，后何怒？蜂蛾微命，力何固[44]？惊女采薇[45]，鹿何祐[46]？北至回水[47]，萃何喜？兄[48]有噬犬[49]，弟[50]何欲？易之以百两，卒无禄。

【注释】

①会鼂（zhāo）：朝会。

②苍鸟：鹰。这里比喻伐纣的各路诸侯。

③列击纣躬：列，分解。躬，身体。《史记·周本纪》载：“至纣死所，武王自射之，三发，而后下车，以轻剑击之，以黄钺斩纣头，悬大白之旗。”

④叔旦：即周公旦。

⑤亲揆发足：亲自为武王谋划大计。揆，谋划。发，指周武王姬发。

⑥咨嗟：叹息。

⑦授：托付。

⑧反：一本作“及”。指殷拥有天下而又失去了。

⑨伊：助词，无义。

⑩昭后：周昭王。成：通“盛”，盛大。

⑪南土爰底：指周昭王南征楚国不还之事。南土，南方，指楚国。底，到。

⑫维：语助词。

⑬雉：野鸡。

⑭穆王：周昭王之子。巧梅：心智乖巧。

⑮环理：周游。

⑯曳衒(xuàn)：二人牵引过市叫卖。

⑰辅弼：忠直的大臣。

⑱抑沈：压抑沉沦。

⑲雷开：人名。相传为殷纣王的佞臣。

⑳梅伯：殷纣王时诸侯，正直敢言。醢(hǎi)：肉酱，此处指砍成肉酱。

㉑箕子：纣王的叔父，官太师，封于箕。纣王无道，屡谏不听。纣王杀比干，箕子惧而装疯，为人奴隶。

㉒稷：后稷，周的始祖，姜嫄之子。元子：嫡长子。

㉓竺：通“毒”，憎恶。

㉔燠(yù)：温暖。《诗经·大雅·生民》云，姜嫄不慎踩踏了天帝的足迹，怀孕而生稷。时人觉得不祥，便把他弃在寒冰上。这时众鸟飞来，用翅膀去遮覆他，温暖他。

㉕伯昌：周文王姬昌，在商朝时为西伯。

㉖秉鞭：比喻执政。

㉗彻：放弃，毁弃。岐社：周初立国于岐山，周文王于此建神社。

㉘藏(zàng)：储放东西的地方。

㉙惑妇：指纣王妃妲己。

㉚兹醢：指纣王用文王的长子伯邑考做的肉羹。

㉛师望：指太公吕望，即姜子牙。肆：店铺。

㉜鼓刀扬声：姜子牙曾在朝歌当屠夫，操刀卖肉。

㉝悒：怒气冲冲的样子。

㉞尸：灵位。

㉟伯林：指纣王。林，君。雉经：自缢。

㊱墬：古同“地”。

㊲礼：通“理”，治理。

㊳挚：伊尹。

㊴官汤：官于汤，指做了汤的相。

㊵尊食宗绪：指伊尹死后配祀汤。宗绪，宗庙。

㊶阖：阖闾，春秋时吴国国君。梦，阖闾的祖父吴王寿梦。生：通“姓”，孙。

㊷能流厥严：英名流布，声威震动四方。

㊸彭铿：即彭祖，传说他活了八百多岁。斟雉：调和鸡羹。

㊹中央共牧，后何怒？蜂蛾微命，力何固：本事不详，闻一多认为是周厉王为国人所逐，共和执政这一历史事件。译文从之。蛾，古“蚁”字。蜂蚁，指起义逐厉王的国人。

㊺采薇：伯夷、叔齐不食周粟，采薇为食。野有妇人谓之曰：“子义不食周粟，此亦周之草木也。”于是饿死。

㊻鹿何佑：《琱玉集·感应篇》引《列士传》曰：“伯夷兄弟遂绝食，七日，天遣白鹿乳之。”

㊼萃：相聚。指伯夷、叔齐先后出逃，在首阳山下的回水相聚，最终一起饿死。

㊽兄：指秦景公伯车。

㊾噬犬：咬人的狗。

㊿弟：指秦景公弟，名子鍼。

【译文】

诸侯聚集在一起争相盟誓，他们如何践行周武王定下的约期？勇猛如雄鹰一般的将士，是谁将他们召集在一起？周武王砍断纣王的尸体，对此周公并不赞许。周公亲自谋划讨伐纣王的大计，安定了周室，为什么他还会叹息？上帝把天下托付给了殷朝，帝位为什么又会转移？先让殷室得到了天下又让他们灭亡，不知道他们犯了什么罪过？诸侯争相发兵讨伐殷商，是如何部署的？将士们齐头并进，攻击敌军两翼，是谁统帅的呢？昭王外出进行盛大的巡游，一直来到南国的最远处。他究竟为了得到什么样的好处，难道说仅仅是为了寻找那只白色的野鸡？穆王心智乖巧，他为什么要到处周游？国中东西南北都走遍了，他还有什么东西要寻求？妖人相携沿街售卖，他们为什么要到街上去高声叫卖？周幽王要诛灭谁？他是怎么得到那个褒姒的？天命反复无常不可测度，他究竟要惩罚谁？又会保佑奖赏谁？齐桓公为安定周室，九次大会诸侯，最终却那样身死。纣王那个暴君，是谁使他变得如此昏乱荒淫？他为什么憎恶那些忠直的大臣，而刻意去任用那些奸佞的小人？比干究竟触犯了纣王什么，致使他压抑沉沦？雷开又是怎样顺从讨好纣王，而得到加官赐金的封赏？为什么圣人的美德都一样，而他们的结局却大不相同？梅伯被剁成了肉酱，箕子被迫装疯卖傻。后稷原本是嫡长子，可是帝喾为什么那么讨厌他？他把后稷丢弃在寒冰之上，为什么众鸟会用羽翼去温暖他？后稷为何仗弓持箭，善治农业怀有奇能？既然后稷强烈地刺激了天帝，但是为什么他的子孙还能够繁荣昌盛？西伯姬昌在乱世发出号召，治国理民成为一方霸主。武王姬发又为什么放弃了岐山的神社，并最终承受天命取代殷商据有天下？周太王古公携带钱财迁居岐山之下，部族为何依随他？殷纣王身边有个祸乱的妲己，还有什么可以劝谏的呢？纣王将西伯姬昌的儿子伯邑考做成肉汤赐给他食用，西伯姬昌将这件事告到天庭。为什么殷纣王已经受到上天的处罚，殷商的江山还是难以挽救？太公姜尚在朝歌开肉铺，文王为什么认为他很有才能？太公操刀卖肉，文王听了为什么非常高兴？武王姬发击杀殷纣王，他为什么如此愤恨？周武王用车载着父王的灵牌，聚集将士就出征，他为什么那么急不可待？纣王自缢而死，是什么缘故？他为什么要向上天呼告？难道说他还有什么畏惧的地方吗？上天降赐天命于殷商，为什么又会有后人去讨伐？纣王治理天下，上天又为什么派人去取代他？当初把伊尹视作小臣，后来用作辅政宰相。他为什么能够做汤的宰相并能配祀成汤，接受献祭？功绩赫赫的吴王阖闾是寿梦的嫡孙，年少时就遭受流亡在外的命运。为什么长大之后勇武过人，他的英名流布声威震动四方？彭祖烹调好野鸡汤，天帝为什么喜欢享用？彭祖的寿命非常长，为什么他能够拥有这么长的寿命？为什么召公和周公一起治国理政，为什么周厉王会发怒？百姓像蜂蚁般低贱，但是他们所爆发出的力量为什么那样不可阻挡？伯夷、叔齐采薇为食惊动了村妇，受到村妇的讥讽，为什么白色的神鹿要庇护他们？他们北行来到首阳山，兄弟两人共聚首阳山为什么如此欢喜？秦景公曾喂养了一条猛犬，他的弟弟为什么想要得到？他想用一百辆车乘去交换，最终把爵禄也丢掉了。

薄暮①雷电，归何忧？厥严不奉②，帝何求？伏匿穴处③，爰④何云？荆勋⑤作师⑥，夫何长？悟过改更，我又何言？吴光⑦争国⑧，久余是胜⑨。何环穿自闾社丘陵，爰出子文⑩？吾告堵敖⑪以不长，何试⑫上自予⑬，忠名弥彰？

【注释】

①薄暮：傍晚时分。

②厥：其，指楚国。奉：保持。楚国先败于吴，后败于秦，威严扫地。

③伏匿：潜伏，藏匿。穴处：住在山洞里，即身处深山野外。

④爰：于是。

⑤荆勋：楚国勋旧贵族。

⑥作师：兴兵打仗。

⑦吴光：吴公子姬光，即吴王阖闾。

⑧争国：指吴楚之间的战争。

⑨久余是胜：即“久胜余”，他长期战胜我们楚国。

⑩何环穿自闾社丘陵，爰出子文：一本作“何环闾穿社，以及丘陵？是淫是荡，爰出子文”。从之。子文，即斗谷於菟，斗伯比之子。其母为斗伯比表妹，郧子之女，与斗伯比私通，遂生子文。子文在楚成王时任令

尹，有贤名。此处当指其事。

⑪堵敖：即熊囏（jiān），楚文王子。文王死，熊囏继位，在位五年，后为其弟熊恽弑杀，熊恽自立，是为楚成王。

⑫试：通“弑”。子杀父、臣杀君曰弑。

⑬自予：指代熊恽自立为王。

【译文】

傍晚时分电闪雷鸣，回去又有什么可担忧的？国家的尊严不保，向天帝祈求又有什么用？我幽居在洞穴中，面对此景还有什么话可讲？楚国不断地大举兴兵，国运又怎能久长？如过君王能够改弦更张自我醒悟，我又何必喋喋不休地说长道短？吴王阖闾和我国相争，多年来他一直战胜我们楚国。子文的父母穿过村庄来到了丘陵之上，做出了纵欲野合的荒淫之事，但是为什么会生下贤相子文？我说堵敖命不长久，为什么成王弑君自立，他的忠名却更加显著？

【评析】

《天问》一章374句，所提问题涵盖了自然、社会、历史、神话传说等各方面的内容，可谓包罗万象，遍及古今。诗人在文中恣意纵横，以丰富的想象力为基础，以深沉的理性思考为内涵，表达了他对自然宇宙和社会历史的深刻思考和探索精神。

从《天问》一章的内容上看，诗人叙事的角度丰富多端，但又杂而不乱，内在逻辑性非常强。诗人先是从天地的形成和变化问起，然后由此及彼，层层推进，逐步联系历史实际，继续追问历史兴衰成败的规律，最后照应楚国政治的现实。通篇一气呵成，有条不紊，提问气势强烈且又层次分明，反映出诗人高超的艺术功底和文字驾驭能力。正如王夫之所评价的那样：“篇内事虽杂举，而自天地山川，次及人事，追述往古，终之以楚先，未尝无次序存焉。”可谓一语中的。

从艺术手法上看，《天问》一章和其他篇章所不同的是，在语言修饰上没有使用“兮”字，语气助词也非常少见。全诗主要以四字句式组成，其中间杂三言、五言、六言、七言；同时四句为一节，每节一韵，加之以“焉”“几”“谁”何”“胡”“孰”“安”等疑问助词，并力争让这些疑问助词交替轮换使用，较好地增强了文章跌宕起伏的疑问气势。由此句与句、段与段之间显得错落有致而富有变化，也使得文章的节奏感大大增强，读来简洁明快、生动有力，较好地避免了因提问而造成的枯燥单调问题。所以古人在评价《天问》一章所具有的艺术风格时，不吝赞美之辞：“或长言，或短语，或错综，或对偶，或一事而累累反复，或数事而熔成一片，其文或峭险，或澹宕，或佶倔，或流利，诸法备尽，可谓极文章之变态。”（俞樾《评点楚辞》）

诗人在提问之时也蕴含了自我深沉的思想情感，反映了他追求真相的学术思想。比如屈原在文章的开始部分，对天地形成之前的状态、宇宙的起源、阴阳二气的交融以及天体的运行等一系列自然现象提出了自己的疑问，希望有人可以解除自己心中的疑问。中间部分屈原又提出鲧为什么治水不能胜利，尧为什么对鲧的处罚那么重，大禹为什么又可以取得治水的成功等等问题。诗人通过对历史上的一系列传说进行了质疑，表现出了他强烈的批判精神。还有通过对大禹、夏启、后羿以及少康等一系列历史人物事件的追问，显示出他想要弄清历史迷雾背后事实的决心和求知精神。

更为重要的是，屈原的提问不仅仅为了追求事实的真相，而是为了照应现实。一方面希望能够以史为鉴，另一方面也希望由此可以引起楚王的重视，积极地革故鼎新，实行他所提出的美政理想。比如文中屈原对舜和弟弟象的关系、吴国之所以能够维持较长的国运以及商汤任用贤臣的历史事件的拷问和探究，就是为了能够给自己提供切实的历史经验借鉴，以对楚国的发展起到一定的参考作用；文章后半部分中屈原通过对武王伐纣、周幽王亲信小人、殷商得国又失国以及周厉王的荒淫无诞等历史事件的探讨发问，表明了他希望能够从中吸取历史教训，希冀可以对现实的楚国开出一方良药，其用心可谓良苦。

《天问》一章是我国古代朴素唯物主义的重要代表作，极富哲理；同时具有重要的史料价值和文学价值，是研究先秦文化的重要参考资料，值得以严肃认真的态度来加以对待。

九　章

《九章》是屈原创作的《惜诵》《涉江》《哀郢》《抽思》《怀沙》《思美人》《惜往日》《橘颂》以及《悲回风》等九篇文章的合称。这九篇文章在早期流传过程中是以单篇的形式出现的，大约在汉宣帝时期或更早一些被编纂在一起。

综合来看，《惜诵》一篇所描写的内容侧重表现屈原遭受严重的政治打击和流放之后所形成的悲愤心情；《涉江》一篇主要描写的是屈原被流放江南过程中的行迹，表面上看是写流放之苦，其实内里反映出屈原苦闷的心理，自我高尚的品行操守和时下污浊的黑暗现实格格不入，由此令其倍感彷徨无助；《哀郢》一篇重在描写屈原耳闻国破家亡之后的所思所感，抒发了他对故国的哀思以及对民众苦难的同情心理；《抽思》一文的重点在于屈原和楚王两人之间的关系方面，面对楚王亲小人、远贤臣的昏聩做法，屈原在文中充分描述了自我对楚王的幽怨愤懑之情；《怀沙》一文重在表现屈原以死明志的思想，彰显了屈原不为世道所容，只有通过求死的方式来表达自我对个人理想和信仰的执着追求；《思美人》一篇主要反映了屈原思念楚王但是又难以让楚王回心转意的烦闷心情，侧面彰显出其不肯同流合污、变心从俗的内心情感；《惜往日》一篇可以看作是屈原生平的概括回忆文章，文中详细描述了自身所经受的种种不公平的政治遭遇，楚王被群小包围，而个人的美政理想又难以实现，理想和现实之间的重重矛盾自然令其痛苦不堪，最后唯有以死抗争；《橘颂》一文较为活泼轻快，一般认为这是屈原早期的作品，文中以拟人化的笔法塑造出“橘”这一事物所具有的高洁形象，以此来暗喻屈原希望以“橘”自勉，追求高洁的志向和品行；最后一篇《悲回风》，行文格调沉重抑郁，屈原低徊缠绵的忧苦之情在文中处处显露。

从《九章》各篇的艺术风格来看，各自都有着独特的写作格调，不尽相同。具体来说，《哀郢》《涉江》《怀沙》三篇，在描写上情景交融而相互映衬，从而使得文章的诗味浓郁，读来韵味醇厚。反观《橘颂》一篇，文章格调清新活泼，欢快鲜明，也是“体物写志”写作风格的典范之作。除此之外的诸如《惜往日》《悲回风》等篇，格调沉郁，有着强烈的压抑感。

从写作时间上看，这些文章的创作时间至今还没有确切的定论，但一般而言，大多是屈原被放逐之后所创作的作品，显示出屈原思念故国以及时时刻刻希望楚国国君能够回心转意的心境，并为此忧愁不已，因此文风沉郁，但是又饱含无限的深情。

惜　　诵

惜诵①以致愍②兮，发愤以抒情。所非③忠而言之兮，指苍天以为正④。令五帝⑤以折中⑥兮，戒六神⑦与向服⑧。俾⑨山川以备御⑩兮，命咎繇⑪使听直⑫。

【注释】

①诵：论，进谏。

②愍：忧患，祸乱。

③所非：假如不是的意思。古代誓词的习惯用语。

④正：通“证”。证明。

⑤五帝：即五方神，分别为东方太皞，南方炎帝，西方少昊，北方颛顼，中央黄帝。

⑥折中：中正公平。

⑦六神：说法不一。一般认为是四时、寒暑、日、月、星、水旱六神。

⑧向服：对质其事。向，对质，对证。服，事实，事理。

⑨俾：使。

⑩备御：陪侍，此谓陪审。

⑪咎繇（gāoyáo）：即皋陶，传说为虞舜时的司法官。

⑫听直：明辨是非。

【译文】

痛心啊，由于进谏而为自己招来祸患，我要倾诉心中的愤懑和怨情。如果我所说的话不是出于内心的忠诚啊，我愿手指苍天让他来为我作证。命五方神为我剖白啊，令六宗之神为我证明。使山川众神都来陪审啊，让法官皋陶明辨是非。

竭忠诚以事君兮，反离群而赘肬[①]。忘[②]儇媚[③]以背众兮，待明君其知之。言与行其可迹兮，情与貌其不变。故相臣莫若君兮，所以证之不远。吾谊[④]先君而后身兮，羌[⑤]众人之所仇。专惟[⑥]君而无他兮，又众兆之所雠[⑦]。壹心而不豫兮，羌不可保也。疾亲君而无他兮，有招祸之道也！

【注释】

①赘肬（zhuìyóu）：肉瘤，多余的肉。

②忘："亡"的误字，无。

③儇（xuān）媚：轻佻谄媚。

④谊：同"义"。

⑤羌：楚地方言，句首发语词。

⑥惟：思念，想念。

⑦雠（chóu）：仇恨，怨恨。

【译文】

我竭尽忠诚侍奉君王啊，反遭小人排挤并被视为多余的赘瘤。我不懂得奉迎谄媚而违背众人啊，等待明君来体察我的一片苦心。言行一致都有据可寻啊，表里如一从不会有所改变。所以没有谁比得上君王更清楚臣子啊，因为他的取证对象就在眼前无须远求。我应该先顾及君王而后才顾及自身啊，如今竟然成为众人怨恨的对象。我对君王忠心耿耿没有私心啊，众人却把我当作仇敌一样看待。我忠诚专一从不犹豫啊，现在却不能够保全自己。我极力亲近君王并没有其他想法啊，竟成了招致祸殃的根源！

思君其莫我忠兮，忽忘身之贱贫。事君而不贰兮，迷不知宠之门。忠何罪以遇罚兮，亦非余心之所志[①]。行不群以巅越[②]兮，又众兆之所咍[③]。纷逢尤以离谤兮，謇[④]不可释！情沉抑而不达[⑤]兮，又蔽而莫之白。心郁邑[⑥]余侘傺[⑦]兮，又莫察余之中情。固烦言不可结诒[⑧]兮，愿陈志而无路。退静默而莫余知兮，进号呼又莫吾闻。申侘傺之烦惑兮，中闷瞀[⑨]之忳忳[⑩]。

【注释】

①志：意料。

②巅越：坠落，跌跤。

③咍（hāi）：楚地方言，讥笑。

④謇（jiǎn）：句首发语词。

⑤达：倾诉。

⑥郁邑：郁闷不快的样子。

⑦侘傺（chàchì）：失意的样子。

⑧诒（yí）：赠送。

⑨瞀（mào）：心绪烦乱。

⑩忳忳(tún):愁闷的样子。

【译文】

为君王着想没有人会比我更加忠心啊,我竟然忘记了自己出身贫贱。侍奉君王忠贞不贰啊,根本不知道什么取宠邀幸的方法。忠诚有何罪以致遭到惩罚啊,这真是我怎么也想不到的事情。我的行为与众不同而栽了跟头啊,又被众人讥讽嘲笑。那么多次的责怪诽谤啊,却没有办法为自己辩白。心情抑郁难以倾诉啊,君王受蒙蔽而我的忠心难剖。内心愁闷失意彷徨无措啊,又有谁能理解我的衷情。本来我的话就杂乱冗多无法总结倾诉于人啊,想要陈述心志却没有途径。如果隐退沉默便无人了解我啊,想要上前奋进呼喊却又无人听从。一再的失意使我心神烦乱啊,内心的愁绪啊难以详尽。

昔余梦登天兮,魂中道而无杭[①]。吾使厉神[②]占之兮,曰:有志极[③]而无旁[④]。终危独以离异兮?曰:君可思而不可恃。故众口其铄金兮,初若是而逢殆[⑤]。惩于羹者[⑥]而吹齑[⑦]兮,何不变此志也?欲释阶而登天兮,犹有曩[⑧]之态也。众骇遽[⑨]以离心兮,又何以为此伴也?同极而异路兮,又何以为此援也?晋申生[⑩]之孝子兮,父信谗而不好。行婞直[⑪]而不豫[⑫]兮,鲧功用而不就。

【注释】

①杭:通"航",指渡船。

②厉神:主杀罚的大神。此处指身附厉神的巫。

③志极:穷,至。

④旁:辅佐。

⑤殆:危险。

⑥惩于羹者:被热羹烫过的人。

⑦齑(jī):用酱拌细切的菜或肉,泛指酱菜。

⑧曩(nǎng):以前,以往。

⑨骇遽:惊慌畏惧。

⑩申生:春秋时期晋献公太子。献公宠爱骊姬,骊姬欲立自己的儿子奚齐为太子,便进谗言,说申生有杀父之心。献公使人抓捕申生,申生被逼自杀。

⑪婞(xìng)直:刚直。

⑫豫:安乐,宽和,从容不迫。

【译文】

从前我梦见登上天庭啊,魂魄走到中途遇河却没有渡船可用。我请厉神替我占卜啊,他说:"您志存高远却无人援助。""难道我最终会陷入众叛亲离的境地而被君王疏远吗?"他说:"可以为君王着想但不可以将君王当作依靠。因为众口一词可以把黄金熔化啊,当初您依靠君王而遭受祸患。那些被汤烫过的人看到凉菜也要吹一吹啊,为何您却不改变忠直的志向?想不用天梯就打算去登天啊,您还是以前那副模样。众人惊慌畏惧而与您离心离德啊,又怎能和您做伴一起前行?都想获得君王的任用而追求各不相同啊,又怎能让他们出手帮助?晋国申生那样的孝子啊,父亲听信了谗言而不喜欢他。为人刚直而不宽和啊,鲧的功业因此没有实现。"

吾闻作忠①以造怨兮,忽谓之过言。九折臂而成医②兮,吾至今而知其信然。矰弋机③而在上兮,罻罗④张而在下。设张辟⑤以娱君兮,愿侧身⑥而无所。欲儃佪⑦以干傺⑧兮,恐重患而离尤。欲高飞而远集兮,君罔谓汝何之。欲横奔⑨而失路兮,坚志而不忍。背膺⑩牉⑪以交痛兮,心郁结而纡轸⑫。梼⑬木兰以矫⑭蕙兮,糳⑮申椒以为粮。播江离与滋⑯菊兮,愿春日以为糗芳⑰。恐情质⑱之不信⑲兮,故重著⑳以自明。矫兹媚以私处兮,愿曾思㉑而远身。

【注释】

①作忠:为忠,尽忠心。

②九折臂而成医:多次折臂,就会积累大量医治的经验,自己也就成为良医了。

③矰弋(zēngyì):系有生丝绳以射飞鸟的短箭。机:机括,这里用作动词,发射的意思。

④罻(wèi)罗:用来捕鸟的网。

⑤张辟:用来捕猎鸟兽的工具。

⑥侧身:伏着身子,蛰伏。

⑦儃佪(chánhuái):徘徊不前。

⑧干傺(chì):寻求机会,求得仕进。

⑨横奔:乱跑。

⑩膺:胸。

⑪牉(pàn):分开。

⑫纡轸:委屈而隐痛。

⑬梼:通"捣",捣碎。

⑭矫:揉碎。

⑮糳(zuò):舂。

⑯滋:栽种,培植。

⑰糗(qiǔ)芳:芬芳的干粮。糗,干粮。

⑱情质:真情本性。

⑲信:通"申",表达。

⑳著:表明,申述。

㉑曾思:再三思考。

【译文】

我听说做忠臣很容易与人结怨啊,但我毫不在意,以为是夸大其词。

手臂多次折伤之后的人自然成为良医啊，如今我才明白确实如此。短箭装好对着天上发射啊，地面上又张罗设网。处处暗设机关取悦君王啊，想要躲藏却发现没有我的立足之处。徘徊不前以求仕进啊，又担心会有更大的祸患降临在我的身上。想要远走高飞另觅他处啊，又怕君王诬陷我说："你要去什么地方？"想要肆意狂奔不循正道啊，可是我一向意志坚定不忍变心。前胸和后背就像裂开一样疼痛难忍啊，内心深处纠结不已郁闷难舒。捣碎木兰再揉碎蕙草啊，将申椒磨碎当作干粮。播种江离再栽上菊花啊，希望等到春天的时候可以做成芬芳的干粮。唯恐我的真情无法表达啊，所以才这样三番五次地表明衷肠。保持自己的美德而隐退独处啊，希望在深思熟虑之后能够全身远祸。

【评析】

《惜颂》是《九章》的首篇，和《离骚》前半部分具有较大的相似性，其创作时间略早于《离骚》，故有"小离骚"之称。写作背景是楚国国势江河日下，国君越来越亲近小人而疏远贤臣。政治上的屡次打击和现实中的种种不公，让诗人深感冤屈和不平，也为之忧思不已。因此在这里屈原叙述了自己希望尽忠但是又不被任用的悲愤和苦闷心情。

另外对于"惜诵"的理解，学者有三种说辞：一种是屈原忠诚于忠信之道并对此发出的议论声音，一种是因为爱怜君主而大胆陈述自己的政治见解，还有一种说法是屈原因为痛惜过去而直言进谏。无论哪一种说法，都脱离不开本文的主旨，这就是以痛惜的心情来讲述自己因为直言进谏并遭受流放的事情。我们在阅读的时候，可以明显地感受到屈原的真实心路历程。如文中屈原对楚国国君忠心耿耿，但是一片忠心却不被君王接受，在小人的陷害下，反而被远远地放逐，残酷的现实让其黯然神伤，便是其内心情感的真实写照。

全诗格调沉郁，理想和现实之间的差距使屈原陷入了深深的痛苦之中，但其忠贞不渝的人格操守却经得起任何考验。

涉江

余幼好此奇服兮，年既老而不衰。带长铗[①]之陆离[②]兮，冠切云[③]之崔嵬[④]。被明月兮珮宝璐[⑤]。世溷浊而莫余知兮，吾方高驰而不顾。驾青虬兮骖白螭，吾与重华[⑥]游兮瑶之圃[⑦]。登昆仑兮食玉英，与天地兮同寿，与日月兮齐光。哀南夷之莫吾知兮，旦余济乎江湘。

【注释】

①长铗(jiá)：长剑。

②陆离：形容佩剑之长。

③切云：古时一种高耸的冠。

④崔嵬：形容高的样子。

⑤璐：美玉。

⑥重华：舜的名号。

⑦瑶之圃：神话传说中天帝所居的盛产美玉的花园。

【译文】

我从小就喜欢这身奇特的装束啊，如今年老了兴致依然没有衰减。腰间挂着长长的宝剑啊，头上戴着高高的发冠。身上缀着夜明珠啊，美玉串串佩戴在我的腰间。世道混浊而没有人能够理解我啊，我正要远走高飞不再留恋人间。驾起无角的青龙再配上无角的白龙啊，我与重华大神一起游览啊在那天帝的玉园。登上昆仑山啊，品尝那美玉一般的花朵。要和天地啊一样长寿，要和日月啊一样光辉灿烂。哀痛的是南方的夷族没有人了解我啊，清早我将要渡过长江和湘水。

乘[1]鄂渚[2]而反顾兮，欸[3]秋冬之绪风。步余马兮山皋，邸[4]余车兮方林。乘舲船[5]余上沅兮，齐吴榜[6]以击汰[7]。船容与而不进兮，淹[8]回水而疑滞。朝发枉陼[9]兮，夕宿辰阳[10]。苟余心其端直兮，虽僻远之何伤？

【注释】

①乘：登上。

②鄂渚：洲渚名，在今湖北鄂州。

③欸：叹息。

④邸：停留。

⑤舲(líng)船：有窗的船。

⑥吴榜：船桨。

⑦汰：水波。

⑧淹：停留，滞留。

⑨枉陼：地名，在今湖南常德一带。

⑩辰阳：地名，在今湖南辰溪。

【译文】

我登上鄂渚回头眺望啊，慨叹秋冬寒风凄苦悲凉。让我的马儿啊在山边泽畔漫步，我将车子停靠啊在大片树林旁。我乘坐舲船沿着沅水上溯啊，众人齐力摇起船桨划开水波。船儿行速缓慢不肯前行啊，在激流旋涡中停滞晃荡。早晨我从枉陼出发啊，晚上我投宿在那辰阳。如果我的心正直没有偏私啊，流放之地虽是穷乡僻壤又有何伤感？

入溆浦[1]余儃佪[2]兮，迷不知吾所如[3]。深林杳以冥冥兮，乃猨狖[4]之所居。山峻高以蔽日兮，下幽晦以多雨。霰[5]雪纷其无垠[6]兮，云霏霏而承宇[7]。哀吾生之无乐兮，幽独处乎山中。吾不能变心而从俗兮，固将愁苦而终穷。

【注释】

①溆浦：地名，在湖南常德溆浦一带。

②儃佪(chánhuái)：徘徊。

③如：往。

④猨：同“猿”。狖(yòu)：黑色的长尾猿。

⑤霰(xiàn)：小雪珠。

⑥垠：边际。

⑦承：弥漫。宇：天空。

【译文】

行到溆浦我徘徊犹豫啊，心中迷惘不知道该去往何方。幽深的山林昏暗阴沉啊，那是猿猴居住的地方。山势高峻遮天蔽日啊，山下幽深晦暗淫雨霏霏。雪珠雪花纷纷扬扬无边无际啊，阴云密布弥漫整个天空。哀痛我这一生缺少欢乐啊，寂寞地独居山中。我不能改变志节而随波逐流啊，理所当然地穷愁潦倒困顿终生。

接舆髡首①兮，桑扈臝行②。忠不必用兮，贤不必以③。伍子④逢殃兮，比干菹醢⑤。与前世而皆然兮，吾又何怨乎今之人。余将董道⑥而不豫兮，固将重昏⑦而终身。

【注释】

①接舆：人名，春秋时期楚国隐士。髡(kūn)首：剃发，古代的一种刑罚。相传接舆自己剃去头发，避世不出仕。

②桑扈：古代的隐士，即《论语》所说的子桑伯子，《庄子》所说的子桑户。臝(luǒ)行：裸体而行。臝，同“裸”。

③以：用。

④伍子：即伍子胥。

⑤菹醢(zūhǎi):古时候一种酷刑,将人剁成肉酱。

⑥董道:正道。董,正。

⑦重昏:重重的昏暗中。

【译文】

接舆剃去自己的头发佯狂避世啊,隐士桑扈裸体而行。忠心的人不一定能得到重用啊,贤明的人啊未必能发挥出才能。伍子胥终遭祸患啊,比干被剁成肉酱。整个前代都是这个样子啊,我又何苦抱怨现今的君王!我将坚持正道不再犹豫啊,原本就准备在那重重的昏暗中度过一生。

乱曰:鸾鸟凤皇,日以远兮。燕雀乌鹊,巢堂坛兮。露申①辛夷,死林薄②兮。腥臊并御③,芳不得薄④兮。阴阳易位,时不当兮。怀信侘傺⑤,忽乎吾将行兮!

【注释】

①露申:香草名。

②薄:草木丛生的地方。

③御:进用。

④薄:靠近,接近。

⑤侘傺(chàchì):形容惆怅失意的样子。

【译文】

乱辞:鸾鸟和凤凰啊,一天一天地远去了。燕雀和乌鹊啊,却把巢穴筑在庙堂之上。露申和辛夷啊,在草木丛生的地方枯死。那些散发着腥臊恶臭的小人都得到君王的重用啊,芳香的花草却无法接近他。阴阳错位,生不逢时啊。怀抱忠信却失意彷徨,我只好飘然远走他方!

【评析】

《涉江》创作的年代应为楚顷襄王时期,是屈原被流放到江南地区的作品。在本篇中，屈原通过细致的描绘，记录了自己漂泊沅湘、西入溆浦、幽然独处于深山之中的行程，具有一定的史料价值。

其中也有他在行程中以及到达目的地之后的思想认识和感想，表明了他在浊世之中依然坚守自己可贵的情操而绝不变心的坚强意志，更在一定程度上展现了其绝不向恶势力屈服的战斗精神。在波荡起伏的情感回旋下，塑造出了一个光明正大、坚贞不屈的主人公形象。

诗中还时时体现出借物言志的写作风格。屈原为什么强调自己自幼就喜欢奇装异服呢？其实他在这里所强调的不是他奇特的外表装束，而是内心那种不愿意和世俗同流合污的抗争精神，敢于标新立异而坚持自我的纯真品质。

通观全篇，不仅立意高远，对景物的描写也非常独到传神，“开后世诗文写景法门”（钱钟书《管锥编》），可谓影响深远。

哀　郢

皇天之不纯命①兮，何百姓②之震愆③？民离散而相失兮，方仲春④而东迁。去故乡而就远兮，遵⑤江夏⑥以流亡。出国门而轸⑦怀兮，甲之鼌⑧吾以行。

【注释】

①纯命：指天命有常。

②百姓：这里指楚国的贵族、官僚集团。

③震愆（qiān）：震恐，惊恐。

④仲春：阴历二月。

⑤遵：循着，沿着。

⑥江夏：长江和夏水。夏水，古水名，源出长江，注入汉水。

⑦轸(zhěn):痛,哀痛。

⑧甲:甲日。古时以干支记日。鼂(zhāo):通“朝”,早晨。

【译文】

天命无常啊,为什么让宗亲贵戚震动惊慌?人民颠沛流离,亲人失散啊,在这仲春向东方逃难。离开故乡去向远方啊,沿着长江、夏水一路流亡。刚一走出郢都的城门便痛切地怀念啊,甲日的早晨我动身上路。

发郢都而去闾[1]兮,荒忽[2]其焉极[3]。楫[4]齐扬以容与兮,哀见君而不再得。望长楸[5]而太息兮,涕淫淫其若霰。过夏首[6]而西浮兮,顾龙门[7]而不见。心婵媛[8]而伤怀兮,眇[9]不知其所蹠[10]。顺风波以从流兮,焉洋洋而为客。凌阳侯[11]之氾滥兮,忽翱翔之焉薄[12]。心絓结[13]而不解兮,思蹇产[14]而不释。将运舟而下浮兮,上洞庭而下江。去终古之所居兮,今逍遥而来东。羌灵魂之欲归兮,何须臾而忘反?背夏浦而西思兮,哀故都之日远。登大坟[15]以远望兮,聊以舒吾忧心。哀州土之平乐兮,悲江介[16]之遗风。当陵阳[17]之焉至兮,淼[18]南渡之焉如?曾不知夏[19]之为丘[20]兮,孰两东门之可芜?

【注释】

①闾:里巷的大门。此处指楚国贵族“昭”“屈”“景”三族聚居的地方,即三闾。

②荒忽:神思恍惚的样子。

③焉极:何极,哪里是尽头。

④楫:船桨。

⑤长楸(qiū):高大的梓树。

⑥夏首:夏水从长江分流而出的地方。

⑦龙门:指郢都的东城门。

⑧婵媛：心绪牵引，绵绵不绝。

⑨眇：通“渺”，遥远。

⑩蹠（zhí）：踩，踏，落脚。

⑪凌：乘，凌驾。阳侯：传说中的司波浪的神，这里指其掀起的波涛。

⑫薄：止，停留。

⑬絓（guà）结：形容内心情感郁结牵缠而愁苦烦闷的样子。

⑭蹇产：曲折纠缠。

⑮坟：江中的岛屿沙洲。

⑯江介：江边。

⑰陵阳：地名，在今安徽青阳。一说在今安徽安庆南。

⑱淼（miǎo）：大水茫茫的样子。

⑲夏：通“厦”，高大的房屋。

⑳丘：废墟。

【译文】

从郢都出发离开故乡啊，我心中恍惚不知道该去什么地方。船桨一起划动而船儿却徘徊不前啊，哀痛的是我再也不能够见到君王。远望故国那高大的梓树我不禁长叹啊，眼泪就像雪珠一般簌簌地流淌。船只过了夏首一路又沿江西浮啊，回头看那郢都龙门已难觅踪影。心中牵肠挂肚恋恋不舍啊，前途渺茫不知道在什么地方落脚。随着风和水流的方向任意漂泊啊，从此漂泊无归，作客异乡。乘着阳侯掀起的巨浪啊，恍惚如鸟儿飞翔于天，何处是栖止之所。我的情思郁结心乱如麻啊，愁肠百曲难以舒畅。将要驾着船儿顺流而下啊，逆上洞庭又顺流入长江。离开了先人世世代代居住的故土啊，而今漂泊流落来到了东方！灵魂它一直想要回归故土啊，何曾一时一刻把故乡忘怀？背朝夏口向西思念郢都啊，故都渐远我心悲伤。登上水边的沙洲极目远望啊，暂且舒缓我忧愁的心绪。哀怜荆楚大地曾美丽富饶安乐祥和啊，悲伤大江两岸古朴的遗风。抵达陵阳之后该往哪儿去啊，南渡烟波浩渺的大江之后又去往何方？不知道高大的楼台宫殿是否已经变为废墟啊，谁能料到郢都的东门是否已经化为荒芜?

心不怡之长久兮,忧与愁其相接。惟郢路之辽远兮,江与夏之不可涉!忽[1]若去不信[2]兮,至今九年而不复。惨郁郁而不通兮,蹇[3]侘傺[4]而含戚[5]。外承欢之汋约[6]兮,谌[7]荏弱[8]而难持。忠湛湛[9]而愿进兮,妒被离[10]而鄣[11]之。尧舜之抗行[12]兮,瞭[13]杳杳而薄[14]天。众谗人之嫉妒兮,被以不慈之伪名。憎愠惀[15]之修美兮,好夫人[16]之忼慨[17]。众踥蹀[18]而日进兮,美超远而逾迈。

【注释】

①忽:恍惚。

②去不信:离开不过两天。信,连宿两夜,即两天。

③蹇:句首发语词。

④侘傺(chàchì):形容惆怅失意的样子。

⑤戚:忧伤。

⑥汋约:本指柔美的样子,此处指小人谄媚的样子。

⑦谌(chén):诚,实在。

⑧荏弱:软弱。

⑨湛湛:厚重的样子。

⑩被离:同“披离”,分散,离散。

⑪鄣:通“障”,壅蔽,阻塞。

⑫抗行:德行高尚。

⑬瞭:明。

⑭薄:靠近,迫近。

⑮愠惀(yùnlún):心有所蕴结而不善表达。

⑯夫(fú)人:那些人,指群小。

⑰忼慨：同"慷慨"，此处指装腔作势地发表激昂慷慨的言辞。

⑱踥蹀（qièdié）：小步行走的样子。

【译文】

心中长久地感到不快啊，旧忧未去又添新愁。想到回郢都的道路是那么的遥远啊，长江和夏水已经难以渡过！恍惚间仿佛刚刚离开故土啊，谁知至今已经整整过了九个年头还未回去。心情忧郁愁闷不畅啊，失意潦倒一腔凄楚。群小表面上谄媚奉承君王啊，实际上软弱不堪难以治理国政。忠厚之士愿有所作为啊，这些小人却嫉妒如狂使君臣分离。圣王尧舜的德行是多么的高尚啊，他们的明智高远直达苍穹。小人心怀嫉妒啊，给他们加上"不慈爱"的恶名。君王厌恶憎恨正直忠厚的君子啊，却偏偏喜欢那些巧嘴滑舌故作慷慨姿态的伪善小人。群小奔走钻营日益得势啊，贤臣良士却被冷落疏远，最终远走高飞。

乱曰：曼[①]余目以流观[②]兮，冀壹反之何时？鸟飞反故乡兮，狐死必首丘[③]。信非吾罪而弃逐兮，何日夜而忘之？

【注释】

①曼：眼光放远。

②流观：眺望四方。

③鸟飞反故乡兮，狐死必首丘：鸟虽飞远，总是要飞回故乡；狐狸到死时，头必朝着出生的山丘。比喻对故土深厚而炽热的眷恋之情。

【译文】

乱辞：我睁大眼睛眺望四方啊，盼望着什么时候能够再回一次故乡？鸟虽飞远，总是要飞回故乡啊，狐狸到死时，头必朝着出生的山丘。实在不是我有罪过而被放逐啊，日日夜夜我怎能将故都忘怀？

【评析】

郢是楚国的都城，故址在今湖北江陵纪南城。楚顷襄王元年，先是楚怀王被骗入秦被扣留，顷襄王立，秦索地不得，发兵攻武关，大败楚军，楚国震动，民众纷纷东逃，离失相散。而顷襄王即位，以子兰为令尹，屈原被排挤，出居陵阳。屈原在陵阳居住九年(或多年)后，回忆被流放时的时事而创作本篇。《哀郢》即记述了屈原离开郢都之后东行到陵阳这一路上的心路历程。尽管流放在外，但屈原对于故国的思念之情却没有一丝一毫的减损，反而对国家的前途命运感到忧心如焚。

《哀郢》一可以说是屈原所有作品中写得最为悲苦哀切的一篇。当时怀王受辱，新王初立，兵败丧地，政局动荡，百姓流离失所，相信每一个爱国的志士都不会对此无动于衷。屈原也概莫能外，其对故国恋恋不舍的缠绵情怀盈满全篇，从字里行间中我们明显感受到屈原对宗国以及国都的刻骨之思。

全诗一唱三叹，屈原既痛恨小人谗言误国，又对国家的现状和未来发展无能为力，这种无奈的情绪，通过其痛彻心扉的言辞刻画得淋漓尽致。

抽　思

心郁郁之忧思兮，独永叹①乎增伤。思蹇产②之不释兮，曼遭夜之方长。悲秋风之动容③兮，何回极④之浮浮⑤！数惟荪⑥之多怒兮，伤余心之忧忧！愿摇起⑦而横奔⑧兮，览民尤⑨以自镇。结微情以陈词兮，矫⑩以遗夫美人。

【注释】

①永叹：长叹。

②蹇产：思绪郁结，不顺畅。

③动容：动摇，指秋风起而草木为之摇动。容，通“搈”，动。

④回极：天极回旋的枢轴，即古人认为的天体的轴心。

⑤浮浮：浮荡，变化不定的样子。

⑥数：多次，频繁。惟：思。荪：香草名，此处代指君王。

⑦摇起：王念孙《读书杂志》："摇起，疾起也。"《方言》："摇，疾也。"还有一种说法是"摇起"应作"遥赴"，"摇"同"遥"，快捷；"起"为"赴"之误。

⑧横奔：急速奔跑。

⑨尤：遭罪。

⑩矫：举。

【译文】

心中烦闷忧思难解啊，独自长叹又增添了无数的忧伤。愁思郁结难以化解啊，长夜如此漫长睡意全无。悲叹秋风猛烈摇动万物啊，何以竟使天极也为之变化不定！多次想起君王您容易动怒啊，使我心神不安忧苦无边。我愿疾起奋起大步狂奔啊，但是看见民众动辄得咎又静下心来。将我微末的心意写成诗篇陈词啊，面向君王表白我的心意。

昔君与我成言兮，曰黄昏以为期①。羌中道而回畔②兮，反既有此他志。㤭③吾以其美好兮，览余以其修姱。与余言而不信兮，盖④为余而造怒？愿承间而自察兮，心震悼而不敢。悲夷犹⑤而冀进兮，心怛⑥伤之憺憺⑦。

【注释】

①黄昏以为期：古时于黄昏时分举行昏礼（即今婚礼）。借以比喻君臣相互遇合。

②回畔：折回。

③㤭（jiāo）：通"骄"，夸耀。

④盖：通"盍"。何，为何。

⑤夷犹：犹豫。

⑥怛(dá):痛苦,忧伤。

⑦憺憺(dàn):忧伤的样子,不安的样子。

【译文】

先前君王您曾和我约定啊,说好我们在黄昏时分相会。但您在半路上改变了主意啊,转身而去有了别的想法。对我夸耀他的美好啊,对我展示他的才能。可是和我说过的话全不算数啊,为什么还对我大发脾气呢?我本想寻找机会向您解释明白啊,可是内心惊惧不敢倾吐。悲伤犹豫盼望能够进言啊,痛苦忧愁心神难安。

兹历[①]情以陈辞兮,荪详[②]聋而不闻。固切人[③]之不媚兮,众果以我为患。初吾所陈之耿著[④]兮,岂至今其庸亡[⑤]?何独乐斯之謇謇[⑥]兮,愿荪美之可光。望三五[⑦]以为像兮,指彭咸以为仪。夫何极而不至兮,故远闻而难亏。善不由外来兮,名不可以虚作。孰无施而有报兮,孰不实而有获?

【注释】

①兹历:当作“历兹”。历,陈列,列举。

②详:通“佯”,假装。

③切人:正直的人。

④耿著:明明白白。

⑤庸:乃。亡:通“忘”,遗忘。

⑥謇謇:直言的样子。

⑦三五:三王五伯。王逸《章句》:“三王五伯,可修法也。”三王,指夏禹、商汤、周文王。五伯,即春秋五霸,指齐桓公、晋文公、秦穆公、宋襄公、楚庄王。

【译文】

列举这些下情向您陈述啊,君王您却假装耳聋不愿闻听。本来正直的人就不会阿谀奉承啊，群小果然把我当成了祸患。当初我所说的话是那样的明明白白啊，难道如今君王全部遗忘了吗？为什么总是这样忠言直谏啊，就是希望君王您的美德能够发扬光大。希望您能以三王五霸为榜样啊，将古贤彭咸作为楷模。然若如此还有什么目标不能达到啊，从此君王您的美名万古流芳。崇高的品德全靠自己来修养啊，美好的名声也不会凭空出现。哪有不付出就能得到回报的道理啊，谁又能够不耕种而收获满仓？

少歌[①]曰：与美人抽思[②]兮，并日夜而无正[③]。憍吾以其美好兮，敖[④]朕辞而不听。

【注释】

①少歌：即《荀子·赋篇·佹诗》中的“小歌”，是古代乐章结构的组成部分，主要是对前面一部分的内容做一个小结、收束。

②抽思：一作“抽怨”。抽，抒发。

③无正：无从论证，得不到公平的评判。

④敖：通“傲”，傲慢。

【译文】

少歌：我向君王倾诉我的心迹啊，从早说到晚却得不到公正的评判。向我炫耀他的美好啊，傲慢地将我的言辞弃而不顾。

倡[①]曰：有鸟[②]自南兮，来集汉北。好姱佳丽兮，牉[③]独处此异域。既惸独[④]而不群兮，又无良媒在其侧。道卓远[⑤]而日忘兮，愿自申而不得。望北山而流涕兮，临流水而太息。望孟夏之短夜兮，何晦明之若岁！惟郢路之辽远兮，魂一夕而九逝[⑥]。曾不知路之曲直兮，南指月与列星。愿径逝而未得兮，魂识路之营营[⑦]。何灵魂之不信直兮，人之心不与吾心同。理[⑧]弱而媒不通兮，尚不知余之从容。

【注释】

①倡：同“唱”。古代乐章的结构组织形式之一，起到发端起唱的作用。

②鸟：屈原自喻。

③牉（pàn）：分离，离别。

④惸（qióng）独：孤苦伶仃。

⑤卓远：遥远。卓，通“逴（chuō）”，远。

⑥九逝：多次前往。九，非确指，形容很多。逝，去，往。

⑦营营：往来不息、来回走动的意思。

⑧理：指信使，媒人。

【译文】

倡辞：有只鸟儿从南方飞来啊，栖止在汉水之北。容貌姣好美丽动人啊，却离群索居栖息在异乡。既已孤苦伶仃没有伴侣啊，又没有好的媒人在身旁扶持。路途遥远君王您一天天将我遗忘啊，想要亲自陈说却没有机会。遥望北山眼泪忍不住流淌啊，对着流水哀伤叹息。初夏的夜晚本来短暂啊，为什么度日如年难以入眠？想到回郢都的路程山遥水远啊，灵魂一夜之间多次前往。顾不上道路是弯还是直啊，依靠星星和月亮指认去南方的方向。想要南行径直到达郢都啊，魂魄为了寻找道路不停地奔忙。为何灵魂那样忠信正直啊，别人的心思却和我不一样。送信的信使太过孱弱不能为我沟通啊，还有谁知道我磊落坦荡的心胸。

乱曰：长濑湍流，泝[①]江潭兮。狂顾[②]南行，聊以娱心兮。轸石崴嵬[③]，蹇[④]吾愿兮。超回志度[⑤]，行隐进[⑥]兮。低佪夷犹[⑦]，宿北姑[⑧]兮。烦冤瞀容[⑨]，实沛徂[⑩]兮。愁叹苦神，灵遥思兮。路远处幽，又无行媒兮。道思作颂，聊以自救兮。忧心不遂,斯言谁告兮!

【注释】

①泝(sù):逆流而上。

②狂顾:心神迷乱而左右顾盼。顾,瞻望。

③轸石:方石。轸,方形。崴嵬(cuīwéi):高大,高耸。

④蹇:阻止,阻碍。

⑤超回:徘徊。志度:通"跮踱(diéduó)",走路时忽进忽退。

⑥隐进:因道路艰险难行而慢慢地前进。

⑦夷犹:迟疑犹豫。

⑧北姑:地名,大约在汉北一带。

⑨烦冤:形容心中忧愁烦闷的样子。瞀(mào)容:心神烦乱不安。瞀,心神昏乱;容,通"傛",心神不安。

⑩沛徂:颠沛奔走。徂,去往。

【译文】

乱辞:长长的沙石滩上水流湍急,我沿着江水逆流而上啊。我心神迷乱频频南顾,聊以抚慰郁结的愁肠啊。怪石嶙峋高耸不平,阻碍我回郢都的心啊。徘徊踟蹰,缓缓前行啊。迟疑犹豫,投宿在北姑啊。心烦意乱,走得实在艰辛啊。悲苦叹息,黯然神伤,灵魂仍在思念着故乡啊。路途遥远,居处偏僻,又无人替我传达衷肠啊。倾诉忧思写成这篇诗章,聊以宽慰愁肠啊。愁思郁结难以舒畅,这些话该向谁倾诉啊!

【评析】

本篇篇名取自少歌部分"与美人抽思兮"中的"抽思"二字。"抽"是拔取的意思,"抽思"即剖明心迹,以抒发自我内心的郁闷和愤慨之情的意思。

《抽思》应是屈原被楚怀王流放在汉北一带时所创作的作品。虽然被流放,但屈原仍心在朝廷,忧心国事,时刻关注国家的前途命运,意欲回归朝堂报效君王，然而由于现实的原因无由上达，由此引发内心的忧思和愁苦。

本篇在写作上也非常有特色，首先精心布局了独特的篇章结构，除"乱曰"外，还有"少歌""倡曰"，前后呼应，协调一致。"少歌"详细叙述了屈原向楚王进谏的始末，不幸的是他遇到了逐渐昏聩的楚王，不但没有听从他的忠心劝谏之语，反而将他远远流放，此情此景只能令他生出无限的幽怨之情了；"倡曰"描写楚王被秦扣留，以此表达屈原挂念楚国及怀王的伤感情怀。

另一特色在于对心理的刻画，屈原以梦境中灵魂出窍的方式返回国都，淋漓尽致地展现了他对于国家和故乡深刻的怀念之情，从而将一个"国家兴亡，匹夫有责"的忠君爱国之士的高大形象完美地衬托出来。

全诗言辞优美，含义隽永，许多诗句饱含哲理，如"善不由外来兮，名不可以虚作。孰无施而有报兮，孰不实而有获？"等句子，读来给人以无限的深思。

怀　沙

滔滔[1]孟夏兮，草木莽莽。伤怀永哀兮，汩徂[2]南土。眴兮杳杳[3]，孔[4]静幽默[5]。郁结纡轸[6]兮，离慜[7]而长鞠[8]。抚情效志兮，冤屈而自抑。

【注释】

①滔滔：形容夏季暑热之气旺盛。

②汩（yù）徂：急急地奔流。汩，水流迅速的样子；徂，去，往。

③眴（shùn）：看。杳杳：昏暗。

④孔：很，甚。

⑤幽默：沉寂无声。

⑥纡轸：委屈而隐痛。

⑦离慜（mǐn）：身遭不幸。

⑧鞠：困窘。

【译文】

初夏四月暑气蒸腾啊，草木繁茂郁郁葱葱。内心伤感，哀思绵长啊，急急地奔向南方。举目四望一片昏暗啊，静谧沉寂听不到一丝声响。愁绪郁结委曲隐痛啊，身遭不幸，困苦无边。抚慰忧伤，考量心志啊，强自按捺内心的冤屈。

刓[①]方以为圜兮，常度未替。易初本迪[②]兮，君子所鄙。章画志墨[③]兮，前图未改。内厚质正兮，大人所盛[④]。

【注释】

①刓（wán）：削。

②易初本迪：改变初衷和自我追求。本迪，本来的路径。

③画：计划，规划。墨：木工画直线用的工具，喻规矩、准则。

④盛：赞许。

【译文】

虽说可以将方的削成圆的啊，但是正常的法度并不能因此而废弃。改变初衷变更常道啊，这向来为贤人君子所鄙弃。彰显原则标举绳墨啊，前人的法度不曾更改。内心敦厚品行正直啊，贤人君子盛赞不已。

巧倕[①]不斲[②]兮，孰察其拨正？玄文[③]处幽兮，矇瞍[④]谓之不章。离娄[⑤]微睇[⑥]兮，瞽[⑦]以为无明。变白以为黑兮，倒上以为下。凤皇在笯[⑧]兮，鸡鹜[⑨]翔舞。同糅[⑩]玉石兮，一概而相量。夫惟党人之鄙固兮，羌不知余之所臧[⑪]。任重载盛兮，陷滞而不济。怀瑾握瑜[12]兮，穷不知所示。邑犬之群吠兮，吠所怪也。非俊疑杰兮，固庸态也。文质疏内[13]兮，众不知余之异采。材朴[14]委积[15]兮，莫知余之所有。

【注释】

①倕(chuí)：相传为尧舜时期的一名巧匠。

②斲(zhuó)：砍，削。

③玄文：黑色的花纹。

④矇瞍：盲人。

⑤离娄：也称离朱，相传为黄帝时人，视力超强，能于百步之外明察秋毫。

⑥睇(dì)：斜视。

⑦瞽(gǔ)：盲人。

⑧笯(nú)：竹笼。

⑨鹜(wù)：鸭。

⑩糅：混杂，错杂。

⑪臧：内心所蕴藏的美好，一个人所具备的美好品行。

⑫瑾、瑜：均为美玉名。

⑬文质疏内：外在和本质。疏内，迂阔而木讷；内，通“讷”，木讷。

⑭朴：没有加工过的原木。

⑮委积：堆积。

【译文】

巧匠倕如果不砍不削啊，谁知道他有着变曲为直的神工妙技？黑色的花绘放置在黑暗的地方啊，瞎子说它不明显。离娄眯着眼睛看啊，盲人说他没眼力。偏要把白的说成黑的啊，把上下颠倒过来。凤凰被关进竹笼里啊，鸡鸭肆意飞舞。美玉和顽石混杂在一起啊，用一个标准来衡量它们。结党营私之徒鄙陋又愚顽啊，根本不知我内心所蕴藏的美质。我责任大担子重啊，陷入困境无法达到目标。怀抱美玉，手握宝石啊，身处困境之中，不知向谁展示。城里的狗成群地乱叫啊，对着它们认为的怪异之事吠形吠声。诽谤俊才猜忌贤人啊，本就是庸人一贯的本性。我外表质朴秉性木讷啊，众人不知道我出众的才华。栋梁之材堆积在一旁啊，我的才能无人知晓。

重仁袭义①兮，谨厚以为丰。重华不可遌②兮，孰知余之从容？古固有不并兮，岂知其何故？汤禹久远兮，邈③不可慕也。

【注释】

①重：积，积累。袭：重叠。

②遌(è)：相遇。

③邈：形容时间非常久远。

【译文】

我时刻积累仁义啊，忠谨敦厚以充实自身。圣王舜帝不能和他相遇啊，有谁能够了解我的言行举动？自古以来明君贤臣生不同时啊，谁能知道其中的缘故？商汤、夏禹的时代距今如此久远啊，千载悠悠让人无从表达思慕之情。

惩连①改忿兮，抑心而自强。离慜而不迁兮，愿志之有像②。进路北次兮，日昧昧③其将暮。舒忧娱哀兮，限④之以大故⑤。

【注释】

①惩连：《史记》引作“惩违”。惩，止住；违，恨的意思。即止住心中的怨恨之情。

②像：榜样。

③昧昧：昏暗的样子。

④限：期限。

⑤大故：死的委婉说法。

【译文】

抑制内心的怨恨丢弃愤怒啊，平抑心情以自我勉励。饱受祸患而终不变心啊，希望自己的志节成为后世的榜样。向北进发暂且投宿啊，夕阳沉沉已近黄昏。舒散忧愁排遣哀伤啊，期限已然到来而死亡将临。

乱曰：浩浩沅湘，分流汩[①]兮。修路幽蔽，道远忽[②]兮。怀质抱情，独无匹兮。伯乐既没，骥焉程[③]兮？万民之生，各有所错[④]兮。定心广志，余何畏惧兮？曾[⑤]伤爰哀[⑥]，永叹喟兮。世溷浊莫吾知，人心不可谓兮。知死不可让，愿勿爱兮。明告君子，吾将以为类兮。

【注释】

①汩(gǔ)：水流迅速的样子。

②忽：荒忽，遥远的样子。

③程：衡量。

④错：通“措”，安置。

⑤曾：通“增”。

⑥爰哀：悲哀无休无止。

【译文】

乱辞：浩浩荡荡的沅水和湘水，各自奔流向前啊。漫长的道路幽深昏暗，渺茫遥远没有边际啊。纯洁高尚质朴无华，却孤独无依无处觅知音啊。伯乐已经死去，纵有千里马又有谁来品评呢？世上众人，各有各的命运啊。安下心来放宽胸怀，我还有什么可畏惧的呢？满腹忧伤无止无休，不禁喟然长叹啊。世道混浊无人了解我，人心难测，我已然无话可说啊。明知死亡已不可避免，宁愿不再爱惜自己啊。明白地告诉诸位君子，我将以此作为法则啊。

【评析】

关于“怀沙”的含义，学界有不同的观点。有人认为“怀沙”意指屈原怀抱沙石沉江而死；另一种说法是所谓的“沙”是指长沙，因为长沙是楚先王的封地，所以当屈原准备自投汨罗时，就难免会怀念起故地老根，“狐死必首丘”，这是屈原对故乡故土深刻怀念之情的必然流露。

抛开学界在这一定义上的争论不说，从内容来看，可以确定的是本篇是屈原后期创作的作品，距离他投水而死的日期应该不远，故很多学者认为《怀沙》即是屈原的绝命辞。政治上的打击，流放时的孤寂，心中的焦虑，这些情绪合而为一，从中明显可以感受到屈原对国家命运的担心。他认为如果国家不能够任用贤能，那么步入覆亡的深渊将是迟早的事情。篇中屈原以满腔激愤的笔锋，抒写了自己内心的忧愤和不平，将批判的矛头指向了楚国混乱不堪的政治和社会生态；同时，再一次表明自己始终坚持高洁的志向而绝不随波逐流的坚强意志，并决心以死殉国。

本篇巧辟善喻，大量采用对比手法，以凤凰与鸡鸭、美玉与顽石作对比，将小人和君子两者品行操守上的本质差别全面展现出来，由此更衬托出楚王的昏聩和楚国忠诚之士得不到重用的混乱政治局面。全诗短句铿锵，文辞沉痛激越，情调哀惨，具有强烈的感染力。

思 美 人

思美人兮，揽涕[①]而伫眙[②]。媒绝路阻兮，言不可结而诒[③]。蹇蹇之烦冤[④]兮，陷滞而不发。申旦[⑤]以舒中情兮，志沉菀[⑥]而莫达。愿寄言于浮云兮，遇丰隆[⑦]而不将[⑧]。因归鸟而致辞兮，羌宿高[9]而难当[10]。

【注释】

①揽涕:擦干眼泪。

②伫眙(zhùchì):久久站立,注视前方。

③诒:赠送。

④蹇蹇:同“謇謇”,忠贞之言。一说忠言直谏。烦冤:烦躁愤懑。

⑤申旦:由夜至曙,通宵达旦。

⑥沉菀(yùn):沉闷而郁结。菀,通“蕴”,郁结。

⑦丰隆:古代神话传说中云神的名号。

⑧将:拿起。

⑨宿高:迅疾高飞。宿,当作“迅”。

⑩当:遇到。

【译文】

思念着我那心爱的美人啊,揩干眼泪久久伫立望眼欲穿。媒人音信不通,路途多么艰险啊,有话想对君王说却语不成章。忠贞之言招来烦恼冤屈啊,进退两难而不能自拔。日夜思慕想要倾诉衷情啊,心思沉顿却又无法表白。希望浮云能够为我捎信啊,但是云神丰隆却又不肯带信。想让归鸟为我传书啊,它迅疾高飞难以相逢。

高辛之灵盛[1]兮,遭玄鸟[2]而致诒。欲变节以从俗兮,愧易初而屈志。独历年而离愍[3]兮,羌冯心[4]犹未化。宁隐闵[5]而寿考兮,何变易之可为。知前辙之不遂[6]兮,未改此度。车既覆而马颠兮,蹇独怀此异路。勒骐骥[7]而更驾兮,造父[8]为我操之。迁逡次[9]而勿驱兮,聊假日以须时。指嶓冢[10]之西隈[11]兮,与纁黄[12]以为期。

【注释】

①高辛:即帝喾(kù)。帝喾初受封于辛,后即帝位,号高辛氏。灵盛:犹言神灵。盛,一作“晟”。

②玄鸟:燕。

③离愍:遭遇祸患。

④冯(píng)心:愤懑的心情。

⑤隐闵:隐忍,沉默不语。

⑥遂:顺利。

⑦骐骥:良马名。

⑧造父:周穆王时人,以善于驾车闻名。

⑨迁:迁延不前。逡次:徘徊不前的样子。

⑩嶓(bō)冢:山名。在今甘肃省天水与礼县之间。古人误以为是汉水上源。

⑪隈:山崖。

⑫纁(xūn)黄:黄昏之时。

【译文】

帝喾高辛氏的神灵是多么的荣盛啊,遇上玄鸟为他传送礼物。想要改变自己的气节而追随流俗啊,我又以改变节操委屈心志为愧。多年来遭受痛苦的摧残煎熬啊,心中的愤懑丝毫没有化解。宁愿隐忍不语了此一生啊,又怎能改变气节?明知前方的道路艰险难通啊,却不愿更改处世的原则。尽管车已倾覆,马已跌倒啊,这道路与众不同但依然是我无悔的选择。我勒住骏马,重新套好车驾啊,请造父为我执辔驾驭。要他慢慢前行不必纵马疾驰啊,姑且偷闲等待时机。我指着嶓冢西边的山崖啊,我们约定黄昏时分在那里相见。

开春发岁兮,白日出之悠悠。吾将荡志①而愉乐兮,遵②江夏以娱忧。揽大薄③之芳茝兮,搴④长洲之宿莽。惜吾不及古人兮,吾谁与玩此芳草?解⑤萹薄⑥与杂菜兮,备以为交佩。佩缤纷以缭转兮，遂萎绝而离异。吾且儃佪[7]以娱忧兮，观南人之变态[8]。窃快在中心兮，扬[9]厥凭[10]而不竢。芳与泽[11]其杂糅兮，羌芳华自中出。纷郁郁其远蒸[12]兮，满内而外扬。情与质信可保兮，羌居蔽而闻章。

【注释】

①荡志：放纵情思。

②遵：沿着，循着。

③薄：草木丛生的样子。

④搴（qiān）：拔取。

⑤解：采摘。

⑥萹（biān）薄：指成丛的萹蓄。萹，萹蓄，亦名萹竹，一种药草。

⑦儃佪（chánhuái）：徘徊。

⑧变态：异态，不正常的情态。

⑨扬：捐弃。

⑩凭：愤懑，愤怒。

⑪泽：污秽。

⑫蒸：蒸腾，散发。

【译文】

春天到来新的一年开始啊，白天的时间越来越长。我放纵情思寻找快乐啊，沿着江水、夏水消除忧愁。摘下丛林中里芬芳的茝草啊，采摘沙洲上生长的宿莽。可惜我没有生活在古代先贤的时代啊，如今摘来这些香草和谁一同欣赏呢？采摘丛生的萹蓄、杂菜啊，将其左右相交做成配饰。它们缤纷繁茂环绕周身啊，最终却萎谢凋零而被弃于一旁。姑且徘徊以快乐逍遥啊，观察这些南方人异样的情态。一丝快意暗自浮上心头啊，捐弃愤懑置之度外。虽然芳香和污秽混杂在一起啊，芳香依然难以掩盖。郁馥的芳香远远飘散啊，只要充盈于内那么自然就可以发散于外。只要我正直的品行能够长久保持啊，居处虽蔽塞，也能声名远扬。

令薜荔以为理[①]兮，惮举趾而缘木。因芙蓉而为媒兮，惮褰[②]裳而濡[③]足。登高吾不说[④]兮，入下吾不能。固朕形之不服[⑤]兮，然容与[⑥]而狐疑。广遂[⑦]前画[⑧]兮，未改此度也。命则处幽吾将罢兮，愿及白日之未暮也。独茕茕而南行兮，思彭咸之故也。

【注释】

①理：媒人，信使。

②褰(qiān)：撩起，揭起。

③濡(rú)：沾湿。

④说：通"悦"，喜欢。

⑤服：习惯，适合。

⑥容与：迟疑不前的样子。

⑦遂：道路。

⑧画：分布。

【译文】

想请薜荔作为信使啊，却担心抬脚去攀登树木。想让荷花替我做媒啊，却又担心撩起裙子沾湿鞋子。登高我不喜欢啊，向低处我也不情愿。本来我的形体相貌不适合当世啊，于是徘徊不前而满腹狐疑。广阔的道路向前延伸啊，决不能改变一贯的法度。命中注定我被贬谪到这个幽僻之地，我将就此作罢啊，但愿趁着白日尚未入暮而有所作为。孤苦伶仃地向南行走啊，只是因为思慕彭咸的缘故。

【评析】

"思美人"的中的"美人"，应该指的是楚怀王。时屈原被怀王流放到汉北，思念君王，渴望得到君王的理解和信任，却得不到表白的机会，又不能改变节操以邀宠，郁闷忧愁，所以“言己忧思”而作此篇。

从内容上看，本篇所发所感以及其艺术表现形式与《离骚》有很大的相似之处，都是表达屈原无法认同阿谀奉承的世俗而流露出的郁闷和忧苦之情。屈原尽管被楚王所误解，政治上郁郁不得志，但是即使在这样的困境之中，他依然认定自己所坚持的人格操守和高洁品行没有任何的错误，正像那些香草一样，黑暗污浊的环境丝毫不能掩盖它浓郁的芬芳。因此在行文中，屈原多次以香草自喻，这些令人喜爱且品行高洁的香草都是他心目中美好德行以及理想人格的现实写照，充分展现了屈原坚守高洁人格与美政理想、宁死也不改变节操的决心和信念。

全诗文采飞扬，想象丰富，带有浓烈的浪漫主义色彩。大量对偶、排比句子的运用，一方面有效增强了诗歌的朗读美感，另一方面也显示了屈原高超的艺术功底和文学素养。

惜往日

惜往日之曾信①兮，受命诏以昭时②。奉先功以照下兮，明法度之嫌疑③。国富强而法立兮，属④贞臣而日娭⑤。秘密⑥事之载心兮，虽过失犹弗治。心纯庬⑦而不泄兮，遭谗人而嫉之。君含怒而待臣兮，不清澄其然否。蔽晦君之聪明兮，虚惑误又以欺。弗参验以考实兮，远迁臣而弗思。信谗谀之溷浊兮，盛气志⑧而过之。何贞臣之无罪兮，被离谤⑨而见尤⑩？惭光景之诚信兮，身幽隐而备之。

【注释】

①曾信：指屈原曾经受楚怀王信任并被重用。

②昭时：使时世清明。

③嫌疑：指法度中含糊不清之处。

④属：托付。

⑤娭(xī)：游戏，玩乐。

⑥秘密：即“黾勉”，努力，勤勉。

⑦庬(máng)：淳厚，朴实。

⑧盛气志：大怒。

⑨被：蒙受。离谤：诽谤。离，当作“讟(dú)”。

⑩尤：斥责，责备。

【译文】

痛惜当年曾受君王的信任啊，受王命传达诏令使时世清明。继承先王的功业昭示百姓啊，修明法度决断疑难。国家富强法度得以建立啊，国事托付给忠臣而君王得以嬉戏游乐。勤于王事时刻在心啊，虽有过失君王也没有治罪。敦厚质朴不泄露机要啊，竟遭小人嫉妒谗毁。君王满含怒火对待臣下啊，不去辨别内中的是非。小人蒙蔽了君王的耳目啊，挑拨是非用假话将君王欺蒙。君王不去核查验证啊，将我远远地放逐而不考虑周全。君王听信小人阿谀奉承的言语啊，怒气冲冲地对我大加指责。为何忠贞的臣子本没有罪过啊，却遭受诽谤而受到贬斥？惭愧的是日月光影多么诚信啊，身处僻远荒凉之地备显其光辉。

临沅湘之玄渊兮，遂自忍而沉流？卒没身而绝名兮，惜壅君[①]之不昭[②]。君无度而弗察兮，使芳草为薮幽[③]。焉舒情而抽信[④]兮，恬[⑤]死亡而不聊[⑥]。独鄣壅[⑦]而蔽隐兮，使贞臣为无由。

【注释】

①壅(yōng)君：被蒙蔽的国君。

②昭：清醒，明白。

③薮(sǒu)幽:大泽的深幽处。薮,生长着很多草的湖泽。

④抽信:陈述一片忠诚。

⑤恬:安。

⑥聊:苟且偷生。

⑦鄣壅:阻塞,阻隔。

【译文】

走进沅水和湘水的深渊啊,就此忍心自沉江河?最终身死名灭啊,痛惜君王被蒙蔽而不能觉悟。君王没有原则难察下情啊,将芳草丢弃在幽深的大泽。该如何倾诉衷情表述忠心啊,将安于死亡而决不苟且偷生。只因重重障碍阻隔啊,致使忠贞的臣子无从接近君王。

闻百里①之为虏兮,伊尹②烹于庖厨。吕望③屠于朝歌兮,宁戚④歌而饭牛。不逢汤武与桓缪⑤兮,世孰云而知之?吴⑥信谗而弗味兮,子胥死而后忧。介子⑦忠而立枯兮,文君⑧寤而追求。封介山而为之禁⑨兮,报大德⑩之优游⑪。思久故之亲身兮,因缟素而哭之。

【注释】

①百里:即百里奚,原为虞国大夫,虞亡时为晋所俘,作为陪嫁之臣送入秦国。后出走到楚,为楚人所执,又被秦穆公以五张羊皮赎回,用为大夫,称为"五羖大夫",辅佐穆公建立霸业。

②伊尹:商汤大臣,名伊,一名挚,尹为官名。伊尹出生后,被有莘国庖人收养。汤娶有莘氏女为妃,伊尹自愿作陪嫁媵臣,随同到商。他为汤烹调鹄羹,借烹调之术陈述治国理论,被汤授以国政,辅助汤攻灭夏桀。

③吕望:即姜子牙。传说他还没有发迹的时候,曾在朝歌当过屠夫,晚年垂钓于渭水之滨,被周文王重用,后又助武王灭商。

④宁戚：春秋时期卫国人，未曾发达的时候曾为商贾赶车。一日夜宿城门，宁戚站在车旁喂牛，远远望见齐桓公，百感交集，便敲击牛角，高歌抒怀。齐桓公认为他是非常之人，任之以国。

⑤汤：商汤。武：周武王。桓：齐桓公。缪：同“穆”，秦穆公。

⑥吴：即吴王夫差。

⑦介子：即介子推。春秋时期晋国的贤臣。晋国公子重耳因骊姬之祸流亡在外，介子推一直紧紧追随。后来重耳得国，是为晋文公，遍赏从人，却忘了介子推的功劳，介子推于是携母逃入绵山。后来晋文公想起他的功劳，派人上山寻找，但是一直找不到，于是下令放火烧山，希望逼介子推出山。但是介子推坚持不出，最后抱树被烧死。

⑧文君：即晋文公重耳。

⑨封介山而为之禁：介子推死后，晋文公将绵山作为介子推的封地，禁止民众上山砍柴打猎。介山，即绵山。

⑩大德：晋文公逃亡时，乏食，介子推割股给文公吃，故称介子推有“大德”。

⑪优游：形容德行至高至大。

【译文】

听说百里奚曾做过俘虏啊，伊尹也曾在厨房中烹调食物。吕望曾在朝歌做屠夫啊，宁戚半夜边唱歌边喂牛。若非遇到商汤、周武王、齐桓公、秦穆公啊，那么世上谁会知道他们卓绝的才能呢？吴王夫差听信谗言不加思考啊，伍子胥死后国家败亡。介子推忠心耿耿却站着被烧死啊，晋文公醒悟后立即去寻找。将介山作为他的封地禁止砍柴打猎啊，以此来报答他的大恩大德。想起介子推曾是追随自己多年的故旧啊，晋文公就穿起了白色的丧服痛哭不已。

或忠信而死节兮，或訑谩①而不疑。弗省察而按实兮，听谗人之虚辞。芳与泽其杂糅兮，孰申旦而别之？何芳草之早殀②兮，微霜降而下戒。谅③聪不明而蔽壅兮，使谗谀而日得。

【注释】

①訑谩(tuómán):欺诈,欺骗。

②殀:夭折,死亡。

③谅:确实,的确。

【译文】

有的人忠贞守信却为节操而死啊,有的人欺蒙虚伪却无人怀疑。不去考察而核实啊,却听信小人的不实之辞。芳香和腐臭混杂在一起啊,谁又能日复一日地将它们区分清楚?为何芳草过早凋零啊,只因寒霜已经从天而降而不加防备。实在是君王偏听偏信受到愚弄啊,才让那阿谀奉承的小人日益得势。

自前世之嫉贤兮,谓蕙若[①]其不可佩。妒佳冶之芬芳兮,嫫母[②]姣而自好。虽有西施之美容兮,谗妒入以自代。愿陈情以白行[③]兮,得罪过之不意。情冤见之日明兮,如列宿之错置。

【注释】

①蕙若:蕙草和杜若,均为香草。

②嫫(mó)母:相传为黄帝次妃,貌丑。

③白行:表白、说明自己的行为。

【译文】

自古以来小人嫉妒贤能就是这个样子啊,都说芬芳的蕙草和杜若不可佩戴。嫉妒美人芳香袭人啊,嫫母搔首弄姿自以为美丽无比。纵使有西施那样的美貌啊,受谗妒也会被丑恶之人取代。我希望陈述衷情表白行为啊,却无意之间招来祸患。我的真情和冤屈终会昭雪啊,就像天上星宿排列有序。

乘骐骥而驰骋兮，无辔衔[①]而自载。乘氾泭[②]以下流兮，无舟楫而自备。背法度而心治[③]兮，辟[④]与此其无异。宁溘死[⑤]而流亡[⑥]兮，恐祸殃之有再。不毕辞而赴渊兮，惜壅君之不识。

【注释】

①辔衔：御马的缰绳和嚼子。

②氾泭(fànfú)：指竹筏。

③心治：凭私心治事。

④辟：通“譬”，譬如，好像。

⑤溘(kè)死：忽然死去。

⑥流亡：流而亡去，指投水而死。

【译文】

跨上骏马急速奔驰啊，没有勒马的缰绳和嚼子而自行驾驭。乘着竹筏顺流而下啊，没有船桨而随水飘荡。背离法度而任凭私心治事啊，就和这两种情形一样。宁愿忽然死亡随流水而去啊，恐怕再一次遭受祸殃。话还没有说完就举身投向深渊啊，可惜君王被蒙蔽一无所知。

【评析】

本篇是屈原临终前的作品，但是否为绝笔，则有不同看法。林云铭、王夫之等以《悲回风》为绝笔，但蒋骥、夏大霖、陆侃如、郭沫若、游国恩、姜亮夫等根据诗中“宁溘死而流亡兮，恐祸殃之有再。不毕辞而赴渊兮，惜壅君之不识”几句，认定此篇为《怀沙》之后的绝命辞。

《惜往日》概述了屈原一生的政治遭遇，通过对往事的回忆、反思和总结，再一次表明了想要建立正常的法度和反对“心治”的政治理想，也在侧面抒发了屈原因为小人的陷害而难以一展抱负的委屈和愤懑情绪。

全篇可分为六段。第一段，追叙自己曾被怀王信任，正道直行，竭忠尽智，终因奸人进谗，遭到怀王猜忌而疏远。第二段，写屈原身临湘水，决心自沉。第三段，历举前世君王得贤人则兴盛与信谗言则灭亡，形成强烈对比，希望楚王悔悟而改弦更张，振兴楚国。第四段，指出忠信者被迫死节，奸佞者被信之不疑，全是因为君王不能明察而听信小人谎言。第五段，指天而誓自己的光明正大，所受的冤屈，终将昭雪。第六段，表明自己沉江自尽，以身殉国的决心。

全篇遣词用句直白简洁，铺排直叙，指明心迹，没有丝毫矫揉造作之感。如屈原讲述自己时刻为国事操劳，但是却得不到楚王的信任，在小人的攻击和诋毁之下，政治上遭受了重大挫折。由此他才发出了只有让贤明的君主和有才能的臣子相遇，才可以君臣一心，使得国家繁荣富强起来的真情实感。

橘　颂

后皇①嘉树，橘徕②服③兮。受命不迁，生南国兮。深固难徙，更壹志兮。绿叶素荣④，纷其可喜兮。曾枝⑤剡棘⑥，圆果抟⑦兮。青黄杂糅，文章⑧烂兮。精色⑨内白，类可任兮⑩。纷缊⑪宜修，姱⑫而不丑兮。

【注释】

①后皇：后土皇天，指天地。后，后土；皇，皇天。

②徕：通“来”。

③服：习惯，适应。

④素荣：白花。

⑤曾枝：繁枝。曾：层层叠叠。

⑥剡(yǎn)棘：尖利的刺。剡，尖；棘：刺。

⑦抟(tuán)：同“团”，圆圆的样子。

⑧文章：花纹。

⑨精色：鲜明的皮色。

⑩类可任兮：当作“类任道兮”，如同肩负重任的君子。类，如同。任，承担，肩负。

⑪纷缊：繁茂的样子。

⑫姱(kuā)：美好。

【译文】

天地间的美好橘树，生来就适应这一方的水土啊。领受天命绝不外迁，扎根在南方荆楚大地之上啊。根深蒂固难以迁徙，立志是多么专一啊。碧绿的叶子洁白的花朵，缤纷繁茂令人欣喜啊。层叠的枝条尖锐的棘刺，饱满的果实圆圆滚滚啊。青色黄色间杂在一起，色泽文采斑斓绚丽啊。外皮鲜明内瓤洁白，如同肩负重任的贤人君子啊。枝繁叶茂修饰得体，美丽得毫无瑕疵啊。

嗟尔幼志，有以异兮。独立不迁，岂不可喜兮！深固难徙，廓①其无求兮。苏世②独立，横而不流③兮。闭心自慎，终不失过兮。秉德无私，参天地④兮。愿岁并谢⑤，与长友兮。淑离⑥不淫，梗其有理⑦兮。年岁虽少，可师长兮。行比伯夷⑧，置以为像兮。

【注释】

①廓：广大，空阔。指胸襟豁达。

②苏世：醒世。

③横而不流：横绝而渡，绝不随波逐流。

④参天地：指与天地相配，合而为三。参，三。

⑤谢：逝。

⑥淑离：美丽。淑，美；离，通“丽”。

⑦理:纹理,比喻言行有道,有原则。

⑧伯夷:商末孤竹君长子,与其弟叔齐因谏阻周武王灭商,不听,遂逃隐至首阳山,耻食周粟,采薇而食,双双饿死。

【译文】

惊叹您幼年的志气,卓然与众不同啊!巍然独立不肯迁移,怎能不令人欢喜啊。根深牢固难以迁徙,心胸坦荡无欲无求啊。清醒卓立于这个污浊的人世,横绝而渡,绝不随波逐流啊。断绝私欲谨慎自守,始终不犯错误啊。坚守美德公正无私,和天地同在啊。愿与日月一同流逝,和您长结友谊啊。至善至美而不放纵淫乱,坚强正直又有条理啊。虽然年纪轻轻,却能够为人师长啊。您的德行堪与伯夷比肩,将永远是我立身的榜样啊。

【评析】

橘是我国南方一种常见的常绿小乔木或灌木,颂是称赞、赞美的意思,“橘颂”即是对橘这种树木美好品德的赞美和歌颂。屈原表面上是歌颂橘树坚贞不屈的美好品行,其实是以橘树自喻,希望自己的品行也能够像橘树一样,在这个污浊的世界中可以洁身自好,不为权势或名利而低头。

屈原的《橘颂》也是我国文学史第一首文人咏物诗,开创了后世咏物诗的先河。屈原首先从橘树优美的外形开始描绘,再加上细节的刻画,成功将橘树身上所具有的美好外形展现在读者面前。接着笔锋一转,从外到内,进一步地将橘树那种风姿万千的外在神态比拟为正人君子所应具有的高贵人格操守,这就是独立不迁、深固难移、遗世独立和公正无私。托物言志,既是屈原对高尚人格的肯定和赞美,也是屈原对自己崇高理想的全景再现。

在《九章》乃至整部《楚辞》中,《橘颂》的内容与风格都比较特殊,毫无失意的悲愤情绪,情调十分开朗乐观,意境极为高远。全诗用四字句,间以“兮”字做衬,简朴而有节奏感,读来朗朗上口,回味无穷。

悲回风

悲回风[①]之摇蕙兮，心冤结而内伤。物[②]有微而陨性兮，声有隐[③]而先倡。夫何彭咸之造思兮，暨[④]志介[⑤]而不忘？万变其情岂可盖兮，孰虚伪之可长？鸟兽鸣以号群兮，草苴[⑥]比[⑦]而不芳。鱼葺[⑧]鳞以自别兮，蛟龙隐其文章[⑨]。故荼荠[⑩]不同亩兮，兰茝幽而独芳。惟佳人之永都兮，更[⑪]统世[⑫]以自贶[⑬]。眇远志之所及兮，怜浮云之相羊[⑭]。介眇志之所惑兮，窃赋诗之所明。

【注释】

①回风：疾风，旋风。

②物：这里指蕙草。

③隐：指风声隐匿无形。

④暨：与，和。

⑤介：坚固，坚贞。

⑥苴（chá）：枯草。

⑦比：合在一起。

⑧葺：整治，整理。

⑨文章：文采，花纹。

⑩荼荠：皆菜名。荼味苦，荠味甘。

⑪更：经历，经过。

⑫统世：经历几世几代。

⑬贶（kuàng）：给予，赐予。

⑭相羊：徘徊，盘旋往返的样子。

【译文】

悲哀啊，疾风摇落蕙草，内心愁思无限郁结难解。柔弱的蕙草被疾风摧残啊，秋风无形无质却发出巨大的声响。为何彭咸树立的思想啊，和他那坚贞的节操令我难以忘怀？千变万化的情态怎能把真情掩盖啊，虚伪的事物怎能绵延久长？鸟兽鸣叫呼唤同伴啊，鲜草枯苴堆在一起就不会散发芳香。鱼儿修饰鳞片以炫耀自己与众不同啊，蛟龙则潜入渊底文采不彰。所以苦菜与甜菜不同种一块地啊，兰花与芷草独处幽僻之地而芬芳。只有君子才能永葆光彩啊，历经几世几代也能够自求多福。我的志向像天一样高远啊，可惜它如白云一般飘浮在天上无依无靠。我坚贞高远的志向让世人疑惑啊，暗自赋诗成章来表白衷肠。

惟[①]佳人之独怀兮，折若椒以自处。曾[②]歔欷之嗟嗟兮，独隐伏而思虑。涕泣交而凄凄兮，思不眠以至曙。终长夜之曼曼兮，掩此哀而不去。寤从容以周流[③]兮，聊逍遥以自恃。伤太息之愍怜兮，气於邑[④]而不可止。纠[⑤]思心以为纕[⑥]兮，编愁苦以为膺[⑦]。折若木以蔽光兮，随飘风之所仍[⑧]。存仿佛而不见兮，心踊跃其若汤。抚珮衽[⑨]以案[⑩]志兮，超惘惘[⑪]而遂行。岁曶曶[⑫]其若颓兮，时亦冉冉而将至。薠蘅[⑬]槁而节离[⑭]兮，芳以歇[⑮]而不比。怜思心之不可惩兮，证此言之不可聊。宁逝死而流亡兮，不忍为此之常愁。孤子吟[⑯]而抆泪兮，放子出而不还。孰能思而不隐[⑰]兮，昭彭咸之所闻。

【注释】

①惟：思。

②曾(céng)：重累。

③周流：周游，到处漂泊。

④於邑(wūyì)：哽咽，呜咽。

⑤纠(jiū)：编结。

⑥纕：佩带。

⑦膺：胸，此处指紧贴前胸的衣物。

⑧仍：跟随，跟从。

⑨衽（rèn）：衣襟。

⑩案：按捺，抑制。

⑪超惘惘：惆怅，迷惘。

⑫曶曶（hū）：同“忽忽”，迅速。

⑬薠蘅（fánhéng）：均为香草名。

⑭节离：草枯萎时茎节断落。

⑮歇：零落。

⑯抆（wěn）：擦拭。

⑰隐：伤痛，心痛。

【译文】

想那美人有独特的情怀啊，采摘杜若和花椒幽居独处。屡屡悲慨哽咽，长吁短叹啊，独自隐居而思绪满怀。涕泪交流内心悲伤啊，沉思无眠直到夜尽天明。熬过这漫漫长夜啊，压抑心头的哀愁却依然长留不去。醒来后从容地周游四方啊，姑且悠游自遣悲伤。伤感叹息实在太可哀怜啊，心情郁闷难解难舒。将忧思之心编结成佩带啊，将愁苦之心编织为成衣襟。折下若木枝以遮蔽阳光啊，随着疾风任意飘来荡去。仿佛存在的一切都已经模模糊糊看不清楚啊，我的心如同沸水在猛烈翻腾。抚着玉佩衣襟抑制情绪啊，怅惘失意中动身起行。岁月流逝匆匆而过啊，时光冉冉人生也渐渐走到尽头。白薠、杜衡已然茎折叶落啊，芳香消散，生机全无。可怜我思念故国君王的心绪不能抑制啊，表明我这些话语根本无济于事。宁愿快点死去随水漂逝啊，不忍心再作此常愁之态。孤独的人悲叹着擦拭眼泪啊，被放逐的人从此一去不返。谁能满怀思念而不伤悲啊，明白彭咸的所作所为。

登石峦以远望兮，路眇眇之默默。入景[①]响之无应兮，闻省想[②]而不可得。愁郁郁之无快兮，居戚戚而不可解。心鞿羁[③]

而不形兮，气缭转而自缔[④]。穆[⑤]眇眇之无垠兮，莽芒芒[⑥]之无仪[⑦]。声有隐而相感兮，物有纯而不可为。藐蔓蔓之不可量兮，缥绵绵[⑧]之不可纡[⑨]。愁悄悄[⑩]之常悲兮，翩冥冥[⑪]之不可娱。凌大波而流风[⑫]兮，托彭咸之所居。

【注释】

①景：通“影”，阴影。

②闻省（xǐng）想：耳闻目见心想。省，察看。

③軜（jī）羁：马缰绳和马笼头，这里指受到外界的束缚。

④缔：结得很牢，不可解开。

⑤穆：深远，幽微。

⑥莽：苍莽，广大。芒芒：同“茫茫”，广阔，深远。

⑦仪：景象，仪容。

⑧缥：缥缈。绵绵：隐约不绝，若有若无的样子。

⑨纡：系结。

⑩悄悄（qiǎo）：忧伤的样子。

⑪翩：很快地飞。冥冥：又高又远的样子。

⑫流风：随风飘流。

【译文】

我登上高山向远处眺望啊，漫漫长路寂静无声。走进这光影声响都无回应的世界啊，耳闻目见心想都一无所获。愁思郁郁没有一点欢乐啊，居处戚戚悲凉不能自解。内心被束缚而不能舒展啊，怨气缭绕不能发散。四周辽阔无边无际啊，莽莽苍苍无边无沿。声音幽微而相互感应啊，秉性纯洁却每多无奈。思绪悠远不可测度啊，愁思缥缈无法收束。忧思满怀常自悲苦啊，远走高飞难以欢畅。乘着滚滚波涛随风飘逝啊，投身于彭咸所居住的地方。

上高岩之峭岸兮，处雌蜺[1]之标颠[2]。据青冥[3]而摅[4]虹兮，遂倏忽而扪天。吸湛[5]露之浮源[6]兮，漱凝霜之雰雰[7]。依风穴[8]以自息兮，忽倾寤[9]以婵媛[10]。冯昆仑以瞰雾兮，隐[11]岐山[12]以清江。惮涌湍之礚礚[13]兮，听波声之汹汹。纷容容[14]之无经兮，罔芒芒之无纪。轧洋洋之无从兮，驰委移[15]之焉止。漂翻翻其上下兮，翼遥遥[16]其左右。氾潏潏[17]其前后兮，伴张弛[18]之信期[19]。观炎气[20]之相仍[21]兮，窥烟液[22]之所积。悲霜雪之俱下兮，听潮水之相击。借光景[23]以往来兮，施黄棘[24]之枉策[25]。求介子[26]之所存兮，见伯夷之放迹。心调度而弗去兮，刻著志[27]之无适。

【注释】

①雌蜺：古人称彩虹色彩鲜盛的内环为雄，名虹；色彩暗淡的外环为雌，名蜺，即霓，今称副虹。

②标颠：顶点，最高点。

③青冥：青天，天空。

④摅（shū）：舒展。

⑤湛：浓厚，厚重。

⑥浮源：露水浓重的样子。一本为“浮浮”，与下文“雰雰”相对应。

⑦雰雰（fēn）：霜雪缤纷的样子。

⑧风穴：古代传说中的洞穴名。相传北方寒风自其中而出。

⑨倾寤：翻身醒来。

⑩婵媛：形容愁思满怀。

⑪隐：依凭，依靠。

⑫岐山：即岷山。在四川省北部，绵延四川、甘肃两省边境，是岷江的发源地，而古代长期认为岷江是长江的正源。

⑬礚礚（kē）：象声词。形容水石轰击声等。

⑭容容:纷乱动荡的样子。

⑮委移:犹“委蛇”。迂远的样子。

⑯翼:飞动。遥遥:摇摆不定的样子。

⑰氾:泛滥。潏潏(yù):水流奔涌而出的样子。

⑱张驰:指潮水的涨落。

⑲信期:潮汐有一定的规律,涨落有时。

⑳炎气:火焰和烟气。

㉑仍:升腾。

㉒烟液:指云雨。烟,指云;液,指雨。

㉓光景:时间,岁月。景,同“影”。

㉔黄棘:一种带刺植物的名称。

㉕枉:弯曲。策:鞭子,马鞭。

㉖介子:即介子推。

㉗刻著志:打定主意,下定决心。

【译文】

登临高高山岩的陡峭岸壁啊,站在副虹的最高点。倚靠青天舒展一道彩虹啊,于是在刹那间抚摸到了苍穹。吸吮着浓厚的露水啊,含漱着飞落的霜花。倚着风穴独自休息啊,忽然翻身醒来,不禁愁思满怀。背靠昆仑俯瞰云雾啊,依凭岷山下视清江。害怕急流冲击岩石发出骇人的声响啊,细听涛声不绝汹涌澎湃。心思纷乱扰攘没有规律啊,精神迷惘芜杂没有头绪。波涛互相倾轧从何而来啊,宛转奔驰流往何处?心绪像浪涛一般上下漂荡啊,高高升起又踯躅不定。像泛滥的水流一样前后涌动啊,伴随着潮汐涨落的固定约期。观看那火焰与烟气相因而生啊,窥察那云朵与雨滴重重聚集。悲伤那霜与雪一起降下啊,听那潮水冲击发出巨响。借着时间的光影往来驰骋啊,用那黄棘木制成弯曲的马鞭。访求介子推的隐居之地啊,谒见伯夷远遁的故迹。内心思量难以释怀啊,下定决心不再离开。

曰：吾怨往昔之所冀兮，悼来者之悐悐[①]。浮江淮而入海兮，从子胥而自适。望大河之洲渚兮，悲申徒[②]之抗迹[③]。骤[④]谏君而不听兮，重任石[⑤]之何益？心絓结而不解兮，思蹇产[⑥]而不释。

【注释】

①悐悐（tì）：忧惧的样子。

②申徒：申徒狄，商朝末年的贤臣，劝谏纣王不被听从，怀石自沉。

③抗迹：高尚其志行、心迹。抗，高，高尚。

④骤：屡次。

⑤任石：背负石头自沉。任，背负。

⑥蹇产：指思绪郁结，不顺畅。

【译文】

乱辞：我哀怨往昔的抱负啊，悲悼未来而忧惧不已。随着江淮漂流入海啊，追随伍子胥而悠然闲适。远望大河中的沙洲啊，悲叹申徒狄的高尚行迹。屡次规谏君王而不听从啊，抱石自沉又有何益？心绪纠缠难以解脱啊，愁思郁结难以消释。

【评析】

本篇以句首三个字作为篇章的名称，所谓“回风”，即旋风。屈原通过对旋风的观察描写，叙述个人不幸的人生遭遇，抒发内心深处的郁闷和忧苦之情。

本篇从屈原夜不能寐写起，感叹回风吹起，而万物因之凋零，唯独兰草遗世独立，芳华绝代。疾风摇落蕙草的秋天景象让屈原触景生情，不由联想到自己高洁的品行不被这个世道所容，难免悲从中来。这种托物言志的艺术风格，深刻地表明屈原虽然身逢乱世，但是依然不会改变自我节操的坚定意志。

全诗凄情苦语，意境迷离，处处可见幽怨哀叹的调子，充满了悲伤的气氛和绝望的情绪。因此诸多学者认为这是屈原临死前不久的作品，甚至也可以说是他的绝笔。当然也有人认为这篇文章并非屈原创作的，但是理由并不充分，我们依然倾向于这篇文章出自屈原之手。

远　游

《远游》的作者，历来有着较大的争议。有人认为《远游》并非是屈原的作品，而是汉人的伪托之作。比如清代学者胡濬源在《楚辞新注求确》中这样分析："屈子一书，虽及周流四荒，乘云天上，皆设想寓言，并无一句说神仙事。""《远游》一篇，杂引王乔、赤松，且及秦始时之方士韩众，明系汉人所作。"

《远游》一诗，写的是想像中的天上远游，表达的是现实人间的理想追求。全诗围绕"远游"这一主线展开，先交待远游的动机，然后介绍远游前的准备工作，最后写远游的过程。对世俗社会卑污的谴责，对高雅纯真世界的追求，也在虚构的远游中表露出来。

从内容上看，大致可以划分为八个层次。第一层次起着概括性的作用，以"悲时俗之迫阨兮，愿轻举而远游"一句为开端，主要描写屈原不堪忍受楚国忠奸不分的混乱政治局面，只好将身心寄托在"远游"之中，去虚幻的神话世界躲避疗伤。第二层次可以看作是本篇情感基调的框定，屈原"心愁悽而增悲"，"求正气之所由"，现实和理想形成了不可调和的矛盾冲突体，陷入两难的境地之中，内心的情感活动也由此呈现出左右摇摆的态势。第三层次主要表现屈原复杂的内心活动，一方面大量传说中的神话人物让其羡慕不已，"贵真人之休德兮，美往世之登仙"，遗憾自己"心向往之而身不能至"；但在另一方面，屈原又在怀疑自我追慕仙人的行为能否真的脱离痛苦的现实，由此而呈现出无助彷徨的心态。第四层次屈原感慨楚国污浊的政治环境，只能逼迫自己"远游"避世，现实的痛苦让他的情感起伏不定，莫衷一是。第五层次重在表明屈原下定决心去“远游”，从“春秋忽其不淹兮，奚久留此故居？轩辕不可攀援兮，吾将从王乔而娱戏”等句中不难看出其心路历程。第六层次侧重记述了仙人王子乔的言语，通过王子乔话语而悟出人生的道理，这也是屈原心境活动的一个侧面展现。第七层次主要描述“远游”的行程，如登上天宫，游历天上人间的东方和西方，虽然逍遥快活，但字里行间屈原关心楚国现实境况的内心思想活动依然不时闪现，不能够完全做到“忘情”二字。第八层次是全诗的结尾，也是全诗思想境界的提升和升华，屈原通过游历，去体悟另一种形式的生命活动，也即是“超无为以至清兮，与泰初而为邻”，于无奈之中寻找洒脱的新体验。

悲时俗之迫阨①兮，愿轻举②而远游。质菲薄③而无因④兮，焉托乘而上浮？遭沉浊而污秽兮，独郁结其谁语？夜耿耿⑤而不寐兮，魂茕茕⑥而至曙。

【注释】

①迫阨(è)：促狭阻塞。

②轻举：轻身而起，飞升。

③菲薄：鄙陋。自谦之词。

④无因：缺乏机缘。

⑤耿耿：心神不安的样子。

⑥茕茕(qióng)：孤独的样子。

【译文】

悲伤世情使人困厄啊，希望能够飞升四方漫游。可惜我禀性鄙陋又缺乏机缘啊，怎能攀附仙人的车驾上天周游？生逢这个混浊尘世满是污秽啊，内心愁思郁结向谁倾诉？夜里心神不安难以入睡啊，一缕孤魂直到天明。

惟天地之无穷兮，哀人生之长勤[1]。往者余弗及兮，来者吾不闻。步徙倚[2]而遥思兮，怊惝怳[3]而乖怀[4]。意荒忽[5]而流荡[6]兮，心愁悽而增悲。神倏忽而不反兮，形枯槁而独留。内惟省[7]以端操[8]兮，求正气之所由。漠虚静以恬愉[9]兮，澹无为而自得。

【注释】

①勤：愁苦，艰辛。

②徙倚：犹徘徊，逡巡。

③怊（chāo）惝怳（chǎnghuǎng）：惆怅失意。怊，惆怅，失意；惝怳，惆怅，伤感。

④乖怀：违背心愿，心气不顺。乖，违背。

⑤荒忽：恍惚，心神不定的样子。

⑥流荡：心神不定，无所寄托。

⑦惟省：思索，审察。

⑧端操：端正操守。

⑨恬愉：快乐。

【译文】

想到天地辽阔无穷无尽啊，哀叹人生愁苦艰辛。过去的事情我无法赶上啊，未来的事情我也不能知晓。流连徘徊思绪邈远啊，惆怅失意而违背初衷。神思恍惚心神不定啊，心中愁苦悲哀愈增。忽然间灵魂飞散而不返回啊，只留下枯槁的肉身。审察内心以端正操守啊，探求天地正气从何而生。我清虚恬静安然自乐啊，淡泊无为怡然自得。

闻赤松[1]之清尘兮，愿承风乎遗则。贵真人之休德[2]兮，美往世之登仙。与化去[3]而不见兮，名声著[4]而日延[5]。奇傅说[6]之托星辰兮，羡韩众[7]之得一。形穆穆[8]以浸远[9]兮，离人群而遁逸。因气变而遂曾[10]举兮，忽神奔而鬼怪。时仿佛以遥见兮，精晈晈[11]以往来。绝氛埃[12]而淑尤[13]兮，终不反其故都。免众患而不惧兮，世莫知其所如。

【注释】

①赤松：即赤松子，传说中的仙人。

②休德：美德。

③化去：指羽化飞升。

④著：显赫。

⑤日延：一天天扩大。

⑥傅说：殷高宗武丁时期的贤相，辅助武丁中兴殷商，厥功甚伟。传说死化为星辰，《庄子·大宗师》："傅说得之（道），以相武丁，奄有天下，乘东维，骑箕尾，而比于列星。"

⑦韩众：即韩终，春秋时齐人，为王采药，王不肯服，于是他自己服下成仙。

⑧穆穆：默默，静寂。

⑨浸远：渐渐远去。

⑩曾：同"层"。

⑪精：精灵。晈晈（jiǎo）：同"皎皎"，光明的样子。

⑫氛埃：污浊之气。

⑬淑尤：优美出众。淑，美，善；尤，过分，特别。

【译文】

听说赤松子清高绝尘无为自得啊，我愿意继承他的遗则风范。崇尚得道之人的美德啊，欣羡古人能够得道飞升。身躯虽然物化消失不见啊，名声却日益显赫并流传千古。惊奇傅说死后精魂骑星升天啊，羡慕韩众得道成仙。形体静默而渐渐远去啊，脱离人群而避世隐居。凭借精气的变化而飞升上天啊，飘飘忽忽神出鬼没。有时仿佛远远地看见啊，神灵光芒闪烁来来往往。超脱尘世来到这美善之地啊，再也不会返回故国。摆脱众多患难无所畏惧啊，世间无人知道我去往何方。

恐天时之代序[①]兮，耀灵[②]晔[③]而西征。微霜降而下沦[④]兮，悼芳草之先零。聊仿佯[⑤]而逍遥兮，永历年而无成。谁可与玩[⑥]斯遗芳兮，晨向风而舒情。高阳[⑦]邈以远兮，余将焉所程？

【注释】

①代序：时序更替。

②耀灵：太阳的别称，代指帝王。

③晔(yè)：闪光的样子。

④沦：沉，降。

⑤仿佯(pángyáng)：游荡，遨游。

⑥玩：玩赏，品评。

⑦高阳：高阳氏之帝，即颛顼。

【译文】

担心时序更替岁月流逝啊，明亮的太阳冉冉沉向西方。薄薄的霜花降下而沉沦啊，悲悼芳草最先凋零。暂且遨游而逍遥自在啊，虚度年华而一事无成。谁能和我一同欣赏这残留的芳草啊，清晨我迎着长风舒缓心情。古帝高阳氏离我太邈远啊，我怎么效法他高洁的品行？

重曰[①]：春秋忽其不淹[②]兮，奚久留此故居？轩辕不可攀援兮，吾将从王乔[③]而娱戏。餐六气[④]而饮沆瀣[⑤]兮，漱正阳而含朝霞。保神明之清澄兮，精气入而麤秽[⑥]除。顺凯风[⑦]以从游兮，至南巢[⑧]而壹息[⑨]。见王子而宿[⑩]之兮，审[⑪]壹气之和德[⑫]。

【注释】

①重曰：音节的名称，另起一层的意思。

②淹:滞留。

③王乔:王子乔,据说他是周灵王之子晋,故以王子为称。传说他得道成仙。

④六气:朱熹《楚辞集注》:"六气者,陵阳子明《经》言:'春食朝霞,朝霞者,日始欲出,赤黄气也;秋食沦阴,沦阴者,日没以后,赤黄气也;冬饮沆瀣,沆瀣者,北方夜半气也;夏食正阳,正阳者,南方日中气也;并天地玄黄之气,是为六气也。'"分别为朝旦之气、日中之气、日没之气、夜半之气、天之气、地之气。

⑤沆瀣(hàngxiè):夜间的水气,露水。旧谓仙人所饮。

⑥麤(cū)秽:粗浊污秽之气。

⑦凯风:和暖的风,指南风。

⑧南巢:南方远国名。

⑨壹息:稍息,停息。

⑩宿:停下脚步。

⑪审:询问。

⑫和德:指事物的妙谛。

【译文】

再说:春去秋来,岁月匆匆,一刻不停啊,又何必长久地留在故地?轩辕既然高不可攀啊,我将跟随王子乔娱乐游戏。吞食六气而啜饮清露啊,漱着正阳之气含着朝霞之光。保持精神清明心灵纯洁啊,吸入精气而排出浊气。我乘着南风到处游历啊,到了南巢国时稍作休息。见到王子乔我停下脚步啊,向他询问得道成仙的秘密。

曰:道可受[①]兮,不可传[②]。其小无内[③]兮,其大无垠。毋滑[④]而魂兮,彼将自然。壹气孔[⑤]神兮,于中夜存。虚以待之兮,无为之先。庶类[⑥]以成兮,此德之门。

【注释】

①受:指心领神会。

②传:指用言语传授。

③内:同“纳”,容纳。

④滑(gǔ):紊乱

⑤孔:甚。

⑥庶类:万类,万物。

【译文】

王子乔说:“道只可以心领神会啊,不可言传。它小到无可容纳啊,又大到无边无际。不要搅乱你的神魂啊,它就自然而然地出现。这一元之气非常神秘啊,往往在夜半时分留存。要以虚静之心待它啊,不要万事只想着占先。万物都是这样生成的啊,这就是得道的法门。”

闻至贵[①]而遂徂[②]兮,忽乎吾将行。仍[③]羽人[④]于丹丘[⑤]兮,留不死之旧乡。朝濯发于汤谷兮,夕晞[⑥]余身兮九阳[⑦]。吸飞泉[⑧]之微液兮,怀琬琰之华英[⑨]。玉色頩[⑩]以脕[⑪]颜兮,精醇粹[⑫]而始壮。质销铄以汋约[⑬]兮,神要眇[⑭]以淫放[⑮]。嘉南州之炎德兮,丽桂树之冬荣。山萧条而无兽兮,野寂漠其无人。载营魄[⑯]而登霞兮,掩浮云而上征。命天阍[⑰]其开关兮,排阊阖[⑱]而望予。召丰隆[⑲]使先导兮,问太微[⑳]之所居。集重阳[㉑]入帝宫兮,造旬始[㉒]而观清都[㉓]。

【注释】

①至贵:至贵之言,指王子乔所言。

②徂(cú):往。

③仍:从。

④羽人:羽化升天的仙人。

⑤丹丘：传说中神仙居住的地方。

⑥晞：晒干。

⑦九阳：神话中旸谷有扶桑树，上枝有一个太阳，下枝有九个太阳，十个太阳轮流值班一天。

⑧飞泉：谷名，即飞谷，在昆仑西南方向。

⑨琬琰：泛指美玉。华英：指玉的精华。

⑩頩（pīng）：光润而美的样子。

⑪脕（wàn）：光润。

⑫醇粹：纯粹，没有杂质。

⑬汋（chuò）约：即“绰约”，姿态柔媚的样子。

⑭要眇：精深微妙。

⑮淫放：远游，任性游荡。

⑯营魄：魂魄。

⑰天阍（hūn）：天帝的守门人。

⑱排阊阖（chānghé）：推开天门。排，推。阊阖，传说中的天门。

⑲丰隆：雷神，一说云神。

⑳太微：古代星名。神话传说中天庭之所在。

㉑重阳：指天。洪兴祖补注：“积阳为天，天有九重，故曰重阳。”

㉒旬始：星名。

㉓清都：神话传说中天帝居住的宫阙。

【译文】

听罢至理妙言便想前往啊，匆匆忙忙我将启程前行。追随仙人来到丹丘仙境啊，停留在这神仙的不死之乡。早晨在汤谷洗濯头发啊，傍晚在九阳之中晒干身体。吸吮飞泉上涌的玉液啊，怀抱美玉的精华。脸色如玉般光泽滋润啊，精神纯美开始强壮起来。肉体凡胎熔化而姿态柔美啊，神气幽远而任意遨游。赞美南国阳光温暖舒适啊，赞美丹桂冬日吐出芬芳。群山萧条没有野兽出没啊，原野寂静看不到人迹。装载着魂魄登上云霞啊，遮蔽浮云向上远征。我叫天帝的看门人打开天门啊，他推开天门把我仔细打量。招来丰隆作为先导啊，探问太微的所在。登临九重天进入帝宫游览啊，造访旬始星参观清都宫。

朝发轫[1]于太仪[2]兮，夕始临乎於微闾[3]。屯余车之万乘兮，纷溶与[4]而并驰。驾八龙之婉婉[5]兮，载云旗之逶蛇[6]。建雄虹[7]之采旄[8]兮，五色杂而炫耀。服[9]偃蹇[10]以低昂兮，骖[11]连蜷[12]以骄骜。骑胶葛[13]以杂乱兮，斑漫衍[14]而方行。撰余辔而正策兮，吾将过乎句芒[15]。历太皓[16]以右转兮，前飞廉[17]以启路。阳杲杲[18]其未光兮，凌天池以径度。风伯为余先驱兮，氛埃辟而清凉。凤皇翼其承旂[19]兮，遇蓐收[20]乎西皇[21]。揽彗星以为旍[22]兮，举斗柄[23]以为麾[24]。叛[25]陆离其上下兮，游惊雾之流波。时暧曃[26]其曭莽[27]兮，召玄武[28]而奔属。后文昌[29]使掌行兮，选署众神以并毂。路漫漫其修远兮，徐弭节[30]而高厉[31]。左雨师使径侍兮，右雷公以为卫。欲度世[32]而忘归兮，意恣睢以担挢[33]。内欣欣而自美兮，聊媮娱以自乐。涉青云以汎滥游兮，忽临睨[34]夫旧乡。仆夫怀余心悲兮，边马顾而不行。思旧故以想像兮，长太息而掩涕。氾容与而遐举[35]兮，聊抑志而自弭[36]。指炎神[37]而直驰兮，吾将往乎南疑[38]。

【注释】

①发轫(rèn)：拿掉支住车轮的木头，使车前进。借指出发，起程。

②太仪：天帝的宫廷。

③於微闾：即医巫闾山，古人认为为神仙所居。也叫“微母闾”“医无闾”。

④溶与：即“容与”，迟缓不进。

⑤婉婉：同“蜿蜿”，蜿蜒曲折。

⑥逶蛇(wēiyí):舒展自如的样子。

⑦雄虹:色彩鲜明的虹。也叫正虹,与副虹霓相对。

⑧采旄(máo):用旄牛尾装饰的彩旗。

⑨服:古代四马驾一车,居中的两匹在车辕内,叫服。

⑩偃蹇:宛转委曲,屈曲。

⑪骖:古代驾车的四匹马,在两侧辕外的马叫骖。

⑫连蜷:长曲的样子,形容马匹矫健。

⑬胶葛:纠葛,交错杂乱。

⑭斑:同“班”,队列。曼衍:绵绵不绝。

⑮句(gōu)芒:古代传说中的主木之官。又为木神名。

⑯太皓:一作“太皞”,又作“太昊”,伏羲或者是伏羲之后,五方天帝中的东方天帝。

⑰飞廉:神话传说中的风神。

⑱杲杲(gǎo):明亮。

⑲旂(qí):古代画有两龙并在竿头悬铃铛的旗子。

⑳蓐(rù)收:古代传说中的西方神名,司秋。

㉑西皇:传说中西方的尊神,即古帝少皞金天氏。

㉒旍(jīng):同“旌”,古代旗竿上端饰有牦牛尾兼饰有五色鸟羽的旗子。

㉓斗柄:北斗七星,第一至第四星象斗,第五至第七星象柄。斗柄即玉衡、开阳、瑶光三星。

㉔麾:古代指挥军队的旗子。

㉕叛:光辉明亮的样子。

㉖暧曃(àidài):昏暗不明的样子。

㉗曭(tǎng)莽:晦暗朦胧的样子。

㉘玄武:古代神话中的北方之神,其形为龟,或龟蛇合体。

㉙文昌:指星神。

㉚弭节:驻节,停车。节,车行的节度。

㉛高厉：上升，高高腾起。

㉜度世：犹出世。谓超脱尘世为仙。

㉝担挢(jiējiǎo)：高举。担，同“揭”，举。挢，举。

㉞临睨(nì)：俯视。

㉟遐举：高飞。

㊱自弭：自我宽解，自我安慰。

㊲炎神：指南方火神祝融。

㊳南疑：即九疑山。山在南方，故称。

【译文】

早晨从太仪宫启程啊，傍晚来到医巫闾山。万辆车马聚集在一起啊，从容安闲并驾齐驱。驾车的八龙蜿蜒游动，车上的云旗舒展自如。竖起插着旄头的雄虹之旗啊，五色缤纷光彩夺目。服马矫健俯仰自如啊，骖马健壮纵恣驰骋。车骑参差交错杂乱无常啊，队列浩浩荡荡并行向前。我抓紧缰绳握正马鞭啊，将要经过木神句芒的旁边。过了东方太皓再向右转啊，前面有风神飞廉开路。明亮的太阳还未大放光明啊，越过天地径直向前。风伯为我先驱开路啊，扫除尘土让天宇清凉。凤凰张开双翼连接着旌旗啊，在西皇那里遇到了蓐收。摘下彗星装饰旌旗啊，举起斗柄作为指挥旗。五彩斑斓的旗帜光辉明亮上下闪动啊，在云海惊涛中漫游流连。天色渐渐昏暗四周一片朦胧啊，我叫来北方玄武跟随相伴。我让文昌在车队后面掌管行程啊，部署众神并驾齐驱继续前进。前方的道路多么漫长遥远啊，我驻节缓缓地驰向云天。左边雨师相伴侍候啊，右边雷公贴身护卫。想要超脱尘世而忘却归来啊，放纵心志而高飞远举。内心欢欣自感美好啊，暂且自娱而放纵嬉戏。飞越云层纵情周游四方啊，忽然低头看见故乡。车夫感怀我心悲伤啊，车驾两边的马儿频频回头不肯前行。思念故旧亲朋想要见到他们啊，声声长息掩面涕泣。从容泛游而高飞远去啊，暂且抑制情感而自我宽慰。向着南方火神祝融的方向直行啊，我将前往那九疑山。

览方外之荒忽兮，沛罔象[1]而自浮。祝融[2]戒而还衡[3]兮，腾告[4]鸾鸟迎宓妃[5]。张咸池[6]奏承云[7]兮，二女[8]御九韶[9]歌。使湘灵鼓瑟兮，令海若[10]舞冯夷[11]。玄螭虫象[12]并出进兮，形蟉虬[13]而逶蛇。雌蜺便娟[14]以增挠[15]兮，鸾鸟轩翥[16]而翔飞。音乐博衍无终极兮，焉乃逝以徘徊。舒并节以驰骛兮，逴绝垠[17]乎寒门[18]。轶[19]迅风于清源[20]兮，从颛顼[21]乎增冰[22]。历玄冥[23]以邪径兮，乘间维[24]以返顾。召黔赢[25]而见之兮，为余先乎平路。经营四方兮，周流六漠[26]。上至列缺[27]兮，降望大壑[28]。下峥嵘[29]而无地兮，上寥廓而无天。视倏忽[30]而无见兮。听惝恍[31]而无闻。超无为以至清兮，与泰初[32]而为邻。

【注释】

①沛：水充盛的样子。罔象：古代传说中的水怪，此处形容水势盛大。

②祝融：帝喾时的火官，后尊为火神。也是南方之神。

③还衡：回车。衡，辕前横木。

④腾告：传告。

⑤宓（fú）妃：传说中的洛水女神。

⑥咸池：古乐曲名。相传为尧乐。一说为黄帝之乐，尧增修沿用。

⑦承云：传说为黄帝乐曲。

⑧二女：舜帝的两位妃子娥皇、女英，她们是尧帝的女儿。

⑨九韶：舜时乐曲名。

⑩海若：神话传说中的海神。

⑪冯（píng）夷：神话传说中的河神，即河伯。

⑫玄螭（chī）：玄，黑色；螭，传说中的一种无角龙。虫象：即罔象。

⑬蟉虬（liúqiú）：盘曲的样子。

⑭便娟：轻盈美好的样子。

⑮增挠:层层环绕。增,通“层”。

⑯轩翥(zhù):飞举。翥,鸟向上飞。

⑰逴(chuō):远。绝垠:指极远的地方。

⑱寒门:古代传说中北方极寒冷的地方。

⑲轶:超越。

⑳清源:清澈的水源,即北海。

㉑颛顼(zhuānxū):传说中的上古帝王,黄帝之孙,号高阳氏。

㉒增冰:即层冰,厚冰。增:通“层”。

㉓玄冥:神话传说中的水神。也是北方之神。

㉔间维:指天地之间。古人认为天圆地方,天圆如张盖,将天分为七个同心圆,每一个圆为一衡,衡与衡之间为一间,是为七衡六间;地方如棋局,而地有四维,即东、南、西、北。

㉕黔嬴:传说中的造化之神。

㉖六漠:犹“六幕”“六合”,指天地四方。

㉗列缺:指高空中闪电所现的空隙。

㉘大壑:大海。

㉙峥嵘:深远,深邃。

㉚倏忽:目视不明的样子。

㉛惝怳(tǎnghuǎng):模糊,恍惚。

㉜泰初:道家指天地未分之前的混沌元气。后亦指天地形成前的时期。

【译文】

遥看世外浩瀚无垠啊,好像在大海中上下浮荡。火神祝融劝我调转车头啊,我传告鸾鸟去迎接宓妃。陈设《咸池》之乐,弹奏《承云》之曲啊,娥皇、女英唱起《九韶》之歌。让湘灵之神鼓瑟啊,让海神若与河神冯夷同时起舞。神龙黑螭和水怪罔象一起嬉戏啊,形体屈曲盘绕婉转自如。浅色的副虹轻盈美好层层环绕啊,青鸾神鸟展翅高飞。音乐舒展绵延不绝于耳啊,于是我远去徜徉徘徊。我放开缰绳任凭马儿驰骋啊,远到天边北极的寒门。超越疾风抵达清源啊，跟随颛顼登上层层坚冰。经过玄冥后绕着崎岖的小路啊，在天地之间回首张望。召唤造化之神前来相见啊，让他为我先行把道路铺平。往来这四方荒远之地啊，周游六合广漠之境。向上直到天顶上至高的闪电裂隙啊，向下俯瞰大海的深渊。下面深邃看不见大地啊，上面辽阔望不到青天。眼前模模糊糊什么也看不见啊，耳朵边恍恍惚惚什么也听不到。超然无为达到清虚寂静的境界啊，与泰初结而为邻。

【评析】

《远游》有着较高的文学价值和艺术魅力，表面上写的是屈原遨游九天的潇洒，但实际上抒发了屈原被流放之后的愤懑之情，表现的是他对理想坚持不懈的追求。

从屈原的情感活动变化上看，本篇主要分为两大部分：一是描写屈原神游上天的经历。既然现实的世界不能够容纳屈原特立独行的人格精神，那么他就转而去寻求精神世界的慰藉，让自我的灵魂和神灵仙人相会，一起去感受超脱物外的潇洒和心灵的自由，从而领悟到脱离浊世的那种内心的自由和快乐。第二部分则是讲述屈原养生炼形的行为，充满了道家出世的思想。世情的褊狭阻塞让屈原的内心充满痛苦，何去何从也成为他心中时刻纠结的问题。庆幸的是，屈原并没有因此而让自己迷失，而是继续以前代先贤为榜样，以保持心灵的纯洁明净，充分表现了屈原对小人当政的现实社会的谴责和对美好理政的无限向往之情。

屈原的想象力非常丰富，这一点从诗中大量的神话人物和新奇独特的游历见闻可以充分感受到。如风神飞廉、金神蓐收、火神祝融、雷神丰隆、木神句芒、洛神宓妃等神灵不一而足，阊阖、太微、旬始、汤谷、寒门、清源、清都、太仪等神话地名比比皆是。这些楚地文化和原始宗教相结合的奇特想象，摇曳多姿，缤纷满目，无形中拓宽了屈原的创作视野，同时开创了“游仙诗”之先河，为后世文学创作提供了一定的借鉴。

全诗文采飞扬，奇魄瑰丽，遣词造句优美动人，使得所描写的意境呈现出美轮美奂的特色。尤其是对屈原欲去还留、摇摆不定心态的描写，更是刻画得淋漓尽致、入木三分。也因此使得读者在阅读之时能够深刻感受到屈原所传递出来的那种彷徨无奈、凄楚迷离之美，内心的思想情感活动也不由得随着屈原笔下波荡起伏的心路历程而起落不定，收到了传情达意的良好艺术效果。

卜　居

《卜居》一篇，王逸认为屈原所作，朱熹从其说，认为："屈原哀悯当世之人习安邪佞、违背正直，故阳为不知二者之是非可否，而将假蓍龟以决之，遂为此词，发其取舍之端，以警世俗。"近世学者多认为非屈原所作，但还没有定论。现代研究者多认为是楚人在屈原死后哀悼他的作品。

"卜"是问卜的意思，"居"是居处的意思，"卜居"即屈原通过占卜的行为，来解决自己人生"何去何从"的心理困惑。从深层次上讲，也就是应该以什么样的人生态度来对待这个现实的世界。

本篇以屈原问卜开篇，以詹尹"释策而谢"的答语收结，中间以连珠式的对立设问贯穿，八对设问，往复盘旋，使得全诗的节奏铿锵明快，情感气势往复循环，如长河之水奔腾咆哮，顺流直下。虽铺陈夸饰，句式整齐，却不板不散，亦无重复之嫌。表现了当时社会的黑暗腐败，反映了屈原的愤慨和不满，歌颂了他坚持真理、不愿同流合污的斗争精神。

《卜居》一文的问答风格，也为后世汉赋的兴起提供了借鉴，其所开创的"设为问答，以显己意"的写作模式，可谓是两汉辞赋的发轫。

屈原既放①，三年不得复见。竭知②尽忠，而蔽障③于谗。心烦虑乱，不知所从。乃往见太卜郑詹尹④曰："余有所疑，愿因先生决之。"詹尹乃端策拂龟⑤，曰："君将何以教之？"

屈原曰："吾宁悃悃款款⑥朴⑦以忠乎，将送往劳来⑧斯无穷乎？宁诛锄草茅以力耕乎，将游大人⑨以成名乎？宁正言不讳以危身乎，将从俗富贵以媮生[10]乎？宁超然[11]高举[12]以保真[13]乎，将哫訾栗斯[14]，喔咿儒儿[15]以事妇人[16]乎？宁廉洁正直以自清乎，将突梯滑稽[17]，如脂如韦[18]以洁楹[19]乎？宁昂昂[20]若千里之驹乎，将泛泛[21]若水中之凫[22]，与波上下，偷以全吾躯乎？宁与骐骥[23]亢轭[24]乎，将随驽马[25]之迹乎？宁与黄鹄比翼乎[26]，将与鸡鹜[27]争食乎？此孰吉孰凶？何去何从？世溷浊而不清，蝉翼为重，千钧[28]为轻；黄钟[29]毁弃，瓦釜[30]雷鸣；谗人高张[31]，贤士无名。吁嗟默默兮，谁知吾之廉贞！”

詹尹乃释策而谢[32]曰：“夫尺有所短，寸有所长；物有所不足，智有所不明；数[33]有所不逮[34]，神有所不通。用君之心，行君之意，龟策诚不能知此事。”

【注释】

①放：放逐。

②知：通“智”，智慧，才干。

③蔽障：遮蔽，阻挠。

④太卜：掌管卜筮的官。郑詹尹：太卜的姓名。一说“詹”即“占”，占卜、卜筮之意；“尹”为官名。

⑤策：古代卜筮用的蓍草。龟：龟壳，古代用作占卜之具。

⑥悃悃(kǔn)款款：忠诚勤勉的样子。

⑦朴：本质，本性。

⑧送往劳来：送往迎来。劳，慰劳。

⑨大人：指达官贵人。

⑩媮(tōu)生：贪生，苟且求活。媮，同“偷”。

⑪超然：脱离尘俗。

⑫高举：高其行，行为超出凡俗。

⑬保真：保全纯真的本性、天性。

⑭呢訾(zúzī):以言献媚。栗斯:阿谀奉承的样子。

⑮喔咿儒儿:强颜欢笑的样子。喔咿,献媚强笑的样子。儒儿,强颜欢笑的样子。一本作“嚅唲”。一说,即“嗫嚅”。

⑯妇人:指楚怀王的宠姬郑袖,她与朝中重臣上官大夫等联合排挤、谗毁屈原。

⑰突梯滑稽(gǔjī):委婉从顺,圆滑随俗。突梯,圆滑的样子;滑稽,一种能转注吐酒、终日不竭的酒器,后借指应付无穷且善于迎合别人。

⑱如脂如韦:谓像油脂一样光滑,像熟牛皮一样柔软。比喻阿谀、圆滑。

⑲洁(xié)楹:度量屋柱,顺圆而转。比喻圆滑谄谀,善于揣度人之所好。洁,通“絜”,量物体的周围长度,泛指衡量。楹,堂屋前部的柱子。

⑳昂昂:昂首挺胸、堂堂正正的样子。

㉑泛泛:漂浮、浮行的样子。

㉒凫(fú):野鸭。

㉓骐骥:骏马。

㉔亢轭(kàng'è):并驾而行。轭,驾车时搁在牛马颈上的曲木。

㉕驽(nú)马:劣马。

㉖黄鹄(hú):天鹅。比翼:翅膀挨着翅膀飞翔。

㉗鸡鹜(wù):鸡鸭。鹜,鸭。

㉘千钧:代指极重的东西。古制三十斤为一钧。

㉙黄钟:古乐中十二律之一,是最响最宏大的声调。此处代指声调合于黄钟律的大钟。

㉚瓦釜:陶制的锅。此处代指鄙俗的音乐。

㉛高张:指身居高位而嚣张跋扈。

㉜谢:辞谢,拒绝。

㉝数:卦数。

㉞逮:及。

【译文】

屈原已经遭到流放,三年不能和楚王见面。他竭尽智慧和忠诚,却因为小人的谗言而被遮蔽阻隔。他心烦意乱,不知该如何是好。于是就去拜访太卜郑詹尹,说:"我心中有所疑惑,特请教先生帮我决断。"于是郑詹尹摆好蓍草,拂去龟甲上的灰尘,问道:"您有何见教?"

屈原说:"我是应该勤勤恳恳、忠心耿耿呢,还是无休无止地迎来送往?我是应该垦荒锄草勤劳耕作呢,还是交游权贵以求得功名?我是应该直言上谏,不顾及自身的安危呢,还是贪图富贵,苟且偷生?我是应该超凡脱俗而保全天真呢,还是阿谀奉承,强颜欢笑地去谄媚那个妇人?我是应该廉洁正直,洁身自好呢,还是应该圆滑世故,如油脂般滑腻、如熟牛皮柔软地揣度人心?我是应该像千里马般气宇轩昂呢,还是像水中的野鸭浮游不定?我是应该与骏马并驾齐驱呢,还是跟随劣马的足迹亦步亦趋?我是应该与天鹅比翼高飞呢,还是同鸡鸭一道争食?上述种种,不知道哪个是吉,哪个是凶?哪个应当舍弃,哪个应该遵从?现在的世道混浊不清,认为薄薄的蝉翼为重,而千钧之物为轻;音律洪亮的黄钟竟遭毁弃,而鄙俗的陶锅却被当作乐器敲得雷鸣震天;谗佞小人窃居高位而嚣张跋扈,贤明之士不被任用而默默无闻。唉,不说了吧,有谁了解我的廉洁忠贞呢!"

郑詹尹于是放下蓍草辞谢道:"尺比寸长但也有它的短处,寸比尺短但也有它的长处;万物都有不足的地方,智者也有不明了的时候;术数有时也会推算不准,神灵的法力也有所不至。就用您自己的心思,实行自己的主张,龟甲和蓍草实在不能够料知此事啊。"

【评析】

一心想要报国的屈原反而遭受楚王的流放,其内心的失意和痛苦可想而知。这种痛苦和骚动,时刻折磨着这位哲人的心灵,因此他希望以占卜的方式来为自己今后的人生指明道路。但从屈原的写作意图来看,《卜居》并非真的是一篇问卜决疑之作,只不过是他以散文的叙事方式,通过设问问答，以宣泄愤世嫉俗的内心愁苦。同时，也全面展现了他对黑暗社会现实的愤慨和抗争，表达了对美善等高贵品德的追求和对丑恶现象的厌恶之情。

纵览全篇，我们可以充分感受到屈原那无比激愤的内心，楚国混乱不堪的政局让屈原痛恨不已，一边是忠君爱国的正直之士，一边则是献媚进谗的无耻小人，两者之间形成了鲜明的对比，犹如黑与白一样难以调和。由此使得两种品行操守截然不同的人群得以清晰地区分开来，并演化为尖锐的政治对立，有效地衬托出了屈原孤傲高洁的处世之风。另一方面，在重叠错落的文辞之中，读者会更加领会和感悟到屈原强烈的批判意图。即使在今天，这篇充满哲学味道的文章依然富有鼓舞和感染力量，激励着我们奋勇向前，并正确地看待人生道路的选择。

《卜居》一文从艺术风格上看，和《天问》的写作手法有些类似，都是以“问”来统领全篇。但仔细分析，我们会发现《卜居》一文针对个人的人生遭遇和混乱的楚国政治所提出的问题更为尖锐深刻，因此其发问的力度也更为沉重，屈原坚持的立场也在一问一答间展露无遗。

全诗感情真挚，言辞辛辣，抒情胜于叙事。如对楚国那些以献媚楚王与诋毁他人为生的小人，屈原以“偷生”“争食”“喔咿儒儿”等词语加以形容，给予了无情的嘲讽，不仅有效增强了文章的情感气势，也在另一方面展现出了他廉洁正直的鲜明政治立场。

诗中善用比喻，如“蝉翼为重，千钧为轻。黄钟毁弃，瓦釜雷鸣”等，使得所比喻的对象形象贴切，楚国朝政的混乱和群小的弄权行为也得以昭然若揭；同时屈原深沉的思想情感、愤懑的内心活动也在犀利的言辞之下全面地流露出来，其一以贯之而努力坚持的高尚品行和人格操守也为世人深深景仰。

渔　父

《渔父》一文的作者，王逸认为："《渔父》者，屈原之所作也。"后世如朱熹、洪兴祖、王夫之、姜亮夫等都从其说。但也有人认为，从文章风格来看，以第三人称写成，且言辞轻松，和屈原一贯的行文方式不同，非屈原作品，而是屈原的学生宋玉或战国时期楚人所作，这种说法的说服力还不够。因此本书姑从旧说，以为屈原所作。

本篇从写作时间上看，应是楚顷襄王时期屈原被流放之后所作，屈原此时面对内外交困的现实处境，心力交悴，于江畔和渔父相遇，两人由此展开了一番精彩绝伦的对话，于思想领域展开了激烈交锋。

显而易见，屈原所遇到的渔父是一位避世隐身、垂钓江边的高人隐士，他也有自己的一套处世哲学，即以道家思想为内核，秉持"和其光，同其尘"的人生理念，采取以柔克刚、避其锋芒的方式来保全自我。因此他在聆听了屈原的诉说之后，奉劝屈原应该放下身段，和世俗保持一致，没有必要保持"世人皆醉我独醒"的姿态。但是屈原则强调即使是走到"宁赴湘流，葬于江鱼腹中"的局面，也要努力保持自己高贵的品行和清白的节操，绝不和世俗同流合污。不难看出，屈原的这种大无畏的抗争精神，和其在《离骚》一篇中所阐述的"虽体解吾犹未变"是一脉相承的。

《渔父》与《卜居》两篇文章在精神脉络上是趋于一致的，都是屈原对美政理想和高尚人格的一种坚持不懈的追求，但写作方式和行文侧重点有所不同。《卜居》偏重于对现实社会中黑暗政治的揭露，而《渔父》则主要表明自己的人生信念和高尚品德。

屈原既放，游于江潭，行吟泽畔。颜色憔悴，形容枯槁。渔父见而问之曰："子非三闾大夫[①]与？何故至于斯？"屈原曰："举世皆浊我独清，众人皆醉我独醒，是以见放。"渔父曰："圣人不凝滞[②]于物，而能与世推移[③]。世人皆浊，何不淈[④]其泥而扬其波？众人皆醉，何不餔其糟[⑤]而歠其醨[⑥]？何故深思高举[⑦]，自令放为[⑧]？"屈原曰："吾闻之：新沐者必弹冠[⑨]，新浴者必振衣[⑩]。安能以身之察察[⑪]，受物之汶汶[⑫]者乎？宁赴湘流，葬身于江鱼之腹中。安能以皓皓之白，而蒙世俗之尘埃乎？"渔父莞尔而笑，鼓枻[⑬]而去。歌曰："沧浪[⑭]之水清兮，可以濯[⑮]吾缨[⑯]。沧浪之水浊兮，可以濯吾足。"遂去，不复与言。

【注释】

①三闾大夫：楚国官职名，掌王族三姓，曰昭、屈、景。

②凝滞：拘泥，束缚。

③与世推移：随着世道的变化而变化，以合时宜。

④淈（gǔ）：搅动，搅乱。

⑤餔（bū）：吃。糟：酒糟，做酒剩下的渣子。

⑥歠（chuò）：喝，饮。醨：薄酒。

⑦深思：指思虑深远，即"独醒"。高举：行为高尚，超尘脱俗，即"独清"。

⑧为：疑问语助词。

⑨弹冠：掸去帽子上的灰尘。

⑩振衣：抖落衣服上的灰尘。

⑪察察：洁白的样子。

⑫汶汶（mén）：污浊的样子。

⑬鼓枻（yì）：划桨。枻，船桨。

⑭沧浪：古水名。有汉水、汉水之别流、汉水之下流、夏水诸说。

⑮濯：清洗。

⑯缨：系结帽子的一种丝带。

【译文】

屈原被放逐之后，在江岸边独自漫游，一边行走一边吟唱。他脸色憔悴，身体枯瘦。有位打鱼的老人看见他便问道："您不是三闾大夫吗？为何会沦落到这种地步？"屈原说："世上的人都混浊不堪，只有我是清白的；众人都喝醉了，唯独我清醒着，所以才被放逐。"渔父说："圣人不会被外物束缚，随着世道的变化而变化以合时宜。既然世上的人都混浊不堪，您为何不搅起泥沙翻起水波呢？既然众人都喝醉了，您为何不也去吃一些酒糟、喝几杯薄酒呢？为什么要思虑深远行为高尚，使自己被放逐呢？"屈原说："我听说：刚刚洗过头发的人，一定要掸去帽子上的尘土；刚刚洗过澡的人，一定要抖落衣服上的灰尘。怎么能够让自己洁白无比的身体，遭受外物的污垢？我宁愿跳入湘水，葬身江中鱼腹，又怎么能够让高洁的品质，蒙受世俗尘埃的玷污？"渔父听后微微一笑，摇起船桨动身离去。高声唱道："沧浪之水清又清啊，可以洗我的帽缨；沧浪之水混又浊啊，可以洗我的双脚。"于是竟自离去，没有再和屈原说话。

【评析】

《渔父》是一篇思想性和可读性都非常强的优美诗章。屈原遭楚顷襄王流放，失意彷徨时于江边遇到渔父，于是两人就此展开了问答，简短而又凝练地塑造出了两种对立的人生态度和处世哲学。

屈原和渔父的问答，可谓是充满了哲学的思辨味道。渔父希望屈原能够随波逐流、随机应变；而屈原则始终坚持"众人皆醉我独醒"的处世方针不为所动，以保持自我特立独行的鲜明个性。其实从深层次上看，两人的问答都是对人生处世的一种解答，是应该随方就圆还是针锋相对地抗争，不同的人有着不同的理解和选择。但无论选择哪一种方式，最为重要的是基本做人准则不能变，这就是应当以正义和良知为内核，以灵活多变的方式和方法为外在，坚持正道而绝不同流合污。

本篇在人物形象塑造上也非常成功。尤其是对渔父出场和言辞的描写，让读者眼前浮现出一位避世隐居的世外高人，他淡泊名利，潇洒自如地应对世事纷争。虽然着墨不多，但立体感非常强，宛如一位睿智的长者，尤其是最后飘然而去的身姿令人印象深刻。

全诗言辞优美，读来通畅流利、朗朗上口，比喻、反问等艺术手法的运用，也增强了其趣味性和可读性，并能够将其所蕴含的哲理恰如其分地植入其中，收到了较好的艺术效果，对后世汉赋的写作也有着深远的影响。

同时诗中许多言辞也成为千古佳句，如“举世皆浊我独清，众人皆醉我独醒”，“新沐者必弹冠，新浴者必振衣”，“沧浪之水清兮，可以濯吾缨。沧浪之水浊兮，可以濯吾足”等等，含义隽永，引人深思，传诵千年而不衰。

九　辩

《九辩》是宋玉的代表作。宋玉，又名子渊，宋国公族后裔，战国时期楚国鄢(今湖北宜城)人，是继屈原之后又一位伟大的楚辞作者。留存后世的作品主要有《九辩》《登徒子好色赋》《高唐赋》等，诸如“下里巴人”“阳春白雪”“曲高和寡”等典故都和宋玉有关。

《九辩》是继《离骚》之后又一首自叙性长篇抒情诗。“九辩”原本是一首古乐曲名，意思是可以反复多遍演奏的组曲，现已失传。宋玉虽有一腔报国之心，但是受制于现实的羁绊，于是只好借古乐“九辩”为题来抒发个人的抑郁情怀。

宋玉这篇《九辩》，既有对屈原作品风格的模仿，也有自出新意的独到之处，有着鲜明的艺术风采，以情动人、情景交融的写作手法令人感同身受。所以宋代文学家欧阳修对此有“宋玉比屈原，时有出蓝之色”的高度评价。

本篇从意境上可以分为三大部分。开篇即点明“悲秋”的主题，“悲哉秋之为气也！萧瑟兮草木摇落而变衰，憭慄兮若在远行，登山临水兮送将归。”短短数语，就将宋玉眼中满目苍凉、凋敝的秋天之气行诸笔端，由此奠定了全文的写作基调。

中间部分主要描写悲秋的原因所在。首先是自然现象，“白露既下百草兮，奄离披此梧楸。”暮秋萧瑟的天气最容易引起人们心中的感触和忧伤，寒暑往来而四季交替，繁花盛开也终有衰败之时。这就像诗人所感叹的人生年华一样，如果不能在盛年做出一番成就，那么就只能在人生的暮年彷徨后悔了。

其次是个人不公平的政治遭遇，“何时俗之工巧兮，背绳墨而改错！却骐骥而不乘兮，策驽骀而取路。”在宋玉眼中，他所处的时代黑白颠倒，世俗之人只知投机取巧，而有真才实学的士人却不受重用。这样一来，楚国又如何才能实现振兴呢？其心中的悲愤和苦闷可想而知，所以出现悲秋的情绪也自然而然。

虽然悲秋是文章的基调，但是在悲秋之中也流露出宋玉热切期盼光明，并积极昂扬向上的精神追求。如宋玉被君王流放，处境艰难，但是他依然抱着志向不改的气节，相信眼下这种质朴的生活方式反而可以磨砺自己。“窃慕诗人之遗风兮，愿托志乎素餐”一句，正是其心路历程的真实写照。又如在漫长的秋夜中，他辗转反侧不能入睡，一方面感叹时光匆匆流逝，另一方面也为小人当道的黑暗社会现实所不平。难能可贵的是，宋玉能够以宽广的胸襟来看待这一问题：“彼日月之照明兮，尚黯黮而有瑕。”宋玉认为太阳和月亮也会有出现黑斑的时候，何况是纷繁复杂的人事呢？所以应全面地看待问题。

除此之外，宋玉还提出了治国理政的个人主张。比如他认为尧舜之所以能够实现垂拱而治的理想政治，其原因就在于任用了合适的人才来管理国家，君臣相得益彰，“尧舜皆有所举任兮，故高枕而自适”一语便是。

最后一部分是宋玉理想的升华，在人世之间既然处处都是令人心情郁闷的现象，莫不如遨游天际，在玄幻的神话世界中暂时逍遥，忘却自我。所以宋玉才“愿赐不肖之躯而别离兮，放游志乎云中”，以此脱离尘世的羁绊。同时在，这一部分的描写也是其奇特想象力集中爆发的一段，较好地深化了“悲秋”的主题。

悲哉秋之为气也！萧瑟①兮草木摇落而变衰，憭慄②兮若在远行，登山临水兮送将归。泬寥③兮天高而气清，宗廫④兮收潦⑤而水清。憯悽⑥增欷⑦兮薄寒之中⑧人，怆怳圹悢⑨兮去故而就新。坎廪[⑩]兮贫士失职而志不平，廓落[⑪]兮羁旅[⑫]而无友生[⑬]，惆怅兮而私自怜。燕翩翩其辞归兮，蝉寂寞而无声。雁廱廱[⑭]而南游兮，鹍鸡[⑮]啁哳[⑯]而悲鸣。独申旦[⑰]而不寐兮，哀蟋蟀之宵征[⑱]。时亹亹[⑲]而过中兮，蹇[⑳]淹留而无成。

【注释】

①萧瑟：草木被秋风吹拂的声音。

②憭慄（liáolì）：凄凉。

③泬（xuè）寥：空旷寥廓的样子。

④宊廖（jìliáo）：即“寂寥”，寂静无声的样子。

⑤潦（lǎo）：雨水，积水。

⑥憯悽（cǎnqī）：悲痛的样子。

⑦欷（xī）：叹息的声音。

⑧中（zhòng）：这里作动词用，伤害、侵袭的意思。

⑨怆怳（chuànghuǎng）：失意的样子。圹悢（kuǎnglǎng）：失意怅惘。

⑩坎廪（lǎn）：困顿，不得志。

⑪廓落：空虚孤寂。

⑫羁旅：寄居异乡。

⑬友生：友人，朋友。

⑭廱廱（yōng）：鸟儿和鸣的声音。

⑮鹍（kūn）鸡：古书上说的一种形似天鹅的大鸟。

⑯啁哳（zhāozhā）：形容声音繁杂细碎。

⑰申旦：通宵达旦。

⑱宵征：夜行，此处指蟋蟀在夜间鸣叫、活动。

⑲亹亹（wěi）：逐渐，渐渐。

⑳蹇（jiǎn）：句首发语词。

【译文】

悲凉啊这秋天的气候！秋风瑟瑟啊草木衰黄凋零，心中凄凉啊好像身处远方，登山临水啊送人踏上归途。空旷寥廓啊天宇高秋气爽，平静幽悄啊积水消退水流澄清。悲伤叹息啊轻微的寒气袭人，失意恍惚啊背井离乡前往新地方。坎坷困顿啊贫士丢官愤愤难平，空虚孤寂啊客居他乡无亲无故，失意悲伤啊暗自忧伤。燕子翩翩啊辞别南归，寒蝉静寂啊没有声响。大雁和鸣向南飞翔啊，鹍鸡不住地啾啾悲鸣。独自通宵达旦一夜无眠啊，哀叹那蟋蟀彻夜哀鸣。时光流逝渐渐过了中年啊，滞留他乡仍然一事无成。

悲忧穷戚①兮独处廓②，有美一人兮心不绎③。去乡离家兮徕远客④，超⑤逍遥兮今焉薄⑥？专思君兮不可化，君不知兮可奈何！蓄怨兮积思，心烦憺⑦兮忘食事。愿一见兮道余意，君之心兮与余异。车既驾兮朅⑧而归，不得见兮心伤悲。倚结軨⑨兮长太息，涕潺湲⑩兮下沾轼⑪。忼慨⑫绝兮不得，中瞀⑬乱兮迷惑。私自怜兮何极，心怦怦⑭兮谅直⑮。

【注释】

①穷戚：窘迫，困厄。戚，通“蹙”，困窘，窘迫。

②廓：空虚，空寂。

③心不绎：心绪烦乱。绎，本指抽丝，代指理清头绪。

④徕远客：来远方作客。徕，同“来”。

⑤超：远。

⑥薄：停止，依附。

⑦烦憺（dàn）：烦闷忧愁。

⑧朅（qiè）：去，离开。

⑨结軨（líng）：车厢。古代车厢前面和左右两面均用交错的木条结成，形似窗棂，故称。軨，古代车厢前面和左右两面的木栏。

⑩潺湲（chányuán）：水流不断的样子，此处形容泪流不断。

⑪轼:古代车厢前面用作扶手的横木。

⑫忼慨:情绪激昂的样子。

⑬瞀(mào)乱:昏乱。

⑭怦怦:心跳的样子,心急的样子。

⑮谅直:诚实正直。谅,信实。

【译文】

忧愁窘迫啊独处空寂之地,有一位美人啊心绪烦乱。背井离乡啊异地为客,漂泊不定啊归向何方?一心思念君王啊矢志不渝,君王不知啊无可奈何!满腔怨愤啊愁苦难抑,心绪烦乱啊食不甘味。希望面见君王啊倾诉心意,君王的心思啊迥然不同。驾着好马车啊远走又返回,见不到君王啊徒增伤悲。倚着车厢啊长长叹息,泪水涟涟啊沾满车轼。慷慨决绝啊实在不能,心中烦乱啊心惑神迷。自哀自伤啊这无有终极,忧心如焚啊始终正直。

皇天平分四时兮,窃独悲此廪秋①。白露既下②百草兮,奄离披此梧楸③。去白日之昭昭④兮,袭长夜之悠悠。离芳蔼⑤之方壮兮,余萎约⑥而悲愁。秋既先戒以白露兮,冬又申⑦之以严霜。收恢台⑧之孟夏⑨兮,然欿傺⑩而沉藏。叶菸邑⑪而无色兮,枝烦挐⑫而交横。颜淫溢⑬而将罢⑭兮,柯⑮彷佛⑯而萎黄。萷櫹椮⑰之可哀兮,形销铄⑱而瘀伤。惟其纷糅⑲而将落兮,恨⑳其失时㉑而无当㉒。揽騑辔㉓而下节兮,聊逍遥以相佯㉔。岁忽忽而遒尽㉕兮,恐余寿之弗将㉖。悼余生之不时兮,逢此世之俇攘㉗。澹容与而独倚兮,蟋蟀鸣此西堂。心怵惕㉘而震荡兮,何所忧之多方!卬㉙明月而太息兮,步列星㉚而极明。

【注释】

①廪秋:寒秋。廪,通"凛",寒冷。

②白露：秋天的露水。下：降下。古人以为露也如雨雪一样，都是从天上落下。

③奄：快速。离披：纷纷下落的样子。梧楸：梧桐和楸树，二木皆逢秋而早凋。

④昭昭：光明。

⑤蔼：繁茂，繁盛。

⑥萎约：萎靡而穷困。

⑦申：加上。

⑧恢台：旺盛的样子，广大的样子。

⑨孟夏：据闻一多的考证，“孟”当为“盛”字之误。

⑩欿傺（kǎnchì）：陷止，敛藏。

⑪菸邑（yūyì）：枯萎。

⑫烦挐：牵缠，纷乱。

⑬淫溢：逐渐浸染。

⑭罢：通“疲”。

⑮柯：草木的枝茎。

⑯彷佛：模糊，指颜色不鲜明。

⑰萷（shāo）：古同“梢”，树梢。櫹椮（xiāosēn）：枝叶光秃秃的样子。

⑱销铄（shuò）：销毁，摧残。

⑲纷糅：众多而杂乱。

⑳恨：遗憾，痛惜。

㉑失时：时令已过。

㉒当：遇上，遇见。

㉓骓辔（fēipèi）：马缰绳。

㉔相佯：徘徊，盘桓。

㉕遒（qiú）尽：迫近尽头，终了。遒，迫近。

㉖将：长久。

㉗恇（kuāng）攘：混乱纷扰的样子。

㉘怵惕（chùtì）：戒惧，惊惧。

㉙卬（yǎng）：古同“仰”，仰望。

㉚列星：罗布天空定时出现的恒星。

【译文】

皇天平分一年为四季啊，独为这寒秋黯然神伤。秋天的露水已然降落在百草之上啊，枯黄的树叶瞬间从梧桐楸树的枝头飘落。告别光明的白日啊，漫漫长夜接踵而来。告别了壮年的芳菲繁盛啊，我衰老困窘悲入愁肠。秋天先降下白露警示啊，寒冬又加上肃杀的严霜。盛夏的葱郁生气已然收敛啊，万物的生机都已沉埋深藏。树叶枯萎色泽黯淡啊，枝条纷乱纵横交错。草木改变颜色即将衰谢啊，树干萎黄好像就要枯朽。树梢光秃令人顿生悲凉啊，树干形销骨立让人郁郁成疾。想到草木杂乱即将凋零啊，痛惜错过美好时光失去际遇。抓着马缰绳按鞭徐行啊，姑且逍遥徘徊盘桓。岁月匆匆就将到头啊，深恐我的寿命也难以长久。怅恨我生不逢时啊，遭逢这个纷乱扰攘的世道。枯寂徘徊，独倚栏杆啊，蟋蟀在西堂哀鸣。内心惶惧震荡不宁啊，为何种种忧愁萦绕不休！仰望明月长长叹息啊，徘徊在星空下直到天明。

窃悲夫蕙华[①]之曾敷[②]兮，纷旖旎[③]乎都房[④]。何曾华之无实兮，从风雨而飞飏[⑤]？以为君独服[⑥]此蕙兮，羌[⑦]无以异于众芳。闵[⑧]奇思之不通兮，将去君而高翔。心闵怜[⑨]之惨凄兮，愿一见而有明[⑩]。重无怨而生离[⑪]兮，中[⑫]结轸[⑬]而增伤。岂不郁陶[⑭]而思君兮？君之门以九重[⑮]。猛犬狺狺[⑯]而迎吠[⑰]兮，关梁[⑱]闭而不通。皇天淫溢[⑲]而秋霖[⑳]兮，后土[㉑]何时而得漧[㉒]？块[㉓]独守此无泽[㉔]兮，仰浮云而永叹。

【注释】

①蕙华：蕙草的花。华，花。

②敷：开放。

③旖旎（yǐnǐ）：多盛美好的样子。

④都房：大花房。都，广大，美盛。

⑤飏：同“扬”，飘扬。

⑥服：佩戴。

⑦羌：发语词，无实义。

⑧闵：同“悯”，怜恤，哀伤。

⑨闵怜：哀伤。

⑩有明：朱熹《楚辞集注》：“有以自明也。”即自我表白。

⑪重无怨而生离：重，深深思考；无怨：言行无可埋怨，即无罪；生离，被生生隔离，指被放逐。

⑫中：内心。

⑬结轸：内心郁结悲痛的样子。

⑭郁陶（yáo）：忧思郁结的样子。

⑮九重：旧言天子之门九重，极言其深邃难进。

⑯猛猛（yín）：犬吠声。

⑰迎吠：向人狂叫不已。

⑱关梁：关隘和桥梁。

⑲淫溢：指大雨连绵不休。

⑳霖：雨。

㉑后土：指大地。

㉒瀩（gān）：干爽。

㉓块：孤独的样子。

㉔无泽：即芜泽，荒芜的水泽。

【译文】

暗自悲叹那蕙花曾经开放啊，众多繁盛开遍整个大花房。为何花朵累累却没有结实啊，让它随着风雨四处飘扬？曾以为君王独爱佩戴这蕙花啊，谁知他对待蕙花和众花无异。哀叹我出众的谋略为君王所不知啊，将要离开君王远走他乡。我的内心是多么悲哀凄凉啊，但愿见君王一面诉说衷肠。深念自己无罪却要与君王离别啊，内心郁结更添悲伤。哪能不深切思念君王啊，无奈那宫门深邃重重阻挡。猛犬迎面向我狂吠啊，关塞和桥梁闭塞不通。上天降下绵绵不休的秋雨啊，大地何时才能干燥！孤独地困守在这荒芜的大泽啊，仰望浮云长声哀叹。

何时俗之工巧①兮，背绳墨而改错？却骐骥而不乘兮，策②驽骀而取路。当世岂无骐骥兮，诚莫之能善御。见执辔者非其人兮，故駶跳③而远去。凫雁皆唼④夫粱藻兮，凤愈飘翔而高举。圆凿而方枘⑤兮，吾固知其鉏铻⑥而难入。众鸟皆有所登栖兮，凤独遑遑⑦而无所集。愿衔枚而无言兮，尝被⑧君之渥洽⑨。太公⑩九十乃显荣兮，诚未遇其匹合。谓骐骥兮安归？谓凤皇兮安栖？变古易俗兮世衰，今之相者兮举肥⑪。骐骥伏匿而不见兮，凤皇高飞而不下。鸟兽犹知怀德兮，何云贤士之不处？骥不骤⑫进而求服⑬兮，凤亦不贪餧⑭而妄食。君弃远⑮而不察兮，虽愿忠其焉得？欲寂漠而绝端⑯兮，窃不敢忘初之厚德。独悲愁其伤人兮，冯郁郁⑰其何极！

【注释】

①工巧：投机取巧。工，善于。

②策：鞭打。

③駶(jú)跳：跳跃。

④唼(shà)：形容鱼、鸟吃东西的声音。

⑤圆凿而方枘(ruì)：圆凿，圆的卯眼；方枘，方的榫头。圆孔不能纳方榫，喻彼此不能相容或相合。

⑥鉏铻(jǔyǔ)：相互抵触，格格不入。

⑦遑遑：惊恐匆忙，心神不定。

⑧被(pī):蒙受。

⑨渥(wò)洽:厚恩,深重的恩情。

⑩太公:即姜太公。

⑪举肥:相马只选肥壮的。讥讽当政之人选拔人才只看表面。

⑫骤:迅疾。

⑬服:驾驭,驾车。

⑭餧(wèi):同"喂"。

⑮弃远:远远地抛弃。

⑯绝端:断绝。

⑰冯(píng):同"凭",愤懑。郁郁:忧伤愁闷的样子。

【译文】

为什么当下的风气偏向于投机取巧啊,背弃法度而随意改变举措。斥退骏马不愿骑乘啊,却鞭打着劣马上路。当世难道没有骏马啊,实在是无人善于驾驭。看到拿缰绳的人不合适啊,骏马扬蹄远去。野鸭、大雁吞食着粟米、水藻啊,凤凰就会展翅高飞离去。凿出圆孔而使用方榫头啊,我本来就知道必会相互抵触而格格不入。鸟儿们都有了栖息的地方啊,唯独凤凰惊惶不安没有立足之所。情愿闭口不语啊,曾经蒙受君王的深恩厚泽不能遗忘。姜太公九十岁的时候才显赫荣耀啊,实在是之前没有遇见相配的明主。骏马啊应当向哪儿归依?凤凰啊应当在哪儿栖居?改变古风习俗啊世道衰微,如今相马的人啊只看马儿外形肥壮。骏马纷纷藏匿不出现啊,凤凰高高翱翔不落凡尘。鸟兽尚且知道怀恩报德啊,为什么贤士反而不肯辅助君王?骏马不急于进用而驾车啊,凤凰不贪喂饲乱吃食物。君王疏远我不能明察啊,虽愿竭尽忠诚又怎么能够?曾想自甘寂寞断绝对君王的眷恋啊,私下里又不敢忘记当初的恩泽。独自悲愁多么令人忧伤啊,愤懑不平哪有终极?

霜露惨凄而交下兮,心尚幸[①]其弗济[②]。霰[③]雪雰糅[④]其增加兮,乃知遭命[⑤]之将至。愿徼幸[⑥]而有待兮,泊[⑦]莽莽[⑧]与壄[⑨]

草同死。愿自往而径游兮，路壅绝[10]而不通。欲循道而平驱兮，又未知其所从。然中路而迷惑兮，自压桉[11]而学诵[12]。性愚陋以褊浅兮，信未达乎从容。窃美申包胥[13]之气盛兮，恐时世之不固[14]。何时俗之工巧兮，灭规矩[15]而改凿[16]？独耿介而不随兮，愿慕先圣之遗教。处浊世而显荣兮，非余心之所乐。与其无义而有名兮，宁穷处而守高。食不媮[17]而为饱兮，衣不苟而为温。窃慕诗人之遗风兮，愿托志[18]乎素餐。蹇充倔[19]而无端兮，泊莽莽而无垠。无衣裘以御冬兮，恐溘[20]死不得见乎阳春。

【注释】

①幸：侥幸，希望。

②济：成功。

③霰（xiàn）：雪珠。

④雰（fēn）糅：雪盛的样子。

⑤遭命：指行善而遭凶的坏命运。

⑥徼幸：希望获得意外成功，由于偶然的原因而得到成功或免去灾害。徼，通“侥”。

⑦泊：止息，留止。

⑧莽莽：草木茂盛的样子。

⑨壄（yě）：同“野”。

⑩壅（yōng）绝：阻塞，断绝。

⑪压桉（àn）：压抑。桉，通“按”。

⑫学诵：学诵《诗经》。春秋战国士大夫社交往来常诵诗。

⑬申包胥：春秋时楚国大夫。与伍子胥友善。伍子胥以吴师伐楚，入郢，包胥入秦乞师，依庭墙哭七日，秦伯乃遣将定楚国难。楚昭王返国赏功，逃而不受。

⑭固：应为“同”。

⑮规矩：木工以规画圆，以矩画方。比喻法度。

⑯改凿：指乱改法度的行为。凿，应当作“错”。错，通“措”，措施，法度。

⑰媮（tōu）：同“偷”，苟且，敷衍。

⑱托志：磨砺自己的志向。

⑲充倔（chù）：得意忘形的样子。倔，通“诎”。

⑳溘：突然。

【译文】

寒霜冷露交加悲惨凄清啊，心中还希望它们不会成功。雪珠雪花纷纷扬扬越下越大啊，才知道厄运即将来临。怀着侥幸之心有所期待啊，置身荒原与茫茫野草一同衰败。想要径直前行面见君王啊，路途阻塞不能通行。想要沿着大道平稳驱驰啊，又不知道该何去何从。走到半路内心愈加迷惑啊，只好压抑情感把诗歌吟诵。本性愚笨孤陋又狭隘浅薄啊，阿谀逢迎实在是一窍不通。暗自赞美申包胥志气高扬啊，恐怕时世已大不相同。为什么现在的风气崇尚投机取巧啊，毁弃规则乱改法度。唯独我光明正大不随波逐流啊，愿意效仿先贤的遗范。置身浊世而飞黄腾达啊，那绝非是我心中所乐意的事。与其没有道义而徒有虚名啊，宁肯身处穷困之地而坚守节操。不能只图果腹而苟且求食啊，不能为了温暖而苟且求衣。暗自仰慕古代诗人的遗风啊，以无功不受禄寄托怀抱。小人得意忘形横行无忌啊，我却在莽莽原野漂泊无依。没有皮袄抵御寒冬啊，恐怕会突然死去看不到明媚的春光。

靓杪秋[①]之遥夜兮，心缭悷[②]而有哀。春秋[③]逴逴[④]而日高兮，然惆怅而自悲。四时递[⑤]来而卒岁[⑥]兮，阴阳不可与俪偕[⑦]。白日晼晚[⑧]其将入兮，明月销铄[⑨]而减毁。岁忽忽而遒尽[⑩]兮，老冉冉[⑪]而愈弛[⑫]。心摇悦[⑬]而日幸[⑭]兮，然怊怅[⑮]而无冀[⑯]。中憯恻[⑰]之悽怆兮，长太息而增欷[⑱]。年洋洋[⑲]以日往兮，老嵺廓[⑳]

而无处。事亹亹[21]而觊进兮,蹇淹留而踌躇。

【注释】

①靓(jìng):通“静”。杪(miǎo)秋:晚秋。杪,树之末端,代指年月或四季的末尾。

②缭悷(lì):指忧思萦绕而郁结。

③春秋:岁月,年龄。

④逴逴(chuō):愈走愈远的样子。

⑤递:更替。

⑥卒岁:年终。

⑦俪偕:一起,一同。

⑧晼(wǎn)晚:太阳偏西,日将暮。

⑨销铄:亏缺。

⑩遒(qiú)尽:迫近尽头。

⑪冉冉:形容时光渐渐流逝。

⑫弛:衰退,衰弱。

⑬摇悦:喜悦。

⑭幸:心怀侥幸。

⑮怊(chāo)怅:犹“惆怅”,悲伤失意的样子。

⑯冀:希望。

⑰憯(cǎn)恻:悲痛。

⑱欷:叹息。

⑲洋洋:广远无涯。

⑳廖(liáo)廓:同“寥廓”,空旷,空虚。

㉑亹亹(wěi):勤勉不倦的样子。

【译文】

寂静的晚秋长夜啊,忧思萦绕在心头充满哀伤。岁月如流水年事渐高啊,暗自惆怅倍感伤悲。四季更迭年近岁暮啊,阴阳交替不能同来同往。太阳西沉冉冉落下啊，月亮亏缺减了清辉。岁月匆匆一年将尽啊，老境渐至而精力愈衰。心旌摇荡每天心怀侥幸啊，但最终满腹忧虑失去希望。内心惨痛凄然欲绝啊，声声长叹徒增悲戚。时光无穷无尽而天天不停流逝啊，如今年老空虚寂寞无处托身。勤勉努力希望有所进取啊，滞留此地而徘徊不进。

何氾滥之浮云兮，猋[①]壅蔽此明月？忠昭昭而愿见兮，然黯曀[②]而莫达。愿皓日之显行兮，云蒙蒙而蔽之。窃不自聊[③]而愿忠兮，或黕点[④]而污之。尧舜之抗行[⑤]兮，瞭冥冥[⑥]而薄[⑦]天。何险巇[⑧]之嫉妒兮，被以不慈[⑨]之伪名？彼日月之照明兮，尚黯黮[⑩]而有瑕[⑪]。何况一国之事兮，亦多端而胶加[⑫]。被荷裯[⑬]之晏晏[⑭]兮，然潢洋[⑮]而不可带。既骄美[⑯]而伐武[⑰]兮，负左右之耿介[⑱]。憎愠惀[⑲]之修美兮，好夫人之慷慨[⑳]。众踥蹀[㉑]而日进兮，美超远[㉒]而逾迈[㉓]。农夫辍耕而容与兮，恐田野之芜秽。事绵绵而多私兮，窃悼后之危败。世雷同而炫曜兮，何毁誉之昧昧[㉔]！今修饰而窥镜兮，后尚可以窜藏。愿寄言夫流星兮，羌倏忽而难当。卒壅蔽此浮云兮，下暗漠而无光。尧舜皆有所举任兮，故高枕而自适。谅[㉕]无怨于天下兮，心焉取此怵惕[㉖]？乘骐骥之浏浏[㉗]兮，驭安用夫强策[㉘]？谅城郭之不足恃兮，虽重介[㉙]之何益？邅翼翼[㉚]而无终兮，忳惛惛[㉛]而愁约。生天地之若过[㉜]兮，功不成而无效。愿沉滞而不见兮，尚欲布名乎天下。然潢洋[㉝]而不遇兮，直怐愗[㉞]而自苦。莽洋洋而无极兮，忽翱翔之焉薄[㉟]？国有骥而不知乘兮，焉皇皇[㊱]而更索？宁戚讴于车下兮，桓公闻而知之。无伯乐之善相兮，今谁使乎誉之？罔[㊲]流涕以聊虑[㊳]兮，惟著意而得之。纷纯纯[㊴]之愿忠兮，妒被离[㊵]而障之。

【注释】

①猋(biāo):迅速。

②黯(yīn):同“阴”,云朵遮蔽太阳。曀(yì):阴沉而有风,昏暗。

③聊:同“料”,考虑,料想。

④黕(dǎn)点:污垢。

⑤抗行:高尚的德行。

⑥瞭(liáo):明亮。冥冥:高远的样子。

⑦薄:迫近,逼近。

⑧险巇(xī):险峻崎岖。代指心地险恶的小人。

⑨不慈:传说尧曾杀长子丹朱,舜未告父母而娶妻,因此说“尧不慈,舜不孝”。

⑩黯黮(dǎn):昏暗不清的样子。

⑪瑕:斑点,瑕疵。

⑫胶加:乖戾,错杂无绪。

⑬裯(dāo):短衣。

⑭晏晏:漂亮轻柔。

⑮潢洋:形容衣服宽松。

⑯骄美:自矜其美,自负有美德。骄,骄矜。

⑰伐武:炫耀勇武。伐,自我夸耀。

⑱耿介:原指明亮的甲胄。引申为雄武。

⑲愠惀:心有所蕴积而不善表达。

⑳慷慨:此处指巧言令色,大言不惭。

㉑踥蹀(qièdié):奔走,小步前进。

㉒超远:引身远去。

㉓逾迈:过去,消逝。

㉔昧昧:昏暗不明,模糊不清。

㉕谅:诚然,的确。

㉖怵惕(chùtì):惊惧,警惧。

㉗浏浏：水流顺行无阻的样子。

㉘强策：坚硬的马鞭子。策，马鞭。

㉙介：铠甲。

㉚邅（zhān）：难行不进。翼翼：恭敬谨慎的样子。

㉛忳（tún）：忧郁烦闷。惛惛（hūn）：精神不振，神志不清。

㉜若过：即若白驹过隙，形容时间过得很快。

㉝潢洋：水深的样子。

㉞怐愗（kòumào）：愚昧，愚钝。

㉟薄：停留，依附。

㊱皇皇：惶恐，彷徨不安的样子。皇，通“惶”。

㊲罔：同“惘”，怅惘。

㊳聊虑：深思。

㊴纯纯：诚挚的样子。

㊵被离：纷乱的样子。被，同“披”。

【译文】

为什么浮云漫天层层涌现啊，飘来飘去竟把明月遮蔽。忠心耿耿愿剖白心迹啊，乌云蔽日不能如意。希望光明的太阳显耀地运行啊，云雾迷蒙把它遮掩。不自量力而希冀竭尽忠诚啊，有人竟无端将我诽谤。唐尧虞舜德行高尚啊，光辉明亮直上云天。为什么险恶的小人如此嫉妒啊，竟使他们蒙受不慈不孝的冤名？太阳和月亮照耀天地啊，尚且还会黯淡而出现黑斑。更何况国家的大小事务啊，更是纠缠不清错杂无绪。披着荷叶短衣漂亮且轻柔啊，但太过宽松而不能系上腰带。君王自矜其美炫耀勇武啊，依仗貌似雄武的近臣。憎恶忠直之士耿耿的美德啊，偏听小人貌似慷慨激昂的谎言。小人汲汲钻营越来越得势啊，贤士孤芳自赏越来越疏远。农夫停止耕作尽日闲散啊，恐怕田地荒芜杂草丛生。事情琐细却往往徇私啊，暗自痛心国家会由此衰亡。世人随声附和相互夸耀啊，何其毁誉混乱是非难明！如今修饰容颜揽镜自照啊，以后还能藏身躲开祸患。想托流星传语君王啊，但它倏忽而逝难以遇见。明月终被浮云遮蔽啊，茫茫大地暗淡无光。尧舜都能够选拔任用贤士啊，所以高枕无忧悠然闲适。确实不曾取怨世人啊，心中哪会忧惧不安？乘着骏马自由驰骋畅行无阻啊，驾驭时哪里需要坚硬的马鞭？城郭实在不足以依仗啊，即使盔甲再厚又有何用处？小心翼翼前行看不到结果啊，忧郁昏沉悲愁困苦。生于天地之间若白驹过隙啊，功业无成没有结果。想就这样沉抑埋没不再显现啊，又意欲在世上扬名取荣。然世事茫茫无所遇合啊，真是愚昧不堪自讨苦吃。辽阔的荒野没有边际啊，飘忽飞翔在何方停留？国有骏马却不知道驾乘啊，为何又匆匆忙忙另外寻访？宁戚在牛车下高歌啊，齐桓公听后便知他非同凡响。没有伯乐那样善于相马的人啊，如今谁能使骏马被世人称赞？怅惘流泪暂且思量啊，只有专心一意才能访得贤良。满怀热忱愿效忠君王啊，却被善妒小人纷纷把路途阻挡。

愿赐不肖之躯而别离兮，放游志乎云中。乘精气①之抟抟②兮，骛③诸神之湛湛④。骖白霓之习习⑤兮，历群灵之丰丰⑥。左朱雀之茇茇⑦兮，右苍龙之躣躣⑧。属⑨雷师之阗阗⑩兮，通⑪飞廉⑫之衙衙⑬。前轻辌⑭之锵锵⑮兮，后辎乘⑯之从从⑰。载云旗之委蛇兮，扈屯骑⑱之容容⑲。计专专⑳之不可化兮，愿遂推而为臧㉑。赖皇天之厚德兮，还及君之无恙！

【注释】

①精气：阴阳精灵之气。古谓天地间万物皆秉之以生。

②抟抟（tuán）：凝聚如团的样子。

③骛：追逐，追随。

④湛湛：聚集的样子。

⑤习习：频频飞动的样子。

⑥丰丰：繁多的样子。

⑦茇茇(bá):飞翔的样子。

⑧躣躣(qú):蜿蜒而行的样子。

⑨属(zhǔ):连缀,连接。

⑩阗阗(tián):形容声音洪大。

⑪通:当作“道”,开路,引导。

⑫飞廉:传说中的封神。

⑬衙衙(yú):行走的样子。

⑭轻辌(liáng):指有窗的轻便卧车。

⑮锵锵:象声词。此处指车铃声。

⑯辎乘:辎重车辆。

⑰从从:车铃声。

⑱扈:随从,护卫。屯骑:众多的随从骑兵。

⑲容容:盛多的样子。

⑳专专:用心专一。

㉑臧(zāng):善,好。

【译文】

愿君王赐我从此远去啊,我将纵情翱翔于云中。乘着一团团的阴阳精灵之气啊,去追随那众多的神灵。驾着飞动的白虹啊,穿过闪烁的繁星。左边的朱雀翩翩飞舞啊,右边的苍龙蜿蜒前行。雷师跟着咚咚敲鼓啊,飞廉开路习习前行。前边轻便的卧车锵锵作响啊,后边辎重车辆隆隆轰鸣。车上装载的旌旗迎风招展啊,随从的车骑蜂拥聚集。我用心专一矢志不渝啊,愿推行良策行善建功。仰仗上天的大恩厚德啊,保佑君王无灾无病!

【评析】

《九辩》是宋玉代表作之一,也是全面体现其艺术风格的一个篇章。诗人以秋天所见所闻所感为基调,使用形象思维的描写风格,将自我哀伤、忧愁的情绪刻画得入木三分,一方面展现了其高超的文学艺术功底,另一方面也对后世文学的创作带来了深远的影响。

从内容上看,《九辩》是继《离骚》之后的又一首长篇抒情诗,较好地继承了屈原以诗言志、叙述个人经历以及哀叹自我人生遭际的行文风格;其表现出来的忧国忧君的个人思想情感和坚守自我的高尚情操,在精神内涵上也和屈原具有内在的相通性;同时,也开创了中国文学史上悲秋的先河。

本篇的成功之处在于对内心的情感活动刻画到位,能够将秋天所具有的苍凉意境和郁郁不得志的悲怆心境有机结合起来,合理适当的悲情渲染,使作品呈现出一种缠绵反复的沉郁风格,具有较强的艺术感染力。

本篇虽然格调沉郁,但言辞优雅动人,感情细腻真实,行文流畅自然,如涓涓细流,无形中引发读者的共鸣,为主人公的彷徨无助而同情不已;另一方面,诗人善用比喻描写,诗中不断出现的群鸟、凤凰、骏马、伯乐,都有着深刻的寓意,和现实中的人和事一一对照起来,因此读来通俗易懂,又能明白其背后的真实讽喻。

结尾部分,也是本诗的精彩段落,诗人展开丰富的想象力,上天入地,遨游苍穹。无疑这种写作风格也内在遵循着"楚辞"所特有的浪漫主义色彩,对全文"悲秋"主题的升华有着不可忽视的重要作用。

招　　魂

关于《招魂》一文的作者及招魂的对象，历来颇有争议，主要有两种观点：一种观点认为是宋玉招屈原所作，他因为哀怜屈原忠直却被放逐的命运，所以才在悲愤之下写出了这篇文章。另一种观点则认为是屈原自招或屈原招楚怀王之魂而作。从文章内容和诸多证据来看，这篇文章更应该是屈原在任职三闾大夫时为招楚怀王之魂所创作的作品。

"招魂"的仪式来自于民间，和宗教信仰之间有着一定的内在联系。尤其是古时候的先民，在亲人去世之后往往呈现出孤立无助的惶恐，希望死者能够还魂复生，所以"招魂"的仪式便应运而生，并在逐渐成熟完善中形成了一整套的固定流程，演化为必备的礼仪行为。屈原创作这篇文章的目的，也正是他以"招魂"为手段，呼唤楚怀王的灵魂可以回归楚国。

本文的写作时间应当是公元前296年左右，当时楚怀王受骗而被困秦国，忧愤去世。对于生前屡次流放屈原的楚怀王，屈原的内心深处可谓是五味杂陈、爱恨交织，但理智的情感终于占了上风，所以以此文作为对楚怀王亡灵的哀悼。

从篇章结构上看，本文大致分为三大段落，一是序篇，二是招魂，三是乱辞。序篇简要交代"招魂"的原因和背景，并由相关人员实施招魂工作。

招魂中第一部分，为了能够让楚王的灵魂顺利回来，屈原在文中不惜笔墨，大量描绘了四方所存在的种种险恶，身犯险地将会使魂灵消散，以此劝导楚怀王的灵魂早早平安回归。第二部分主要描写巫师引导魂灵返回故国的场景。屈原在这里使用了大量的篇幅来描绘招引魂灵返归的盛大仪式，豪华的住所，美丽的女子，醇香的美酒，丰盛的食物以及曼妙的舞姿，希望以此来吸引魂灵欣然返回。

乱辞部分则是屈原睹物思人，回忆美好的过往，意气勃发且充满了对未来的无限憧憬。可是时过境迁，现今的楚国大地早已面目全非，在匆匆流逝的时光中，难免触景生情，发出诸多的人生感慨。

朕①幼清以廉洁兮，身服②义而未沬③。主④此盛德兮，牵于俗而芜秽。上无所考此盛德兮，长离⑤殃而愁苦。帝⑥告巫阳⑦曰："有人⑧在下，我欲辅之。魂魄离散，汝筮予⑨之！"巫阳对曰："掌梦⑩。上帝其难从。""若⑪必筮予之，恐后之谢⑫，不能复用。"

【注释】

①朕：我。

②服：践行，履行。

③沬(mèi)：同"昧"，糊涂。

④主：固守，秉持。

⑤离：遭遇。

⑥帝：天帝。

⑦巫阳：古代传说中的女巫，名阳。

⑧有人：此处指贤士。

⑨筮(shì)：用蓍草占卦。予：给予，指使魂魄返还其身。

⑩掌梦：主管占梦的官员。

⑪若：你，指巫阳。

⑫谢：凋零，消逝。

【译文】

我自小就清白廉洁啊，亲身践行道义而从未糊涂。固守如此盛大的美德啊，却被世俗牵累而横加秽名。上天不能明察这盛大的美德啊，使我长久地遭受祸患而愁苦不尽。上帝告诉巫阳说：“有一位贤人在下界，我想要帮助他。但他的魂魄就要离散，你去占卜为他还魂。”巫阳回答说：“这是掌梦之官的职责，天帝您的命令我实在难以遵从。”“你一定要占卜为他还魂，晚了恐怕他的躯体腐烂，找回魂魄也没有用了。”

巫阳焉乃下招曰：魂兮归来！去君之恒干[①]，何为乎四方些[②]？舍君之乐处，而离[③]彼不祥些。魂兮归来！东方不可以托些。长人[④]千仞，惟魂是索些。十日代出，流金铄石些。彼皆习之，魂往必释些。归来兮！不可以托些。魂兮归来！南方不可以止些。雕题黑齿[⑤]，得人肉以祀，以其骨为醢[⑥]些。蝮蛇蓁蓁[⑦]，封狐[⑧]千里些。雄虺[⑨]九首，往来倏忽[⑩]，吞人以益其心些。归来兮！不可以久淫[⑪]些。魂兮归来！西方之害，流沙千里些。旋入雷渊[⑫]，爢散[⑬]而不可止些。幸而得脱，其外旷宇些。赤蚁若象，玄蜂若壶[⑭]些。五谷不生，藂菅[⑮]是食些。其土烂人，求水无所得些。彷徉无所倚，广大无所极些。归来兮！恐自遗贼[⑯]些。魂兮归来！北方不可以止些。增[⑰]冰峨峨[⑱]，飞雪千里些。归来兮！不可以久些。魂兮归来！君无上天些。虎豹九关[⑲]，啄害下人些。一夫九首，拔木九千些。豺狼从目[⑳]，往来侁侁[㉑]些。悬人以娭[㉒]，投之深渊些。致命[㉓]于帝，然后得瞑些。归来！往恐危身些。魂兮归来！君无下此幽都[㉔]些。土伯[㉕]九约[㉖]，其角觺觺[㉗]些。敦脄[㉘]血拇[㉙]，逐人駓駓[㉚]些。参[㉛]目虎首，其身若牛些。此皆甘人[㉜]，归来！恐自遗灾些。魂兮归来！入修门[㉝]些。工祝[㉞]招君，背行先[㉟]些。秦篝齐缕[㊱]，郑绵络[㊲]些。

招具[38]该备[39]，永啸呼[40]些。魂兮归来！反故居些。

【注释】

①恒干：指躯体。

②些（suò）：楚语中常用的语末助词，类似“兮”“焉”“矣”等。

③离：同“罹”，遭受。

④长人：古代传说中长人国的人，身材高大。

⑤雕题：在额上刺花纹，古代南方少数民族的一种习俗。题，额头。黑齿：染黑牙齿，古代东南、华南一带少数民族的风习。

⑥醢（hǎi）：肉酱。

⑦蓁蓁（zhēn）：集聚的样子。

⑧封狐：大狐。

⑨虺（huǐ）：毒蛇。

⑩儵（shū）忽：迅疾。

⑪淫：久，停留。

⑫雷渊：古代神话中的水名。

⑬靡（mí）散：粉碎。靡，同“靡”，碎，烂。

⑭壶：通“瓠”，葫芦。

⑮藂（cóng）：同“丛”，丛生的样子。菅（jiān）：菅茅，多年生草本植物。

⑯贼：残害。

⑰增：通“层”。

⑱峨峨：高耸。

⑲九关：谓九重天门或九天之关。

⑳从目：眼睛竖着生长。从，通“纵”。

㉑侁侁（shēn）：众多的样子。

㉒娭（xī）：嬉戏，玩乐。

㉓致命：上报。

㉔幽都：地下幽冥，后土所治。

㉕土伯：神怪名，后土之侯伯。

㉖约：屈，弯曲。一说，尾也。还有一说，指肚下的肉块。

㉗觺觺（yí）：角锐利的样子。

㉘敦脄（méi）：厚实的脊背。

㉙血拇：犹血手，血淋淋的手爪。

㉚駓駓（pī）：疾行的样子。

㉛参：同“三”。

㉜甘人：以人为美味，即吃人的意思。

㉝修门：高大的城门，指郢都城门。

㉞工祝：古时在祭祀时专司祝告的人。祝，男巫。

㉟背行：倒退着行走。先：先导。

㊱秦篝：秦国出产的竹笼。齐缕：齐国出产的丝线。

㊲郑绵络：郑国出产的棉絮。

㊳招具：招魂的用品。

㊴该备：全备，完备。

㊵永啸呼：指招魂者要长声呼唤被招者。永，长。

【译文】

巫阳于是下界招魂说：“灵魂啊回来吧！为什么要离开您的躯体，四方游荡？离弃您的乐土，遭受那些灾殃。灵魂啊回来吧！东方不可以安身啊。巨人族身高千仞，专门索要魂灵啊。十个太阳轮番出现，金属石头都熔化变形啊。他们都已经习惯了这样的高温，而您的魂灵一到必定消散无存啊。回来吧！那里不能够安身。灵魂啊回来吧！南方不可以停留。土著人在额头上刻着花纹染黑牙齿，抢掠人肉作为祭祀，还把他们的骨头磨成肉酱啊。毒蛇遍地聚集，大狐狸出没千里啊。长着九个脑袋的毒蛇，来来往往飘忽迅捷，吃人以满足他们的贪欲啊。回来吧！不能够长久地停留。灵魂啊回来吧！西方险恶，茫茫千里流沙啊。被流沙裹挟着卷进雷渊，便会成为齑粉，千万不能逗留啊。即使侥幸逃脱，外面又是空旷死寂的荒野啊。红色的巨蚁如同大象,黑色的大蜂儿如同葫芦啊。那里的五谷不生,只能以丛生的菅茅为食啊。沙土能把人烤烂,水源也无处可寻啊。徘徊游荡没有依靠,广大辽阔实在走不到尽头啊。回来吧!恐怕自讨荼毒啊。灵魂啊回来吧!北方不可以停留。冰山高耸,大雪纷飞弥漫千里啊。回来吧!不能耽搁得太久。灵魂啊回来吧!不要登上天去啊。虎豹把守着九重天门,吞噬伤害下界来人啊。有怪物长着九个头,能一口气连根拔起九千株大树啊。豺狼眼睛倒竖,成群地奔走争先恐后啊。将人悬挂起来戏弄,最后扔到看不见底的深渊中去啊。它们向上帝复命,然后您才会断气闭眼啊。回来吧!去了之后恐怕给自己带来危险啊。灵魂啊回来吧!不要下到幽冥地府啊。那里有扭成九曲的土伯,头角锐利啊。厚厚的脊背,血淋淋的手爪,追起人来飞奔如梭啊。还有三只眼的虎头怪,它的身体像牛一样壮硕无比啊。这些怪物都喜欢吃人,回来吧!恐怕会给自己招来灾祸啊!灵魂啊回来吧!从郢都的城门进入啊。巫祝为你招魂,他背对着前方,倒着行走为您充当先导啊。秦国的竹笼,齐国的丝线,还有郑国的棉絮啊。招魂的器具一应俱全,长声呼唤着您啊。灵魂啊回来吧!返回您的故居。"

天地四方,多贼奸些。像设[1]君室,静闲安些。高堂邃宇[2],槛层轩[3]些。层台累榭,临高山些。网户朱缀[4],刻方连[5]些。冬有突[6]厦,夏室寒些。川谷径复,流潺湲些。光风转蕙[7],氾崇[8]兰些。经堂入奥[9],朱尘筵[10]些。砥室翠翘[11],挂曲琼[12]些。翡翠珠被,烂齐光些。蒻阿[13]拂壁,罗帱[14]张些。纂组绮缟[15],结琦璜[16]些。室中之观,多珍怪些。兰膏明烛,华容备些。二八[17]侍宿,射递[18]代些。九侯[19]淑女,多迅众[20]些。盛鬋[21]不同制,实满宫些。容态好比[22],顺弥代些。弱颜固植[23],謇[24]其有意些。姱[25]容修态,絙洞房[26]些。蛾眉曼睩[27],目腾光些。靡颜腻理[28],遗视矊[29]些。离榭修幕,侍君之闲些。翡帷翠帐,饰高堂些。红壁沙版[30]，玄玉之梁些。仰观刻桷[31]，画龙蛇些。坐堂伏槛，临曲池些。芙蓉始发，杂芰荷[32]些。紫茎屏风[33]，文缘波些。文异豹饰[34]，侍陂陁[35]些。轩辌既低[36]，步骑罗些。兰薄[37]户树，琼木篱些。魂兮归来！何远为些？

【注释】

①像设：假想陈设。

②邃：深。宇：栋宇，房屋。

③槛：栏杆。层：多重。轩：楼板，建筑物的上层结构部分。

④网户：雕刻有网状花纹的门窗。朱缀：边幅上的红色装饰物。

⑤方连：方格图案，即指“网户”。

⑥突(yào)：复室，结构重深之屋。

⑦光风：雨止日出而风，草木有光，故称光风。转：摇动。

⑧氾：摇动。崇：通“丛”。

⑨奥：室内西南角。

⑩尘：承尘，即灰棚和天花板。筵：竹席。

⑪砥室：用磨平的文石铺砌的屋子。翠翘：翠鸟尾上的长羽。

⑫曲琼：玉钩。

⑬蒻(ruò)：本指嫩蒲草，此处指蒲草编织的席子。阿(ē)：细缯，古代一种轻细的丝织品。

⑭帱：帐。

⑮纂组：均指丝带。纂，红色丝带。绮缟：均为丝织品。绮，有花纹的丝织品；缟，未经染色的绢。

⑯琦璜：均为玉器。琦，美玉。璜，半璧形的玉。

⑰二八：古代乐舞以八人为一行，二八即两列十六人。

⑱射：通“夕”，夜晚。递：更替。

⑲九侯：泛指列国的诸侯。

⑳迅众：指超群，出众。

㉑盛鬋(jiǎn):浓密的鬓发。鬋,鬓。

㉒好比:美丽温柔。比,温柔和顺,易于亲近。

㉓弱颜固植:容颜柔顺而性情坚贞。

㉔謇:发语词。

㉕姱:美好的样子。

㉖絙(gèn):同"亘",连接,连绵不断。洞房:幽深的内室。

㉗曼睩(lù):明眸善睐,目光明媚。

㉘靡:细致,细密。腻:光滑。理:肌理,肌肤。

㉙遗视:流盼,含情而视。矊(mián):含情欲吐的样子。

㉚沙版:用朱砂涂饰的板壁。

㉛桷(jué):方形的椽子。

㉜芰(jì)荷:菱叶和荷叶。芰,指菱。

㉝屏风:即荇莱,又名凫葵,一种水生植物。

㉞文异:文彩奇异。豹饰:以豹皮为服饰。

㉟陂陁(pōtuó):阶陛,台阶。

㊱轩:一种曲辕有障蔽的车。辌(liáng):古代的一种卧车。低:停止,停留。

㊲薄:草木丛生。

【译文】

天地上下四面八方,多有狡诈残害人的东西啊。仿照您原先布置的居室,舒适恬静安宁祥和啊。堂室高大,屋宇深广,栏杆围护着轩廊好几重啊。层层亭台重重楼榭,依山而建,居高临下啊。网状花格门涂饰红漆,其间刻着连方图案啊。冬天有结构重深的大屋,夏天有清凉怡人的内厅啊。山谷中路径曲曲折折,溪流发出动听的声音啊。阳光中微风摇动着蕙草,使得丛丛香兰摇摆不定啊。穿过大堂进入到内室,上有红砖承尘下有竹席铺陈啊。光洁的房间饰以翠羽,精美的衣服悬挂在玉钩上啊。被面饰以翡翠缀以珠玉,色彩灿烂,光芒齐放啊。壁上悬着蒲席、细缯,床上挂着绮罗帐啊。红色的丝带,素洁的绮缟,缀结着美玉圆璧啊。

内室中的陈设，多是世间罕见的珍宝啊。兰花香脂制成的蜡烛光焰明亮，富丽堂皇的景象难以描绘啊。十六位妙龄侍女来陪宿，夜晚轮值更替啊。列国诸侯的娇美女子，人数众多不可胜数啊。鬓发浓密发型各异，充满后宫熙熙攘攘啊。容貌姿态娇媚柔和，风华绝代天下无双啊。柔心弱骨而坚贞不渝，情意深厚缠绵悱恻啊。容颜俏丽姿态万千，连绵不绝在房屋中来来往往啊。纤秀的弯眉下明眸闪动，顾盼之间秋波流转啊。肌肤细腻如脂如玉，动人的一瞥情意深长啊。离宫别馆，庭院深深，君王悠闲，美人倾心服侍啊。饰有翡翠的帷帐，挂满高大的殿堂啊。朱砂漆遍墙壁、隔板，屋梁上镶嵌着黑色的美玉啊。抬头观看雕刻花纹的房椽，彩绘龙蛇啊。坐在堂上倚着栏杆眺望，目下正是曲曲折折的池塘啊。荷花才开始绽放，菱叶荷叶杂处碧色连天啊。紫茎的水葵铺满水面，纹理随着绿波荡漾啊。侍从们身着文彩奇异、带有豹纹的服饰，在岸边静候等待啊。轩车、卧车停下，徒步、骑马的随从罗列两旁啊。丛丛兰草种植在门外，株株玉树当作篱笆啊。灵魂啊回来吧！为什么要远离故乡？

室家遂宗[①]，食多方[②]些。稻粢穱麦[③]，挐[④]黄粱些。大苦咸酸，辛[⑤]甘行些。肥牛之腱[⑥]，臑若[⑦]芳些。和酸若苦，陈吴羹些。胹鳖炮羔[⑧]，有柘浆[⑨]些。鹄酸臇凫[⑩]，煎鸿鸧[⑪]些。露鸡臛蠵[⑫]，厉而不爽[⑬]些。粔籹蜜饵[⑭]，有餦餭[⑮]些。瑶浆蜜勺[⑯]，实羽觞[⑰]些。挫糟[⑱]冻饮，酎[⑲]清凉些。华酌[⑳]既陈，有琼浆些。归来反故室，敬而无妨些。肴羞未通，女乐罗些。陈钟按鼓，造新歌些。《涉江》、《采菱》[㉑]，发《扬荷》[㉒]些。美人既醉，朱颜酡[㉓]些。娭光眇视[㉔]，目曾[㉕]波些。被文服纤[㉖]，丽而不奇些。长发曼鬋，艳陆离[㉗]些。二八齐容，起郑舞[㉘]些。衽若交竿[㉙]，抚案下[㉚]些。竽瑟狂会，搷[㉛]鸣鼓些。宫廷震惊，发《激楚》[㉜]些。吴歈蔡讴[㉝]，奏大吕[㉞]些。士女杂坐，乱而不分些。放陈组缨[㉟]，班其相纷些。郑、卫妖玩[36]，来杂陈些。《激楚》之结[37]，独秀先[38]些。菎蔽象棋[39]，有六簙[40]些。分曹[41]并进，遒[42]相迫些。成枭而牟[43]，呼五白[44]些。晋制犀比[45]，费白日些。铿钟摇簴[46]，揳梓瑟[47]些。娱酒不废，沉日夜些。兰膏明烛，华镫错[48]些。结撰至思[49]，兰芳假[50]些。人有所极，同心赋[51]些。酎饮尽欢，乐先故些。魂兮归来！反故居些。

【注释】

①宗：聚集。

②多方：多种多样。

③粢(zī)：谷子，籽实去壳后为小米。穱(zhuō)麦：早熟麦。

④挐(rú)：掺杂，杂糅。

⑤辛：辣。

⑥腱：蹄筋。

⑦臑(ér)：通"胹"。煮熟，炖烂。若：与"而"意同。

⑧胹(ér)：煮。炮(páo)：烧烤。羔：小羊。

⑨柘(zhè)浆：甘蔗汁，糖浆。柘，通"蔗"。

⑩鹄酸：即"酸鹄"，用醋烹制的天鹅肉。鹄，天鹅。臇(juǎn)凫：用少量汁水烹制的鸭肉。臇，汁少的羹。

⑪鸿：大雁。鸧(cāng)：即鸧鸹，一种似鹤的水鸟，青苍色或灰色。

⑫露鸡：露栖之鸡，露天生长的鸡。臛蠵(huòxī)：把大乌龟做成羹汤。臛，肉羹；蠵，大龟。

⑬厉：味道浓烈。爽：败，变质。

⑭粔籹(jùnǚ)：古代的一种食品。以蜜和米面，搓成细条，组之成束，扭作环形，用油煎熟。又称寒具、膏环。蜜饵：用蜜和米面制成的糕饼。饵，糕饼。

⑮怅惶(zhānghuáng)：即麦芽糖，也叫饴糖。

⑯勺:通“酌”,美酒。

⑰羽觞:刻有鸟雀羽纹的酒杯。

⑱挫糟:挤压清除酒糟。挫,挤。

⑲酎(zhòu):醇酒,经过两次或多次重酿的酒。

⑳酌(zhuó):一种酒器,即酒斗。

㉑《涉江》、《采菱》:均为楚乐。

㉒《扬荷》:一作《阳阿》,楚乐。

㉓酡(tuó):饮酒后脸色红润。

㉔娭(xī)光:目光传神。眇视:微视,偷看。

㉕曾:通“层”。

㉖被:通“披”,穿戴。文:有花纹的丝织衣服。纤:轻薄细软的丝织衣服。

㉗陆离:光彩绚丽的样子。

㉘郑舞:郑国的舞蹈,舞姿比较放纵。

㉙衽:指衣袖。交竿:长袖翻飞如长竿交叉。

㉚抚案:用手指按着节拍。下:徐行,缓缓行进。

㉛搷(tián):击打,敲击。

㉜《激楚》:楚国乐曲名,其声激烈高亢。

㉝吴歈(yú):吴地之歌。歈,歌。蔡讴(ōu):蔡地之歌。讴,歌曲。

㉞大吕:古代乐律名。古乐分十二律,阴阳各六,六阴皆称吕,其四为大吕。

㉟放陈:解开,除去。组:丝带。缨:帽带。

㊱妖玩:指妖娆的女子。

㊲结(jì):发髻。后作“髻”。

㊳秀先:优秀出众。

㊴菎蔽:饰玉的赌具。菎,古通“琨”,美玉。蔽,即簙,博具。象棋:六簙戏中用象牙做的棋子,黑白各六枚。

㊵六簙(bó):古代一种博戏。因有簙箸六根,双方各有棋子六颗,故

称六簙。

㊶分曹：分队，犹两两。

㊷遒(qiú)：迫近，急迫。

㊸枭：博戏术语，成枭棋则可取得棋局上的鱼，得二筹。牟：取。

㊹五白：古时博戏的彩名。五木之制，上黑下白。掷得五子皆黑，叫卢，最贵；其次五子皆白，叫白。

㊺犀比：黄金带钩，用作赌胜负的彩注。一说用犀角制成的一种赌具。

㊻铿钟：击钟。簴(jù)：古代悬挂钟磬的架子上的立柱。

㊼揳(jiá)：通"戛"，击，弹奏。梓(zǐ)瑟：梓木制成的瑟。

㊽镫(dēng)：膏镫，古代照明的器具。青铜制成，上有盘，中有柱，下有底，盘用来盛膏或插烛。错：镶嵌或雕绘花纹。

㊾结撰：构思写作。至思：穷思竭虑。

㊿假：至，到。

51赋：朗诵，朗读。

【译文】

宗族聚集在一起，饮食丰盛多种多样啊。大米小米和新麦，还掺杂着黄灿灿的粟米啊。苦的、咸的、酸的味道纯正，辣的、甜的也相互调和得当啊。肥牛的蹄筋，煮熟之后香味扑鼻啊。调和好酸和苦，端上吴地风味的羹汤啊。清炖甲鱼火烤羔羊，浇上甘蔗榨汁的糖浆啊。醋溜天鹅肉红烧野鸭块，还有热油煎炸的大雁灰鹤啊。晾制风鸡配上大龟熬成的肉羹，味道浓烈而又不会变质啊。油炸馓子和蜜饯糕饼，还有很多饴糖食品啊。琼浆玉液蜜制甜酒，斟满雕刻羽纹的酒杯啊。压榨酒糟再冰镇，醇香可口遍体清凉啊。华美的酒斗已经摆好，玉液琼浆盛满其中啊。归来吧返回故居，众人礼敬有加毫无违碍啊。丰盛的佳肴珍馐还未上齐，舞女和乐队就已经盛装登场啊。击打编钟敲响乐鼓，演奏新作的乐曲啊。唱罢《涉江》再唱《采菱》，更有《扬荷》一曲清扬啊。美人已然微醉，面庞红润啊。目光撩人偷偷微视，秋波流转眉目传情啊。她们披着绣花的轻柔罗衣，雍容华贵富丽大方啊。鬓角的长发下垂，风采华艳令人目眩神迷啊。十六名舞女容仪一致，跳着郑国的舞蹈翩翩而来啊。舞动的衣袖像竹枝一般摇曳生姿，循着乐曲的节奏缓缓前行啊。吹竽鼓瑟狂热激烈，敲击大鼓咚咚作响啊。殿上宾客纷纷震动受惊，只因为《激楚》歌声高昂啊。吴国、蔡国的乐曲合声共唱，弹奏大吕啊。男男女女交错而坐，杂乱无章尊卑不分啊。解开系冠的丝带，低垂纷乱啊。郑国、卫国的妖娆美女，纷至沓来排列堂上啊。《激楚》舞姬的发髻，奇特秀美独一无二啊。饰玉的簙箸象牙的棋子，正在玩六博戏啊。两两对局齐头并进，厉声催促紧紧相逼啊。对弈双方俱得枭彩，高呼五白喧哗一片啊。赢得了晋国制造的黄金带钩，旷日持久欲罢不能啊。击打编钟使得钟架摇晃，弹奏梓木制成的琴瑟啊。饮酒欢娱不肯停歇，夜以继日沉湎其中啊。以兰膏为烛灿烂明亮，华美的灯盏错彩镂金啊。精心构思文章殚精竭虑，借幽兰芳草直抒胸臆啊。在座众人各尽情思，同诵诗篇表达心意啊。畅饮醇酒尽情欢娱，让先祖故旧心旷神怡啊。灵魂啊回来吧！回到您的故里啊。

乱曰：献岁①发春兮，汩②吾南征，菉蘋③齐华兮白芷生。路贯庐江④兮左长薄⑤，倚沼畦⑥瀛⑦兮遥望博⑧。青骊结驷⑨兮齐千乘，悬火延起⑩兮玄颜烝⑪。步及骤处⑫兮诱骋⑬先，抑骛若通⑭兮引车右还。与王趋梦⑮兮课⑯后先，君王亲发兮惮青兕⑰。朱明承夜⑱兮时不可淹⑲，皋兰⑳被径兮斯路渐㉑。湛湛㉒江水兮上有枫，目极千里兮伤春心。魂兮归来哀江南！

【注释】

①献岁：进入新的一年，岁首正月。

②汩（yù）：迅疾的样子。

③菉：草名，一年生草本植物。又名“王刍”、“荩草”。蘋：多年生草

本植物,茎横卧在浅水的泥中,叶柄长,顶端集生四片小叶。亦称"大萍""田字草"。

④庐江:在今湖北襄阳、宜城一带。

⑤长薄:绵延的草木丛。薄,草木丛生的样子。

⑥沼畦:水田。

⑦瀛:池沼,水泽。

⑧博:旷野之地。

⑨骊:黑色的马。结驷:一车并驾四马为驷,结驷即车乘相连。

⑩悬火:焚林驱兽的火把。延起:火焰连绵,连成一片。

⑪玄颜:黑里透红的颜色,此处指黑暗的天色。烝:上升,升腾。

⑫骤:奔跑。处:止,听歇。

⑬诱:向导。骋(chěng):奔驰,奔跑。

⑭抑骛若通:勒马纵马进退自如。抑,停止,勒马不前。骛,奔驰。若,顺,畅通。

⑮梦:云梦。这一带曾是楚国的大猎场,横跨大江南北。

⑯课:比试。

⑰惮:通"殚",毙,击杀。兕(sì):犀牛。

⑱朱明承夜:指昼夜相继。朱明,指太阳。承,接续。

⑲淹:停留。

⑳皋兰:泽边的兰草。

㉑渐:遮盖,淹没。

㉒湛湛:水深的样子。

【译文】

乱辞:一年复始春意萌发啊,我匆匆忙忙地向南方进发,王刍、水蘋齐吐新叶啊白芷萌生。水路贯穿庐江啊左岸是绵延的草木丛,站在泽沼水田间啊远远眺望楚地的旷野广袤无边。青黑色的骏马结驷驾车车乘相连啊阵容齐整多达千乘,焚林驱兽的火把蔓延啊升腾而起的火焰照亮黑暗的夜空。或徐行或奔驰或停歇啊狩猎的向导一马当先,指挥进退驰骋自如啊向右掉转车头胜利而归。与君王在云梦狩猎啊比试狩猎的表现，君王亲自张弓射箭啊射中青色的犀牛。夜尽天明红日破晓啊时光匆匆流逝不肯停留，水边的兰草长满路径啊道路已湮没不见。清澈的江水啊岸边高地生长着枫树林，纵目千里一望无垠啊触目春色引人伤心。灵魂啊回来吧，江南堪哀难以忘情！

【评析】

在《楚辞》中，《招魂》无疑是一篇独具特色的作品。因为从“招魂”本身的含义来看，其原本是古时的一种巫术仪式，但是经过屈原妙手天成的独特艺术表现手法，“招魂”在这里反而成了一种别具特色的叙述手法，表现出了深刻的艺术张力，是其内心真实情感的外在流露。

更为重要的是，《招魂》的写作风格对后世文学有着深远的影响，诗中所体现出来的那种深重的忧患意识也引起了后世文人强烈的思想共鸣，成为一篇开先河的力作。比如结尾的一句：“湛湛江水兮上有枫，目极千里兮伤春心。魂去归来兮哀江南！”清澈的江水，岸边成片的枫林，极目四望，春色无边，但此时的楚王已然不在人世，诗人的心情在大好春色的衬托下，反而更加忧伤沉痛，对楚王魂灵能否平安归来担忧不已。由此寓情于景、情景交融，产生了绝佳的艺术感染力。同时这一句也可以看作是伤春之作，和宋玉《九辩》中“悲哉秋之为气也！萧瑟兮草木摇落而变衰，憭慄兮若在远行，登山临水兮送将归”一句形成了鲜明的对比，前者伤春感怀，后者悲秋忧郁，两者共同构成了中国伤春和悲秋文学创作的先河。后世许多文学家有关这两大类型题材的描写，都由屈原和宋玉两处发轫。

全诗感情真挚，凄婉哀痛，描写场面宏大细致；尤其是宴饮场景的叙述，具体生动，美女眼光的流转，勾人心魄，比喻修饰精要贴切，可谓精彩至极，展现了诗人丰富的想象力。

大　招

对于《大招》的作者，限于文献的不足，学者们各执一词，难以定论。有人认为是屈原所写，也有人表示是景差创作的作品。如王逸就曾有所存疑："《大招》者，屈原之所作也。或曰景差，疑不能明也。"

除了作者的争论之外，对于招魂的对象也有三种不同的看法：一种认为为屈原自招，另一种则说所招的灵魂是楚怀王，还有一种说应为楚怀王之父楚威王。但结合本篇的内容来看，大多是描写帝王诸侯招魂仪式中才会出现的场面，同时从篇名《大招》来看，招的是楚怀王之父楚威王的魂魄的说法更为恰当一些，这样在君王辈分上讲更为合理。

具体到篇章结构，《大招》没有叙文和乱辞，全篇都是招魂辞，主要分为两大部分：一是极力渲染四方所存在的种种凶险，希望魂魄不要到处游逛而迷失道路；二是刻意烘托楚国山川风景之美，称赞楚国政治清明，任人唯贤，以诱使灵魂返回楚国。

青春受谢①，白日昭只②。春气奋发，万物遽③只。冥凌浃行④，魂无逃只。魂魄归来！无远遥只。

【注释】

①青春：指春天。春季草木茂盛，其色青绿，故称。受谢：指春天承接着冬天的离去，即冬去春来的意思。谢，离去。

②只：语助词，相当于《招魂》中的"些"。

③遽：竞争。

④冥：幽暗，幽冥。凌：冰。浃：周遍。

【译文】

冬去春来，阳光明媚灿烂啊。春天的气息蓬勃而出，万物竞相生长啊。幽冥寒冰遍布于天地之间，灵魂不要到处逃窜啊。魂魄归来吧！不要去遥远的地方啊。

魂乎归来！无东无西，无南无北只。东有大海，溺水浟浟[1]只。螭龙并流，上下悠悠[2]只。雾雨淫淫，白皓胶[3]只。魂乎无东！汤谷[4]宲寥只。魂乎无南！南有炎火千里，蝮蛇蜒[5]只。山林险隘，虎豹蜿[6]只。鰅鳙短狐[7]，王虺骞[8]只。魂乎无南！蜮[9]伤躬只。魂乎无西！西方流沙，漭洋洋只。豕首纵目[10]，被发鬤[11]只。长爪踞牙[12]，诶笑[13]狂只。魂乎无西！多害伤只。魂乎无北！北有寒山，逴龙赩[14]只。代水不可涉，深不可测只。天白颢颢[15]，寒凝凝只。魂乎无往！盈北极只。

【注释】

①溺水：指水深，沉溺万物。浟浟：水流迅疾的样子。

②悠悠：游荡、游动的样子。

③皓胶：水气凝聚的样子。

④汤谷：即“旸谷”，传说中的日出之处。

⑤蜒：蜿蜒，龙蛇爬行的样子。

⑥蜿：行走的样子。

⑦鰅鳙（yúyōng）：即鳙鳙，传说中的一种怪鱼。短狐：即蜮，传说中能含沙射影、使人得病的怪物。

⑧王虺（huǐ）：大蛇。骞（qiān）：昂首的样子。

⑨蜮（yù）：传说中一种含沙射影的害人怪物。

⑩豕(shǐ):猪。纵目:竖生之目。古代传说中的一种怪异形象。

⑪鬤(ráng):毛发散乱的样子。

⑫踞牙:牙齿锋利如锯。踞,通"锯"。

⑬诶(xī)笑:嬉笑。此处指狞笑。

⑭逴(chuō)龙:即"烛龙",传说中的神名,身长千里,人面蛇身而赤。赩(xì):赤色。

⑮颢颢:洁白有光的样子,这里指冰雪照耀的样子。

【译文】

魂魄啊,归来吧!不要去东方,也不要去西方,不要去南方,也不要去北方啊。东方有浩瀚的大海,那里水深流急啊。无角的螭龙顺着水流,上下游动啊。雾气弥漫淫雨连绵,白茫茫一片像凝结的胶冻啊。魂魄啊,不要去东方!旸谷杳无人迹寂静无声啊。魂魄啊,不要去南方!南方有绵延千里的烈焰,巨大的蝮蛇蜿蜒爬行啊。山林险峻狭隘,虎豹横行啊。有怪鱼鰅鳙和含沙射人的短狐,大蛇昂着头啊。魂魄啊,不要去南方!鬼蜮含沙射影残害身体啊。魂魄啊,不要去西方!西方流沙之地,辽远广阔无边无际啊。猪头怪眼睛竖着生长,披头散发啊。长长的爪子和锯齿般的牙齿,发出阵阵刺耳的狞笑啊。魂魄啊,不要去西方!那儿有太多的害人之物啊。魂魄啊,不要去北方!北方有寒冷的高山,烛龙遍体通红啊。代水无法渡过,深不可测啊。天空白茫茫一片,寒气冻结了大地啊。魂魄啊,不要前去!极北之地冰天雪地啊。

魂魄归来!闲以静只。自恣[①]荆楚,安以定只。逞[②]志究欲,心意安只。穷身[③]永乐,年寿延只。魂乎归来!乐不可言只。

【注释】

①自恣:随心所欲,无拘无束。

②逞：意愿实现，称心。

③穷身：终身。

【译文】

魂魄归来啊！这里悠闲清静啊。在荆楚大地自由自在无拘无束，生活多么安定啊。万事如意随心所欲，无忧无虑心神安宁啊。终身长乐，延年益寿啊。灵魂啊归来吧！这里的欢乐妙不可言啊。

五谷六仞[①]，设菰粱[②]只。鼎臑[③]盈望，和致芳[④]只。内鸧鸽鹄[⑤]，味[⑥]豺羹只。魂乎归来！恣所尝只。鲜蠵[⑦]甘鸡，和楚酪[⑧]只。醢豚苦狗[⑨]，脍苴蓴[⑩]只。吴酸蒿蒌[⑪]，不沾[⑫]薄只。魂兮归来！恣所择只。炙鸹烝凫，煔[⑬]鹑陈只。煎鰿臛雀[⑭]，遽爽存只。魂乎归来！丽[⑮]以先只。四酎[⑯]并孰，不涩嗌[⑰]只。清馨冻饮，不歠[⑱]役只。吴醴白蘗[⑲]，和楚沥[⑳]只。魂乎归来！不遽惕[㉑]只。

【注释】

①六仞：指五谷堆积有六仞高。古代一仞为七尺或者八尺。

②菰(gū)粱：即菰米，为菰之实。一名雕胡米，古以为六谷之一。菰，多年生草本植物，生于浅水中，嫩茎称“茭白”。

③臑(ér)：煮烂。

④和致芳：调和五味使其芳香。和，调和。

⑤内：同“肭”，肥美。鸧：即鸧鸹，灰鹤。鹄：天鹅。

⑥味：调和味道。

⑦蠵(xī)：大龟。

⑧酪：乳浆。

⑨醢(hǎi)：肉酱。豚(tún)：小猪。苦狗：一种加少许苦胆汁制成的狗肉。

⑩脍:细切。苴蓴(jūpó):植物名,即蘘荷,一名阳藿。叶如初生的甘蔗,根如姜芽。

⑪吴酸:吴人所调咸酸之味。蒿蒌:白蒿,多年生草本植物,多生于水滨。可食用。

⑫沾:浓。薄:淡。

⑬爓(qián):古代祭祀用肉沉于汤中使半熟,泛指煮肉。

⑭鲭(jì):鲫鱼。臛(huò):肉羹。

⑮丽:美味。

⑯四酎(zhòu):四重酿之醇酒。酎,醇酒。

⑰𪗋(sè):即"涩",不滑润,滞涩。嗌(yì):咽喉。

⑱歠(chuò):饮。役:奴仆。

⑲醴:甜酒。白蘖(niè):酿酒用的米曲。

⑳沥:清酒。

㉑遽:恐惧,战栗。惕:警惕,戒惧。

【译文】

这里的五谷堆积六仞之高,还摆设有菰米饭啊。大鼎中煮熟的肉食满眼都是,调和五味使其散发出香味啊。肥美的灰鹤、鸽子、天鹅,再和以鲜美的豺肉羹啊。灵魂啊归来吧!各种鲜美的食物任你品尝啊。新鲜的大龟,可口的肥鸡,再用楚地的乳酪调和啊。乳猪做成的肉酱和苦胆汁调味的狗肉,再加点切碎的蘘荷啊。吴人腌制的香蒿,味道不浓不淡刚刚好啊。灵魂啊归来吧!请任意选择您喜欢的食物啊。火烤乌鸦,清蒸野鸭,煮熟的鹌鹑陈设出来啊。煎炸鲫鱼,炖煨山雀,味道绝佳,口齿生香啊。灵魂啊归来吧!众多的美味已经摆设好了啊。四重酿制的美酒味道醇厚,不会涩滞喉咙啊。清冽芳香最适宜冰镇后饮用,不是仆役们可以享用的啊。吴国的甜酒,由米曲酿造而成,再掺入楚国的清酒啊。灵魂啊归来吧!不要因害怕而有戒惧之心啊。

代秦郑卫[①],鸣竽张只。伏戏《驾辩》[②],楚《劳商》只。讴和

《扬阿》，赵箫倡只。魂乎归来！定空桑[3]只。二八[4]接舞，投诗赋只。叩钟调磬，娱人乱[5]只。四上[6]竞气，极声变只。魂乎归来！听歌课[7]只。朱唇皓齿，嫭以姱[8]只。比德好闲[9]，习以都[10]只。丰肉微骨，调以娱只。魂乎归来！安以舒只。嫮[11]目宜笑，娥眉曼只。容则[12]秀雅，稚朱颜只。魂乎归来！静以安只。姱修滂浩[13]，丽以佳只。曾颊倚耳[14]，曲眉规[15]只。滂心[16]绰态，姣丽施只。小腰秀颈，若鲜卑[17]只。魂乎归来！思怨移只。易中利心[18]，以动作只。粉白黛黑，施芳泽[19]只。长袂拂面，善留客只。魂乎归来！以娱昔[20]只。青色直眉，美目媔[21]只。靥辅[22]奇牙，宜笑嗎[23]只。丰肉微骨，体便娟[24]只。魂乎归来！恣所便只。

【注释】

①代秦郑卫：均为国名，此处指四国之乐舞。

②伏戏：即伏羲，传说中的上古帝王。《驾辩》：古曲名。

③定：指调音，即调整琴弦，定下音位。空桑：瑟名。

④二八：舞女八人一列，二列共十六人。

⑤乱：指狂欢。

⑥四上：四种上乘的音乐，即前文提及的代秦郑卫之鸣竽，伏羲之《驾辩》，楚之《劳商》，赵之箫。

⑦课(zhuàn)：具备。

⑧嫭(hù)：美丽，美好。姱：美丽，美好。

⑨比德：指众女之品德相同。好闲：指性喜美好娴静。

⑩习：娴熟，指熟悉礼仪。都：指仪态美好高雅。

⑪嫮(hù)：同“嫭”，美好。

⑫则：行为举止。

⑬姱修：美丽修长。滂浩：广大的样子，此处指仪态大方。

⑭曾颊：指面部丰满。曾，重。倚耳：指两耳贴后，不外张，古人以此为美。

⑮规：圆规。

⑯滂心：心胸阔大。

⑰鲜卑：一种束在腰间的带子。

⑱易中：和悦其心。中，内心。利心：和顺之心。利，和。

⑲芳泽：古代妇女润发用的香油。

⑳昔：通“夕”，晚上。

㉑婳(mián)：眼睛美的样子。

㉒靥(yè)辅：脸颊上的酒窝。

㉓嘕(xiān)：喜笑的样子。

㉔便(pián)娟：轻盈美好的样子。

【译文】

这里有代、秦、郑、卫四国的音乐，吹起笙竽众音齐奏啊。还有伏羲氏的《驾辩》，楚地的《劳商》啊。一起清唱《扬阿》之歌，由赵国的洞箫领唱啊。灵魂啊归来吧！为空桑之瑟调弦定音啊。十六位美女一个接一个翩翩起舞，舞步配合诗赋雅乐的节拍啊。敲起钟，调好磬，欢乐的人们好像发了狂啊。四种上乘音乐依次演奏，乐声变化无穷啊。灵魂啊归来吧！来欣赏各种舞乐和歌唱。美人唇红齿白，容貌倩丽实在漂亮啊。品德不相上下，性情美好娴静，熟悉礼仪典章雍容高雅啊。肌肤丰腴骨骼纤细，温柔可爱使人欢娱啊。灵魂啊归来吧！您会感到安乐又舒畅啊。美目秋波流转满含笑意，娥眉娟秀细又长啊。仪容举止俊美娴雅，面庞红润如此娇嫩啊。灵魂啊归来吧！您会感到宁静又安逸啊。体型修长，仪态大方，性情温柔，秀丽佳妙啊。面部丰满，两耳后贴，弯弯的眉毛好似用圆规描成啊。心胸宽广，身姿绰约，姣好艳丽，善于打扮啊。腰肢细小，脖颈秀美，就像是用鲜卑带子束着一样啊。灵魂啊归来吧！您会很快忘怀那相思的幽怨啊。心思温和又巧慧，动作优美举止端庄啊。用白粉敷面，用黛黑画眉，再涂上润发的香油啊。翩翩起舞长袖拂过面庞，殷勤留客诸人流连忘返啊。灵魂啊归来吧！晚上还可以娱乐一番啊。青色的眉毛平直端正，美丽的眼睛流光溢彩啊。脸颊上有酒窝，牙齿殊异美好，嫣然一笑妩媚动人啊。肌肤丰满骨骼纤细，体态轻盈翩翩往来啊。灵魂啊归来吧！随您喜好，任意选择啊。

夏屋[①]广大，沙堂[②]秀只。南房小坛[③]，观[④]绝霤[⑤]只。曲屋步壛[⑥]，宜扰畜[⑦]只。腾驾步游，猎春囿只。琼毂错衡[⑧]，英华假[⑨]只。茝兰桂树，郁弥路只。魂乎归来！恣志虑只。孔雀盈园，畜鸾皇[⑩]只！鹍鸿群晨[⑪]，杂鹙鸧[⑫]只。鸿鹄代游[⑬]，曼鹔鹴[⑭]只。魂乎归来！凤凰翔只。

【注释】

①夏屋：大屋。

②沙堂：朱砂涂饰的厅堂。

③坛：庭院。

④观（guàn）：古代宫门前的双阙。

⑤霤（liù）：指屋檐。

⑥曲屋：周旋曲屈的楼阁。步壛（yán）：长廊。

⑦扰畜：驯养家畜。扰，驯养。

⑧琼毂：以玉饰毂。毂，车轮中心有洞可以插轴的部分。错衡：以金错饰衡。衡，车辕头上的横木。

⑨假：大，盛大。

⑩皇：通“凰”。凤凰，传说中的神鸟，雄的叫“凤”，雌的叫“凰”。

⑪鹍（kūn）：即鹍鸡，似鹤。群晨：清晨鸟儿一起飞翔鸣叫。

⑫鹙（qiū）鸧：即秃鹙，水鸟名，头项无毛，状如鹤而大，色苍灰。

⑬代：轮流，更替。此处指来来往往。

⑭曼：连续不断，延续。鹔鹴（sùshuāng）：鸟名。雁的一种，颈长，

羽绿。

【译文】

这里的房屋又宽又大，朱砂涂饰的厅堂真是壮丽啊。南面的厢房，精巧的庭院，楼观高耸，屋檐之下有承水的沟槽啊。阁道回环曲折，走廊深邃幽长，适合驯养鸟兽啊。或驾车奔驰，或徒步出游，春天的时候在园林中打猎啊。玉饰的车毂，错金镂彩的衡木，美丽的花纹大放光彩啊。茝草、兰草和桂树，郁郁葱葱长满道路两旁啊。灵魂啊归来吧！放纵您的心意任情欢娱啊。孔雀满园都是，还养着鸾鸟凤凰啊。鹍鸡鸿雁在清晨一起飞翔鸣叫，还有秃鹙的鸣叫声夹杂其间啊。天鹅来来往往轮番嬉游，鹔鹴群飞连绵不断啊。灵魂啊归来吧！凤凰在天上高高地飞翔啊。

曼泽①怡面，血气盛只。永宜厥身，保寿命只。室家盈廷②，爵禄盛只。魂乎归来！居室定只。接径③千里，出若云④只。三圭重侯⑤，听类神⑥只。察笃夭隐⑦，孤寡存⑧只。魂兮归来！正始昆⑨只。田邑千畛⑩，人阜昌⑪只。美冒众流⑫，德泽章只。先威后文，善美明只。魂乎归来！赏罚当只。名声若日，照四海只。德誉配⑬天，万民理只。北至幽陵⑭，南交阯⑮只。西薄羊肠⑯，东穷海只。魂乎归来！尚贤士只。发政献行⑰，禁苛暴只。举杰压陛⑱，诛讥罢⑲只。直赢⑳在位，近禹麾㉑只。豪杰执政，流泽施只。魂乎归来！国家为只。雄雄赫赫㉒，天德明只。三公穆穆㉓，登降堂㉔只。诸侯毕极㉕，立九卿只。昭质㉖既设，大侯㉗张只。执弓挟矢，揖辞让只。魂乎来归！尚三王㉘只。

【注释】

①曼泽：形容脸色细腻润泽。

②室家：指宗族。盈廷：充满朝廷。

③接径：道路相连，四通八达。

④出若云：指出行时扈从侍卫众多。

⑤三圭：古代公执桓圭，侯执信圭，伯执躬圭，故曰三圭。分别代指公、侯、伯三种爵位。重侯：谓子爵、男爵。子、男为一爵，故曰重侯。

⑥听类神：听讼断狱精审，有如神明一般。

⑦笃：通“督”，察。夭：年幼而死。隐：疾痛，指病人。

⑧存：慰问，安慰。

⑨始昆：先后。昆，后。

⑩畛：田间小路。

⑪阜昌：众多昌盛的样子。

⑫美：指美政。冒：覆盖，遍及。众流：指广大的民众。

⑬配：媲美，匹敌。

⑭幽陵：地名，在今河北北部、辽宁南部一带。

⑮交阯：地名，在今两广及越南北部一带。

⑯羊肠：山名，在今山西西北部一带。

⑰发政：施政，发布政令。献行：进用有德行的人。

⑱压陛：能人贤士布满朝堂廷阶。

⑲罢：指不堪大任的庸人。

⑳直赢：正直而才能有余的人。

㉑禹麾：蒋骥《山带阁注楚辞》说：“疑楚王车旗之名，禹或羽字误也。”

㉒雄雄赫赫：声势浩大的样子。

㉓穆穆：端庄恭敬的样子。

㉔登降堂：指出入朝堂。

㉕极：至，到。

㉖昭质：大幅的布制箭靶。

㉗大侯：古代的一种箭靶。

㉘三王：指夏禹、商汤、周文王。

【译文】

肤色润泽，面带笑容，血气充盛啊。调养身心永远安康，可以延年益寿啊。宗族之人布满朝堂，爵位高等，俸禄丰盛啊。灵魂啊归来吧！安居的宫室已安排好了啊。道路四通八达连接千里，出行时扈从侍卫聚集如云啊。朝堂中诸位大臣，听审狱讼，明察秋毫，有如神明啊。查访夭亡和疾病之人，安抚慰问孤儿寡妇啊。灵魂啊归来吧！分清先后施政行善啊。田地城邑阡陌纵横，人口众多繁荣昌盛啊。完美的教化惠及芸芸众生，德政的恩泽彰明显著啊。武力威服之后再大兴礼乐，政治清廉既美好又光明啊。灵魂啊归来吧！赏善罚恶严明得当啊。名声如同太阳，光辉普照四海啊。美德名誉可以和上天相媲美，天下万民都得到妥善的治理啊。北到幽陵之域，南达交趾之境啊。西方迫近羊肠之山，东方直抵大海之滨啊。灵魂啊归来吧！楚国尊崇贤德之士啊。君王发布政令进用有德行的人，禁止苛政暴虐百姓啊。推举贤士布满朝廷，罢免责罚不堪重任的庸才啊。让正直而有才能的人身处高位，在君王左右辅佐啊。才华出众的臣子掌握朝政，德泽遍施百姓啊。灵魂啊归来吧！国家大治啊。楚国声威浩大烜赫，德行清明上比苍天啊。三公端庄恭敬，出入朝堂啊。诸侯都来归附，设立九卿职位啊。箭靶已经树立，大幅的布侯也已挂好了啊。持弓挟箭，相互揖让行礼啊。灵魂啊归来吧！效法三王啊。

【评析】

本篇在写作上颇有特色，开头部分采用了开门见山的艺术手法，直接点出了招魂的主题和时间。春天的气息蓬勃而出，万物也在繁荣生长，和这个美好的世间相比，那幽冥之地充满种种危险，一旦置身其中就再也难以返回了。

紧接着是“魂乎归来，无东无西，无南无北”的深情呼唤，自然而然地切入主线；接下来的描写刻画奇诡夸张，以此呼唤魂灵尽快归来。随即又以“魂魄归俩，闲以静只。自恣荆楚，安以定只”一句转入楚国山川景物的描写之中，以此来吸引魂灵的回归，情景的转换顺流直下，思维的跳转自然从容，没有半分生硬之感，结构安排上环环相扣，浑然天成。

本篇对楚国饮食、歌舞的描写，也颇多精彩之处。诗人在这里描绘了荆楚大地上安逸稳定的生活，美味佳肴和优美动听的音乐，以及那些善解人意的姑娘，希望这些物质和精神上的诱惑能够吸引魂灵尽快返回。

《大招》并非是单一的招魂辞，而且寄寓了诗人一定的思想情感。如诗人不惜以大量的笔墨描绘楚国山川之美，并进一步称赞楚国政治清明。这些赞美之辞当然是为了招魂而作，其中也饱含着诗人希望楚国真的能够呈现出如此美政的愿望。

《大招》语言深奥，是楚国宫廷招魂辞早期的作品，因此文辞虽不如《招魂》华丽奇诡，但依然壮丽多姿，无论是写人还是状物，其画面立体感都非常强烈。且全诗四言句的运用，使诗篇呈现出简洁整齐和古朴典雅的格调，读来铿锵有力且朗朗上口。

惜　誓

关于本篇的作者，学界至今还存在着争论。王逸在《楚辞章句》中说："惜誓者，不知谁所作也。或曰贾谊，疑不能明也。"因此我们在确切证据出现之前，暂且认同贾谊是本篇的作者。贾谊，洛阳人，西汉时期著名政治家、文学家。贾谊著作主要有散文和辞赋两类，深受庄子与列子的影响，代表作有《过秦论》《论积贮疏》《陈政事疏》《吊屈原赋》等。

除了作者的争论之外，对篇目"惜誓"的解释也有不同的观点。"惜"在这里是"痛惜、痛悼"的意思，这一点学者们没有疑义。分歧主要在对"誓"字的解释上，一种观点认为"誓"是屈原和楚怀王之间的政治约定，"惜誓"即贾谊代屈哀惜怀王与己信约而背之；另一种观点则认为"惜誓"是悲悼屈原为誓言而死，不知加以变通。

虽然本篇在作者和篇名上有着诸多的分歧，但是不失为一篇优美的拟骚作品。《惜誓》反映了贾谊早先模仿屈骚创作骚体辞赋的风貌，虽然难与屈骚的成就伦比，却也深得屈骚遗风，开创了汉人拟骚诗的传统。

惜余年老而日衰兮，岁忽忽而不反。登苍天而高举兮，历众山而日远。观江河之纡曲兮，离①四海之沾濡②。攀北极而一息兮，吸沆瀣③以充虚④。飞朱鸟⑤使先驱兮，驾太一⑥之象舆⑦。苍龙⑧蚴虬⑨于左骖⑩兮，白虎⑪骋而为右騑⑫。建⑬日月以为盖兮，载玉女⑭于后车。驰骛⑮于杳冥之中兮，休息乎崑峇[16]之墟。乐穷极[17]而不厌兮，愿从容乎神明。涉丹水[18]而驰骋兮，右大夏[19]之遗风。黄鹄之一举兮，知山川之纡曲。再举兮，睹天地之圜方。临中国[20]之众人兮，托回飙[21]乎尚羊[22]。乃至少原之壄[23]兮，赤松王乔[24]皆在旁。二子拥瑟而调均[25]兮，余因称乎《清商》[26]。澹然而自乐兮，吸众气[27]而翱翔。念我长生而久仙兮，不如反余之故乡。

【注释】

①离：通"罹"，遭受。

②沾濡(rú)：沾湿，打湿。

③沆瀣(hàngxiè)：夜间的水气。

④充虚：充饥。

⑤朱鸟：即朱雀，南方七宿(井、鬼、柳、星、张、翼、轸)的合称。

⑥太一：天神名。又为星名，即帝星，又名北极二。

⑦象舆：用象牙装饰的一种车子。

⑧苍龙：即青龙，东方七宿(角、亢、氐、房、心、尾、箕)的合称。

⑨蚴虬(yǒuqiú)：蛟龙屈折行动的样子。

⑩左骖(cān)：古代驾车的马若为三匹或四匹，中间驾辕的马叫服，服左边的马叫骖，服右边的马叫騑。

⑪白虎：西方七宿(奎、娄、胃、昴、毕、觜、参)的合称。

⑫右騑(fēi)：车驾右边的马。

⑬建：建立，竖起。

⑭玉女：仙女。

⑮驰骛(wù)：疾驰，奔腾。

⑯崑峇：即昆仑。

⑰穷极：极端，顶点。

⑱丹水：神话中水名，源出昆仑山。

⑲大夏：神话传说中的地名。

⑳中国：指中原。

㉑回飙（biāo）：旋风。

㉒尚羊：闲游，悠闲地步行徘徊。

㉓少原：神话中地名，仙人居住的地方。壄（yě）：通“野”。

㉔赤松王乔：即赤松子、王子乔，神话传说中的两个仙人。

㉕调均（yùn）：调弦。均，古代校正乐器音律的器具。

㉖《清商》：歌曲曲调名。

㉗众气：六气，即阴、阳、风、雨、晦、明。

【译文】

哀伤我年事已高、日益衰老啊，岁月匆匆一去不复返。登上苍天高高飞翔啊，越过群山距离故国日益遥远。俯瞰下界长江黄河迂回曲折啊，遭遇四海的风浪衣服都被打湿。攀上北极星稍稍休息啊，吸吮清和之气以充实身体的空虚。命令朱雀神鸟高飞在前为我导引啊，乘坐太一象车稳稳前行。苍龙蜿蜒盘绕作为左骖啊，白虎奔腾驰骋以为右骓。以日月为车盖啊，车上载着婀娜的天宫神女。在旷远幽暗的空中尽情奔驰啊，在高峻的昆仑山暂歇。欢乐达到了极点我仍不满足啊，愿意和神仙相随逍遥游乐。渡过丹水继续向前驰骋啊，观看大夏仙境的美好遗风。黄鹄展翅高飞啊，就看见曲折回肠的山河。黄鹄凌空飞翔直上云霄啊，便看清了整个天下。从空中俯视中原大地芸芸众生啊，驾起旋风在空中徘徊游荡。来到了仙人的居所啊，遇见了赤松子和王子乔。他们拿起乐器调理丝弦啊，令我弹奏《清商》曲调。我感到心神安适快乐安详啊，吸饮天地六气自由翱翔。虽可以成为那长生不老的神仙啊，却不如回到我久别的故乡。

黄鹄后时[①]而寄处[②]兮，鸱枭群而制之。神龙失水而陆居兮，为蝼蚁之所裁。夫黄鹄神龙犹如此兮，况贤者之逢乱世哉！寿冉冉而日衰兮，固儃回[③]而不息。俗流从而不止兮，众枉[④]聚而矫直。或偷合[5]而苟进[6]兮，或隐居而深藏。苦称量[7]之不审兮，同权概[8]而就衡[9]。或推迻[10]而苟容兮，或直言之谔谔[11]。伤诚是之不察兮，并纫茅丝[12]以为索。方世俗之幽昏兮，眩[13]白黑之美恶。放山渊之龟玉[14]兮，相与贵夫砾石。梅伯[15]数谏而致醢兮，来革顺志[16]而用国。悲仁人之尽节兮，反为小人之所贼[17]。比干忠谏而剖心兮，箕子被发而佯狂。水背流而源竭[18]兮，木去根而不长。非重躯[19]以虑难[20]兮，惜伤身之无功。

【注释】

①后时：错过了时机。

②寄处：指栖息山林。

③儃(chán)回：运转。

④众枉：众多邪曲的小人。枉，邪曲。

⑤偷合：苟且迎合。

⑥苟进：苟且进取，以求禄位。

⑦称量：衡量，指辨别忠奸贤愚。

⑧权概：衡器与量器。权，秤锤。概，斗概，平斗之器。

⑨衡：秤杆，泛指秤。

⑩推迻(yí)：随波逐流，与世推移。迻，同“移”。

⑪谔谔(è)：直言的样子。

⑫纫：合丝为绳曰纫。茅丝：茅草和丝线，分别代指小人和忠诚之士。

⑬眩：迷惑。

⑭龟玉：指龟甲和宝玉。古代认为是国家的重器。

⑮梅伯：殷纣王的诸侯，因直谏为纣王所杀。

⑯来革：即恶来，殷纣王的佞臣。顺志：顺从迎合君王的意图。

⑰贼：残害。

⑱水背流而源竭：当作“水背源而流竭”。

⑲重躯：重视自己的身躯，爱惜性命的意思。

⑳虑难：害怕遭受祸患。

【译文】

黄鹄错过了高飞的时机而栖息山林啊，反遭恶鸟群起攻击。神龙若是离开水而上岸啊，就会被蝼蛄蚂蚁欺凌。黄鹄神龙尚且如此啊，何况贤者遭逢这个混乱的时代！年纪渐老身体也日益衰弱啊，时光如水匆匆流逝永不停息。流俗之人献媚进谗无休无止啊，众邪聚集而以直为枉，以枉为直。有的苟且迎合以图爵禄啊，有的则隐居深山避世不出。最苦恼的是君王不辨奸佞贤愚啊，将两者混在一起衡量。有的与世推移苟且取容啊，有的刚正无私直言敢谏。悲哀的是君王不能明察啊，将茅草和丝线合在一起搓成绳索。当今之世幽昧昏暗啊，如此黑白不分美恶不辨。抛弃山中美玉渊中神龟啊，反而把粗劣的砾石当作宝贝。梅伯屡屡劝谏最后被剁成肉酱啊，来革阿谀顺从却掌握了大权。悲痛仁人志士竭尽忠诚啊，反被无耻小人残害。比干忠言直谏却被剖心啊，箕子披头散发装疯卖傻。水背离源头就会枯竭啊，树木脱离了树根也就不能生长了。我并非是看重自身性命害怕祸患啊，只是痛惜虽伤身却无功于国。

已矣哉！独不见夫鸾凤之高翔兮，乃集大皇[①]之壄。循四极而回周[②]兮，见盛德而后下。彼圣人之神德兮，远浊世而自藏。使麒麟可得羁而系兮，又何以异乎犬羊！

【注释】

①大皇：广远无人的地方。

②回周：徘徊，周游。

【译文】

算了吧！难道您没有看见那鸾凤高高飞翔啊，它们都群集在那旷远的蛮荒之中。遍览天下而徘徊啊,唯有看见大德之人才肯下临。那些有德行的圣人啊,都远离浊世隐藏不出。假使神兽麒麟被拘系啊,那它和世俗中的犬羊又有何不同!

【评析】

《惜誓》一诗,旨在代屈原立辞,抒写屈原被放逐而离别国都的悲愤和欲高蹈远游却牵念故乡的情怀,同时寄寓了贾谊自己被疏离而将远去的愤慨。

全篇以大量的笔墨叙述了屈原出楚时盛大的仪式场面,在世俗中得不到理解,也寻找不到人生的方向,于是就让自己的灵魂上天入地,“登苍天而高举兮,历众山而日远。观江河之纡曲兮,离四海之沾濡”,以开阔的视野和胸襟去俯视这个世界的真实面目。紧接着进一步描绘屈原誓死远离这污浊社会的决心和意志,生不逢时是其最大的愤慨,空有一腔报国之志,但是却报国无门,只能任由大好的时光从眼前匆匆流逝,这无疑是令人最为痛苦的一种生活际遇。“夫黄鹄神龙犹如此兮,况贤者之逢乱世哉!寿冉冉而日衰兮,固儃回而不息。”通过对黑暗社会现实的批判和剖析,凸显了屈原被流放而流露出的惋惜、痛悼心情。

通观全篇,贾谊善于利用比兴的描写手法,衬托出面对群小当政不公这一悲愤之情的主题。这一写作手法的运用其实是和屈原经常采用的“引类譬喻”的艺术手法具有内在的相通性。

招 隐 士

“招隐士”的含义不难理解，就是去招募那些隐居在乡野之中有才能的人士为我所用，这也是本篇文章写作的主要出发点之一。

本篇是汉代淮南王刘安门客淮南小山的作品，王逸《楚辞章句》一书中说道：“《招隐士》者，淮南小山之所作也。昔淮南王安，博雅好古，招怀天下俊伟之士。自八公之徒，咸慕其德，而归其仁，各竭才智，著作篇章，分造辞赋，以类相从，故或称小山，或称大山，其义犹《诗》有《小雅》《大雅》也。”但也有人认为就是刘安所做。从文章的内容来看，作者是淮南小山的可能性更大一些。

本篇创作的背景是西汉武帝时期国力强盛，思想文化也由此繁荣灿烂起来，因此招募人才为国家所用成了当时社会的主流认知，所以作者从社会现实的需求出发，创作本篇作品以引起当权者的重视。

桂树丛生兮山之幽，偃蹇连蜷①兮枝相缭②。山气巃嵸③兮石嵯峨，溪谷崭岩④兮水曾波。猨狖⑤群啸兮虎豹嗥，攀援桂枝兮聊淹留⑥。王孙游兮不归，春草生兮萋萋。

【注释】

①偃蹇、连蜷：均指屈曲的样子。

②缭：纽结，缠绕。

③巃嵸（lóngzōng）：云气弥漫的样子。

④崭(chán)岩：险峻的样子。

⑤猨狖(yuányòu)：长尾猿。

⑥淹留：羁留，逗留。

【译文】

桂树丛生啊遍布在那深山幽谷，树干虬曲啊枝条相互缠绕。山中云雾弥漫啊岩石高耸，溪涧险峻啊激起层层水波。群猿悲啼啊虎豹咆哮，攀援桂树啊暂且停留。王孙远游啊不归，春草萌生啊漫山遍野。

岁暮兮不自聊[①]，蟪蛄[②]鸣兮啾啾。坱兮轧[③]，山曲岪[④]，心淹留兮恫慌忽[⑤]。罔兮沕[⑥]，憭兮栗[⑦]，虎豹穴[⑧]，丛薄深林兮人上慄。嵚岑碕礒[⑨]兮硱磳磈硊[⑩]，树轮[⑪]相纠兮林木茷骫[⑫]。青莎[⑬]杂树兮薠草靃靡[⑭]，白鹿麏麚[⑮]兮或腾或倚。状皃崯崯[⑯]兮峨峨，凄凄兮漇漇[⑰]。猕猴兮熊罴，慕[⑱]类兮以悲。攀援桂枝兮聊淹留，虎豹斗兮熊罴咆，禽兽骇兮亡其曹[⑲]。王孙兮归来！山中兮不可以久留。

【注释】

①不自聊：指生活和情感上没有依托。

②蟪蛄：蝉的一种。雄的腹部有发音器，夏末自早至暮鸣声不息。

③坱(yǎng)兮轧：即“坱轧”，云气浓厚漫无边际的样子。

④曲岪(fú)：山势曲折盘旋的样子。

⑤恫慌忽：痛苦迷茫的样子。

⑥罔兮沕(wù)：即“罔沕”，失神落魄的样子。

⑦憭兮栗：即“憭栗”，凄凉。

⑧穴：闻一多疑为“突”之坏字，译文从之。

⑨嵚(qīn)岑：高峻。碕礒(qíyǐ)：山石不平的样子。

⑩硱磳(jūnzēng)：山石高耸危峻的样子。磈硊(wěiwěi)：山石突兀

险峻的样子。

⑪轮：树枝。

⑫茇骫（báwěi）：枝叶盘纡屈曲的样子。

⑬青莎（suō）：即莎草，多年生草本植物。

⑭靃靡（suǐmí）：草木细弱，随风披拂的样子。

⑮麏麚（jūnjiā）：麏，同“麇”，獐子；麚，公鹿。

⑯皃：同“貌”。崟崟（yín）：高耸。

⑰漇漇（xǐ）：润泽。

⑱慕：思念，依恋。

⑲曹：同类。

【译文】

转眼岁末啊孤苦伶仃，夏蝉哀鸣啊啾啾不停。云雾弥漫啊山势蜿蜒，心思徘徊啊痛苦迷茫。失魂落魄啊，孤寂冷落啊，虎豹奔突啊，惊恐战栗啊上树躲避。山势陡峭啊高低不平，树枝纽结缠绕啊树干盘曲。青莎蘋草丛生啊随风舞动，白鹿獐子啊欢跳停歇。头上的犄角高高耸立啊状貌峥嵘，水珠滴落啊闪耀着光泽。猕猴和熊罴啊，呼唤同伴啊悲啼不已。攀爬桂树啊暂且停留，虎豹争斗啊熊罴怒吼，鸟兽惊恐啊四散奔逃。王孙啊回来吧！山中啊不可以久留！

【评析】

在汉朝文人模仿“楚辞”的作品中，《招隐士》无疑是其中一篇上等的抒情佳作。它不仅有效继承“楚辞”的写作特色，善于运用比兴象征、气氛烘托的写作手法，同时又推陈出新，更注重主观情感和感受的表现，较好地做到了情景交融。

从其写作意境来看，本篇立意深远，主题鲜明突出，结尾处“王孙兮归来，山中兮不可久留”一语点出整篇主题意蕴所在。然后诗人以此为中心，从险恶丛生的自然现象入手，反复陈说山中的艰难困苦，渲染出一种恐怖、幽深的气氛，以此希望那些隐居在山间的贤能之士能够积极入世，充分施展自身的才能去报效国家。其中蕴藏着诗人浓厚的思想情感，韵味醇厚。

全篇文辞秀美且描写细致入微，叠词的运用增强了文章的节奏感和音节美，如“啾啾”“萋萋”“峨峨”“凄凄”这一类叠词，读起来铿锵有力，富有气势，同时又使诗篇呈现出一种回环往复之美。尤其是诗中灵活多变的句式运用，使得情感气势更加充沛，给人一种哀怨缠绵的感受。

七　谏

《七谏》的作者及主旨，王逸《楚辞章句》云："《七谏》者，东方朔之所作也。谏者，正也，谓陈法度以谏正君也。古者，人臣三谏不从，退而待放。屈原与楚同姓，无想去之义，故加为《七谏》，殷勤之意，忠厚之节也。或曰：《七谏》者，法天子有争臣七人也。东方朔追悯屈原，故做此辞，以述其志，所以昭忠信，矫曲朝也。"

东方朔，原姓张，字曼倩，西汉时期著名的文学家、辞赋家。性格诙谐且聪敏机敏，常在汉武帝前谈笑取乐。他曾言政治得失，陈农战强国之计，但武帝始终把他当俳优看待，不以重用。一生著述甚丰，有《答客难》《非有先生论》等。

《七谏》全章由七篇短诗构成，分别为：《初放》《沉江》《怨世》《怨思》《自悲》《哀命》《谬谏》。《初放》重在描写屈原信而见疑的不公遭遇，反映其高尚的人格操守；《沉江》侧重刻画屈原自投汨罗江之时的悲愤心情；《怨世》刻画了屈原被楚王放逐之后对楚国黑暗政治的愤懑之情；《怨思》论述了国君重视人才选拔的重要性，以此来讽刺楚怀王忠奸不分、昏聩自大；《自悲》重在描述屈原放逐之后思念故国的思想情感；《哀命》描述屈原感叹生不逢时，在黑暗的世道中依然坚持美好的理想和操守；《谬谏》重在表现屈原对楚国国君的劝谏之语，同时表达自身怀才不遇的悲愤心情。

总体来看，《七谏》全章既表现了屈原因忠心直谏而被楚王流放，最终不得不以死来抗争的悲剧人生，同时它也在侧面反映了东方朔怀才不遇、愤世嫉俗的个人心理活动,表达了希冀汉武帝重用的愿望。

初　放

平①生于国兮,长于原壄②。言语讷涩③兮,又无强辅④。浅智褊⑤能兮,闻见又寡。数言便事⑥兮,见怨门下⑦。王不察其长利⑧兮,卒见弃乎原壄。伏念⑨思过兮,无可改者。群众⑩成朋⑪兮,上浸⑫以惑。巧佞在前兮,贤者灭息⑬。尧舜圣已没兮,孰为忠直?高山崔巍兮,流水汤汤⑭。死日将至兮,与麋鹿同坑。块兮鞠⑮,当道宿。举世皆然兮,余将谁告?斥逐鸿鹄兮,近习⑯鸱枭。斩伐橘柚兮,列树苦桃。便娟⑰之修竹兮,寄生乎江潭。上葳蕤⑱而防⑲露兮,下泠泠⑳而来风。孰知其不合兮,若竹柏之异心㉑。往者不可及兮,来者不可待。悠悠苍天兮,莫我振理㉒。窃怨君之不寤兮,吾独死而后已。

【注释】

①平:屈原的名。

②壄(yě):同"野"。

③讷涩:口齿不伶俐。

④强辅:强有力的辅助,指有势力的朋党。

⑤褊(biǎn):狭。引申为薄弱。

⑥便事:便宜之事,指对国家有利的事情。

⑦门下:指君王左右的近臣。

⑧长利:长远的利益。

⑨伏念:退而自省。伏,自谦之辞。

⑩群众:指众多的佞臣小人。

⑪朋：朋党，党羽。

⑫浸：逐渐。

⑬灭息：消亡，止息。

⑭汤汤（shāng）：形容水势浩大。

⑮块：孤独的样子。鞠：匍匐，躺在地上。

⑯习：亲近。

⑰便娟：轻盈美好的样子。

⑱葳蕤（wēiruí）：草木繁盛的样子。

⑲防：遮蔽。

⑳泠泠（líng）：清凉的意思。

㉑异心：当作“心异”，“异”与下句“待”押韵。竹心空，柏心实，故曰“心异”。前者屈原自喻志向可以通达，后者暗喻君王那里滞塞不通。

㉒振理：拯救，辨别。

【译文】

我屈原生于楚国的国都啊，如今却被放逐在原野之中。言语木讷啊，又没有强大的势力提携。才智疏浅啊，孤陋寡闻没有见识。多次进陈利国利民之策啊，却触怒小人招来嫉恨。君王不能明察我进言是为了国家的长远利益啊，听信谗言终将我放逐到偏僻的荒野。退而自省自己有无过失啊，实无一丝差错可以改正。群小朋比为奸啊，君王渐被欺蒙迷惑。奸佞小人在国君面前巧言令色啊，忠贞正直的贤士只好缄口不言。尧舜那样的圣明之君早已没有了啊，如今还有谁敢直言进谏？高山巍峨啊，江水浩浩荡荡永流不息。死期将至啊，只能与兽类葬在一起。孑然一身颓然倒地啊，晚上只能在路上栖息。举世混浊是非颠倒啊，我心中的冤情向谁诉说？他们斥退大雁天鹅啊，却去亲近鸱鸮这些恶鸟。美好的橘树柚树被砍伐啊，却栽种上一排排恶木苦桃。可叹那美好而修长的翠竹啊，却只能孤零零地生长在江边。上面有繁茂的枝叶遮挡露水啊，下面有清凉的微风驱除酷暑。谁知道我与君王志不同、道不合啊，就像那实心的柏木和空心的竹子一样不同心。从前的圣贤君主我已经无法追上啊，未来的贤君又等不及相见。悠悠苍天啊，您为何不来拯救我？暗自怨恨君王您不能醒悟啊，我唯有死而后已。

【评析】

《初放》是《七谏》的第一篇，写屈原初被放逐时情感变化和心路历程，对昏庸的楚王，结党营私的群小，和楚国的黑暗政治进行了无情抨击，表现了屈原宁可独抱忠信而死，也绝不与世俗同流合污的高尚节操。

在诗篇中，东方朔对屈原的遭遇寄予了深切的同情。屈原为国尽忠，一片赤诚，但是楚王却为阿谀奉承的小人所蒙蔽，忠直之士得不到重用。面对这种情况，屈原依然坚持正道而毫不动摇。东方朔高度赞扬了屈原“宁为玉碎、不为瓦全”的大无畏牺牲精神和抗争气度，这也是《七谏》全篇的情感基调。

沉　江

惟①往古之得失兮，览私微②之所伤③。尧舜圣而慈仁兮，后世称而弗忘。齐桓失于专任④兮，夷吾⑤忠而名彰。晋献惑于骊姬⑥兮，申生⑦孝而被殃。偃王⑧行其仁义兮，荆文⑨寤而徐亡⑩。纣暴虐以失位兮，周得佐乎吕望。修⑪往古以行恩兮，封⑫比干之丘垄⑬。贤俊慕而自附兮，日浸淫⑭而合同⑮。明法令而修理兮，兰芷幽而有芳。

【注释】

①惟：思，想。

②私：亲近，偏爱。微：贱，指佞谗的小人。

③伤：害。

④专任：任用佞臣，使之专权。

⑤夷吾：管仲名夷吾，字仲，春秋时期齐国著名的政治家。

⑥骊姬：晋献公的宠妃。

⑦申生：春秋时晋献公太子。献公听信骊姬的谗言，将其逼死。

⑧偃王：徐偃王，西周时徐国国君。

⑨荆文：指楚文王。

⑩徐亡：徐偃王修行仁义，诸侯朝之三十余国，而无武备。楚文王见诸侯朝徐者众，恐为所并，因兴兵击之，灭徐。

⑪修：当作“循”，遵循。

⑫封：聚土为坟。

⑬丘垄：指坟墓。

⑭浸淫：渐渐变多。

⑮合同：指天下一心。

【译文】

回想历史上的兴亡成败啊，看君王偏私奸佞而给国家带来祸患。尧与舜圣明仁义而慈爱百姓啊，后人称颂不已永世难忘。齐桓公错在任用佞臣而使之专权啊，管仲耿介忠直而声名昭著。晋献公被骊姬迷惑啊，可怜那孝子申生却惨遭祸殃。徐偃王修行仁义啊，楚文王心生恐惧将其灭亡。殷纣王暴虐无道而身死国灭啊，周王朝则得到了吕望的辅佐而尽有天下。武王效法古人施恩布惠啊，封比干墓以示表彰。天下贤俊之士都慕名前来亲附啊，上下同心国力日强。修明法度申正事理啊，纵使兰芷处于幽僻之地也能散发馨香。

苦众人之妒予兮，箕子寤而佯狂。不顾地[①]以贪名兮，心怫郁[②]而内伤。联蕙芷以为佩兮，过鲍肆[③]而失香。正臣端其操行兮，反离谤[④]而见攘[⑤]。世俗更而变化兮，伯夷饿于首阳。独廉洁而不容兮，叔齐久而逾明。浮云陈而蔽晦兮，使日月乎无光。忠臣贞而欲谏兮,谗谀毁而在旁。秋草荣其将实兮,微霜下而夜降。商风[6]肃而害生兮,百草育[7]而不长。众并谐以妒贤兮,孤圣特[8]而易伤。怀计谋而不见用兮,岩穴处而隐藏。成功隳[9]而不卒[10]兮,子胥死而不葬[11]。世从俗而变化兮,随风靡[12]而成行。信直退而毁败兮,虚伪进而得当。追悔过之无及兮,岂尽忠而有功。废制度而不用兮,务行私而去公。终不变而死节兮,惜年齿之未央[13]。

【注释】

①地:指楚国之地。

②怫(fú)郁:郁闷悲伤。

③鲍肆:即鲍鱼之肆,卖咸鱼的店铺。喻恶人或小人聚集之地。鲍,咸鱼;肆,店铺。

④离谤:遭受诽谤。离,通“罹”,遭受。

⑤攘:排斥。

⑥商风:秋风,西风。

⑦育:或当作“堕”,坠落。

⑧孤圣特:当作“圣孤特”,指圣贤之人特立独行。

⑨隳(huī):坏。

⑩不卒:不得善终。卒,终。

⑪子胥死而不葬:洪兴祖《楚辞补注》:“吴王取子胥尸,盛以鸱夷革,浮之江中,故曰死而不葬也。”

⑫靡:披散。

⑬未央:未尽,谓年岁不大。央,尽。

【译文】

苦恼群小都嫉妒我啊,想到箕子佯装颠狂避世远难。也想不贪忠直之名而离乡远去,怎奈心恋故国而郁郁感伤。将香草蕙芷联结起来做成佩带啊，经过售卖咸鱼的店铺就会失去芬芳。正直之臣操行端正啊，却受谗佞小人诽谤而被放逐。世俗之人改变了清廉的作风啊，伯夷宁愿饿死在首阳山上。独行廉洁而不容于世啊，叔齐终得百世流芳。乌云密布天气阴晦啊，使得日月失去了光芒。忠贞的臣子欲进谏君王啊，奸佞小人则在一旁进谗诽谤。秋天的百草将要结实啊，夜里却突然降下了寒霜。西风凛冽摧残万物啊，百草枯萎凋零不得生长。群小结党营私嫉贤妒能啊，贤良反倒孤立无援遭受中伤。我胸怀良策却不被重用啊，只好独处岩穴深居隐藏。伍子胥建立功业却不得善终啊，可怜死后浮尸江上不能埋葬。世人都随波逐流从俗媚上啊，正如草木随风披靡成排成行。诚信正直之臣因遭诬谤而身败啊，虚伪谄佞之徒被进用而大权在握。国势倾危君王才后悔无及啊，即使竭尽忠诚也难以力挽狂澜。他们废除先王法度而不施行啊，一味徇私而背离公正。我终究不肯改变操行，原意守节而死啊，可惜年寿未尽。

将方舟①而下流兮，冀幸君之发蒙②。痛忠言之逆耳兮，恨申子③之沉江。愿悉心之所闻兮，遭值君之不聪。不开寤而难道兮，不别横之与纵④。听奸臣之浮说兮，绝国家之久长。灭规矩而不用兮，背绳墨之正方。离忧患而乃寤兮，若纵火于秋蓬。业失之而不救兮，尚何论乎祸凶。彼离畔而朋党兮，独行之士其何望！日渐染而不自知兮，秋毫微哉而变容。众轻积而折轴兮，原⑤咎杂而累重。赴湘沅之流澌⑥兮，恐逐波而复东。怀沙砾而自沉兮，不忍见君之蔽壅⑦。

【注释】

①方舟：两船相并。

②发蒙：醒悟。

③申子：即伍子胥。吴王曾封之于申，故号为“申子”。

④横之与纵：即连横和合纵的外交策略。

⑤原：当作“厚”。众多。

⑥流澌：江河解冻时流动的冰块。

⑦蔽壅：蒙蔽。

【译文】

乘着方舟顺流而下啊，希望君王能够从此醒悟不受欺蒙。悲哀忠言逆耳触怒君王啊，遗憾伍子胥被冤杀而沉江。愿意竭尽所能报效君王啊，却碰上君王昏聩暗弱充耳不闻。君王不开悟而难以进谏啊，不能分辨连横与合纵的利弊。君王好听邪佞之臣的浮夸之言啊，致使国运断绝难以久长。废弃先王法度而不施用啊，背离正道而致大厦倾危。等到遭受祸患方才醒悟啊，就像纵火于秋草无可挽救。已经犯错仍不能补救啊，还谈什么福祸吉凶！那些奸佞小人相互勾结而成为朋党啊，忠直之士还有什么希望？君王日益受奸邪小人蒙蔽而不自知啊，秋天的毫毛虽然细小也会改变容颜。很多轻的货物堆放在一起也会使车轴断裂啊，小错一天天积累起来也会酿成不可挽回的灾殃。投身湘沅之流水啊，恐怕尸身随波东流入海。身负巨石沉江而死啊，不忍心看到君王被群小蒙蔽。

【评析】

《沉江》是《七谏》第二篇，也是首篇《初放》结尾“窃怨君之不寤兮，吾独死而后已”一句的延续。诗中，东方朔用代言体模写了屈原投江自杀前的痛苦挣扎和自我反思，其悲愤心情溢满字里行间。

本篇内容可分为三个部分。第一部分屈原总结历代兴亡的经验教训，表达了对前朝圣贤高尚品行的无限敬仰，指出国君唯有亲贤臣远小人，国家方有复兴的希望。第二部分笔锋转入现实，抒写遭到群小排斥、污蔑的痛苦，而尤其深感焦虑和伤痛的美政被摧残，法度被破坏。“终不变而死节兮，惜年齿之未央”，诗的格调在低沉与悲观中为主人公高昂的气节所振起。第三部分写国君昏庸不辩忠奸，而奸佞之徒结党营私，以致国势江河日下，危如累卵。屈原对此痛心疾首，自身的处境结合艰难的局势，沉江的决心遂坚如磐石。这不是无谓的自绝，而是保持人格理想的从容选择和实现劝世劝君的英勇壮举。

全辞在表现手法上也很有特点：历史与现实，忠臣与奸佞，明主与昏君，这些鲜明的对比，表现了诗人爱憎分明的情感态度和思想倾向；大量的象征比喻，如"兰芷""蕙芷"等香草，表现了诗人独特的审美情趣；抒情、议论缀以叙述的结构，使文章波澜起伏，层次富于变化。

怨　世

世沉淖①而难论兮，俗岭峨②而嵾嵯③。清泠泠④而歼灭⑤兮，溷湛湛⑥而日多。枭鹗既以成群兮，玄鹤弭翼⑦而屏移⑧。蓬艾⑨亲入御于床笫⑩兮，马兰⑪踸踔⑫而日加。弃捐药芷与杜衡兮，余奈世之不知芳何。何周道⑬之平易兮，然芜秽而险戏⑭。高阳⑮无故而委尘⑯兮。唐虞点灼⑰而毁议。谁使正其真是⑱兮，虽有八师⑲而不可为。

【注释】

①沉淖（nào）：沉溺，没落。

②岭（yín）峨：参差不齐。岭，通"岑"。

③嵾嵯（cēncī）：参差不齐。

④清泠泠：水清澈而有波纹。代指高洁之士。

⑤歼灭：消失，消逝。

⑥溷湛湛：混浊杂乱的样子。代指贪浊之人。

⑦弭翼：敛翅。

⑧屏移：离去，隐退。

⑨蓬艾：蓬蒿与艾草，古人认为是恶草。比喻奸佞小人。

⑩床笫（zǐ）：即指床。笫，竹编的床席。

⑪马兰：一种恶草，生长在水泽边，气臭，花似菊而紫。

⑫踸踔（chěnchuō）：迅速滋长。

⑬周道：平坦的大道。

⑭险戏：崎岖险恶。

⑮高阳：上古帝王颛顼的号。

⑯委尘：蒙尘，即被尘土所玷污，比喻蒙受冤屈。

⑰点灼：诬蔑，毁谤。

⑱真是：真假，对错。

⑲八师：谓可作为师傅的八贤臣。王逸《楚辞章句》："八师，谓禹、稷、卨、皋陶、伯夷、倕、益、夔也。言尧舜有圣贤之臣八人以为师傅。"

【译文】

当今风气败坏到难以评说的地步啊，世俗是非不分黑白颠倒。高洁之士不被任用而归隐啊，贪浊之徒日渐得势大行其道。猫头鹰等凶禽恶鸟成群结队啊，玄鹤被迫敛翅离开。蓬蒿艾草受喜爱被栽种在床头啊，恶草马兰也随之日益繁茂。抛弃了白芷、杜衡啊，我叹息世人竟然不知道芬芳为何物。为什么平坦宽阔的大道啊，如今杂草丛生崎岖险恶？古帝高阳无故蒙受冤屈啊，圣人尧舜也遭人诬蔑而横遭讥诮。当世还有谁能主持公义呀，即使有八位贤人也无可奈何。

皇天保其高兮，后土持其久。服清白以逍遥兮，偏与乎玄英[①]异色。西施媞媞[②]而不得见兮，嫫母[③]勃屑[④]而日侍。桂蠹[⑤]不知所淹留兮，蓼虫[⑥]不知徙乎葵菜[⑦]。处涽涽[⑧]之浊世兮，今安所达乎吾志？意有所载而远逝兮，固非众人之所识。骥踌躇于弊輂[⑨]兮，遇孙阳[⑩]而得代。吕望[⑪]穷困而不聊生兮，遭周文[⑫]而舒志。宁戚[⑬]饭牛而商歌[⑭]兮，桓公闻而弗置[⑮]。路室[⑯]

女之方桑[17]兮，孔子过之以自侍[18]。吾独乖剌[19]而无当[20]兮，心悼怵[21]而耄思[22]。思比干之怦怦[23]兮，哀子胥之慎事。悲楚人之和氏[24]兮，献宝玉以为石。遇厉武[25]之不察兮，羌两足以毕斮[26]。

【注释】

①玄英：纯黑色，比喻贪浊的小人。

②媞媞(tí)：美好。

③嫫(mó)母：古代传说中的丑妇，相传为黄帝妃子。

④勃屑：蹒跚膝行。

⑤桂蠹：桂树上的蠹虫。

⑥蓼(liǎo)虫：寄生于蓼间的虫。蓼，一年生草本植物，茎叶味辛辣。

⑦葵菜：蔬菜名，味甘。

⑧滑滑(hūn)：昏乱。

⑨弊辇：破旧的车子。

⑩孙阳：即伯乐，古代善相马者。

⑪吕望：即姜子牙，姜姓，吕氏，名尚，一名望，字子牙。

⑫周文：指周文王姬昌。

⑬宁戚：春秋时卫人，修德不用，为商贾驱车。一日宿齐东门外，齐桓公夜出，宁戚正在牛车边喂牛，远远地望见桓公，于是叩牛角而歌。桓公闻之，知其贤，遂举为客卿。后长期任齐大司田，为齐桓公主要辅佐者之一。

⑭商歌：悲凉的歌。商声凄凉悲切，故称。

⑮弗置：不再弃置，即任用的意思。

⑯路室：客舍，旅店。

⑰方桑：正在采桑。

⑱侍：服侍，侍奉。

⑲乖剌(là)：背离。

⑳无当：指不逢明君。当，值逢。

㉑悼怵:感伤。

㉒耄(mào)思:思绪纷乱。

㉓怦怦(pēng):忠诚正直。

㉔和氏:卞和,春秋楚人。相传他得玉璞,先后献给楚厉王和楚武王,都被认为欺诈,受刑砍去双脚。楚文王即位,他抱璞哭于荆山下。文王使人琢璞,得宝玉,名为“和氏璧”。

㉕厉武:楚厉王和楚武王。

㉖斮(zhuó):同“斫”,斩断。

【译文】

上天高不可攀啊,大地厚重广博。身着白衣逍遥自在啊,偏不与那贪浊之徒同流合污。西施貌美如花却遭排挤不能侍奉君王啊,嫫母奇丑无比反受亲近宠爱。桂树上的蠹虫不知节制啊,蓼虫也不知道去寻找甘美的葵菜。身处这昏乱之世啊,又怎能实现理想一展抱负?内怀忠贞将要远去啊,众人根本不知道我的选择。骏马拉着破旧的车子不肯前行啊,只有遇到了伯乐才会以好的车子替代。吕望曾经穷困潦倒无以为生啊,幸遇周文王才得以大展雄才。宁戚夜里喂牛时叩击牛角悲歌啊,齐桓公听到歌声后便任用他。客舍旁的少女正在采桑啊,孔子见她贞信便以礼相待。独有我生不逢时难遇明主啊,感伤悲凉思绪纷乱。想起比干一生忠诚正直啊,哀痛伍子胥尽心侍奉君王。悲叹楚国的卞和啊,献出璞玉却被当作石头。遇厉王、武王不能明察啊,两只脚都被斩断。

小人之居势兮,视忠正之何若?改前圣之法度兮,喜嗫嚅①而妄作。亲谗谀而疏贤圣兮,讼谓②闾娵③为丑恶。愉近习④而蔽远兮,孰知察其黑白?卒不得效其心容兮,安眇眇⑤而无所归薄⑥。专精爽⑦以自明兮,晦冥冥而壅蔽。年既已过太半兮,然埳轲⑧而留滞。欲高飞而远集兮,恐离罔而灭败。独冤抑而无极兮,伤精神而寿夭。皇天既不纯命⑨兮,余生终无所依。愿自沉于江流兮，绝横流而径逝。宁为江海之泥涂兮，安能久见此浊世？

【注释】

①嗫嚅（nièrú）：吞吞吐吐，窃窃私语。

②讼：喧哗。

③闾娵（jū）：古代美女名。

④近习：君主宠爱亲信的人。

⑤眇眇：孤单无依的样子。

⑥归薄：归附，归依。

⑦精爽：精神。

⑧埳轲（kǎnkē）：坎坷。

⑨不纯命：反复无常，没有公理正义。

【译文】

奸佞小人身居高位啊，又把忠诚正直之士看成了什么？他们更改先圣所制定的法度啊，喜欢窃窃私语而胡作非为。君王亲信奸佞而斥逐忠臣啊，争相诋毁美女闾娵长相丑陋。君王被宠信的小人所蒙蔽啊，哪里能够分清黑与白？我始终都不能够为君王效力啊，被远远放逐无所归依。我精诚专一愿意竭忠尽智啊，世道黑暗反遭小人诋毁。年过半百时日无多啊，人生的路途依旧坎坷不得志。想要远走高飞啊，又怕触犯法网而损毁声誉。蒙受冤屈压抑永无休止啊，身心备受摧残而使得耗损寿命。上天既然如此反复无常没有公理正义可言啊，我只能无依无靠终老此身。我宁愿投身于滚滚江水啊，自绝于江流从此远逝。我宁愿成为江海的沙泥啊，怎么能够长久地去看这浊世？

【评析】

《怨世》是《七谏》第三篇，主要描写的是屈原被放逐以后，通过自我反思而表达出的对楚国黑暗世道的怨愤与批判。这篇代言体辞，抓住屈原遭流放后情感中的一个“怨”字叙事抒情，与“屈原之作《离骚》，盖自怨生也”是一致的。

从内容上看，本篇在继承骚体韵文的基础上极具政论色彩，侧重于对楚国社会现实的批判，哀叹楚王偏听偏信，痛斥小人蝇营狗苟，痛惜社会风俗颓废倒退，鲜明地展现了屈原坚定的政治立场和高贵的人格操守。

通观全篇，言辞激烈，感情充沛，人和物所遭遇的反差对比鲜明，振聋发聩，令人动容。

怨　　思

贤士穷而隐处兮，廉方正而不容。子胥谏而靡躯①兮，比干忠而剖心。子推②自割而饲君兮，德日忘而怨深。行明白而曰黑兮，荆棘聚而成林。江离③弃于穷巷兮，蒺藜④蔓乎东厢。贤者蔽而不见兮，谗谀进而相朋⑤。枭鸮并进而俱鸣兮，凤皇飞而高翔。愿壹往而径逝兮，道壅绝而不通。

【注释】

①靡躯：死后找不到尸体。

③子推：即介子推，春秋时期晋国的贤臣。

③江离：一种香草。

④蒺藜：一年生草本植物，果皮有尖刺。

⑤相朋：互相勾结为朋党。

【译文】

贤士不得志只好避世隐居啊，廉洁方正之士不被这个世道所容。伍子胥直言进谏却引来杀身之祸啊，比干忠贞无比却惨遭酷刑剖心。介子推将大腿上的肉割下来给重耳吃啊，重耳却一天天将他的恩德忘记而怨恨日深。行为清白却被污蔑为污浊啊，荆棘丛生反而长成树林。香草江离被抛弃于穷街陋巷啊，恶草蒺藜却蔓延生长在东厢房中。贤良正直之士被阻隔无从进见啊，奸佞小人却日益得势而结党营私。猫头鹰成群飞舞一齐鸣叫啊，凤凰却高飞远去。希望见到君王一面就此离去啊，可是道路阻绝而终不能往。

【评析】

《怨思》是《七谏》第四篇，短小精悍，以大量的排比句呈现，特别是篇中列举了诸如伍子胥、比干、介子推等历史人物为人忠义而不得善终的残酷事实，表达了屈原对楚国君王的忠诚以及对奸邪小人的痛恨与愤懑之情，也从侧面隐喻了东方朔自身孤独困苦的悲凉处境。

全篇透露出一种深沉且哀怨的格调。屈原所坚持的人格操守告诉我们，虽然有许多贤良的人士因为忠直的行为而付出了身家性命，但是我们不能因此而丢失个人的原则立场，依然要坚持正道而行。这一思想在千百年之后的今天依然闪烁着耀眼的光辉，引发仁人志士的情感共鸣。

自　悲

居愁懃[①]其谁告兮，独永思而忧悲。内自省而不惭兮，操愈坚而不衰。隐三年而无决[②]兮，岁忽忽其若颓[③]。怜余身不足以卒意兮，冀一见而复归。哀人事之不幸兮，属天命而委之咸池[④]。身被疾而不闲[⑤]兮，心沸热其若汤。冰炭不可以相并兮，吾固知乎命之不长。哀独苦死之无乐兮，惜予年之未央[⑥]。悲不反余之所居兮，恨离予之故乡。鸟兽惊而失群兮，犹高飞而哀鸣。狐死必首丘兮，夫人孰能不反其真情？故人疏而日忘兮，新人近而俞[⑦]好。莫能行于杳冥兮，孰能施于无报？

【注释】

①愁懃：忧苦勤劳。懃，一本作“苦”。

②决：召回的命令、诏书。

③颓：水向下流。

④咸池：天神。

⑤闲：病愈。

⑥未央：未尽，无已。央，尽。

⑦俞：通“愈”，更加。

【译文】

我忧苦勤劳向谁诉说啊，独自长久地忧思而更添愁苦。自我反省觉得无愧于心啊，操守更加坚定而持之以恒。被流放三年仍不见召回啊，岁月匆匆如流水东逝。遗憾此生的愿望不能实现啊，只是希望能够返回故都再见君王一面。悲哀自己在世间所遭受的种种不幸啊，只能将命运托付给天神。身染重病难以痊愈啊，五内俱焚如同翻滚的沸水。冰和炭不能够共存啊，我本来就知道寿命不能长久。悲哀自己一直孤独到死都不会有快乐啊，可怜我的年寿还没有到尽头。悲叹我被放逐而不能返回故居啊，怨恨我从此远离故乡。鸟兽受到惊吓就四散奔逃啊，尚且还会在高空盘桓哀号悲鸣。狐狸死后头部还要朝向出生的山丘啊，人老至将死又有谁不思念家园？旧日的忠臣被疏远淡忘啊，谄谀的新贵被亲近宠信。谁能默默无闻地施行正道啊，谁能无偿施舍而不求报还？

苦众人之皆然兮，乘回风[①]而远游。凌恒山其若陋[②]兮，聊愉娱以忘忧。悲虚言之无实兮，苦众口之铄金。过故乡而一顾兮，泣歔欷而沾衿。厌[③]白玉以为面兮，怀琬琰[④]以为心。邪气入而感内兮，施玉色而外淫[5]。何青云之流澜[6]兮，微霜降之蒙蒙[7]。徐风至而徘徊兮，疾风过之汤汤[8]。闻南藩乐而欲往兮，至会稽[9]而且止。见韩众[10]而宿之兮，问天道之所在。借浮云以送予兮，载雌霓[11]而为旌。驾青龙以驰骛兮，班衍衍[12]之冥冥[13]。忽容容[14]其安之兮，超[15]慌忽[16]其焉如。苦众人之难信兮，愿离群而远举。登峦山而远望兮，好桂树之冬荣。观天火[17]之炎炀[18]兮，听大壑[19]之波声。引八维[20]以自道[21]兮，含沆瀣[22]以长生。居不乐以时思兮，食草木之秋实。饮菌若[23]之朝露兮，构桂木以为室。杂橘柚以为囿[24]兮，列新夷[25]与椒桢[26]。鹍[27]鹤孤而夜号兮，哀居者之诚贞。

【注释】

①回风：旋风。

②陋：渺小。

③厌：施用，涂饰。

④琬琰：美玉名。

⑤淫：润泽，光润。

⑥流澜：散布，遍布。

⑦蒙蒙：盛。

⑧汤汤（shāng）：本指水势浩大，此处形容风大。

⑨会稽（kuàijī）：山名，在今浙江绍兴。

⑩韩众：传说中的仙人，又名韩终。

⑪雌霓：虹有二环时，内环色彩鲜盛为雄，名虹；外环色彩暗淡为雌，名蜺，即霓，今称副虹。

⑫衍衍：急速前行。

⑬冥冥：高远的空际。

⑭容容：飘飘荡荡的样子。

⑮超:遥远。

⑯慌忽:恍惚,迷茫。

⑰天火:由雷电或物体自燃引发的大火。

⑱炎炀:火势炽猛。

⑲大壑:指大海。

⑳八维:四方(东、南、西、北)和四隅(东南、西南、东北、西北)合称八维。

㉑道:通“导”,引导。

㉒沆瀣:夜间的水气,露水。旧谓仙人所饮。

㉓菌:即菌桂,香木名。若:即杜若,香草名。

㉔囿:古代指有墙垣的园林。

㉕新夷:即辛夷,香木名。

㉖桢:木名,即女贞树,凌冬青翠不凋,其子可入药。

㉗鹍(kūn):鹍鸡,古书上说的一种形似天鹅的大鸟。

【译文】

痛惜众人都这样随波逐流啊,我只好乘风高飞远游。俯瞰恒山觉得它非常渺小啊,暂且在此嬉戏以忘却忧愁。可悲的是那些谗言无凭无证啊,金子也会熔于众人之口。经过故乡的时候我回头下望啊,潸然泪下打湿了衣襟。面敷白玉行为清白,内怀美玉纯洁高尚。邪僻之气侵袭而内有所知啊,面色如玉而愈加润泽。乌云奔腾翻卷多么浓厚啊,细微的寒霜纷纷降落。轻风徐徐徘徊游荡啊,疾风凶猛声势浩大。听说南国安乐想要前往啊,中途来到会稽山上暂作休息。恰遇仙人韩众在此停宿啊,于是上前请教天道的真谛。凭借浮云送我远游啊,将彩虹当作旌旗。驾起青龙车奔腾驰骋啊,急速前行直到高远的空际。飘飘荡荡无所凭依啊,前途渺茫不知归往何处。悲叹世俗之人难以信任啊,宁愿离开远走高飞。登上山冈向远处眺望啊,喜欢经冬未凋的桂树。观看天火燃烧猛烈炽热啊,倾听大海波涛隆隆轰响。以八个天极引导方向啊,吸吮露气以求长生。生活毫无生趣忧思不停啊,以秋天草木所结的果实充饥。饮用菌桂杜若上的晨露啊，用桂木建造房屋。种植橘柚成为园林啊，再在四周种上辛夷、花椒、女贞。鹍鹤夜里孤苦悲鸣啊，哀痛隐居之人正直贤良。

【评析】

《自悲》是《七谏》第五篇，全面展现了屈原去国和恋国这一矛盾心理的斗争和冲突。在被流放之后，尽管内心无比失落，但是他"内自省而不惭兮，操愈坚而不衰"，绝不随波逐流而同流合污，坚持正道而行，体现了屈原高贵的品行，坚贞的人格。

全篇可分为两个部分。首先写屈原被流放后对故乡和君王深切的思念之情。屈原虽遭流放三年，却仍然心系怀王，"冀一见而复归"；想念故乡，"狐死必首丘"。接着写屈原去国远游，凌恒山而至会稽，见韩众而问天道。这种远游是屈原对现实的否定，对自我的超越，是内心矛盾的反映。

本篇意蕴丰厚，言简义丰。诸如"狐死必首丘""苦众口之铄金"等，都是流传千古的名句，引人深思。

哀　命

哀时命[①]之不合兮，伤楚国之多忧。内怀情之洁白兮，遭乱世而离尤。恶耿介之直行兮，世溷浊而不知。何君臣之相失兮，上沅湘而分离。测[②]汨罗之湘水兮，知时固[③]而不反。伤离散之交乱兮，遂侧身[④]而既远。处玄舍之幽门[⑤]兮，穴岩石而窟伏。从水蛟而为徒[⑥]兮，与神龙乎休息。何山石之崭岩[⑦]兮，灵魂屈而偃蹇[⑧]。含素水[⑨]而蒙深[⑩]兮，日眇眇[⑪]而既远。哀形体之离解兮，神罔两[⑫]而无舍。惟椒兰之不反兮，魂迷惑而不知路。愿无过之设行[13]兮,虽灭没之自乐。痛楚国之流亡[14]兮,哀灵修之过到[15]。固时俗之溷浊兮,志瞀迷[16]而不知路。念私门[17]之正匠[18]兮,遥涉江而远去。念女嬃[19]之婵媛[20]兮,涕泣流乎於悒[21]。我决死而不生兮,虽重追[22]吾何及。戏疾濑[23]之素水兮,望高山之蹇产[24]。哀高丘之赤岸[25]兮,遂没身而不反。

【注释】

①时命:时世,命运。

②测:度量水的深浅。这里指投身水中,用自己的身体来度量水的深浅,表示自绝于世的决心。

③固:固陋,鄙陋。

④侧身:倾侧其身,表示戒惧不安。

⑤玄舍:指黑暗的居室。幽门:幽暗的门。

⑥徒:同类。

⑦崭岩:高峻的山崖。

⑧偃蹇:屈曲,难以伸展。

⑨素水:清洁纯净的水。

⑩蒙深:烟水迷蒙而幽深的样子。

⑪眇眇:遥远,高远。

⑫罔两:心神恍惚,无所依据。

⑬设行:谓陈述自己的所作所为。

⑭流亡:危亡。

⑮过到:行为颠倒,倒行逆施。到,通“倒”。

⑯瞀(mào)迷:烦闷困惑。

⑰私门:权贵之门。

⑱正匠:政教。

⑲女嬃(xū):屈原的姐姐。

⑳婵媛：牵引，情思牵萦。

㉑於(wū)悒：呜咽。

㉒重追：再三地规劝。

㉓濑(lài)：急流。

㉔蹇产：形容高而盘曲。

㉕赤岸：土石呈赤色的崖岸。

【译文】

哀叹我生不逢时啊，悲叹楚国多灾多难。内心怀有清正纯洁之志啊，却时逢乱世惨遭祸殃。群小憎恶光明正大的君子啊，世道混浊竟至善恶不分。为何君臣不能相得益彰啊，我逆着沅湘而上被迫离开。我将沉身流入湘江的汨罗啊，深知世事如此誓不回还。悲伤君臣分离内心迷乱啊，因此侧身远离以避祸端。身处幽暗的居室啊，隐居在岩石洞穴之间。与水中的蛟龙为伴啊，和洞里的神龙一起出没。为何山岩如此巍峨险峻啊，我的灵魂却困顿难以伸展。饮用清洁迷蒙的泉水啊，太阳西下渐行渐远。哀叹形体疲惫不堪啊，神思恍惚灵魂无所依附。佩戴椒兰矢志不渝啊，魂魄迷惑不知归往何方。我希望终无过错坚持己行啊，即使死后默默无名也心神安宁。悲叹楚国行将危亡啊，哀伤君王昏聩行为颠倒。世道原本就混浊不堪啊，不知道出路在何方使人更加烦闷困惑。想到政教皆出权贵之门啊，宁愿渡过长江远远离开。想到女媭对我的关怀眷恋啊，禁不住潸然泪下。我决心以死殉国而不苟且偷生啊，即使女媭再三追劝我执着不悔。我在急流清水中尽情嬉戏啊，仰望着那崎岖陡峭的高高青山。哀叹楚国高丘的赤岸啊，遂投身于江水之中不愿回还。

【评析】

《哀命》是《七谏》之第六篇，其文风格调和后文《哀时命》一篇有异曲同工之妙，都是表达主人公生不逢时、怀才不遇的悲叹和忧愤之情。

首句"哀时命之不合兮，伤楚国之多忧"正是本篇的题旨所在，通过将屈原怀才不遇的个人遭遇与楚国多灾多难的社会现实联系起来，表达其内心的悲愤与绝望之情。屈原被流放在异国他乡,难免会哀叹命运的不公,但是身处困境中的他依然能够保持高贵的人格操守和清正纯洁的品行,尤其难能可贵,也是屈原伟大人格的重要体现。最后屈原选择了投江自杀这一极端行为,更是他对这个黑暗世界的一种无声而又坚决的抗争。

本篇篇幅短小精悍,格调沉郁,意义隽永,主人公缠绵悱恻的思想情感闪现在字里行间,读来令人感慨万千。

谬　　谏

怨灵修①之浩荡②兮,夫何执操之不固。悲太山之为隍③兮,孰江河之可涸?愿承闲而效志兮,恐犯忌而干讳④。卒抚情以寂寞兮,然怊怅而自悲。玉与石其同匮⑤兮,贯鱼眼与珠玑。驽骏杂而不分兮,服罢牛而骖骥。年滔滔⑥而自远兮,寿冉冉而愈衰。心悇憛⑦而烦冤兮,蹇超摇⑧而无冀。

【注释】

①灵修:指君王。

②浩荡:犹荒唐。

③隍:没有水的护城河。泛指池塘。

④干讳:触犯忌讳。干,触犯。

⑤匮:匣。

⑥滔滔:大水奔流的样子。此处形容时光匆匆流逝。

⑦悇憛(tútán):忧愁悲伤。

⑧蹇:句首语气词。超摇:心神不宁。

【译文】

哀叹君王荒唐啊,为何他的意志操守如此不坚定。悲痛泰山将要变为池塘啊，为什么江河会枯竭水干？希望等待时机报效君王啊，又害怕触犯君王的忌讳。最终只好自我安慰默默无言啊，然而内心感到无限的悲伤。美玉和石块同放在一个匣子里啊，鱼眼和宝珠贯穿在一起。劣马和骏马混同一处啊，使用疲惫的老牛驾辕而骏马在两旁。岁月如流水一去不返啊，年岁渐衰日见颓废。内心忧愁烦闷难解啊，心神不宁毫无希望。

固时俗之工巧兮，灭规矩而改错。却[①]骐骥而不乘兮，策驽骀而取路。当世岂无骐骥兮，诚无王良[②]之善驭。见执辔者非其人兮，故驹跳而远去。不量凿[③]而正枘[④]兮，恐矩矱[⑤]之不同。不论世而高举兮，恐操行之不调[⑥]。弧弓[⑦]弛而不张兮，孰云知其所至？无倾危之患难兮，焉知贤士之所死？俗推佞而进富兮，节行张而不著。贤良蔽而不群兮，朋曹比而党誉[⑧]。邪说饰而多曲兮，正法弧[⑨]而不公。直士隐而避匿兮，谗谀登乎明堂[⑩]。弃彭咸之娱乐[⑪]兮，灭巧倕[⑫]之绳墨。菎蕗[⑬]杂于黀蒸[⑭]兮，机蓬矢[⑮]以射革。驾蹇[⑯]驴而无策兮，又何路之能极？以直针而为钓兮，又何鱼之能得？伯牙之绝弦兮，无钟子期而听之。和[⑰]抱璞而泣血兮，安得良工而剖之？

【注释】

①却：抛弃。

②王良：人名，春秋时善驭马者。

③凿：容纳枘的孔，榫眼。

④枘（ruì）：榫头，可插入另一部分的榫眼，使两部分连接起来。

⑤矩矱（jǔyuē）：规矩法度。

⑥不调：不合。

⑦弧弓：古代六弓（王弓、弧弓、夹弓、庾弓、唐弓、大弓）之一。其力

强，可以远射甲革坚硬之物。

⑧朋曹：互相勾结的小人。朋，朋党；曹，同类。比：朋比，勾结。党誉：袒护称赞。党，偏私，偏袒。

⑨弧：违背。

⑩明堂：古代帝王宣明政教的地方。

⑪彭咸之娱乐：洪兴祖《楚辞补注》："彭咸以伏义死节为乐。"彭咸，殷商贤臣，谏君不听，投水而死。

⑫巧倕（chuí）：古代传说中的巧匠。

⑬菎蕗（kūnlù）：香草名。

⑭黀（zōu）蒸：麻秸，古时用作燃料或照明。

⑮蓬矢：用蓬蒿做成的箭。

⑯蹇：跛，瘸。

⑰和：卞和，春秋楚人。相传他得玉璞，先后献给楚厉王和楚武王，都被认为欺诈，受刑砍去双脚。楚文王即位，他抱璞泣于荆山下，三日三夜，泪尽而继之以血。楚文王使人琢璞，得宝玉，名为"和氏璧"。

【译文】

世人本来就善于投机取巧啊，违背规矩改变法度。放弃那千里马不去乘驾啊，偏偏要赶着劣马上路。当今之世难道真的没有良驹吗？实在是因为没有王良这样善于驾驭的人！骏马看见执鞭的不善于驾驭啊，就蹦跳着绝尘远去。不度量凿孔的大小就想把榫头装进去啊，恐怕尺寸大小这些标准都不会相同。不理会世间的是非而远走高飞啊，又担心操行受到无端的非议。强弓弓弦松弛没有拉张啊，谁能清楚它究竟可以射多远呢？国家没有倾危之患啊，怎能知道贤良之士会不惜生死？世俗推举奸佞而进用富人啊，美好品行难以推广发扬。贤良之士遭受排挤而孤立无助啊，群小结党营私相互吹捧。歪曲是非的邪说多被美饰啊，违背法度没有公正可言。忠直之士隐居避世啊，谗谀之徒却登堂发号施令。背弃彭咸的高贵品行啊，废除工倕所订立下的尺度。将菎蕗与麻秸混杂在一起燃烧啊，用蓬蒿做成利箭去射击皮革。驾着瘸驴而又没有鞭子啊，如此怎能到达目的地？用直针做鱼钩去钓鱼啊，又怎么能够钓到鱼？俞伯牙之所以摔断琴弦啊，是因为没有知音钟子期聆听欣赏。卞和怀抱着玉璞痛哭乃至泣血啊，哪里能够得到良匠将它琢成美玉？

同音者相和兮，同类者相似。飞鸟号其群兮，鹿鸣求其友。故叩宫而宫应兮，弹角而角动[①]。虎啸而谷风至兮，龙举而景云[②]往。音声之相和兮，言物类之相感。夫方圆之异形兮，势不可以相错。列子[③]隐身而穷处兮，世莫可以寄托。众鸟皆有行列兮，凤独翔翔而无所薄[④]。经浊世而不得志兮，愿侧身岩穴而自托。欲阖口[⑤]而无言兮，尝被君之厚德。独便悁[⑥]而怀毒[⑦]兮，愁郁郁之焉极。念三年之积思兮，愿一见而陈词。不及君而骋说[⑧]兮，世孰可为明之。身寝疾而日愁兮，清沉抑而不扬。众人莫可与论道兮，悲精神之不通。

【注释】

①宫、角：均为五音（宫、商、角、徵、羽）之一。洪兴祖《楚辞补注》："《庄子》云，鼓宫宫动，鼓角角动，音律同矣。《淮南》云，调弦者叩宫宫应，弹角角动，此同声相和者也。"

②景云：祥云，瑞云。

③列子：列御寇，战国时郑人，道家学派的重要代表人物之一。

④薄：归附。

⑤阖口：闭口不言。

⑥便悁（yuān）：忧愁，忧郁。

⑦怀毒：心怀怨愤。

⑧骋说：倾尽衷肠，尽情陈说。

【译文】

音律相同才能声调和谐啊，族类相同自然齐心合力。飞鸟鸣啼是在呼唤同伴啊，鹿鸣呦呦是为寻求伴侣。叩击宫调则宫声相应啊，弹奏角调则会角音和鸣。猛虎咆哮则谷风四起啊，神龙腾飞则祥云簇拥。音声一致相互调和啊，好似同类之间相互感应。方与圆的形状截然不同啊，两者根本不相容。列子隐居穴处啊，世道混浊无所依从。众鸟群飞成列成行啊，凤凰孤飞无凭无依。生逢浊世壮志难酬啊，愿隐居岩穴聊以自托。本想闭口不言啊，又感念曾受君王恩泽。独自忧愁心怀怨愤啊，忧思绵绵无绝期。回想三年来被放逐而郁积的忧愁啊，只希望能面见君王一陈衷肠。没能见到君王而尽情陈说啊，世人谁能为我说明？重病在床整日忧愁啊，心情压抑无从宣泄。无法同世人讨论治道啊，悲叹精神不得畅通。

乱曰：鸾皇孔凤日以远兮，畜凫驾鹅[1]。鸡鹜满堂坛[2]兮，蛙黾[3]游乎华池。要袅[4]奔亡兮，腾驾橐驼[5]。铅刀[6]进御兮，遥弃太阿[7]。拔搴[8]玄芝兮，列树芋荷[9]。橘柚萎枯兮，苦李旖旎[10]。甂瓯[11]登于明堂兮，周鼎[12]潜乎深渊。自古而固然兮，吾又何怨乎今之人！

【注释】

①畜：饲养。凫：野鸭。驾（jiā）鹅：野鹅。

②堂坛：殿堂。

③蛙黾（měng）：即蛙。黾，蛙。

④要袅（niǎo）：骏马名。

⑤橐（tuó）驼：骆驼。

⑥铅刀：铅制的刀。铅质软，作刀不锐，故比喻无用的人和物。

⑦太阿：古宝剑名。相传为春秋时欧冶子、干将所铸。

⑧搴：拔取。

⑨芋荷：即芋头。因其叶似荷，故名。

⑩旖旎：多盛美好的样子。

⑪甂瓯(biān'ōu)：小瓦盆。

⑫周鼎：即九鼎。相传夏禹铸九鼎，象征九州，夏商周三代奉为象征国家政权的传国之宝。周显王时，九鼎没于泗水彭城下。

【译文】

乱辞：鸾鸟凤凰孔雀日渐远去啊，人们都喂养野鸭野鹅。殿堂之上都是呆鸡笨鸭啊，青蛙在芳华的池塘中悠然戏水。骏马奔走逃亡啊，只能骑着骆驼缓慢前行。将铅刀进献给君王啊，却将太阿宝剑远远地丢弃。拔除玄芝灵草啊，却将芋头到处栽种。橘树和柚树日渐枯萎啊，苦李生长得枝繁叶茂。高堂之上摆着瓦盆啊，却将九鼎沉于深渊。自古以来都是如此啊，我又何必怨恨当今世人！

【评析】

《谬谏》是《七谏》的末篇，“谬谏”即委婉进谏之意。本篇的主旨是劝谏君主应当辨别忠奸，任用正直大臣。

本篇与东方朔的身世经历有密切关系。东方朔为汉武帝近侍，曾言政治得失，陈农战强国之计，但武帝始终把他当俳优看待，不以重用。通读全篇，里面充满了主人公怀才不遇的悲愤心情，也是东方朔自身状况的真实呈现，同时充满了希望得到武帝重用，一展抱负的迫切愿望。

本篇大胆用喻，巧妙地采取了以小见大的手法，层层推理，逻辑性非常强，无疑收到了良好的劝谏讽喻效果。

哀 时 命

本篇是汉景帝时期庄忌所写。庄忌，会稽(今苏州)人，著名辞赋家，后为避汉明帝刘庄名讳而改名为严忌，世称“严夫子”。

东汉王逸《楚辞章句》：“《哀时命》者，严夫子之所作也。夫子名忌，与司马相如俱好辞赋，客游于梁，梁孝王甚奇重之。忌哀屈原受性忠贞，不遭明君而遇暗世，斐然作辞，叹而述之，故曰《哀时命》也。”认为此赋乃庄忌“哀屈原”之作。而有的学者以为王逸的这种看法并不确切，“哀时命”的“时”是当今的意思，“哀时命之不及古人兮，夫何予生之不遘时”中的“予”是指庄忌自己，并非指屈原。而从篇中“子胥死而成义兮，屈原沉于汨罗”一句看，代屈原立言之说明显不通。尤其是文中表现出的强烈的追求功名的思想和远离祸患、明哲保身的处世方针，与屈原本人所具有的高贵的人格操守背道而驰。所以，本篇应为庄忌结合自身的遭遇有感而发的作品，抒发其生不逢时、怀才不遇的感慨，表现出强烈的愤世嫉俗的思想。

哀时命之不及古人兮，夫何予生之不遘时[1]！往者不可扳援[2]兮，倈[3]者不可与期。志憾恨而不逞[4]兮，抒中情而属诗。夜炯炯而不寐兮，怀隐忧而历兹。心郁郁而无告兮，众孰可与深谋？欿[5]愁悴而委惰[6]兮，老冉冉而逮之。居处愁以隐约[7]兮，志沉抑而不扬。道壅塞而不通兮，江河广而无梁[8]。愿至昆岺[9]之悬圃兮，采钟山[10]之玉英。揽瑶木[11]之橝枝[12]兮，望阆风[13]之板桐[14]。弱水汩[15]其为难兮，路中断而不通。势不能凌波以径度兮，又无羽翼而高翔。然隐悯而不达兮，独徙倚[16]而彷徉。怅惝罔[17]以永思兮，心纡轸[18]而增伤。倚踌躇以淹留兮，日饥馑而绝粮。廓抱景[19]而独倚兮，超永思乎故乡。廓落寂而无友兮，谁可与玩此遗芳？白日晼晚[20]其将入兮，哀余寿之弗将。车既弊而马疲兮，蹇邅徊[21]而不能行。身既不容于浊世兮，不知进退之宜当。

【注释】

①遘(gòu)时：逢时，遇到好时机。遘，相遇。

②扳(pān)援：攀附，依附。

③倈：通"来"。

④逞：意愿实现，称心。

⑤欿(kǎn)：忧愁。

⑥委惰：懈怠，疲倦。

⑦隐约：隐身守约，隐居自守。

⑧梁：桥。

⑨崑岺：即"昆仑"。

⑩钟山：山名。在昆仑西北。一说即昆仑。其地多产美玉。

⑪揽：攀折。瑶木：玉树，传说中的仙树。

⑫橝枝：长长的枝条。橝，通"覃"，长。

⑬阆风：神山名，在昆仑之上。

⑭板桐：神山名，在阆风之上。

⑮汩：水流迅疾的样子。

⑯徙倚：徘徊的意思。

⑰怅：失意，失望。惝罔：惊惧的样子。

⑱纡轸：失意，失落。

⑲廓：空寂，孤独。抱景：守着影子，形容孤独。景，通“影”。

⑳晼晚：太阳偏西，日将暮。

㉑邅(zhān)徊：徘徊不前。

【译文】

哀叹自己的命运比不上先贤啊，为什么只有我生不逢时！已经过去的不可攀附啊，将来的难以期待。遗憾有志不能施展啊，宣泄衷情写成诗赋。漫漫长夜睁大双眼难以成眠啊，内心感伤岁月无情流逝。心情郁闷无人可以诉说啊，众人中谁可与我详尽谋划！愁苦憔悴而疲倦懈怠啊，时光荏苒老之将至。处境愁苦只好隐居自守啊，精神压抑而不能振起。道路阻塞不能通行啊，江河广阔无桥可渡。希望登上昆仑山的悬圃啊，采摘钟山上的玉花。攀折玉树长长的枝条啊，又向上遥望阆风上的板桐。弱水急流难以涉渡啊，道路中断不得通畅。不能脚踏波涛径直跨越河面啊，又没有翅膀可以展翅高飞。隐居山林自伤志向不能实现啊，只能独自徘徊暂求从容。失意惊惧久久思索啊，内心失落倍增忧伤。犹豫徘徊长久停留啊，日渐饥馑以至粮食断绝。孤独无依形影相吊啊，情意绵绵长思故乡。寂寞无聊没有知音啊，谁能和我一同将这香花玩赏？太阳西下天色已晚啊，哀叹我的寿命也不会长久。我的车子破败马又疲惫啊，徘徊不前无法行进。既已不能被这浊世所容啊，又不知进退哪一个适当。

冠崔嵬[①]而切云[②]兮，剑淋离[③]而从横[④]。衣摄叶[⑤]以储与[⑥]兮，左袪[⑦]挂于榑桑[⑧]；右衽[⑨]拂于不周[⑩]兮，六合不足以肆行。上同凿枘[⑪]于伏戏[⑫]兮，下合矩矱[⑬]于虞唐[⑭]。愿尊节而式高兮，志犹卑夫禹汤。虽知困其不改操兮，终不以邪枉害方。世并举而好朋兮，壹斗斛[⑮]而相量。众比周[⑯]以肩迫[⑰]兮，贤者远而隐藏。为凤皇作鹑笼兮，虽翕翅[⑱]其不容。灵皇[⑲]其不寤知兮，焉陈词而效忠？俗嫉妒而蔽贤兮，孰知余之从容？愿舒志而抽冯[20]兮，庸讵知其吉凶？璋珪[21]杂于甑室[22]兮，陇廉[23]与孟娵[24]同宫。举世以为恒俗兮，固将愁苦而终穷。幽独转而不寐兮，惟烦懑而盈匈[25]。魂眇眇[26]而驰骋兮，心烦冤之忡忡[27]。志欿憾[28]而不憺[29]兮，路幽昧而甚难。

【注释】

①崔嵬：高耸，高大。

②切云：上摩青云。极言其高。

③淋离：同"淋漓"，长而美好的样子。

④从横：左右摇摆。

⑤摄叶：不舒展的样子。形容衣服宽大。

⑥储与：不舒展的样子。

⑦袪：袖口。

⑧榑(fú)桑：即"扶桑"，传说中的神木。

⑨衽：衣襟。

⑩不周：即不周山，古代传说中的山名，据说在昆仑山西北。

⑪凿枘：卯眼和榫头。凿枘相应，故常用以喻彼此相合。

⑫伏戏：即"伏羲"，传说中的上古帝王。

⑬矩矱(yuē)：规矩法度。

⑭虞唐：虞舜唐尧，即尧舜。

⑮斗斛：斗与斛，两种量器。十斗曰斛。

⑯比周：结党营私。

⑰肩迫：两肩相并。形容亲密无间的样子。

⑱翕(xī)翅：收敛翅膀。翕，闭合，收敛。

⑲灵皇：对君王的美称。

⑳抽冯(píng)：发泄愤懑。抽，伸展，抒发。冯，同"凭"，怒，愤懑。

㉑璋珪：均为玉制的礼器。古代用于朝聘、祭祀。

㉒甑窐（zènggūi）：甑，古代蒸饭的一种瓦器，底部有许多透蒸气的孔格，置于鬲上蒸煮。窐，甑下的小孔。

㉓陇廉：古代丑妇名。

㉔孟娵（jū）：古代美女名。

㉕匈：同"胸"。

㉖眇眇：飘动。

㉗忡忡：忧愁。

㉘欿（kǎn）憾：意有不足，引以为恨。

㉙憺（dàn）：安稳，泰然。

【译文】

帽子高耸直入青云啊，腰间长剑左右摇摆。衣服宽大不得舒展啊，左边衣袖挂在了扶桑树上。右边衣襟拂过不周山啊，天地四方不能让我任意行走。上辅伏羲与同制量啊，下佐尧舜与合法度。愿尊重名节而以高洁为法式啊，志向犹对夏禹商汤有所鄙视。即使知道困厄也不会改变节操啊，终不因邪恶妨碍我正直的品行。世人都喜好互相吹捧朋比为奸啊，混淆了斗斛而用同样的标准去衡量。群小互相勾结亲密无间啊，贤人志士只好远离而隐居潜藏。给凤凰打造一个鹌鹑的竹笼啊，即使极力收敛翅膀也难以容身。君王不醒悟而明察啊，去哪里陈诉衷情？世风嫉贤妒能啊，谁知道我不为所动举止从容？想要舒展胸怀发泄愤懑啊，哪管它后果是吉还是凶！宝玉和瓦器混杂一处啊，丑妇与美女同住一个屋子。全天下都习以为常啊，我注定要愁苦潦倒穷困终生。夜里辗转反侧难以成眠啊，唯有烦闷愤懑充溢于胸。灵魂飘忽游移不定啊，内心烦恼怨恨忧心忡忡。心神失落动荡不宁啊，路途黑暗寸步难行。

块①独守此曲隅②兮，然欿切③而永叹。愁修夜而宛转兮，气涫沸④其若波。握剞劂⑤而不用兮，操规矩而无所施。骋骐骥于中庭兮，焉能极夫远道？置猨狖⑥于棂槛⑦兮，夫何以责其捷巧？驷跛鳖而上山兮，吾固知其不能升。释管晏[8]而任臧获[9]兮，何权衡之能称？菎蕗[10]杂于黀蒸[11]兮，机蓬矢以射革。负檐荷[12]以丈尺兮，欲伸要[13]而不可得。外迫胁于机臂[14]兮，上牵联于矰隿[15]。肩倾侧而不容兮，固陿腹[16]而不得息。务光[17]自投于深渊兮，不获世之尘垢。孰魁摧[18]之可久兮，愿退身而穷处。凿山楹[19]而为室兮，下被衣[20]于水渚。雾露濛濛其晨降兮，云依斐[21]而承宇[22]。虹霓纷其朝霞兮，夕淫淫而淋雨。怊茫茫而无归兮，怅远望此旷野。下垂钓于溪谷兮，上要求于仙者。与赤松而结友兮，比王子侨而为耦[23]。使枭杨[24]先导兮，白虎为之前后。浮云雾而入冥兮，骑白鹿而容与。

【注释】

①块：孤独的样子。

②曲隅：偏僻的角落，山角。

③欿(kǎn)切：愁苦，痛切

④涫(guàn)沸：沸腾。

⑤剞劂(jījué)：刻镂的刀具，刻刀。

⑥猨狖(yuányòu)：长尾猿。泛指猿猴。

⑦棂槛：圈兽类的栅栏。

⑧管晏：管仲和晏婴，均为齐国名相。

⑨臧获：古代对奴婢的贱称。

⑩菎蕗：香草名。

⑪黀(zōu)蒸：麻秸。古时用作燃料或照明。

⑫檐荷：负担重物。

⑬要：通“腰”。

⑭机臂：捕捉鸟兽的工具。一说为弩身。

⑮矰隿(zēngyì)：系着丝绳的短箭，用来射飞鸟。

⑯陿(xiá)腹:收腹屏气。形容畏惧。陿,同“狭”。

⑰务光:古代隐士。相传汤让位给他,他不肯接受,负石沉水而死。

⑱魁摧:犹“虺隤”,疲极致病的样子。

⑲山楹:用山石凿成的石柱。

⑳被衣:浣洗衣服。

㉑依斐:云盛的样子。

㉒承宇:萦绕在屋宇之上。

㉓耦:伴侣。

㉔枭杨:兽名,即狒狒。

【译文】

孑然一身守候在这个山角啊,内心愁苦痛切而长叹。长夜愁苦难以入眠啊,心潮起伏如沸水翻滚。手握刻刀而不能雕镂啊,手操规尺而难以图画。驾驭骏马在庭院里奔驰啊,又怎够跑得长远?将猿猴关在笼子里啊,又怎能责怪它不够敏捷灵巧?驾着跛脚的乌龟上山啊,我本来就知道它难以攀爬上去。废弃管仲和晏婴不用而任用卑贱的奴仆啊,又如何能称得上善于用人?将菎蕗混在麻秸之中啊,使用蓬蒿做的箭射向皮革。在尺寸之地肩挑背扛啊,想要伸一伸腰也难以实现。害怕被强弓硬弩伤害啊,又担心被系着丝绳的短箭射中。即使委曲求全也难以见容啊,收腹屏气以躲避祸患。务光自投深渊而死啊,避开了浊世的玷污。疲极致病怎么能够长久啊,希望可以隐退避世。开凿山石作为楹柱啊,浣洗衣服就在水边。清晨雾露弥漫而降啊,云层堆垛直逼屋宇。虹霓绚丽朝霞灿烂啊,傍晚时分又下起了绵绵细雨。失落惆怅无处投奔啊,怀愁远望尽是无边的旷野。下临溪谷在水边垂钓啊,上邀仙人一同游戏。我与赤松子结为好友啊,和王子侨结成伴侣。我命狒狒在前面开路啊,令白虎奔走前后充做护卫。乘云驾雾遨游玄冥啊,骑着白鹿逍遥自在。

魂眐眐[①]以寄独兮,汩徂[②]往而不归。处卓卓[③]而日远兮,志浩荡而伤怀。鸾凤翔于苍云兮,故矰缴[④]而不能加。蛟龙潜于旋渊兮，身不挂于罔罗。知贪饵而近死兮，不如下游乎清波。宁幽隐以远祸兮，孰侵辱之可为？子胥死而成义兮，屈原沉于汨罗。虽体解其不变兮，岂忠信之可化？志怦怦[5]而内直兮，履绳墨而不颇。执权衡而无私兮，称轻重而不差。摡[6]尘垢之枉攘[7]兮，除秽累而反真。形体白而质素兮，中皎洁而淑清。时厌饫[8]而不用兮，且隐伏而远身。聊窜端[9]而匿迹兮，嘆[10]寂默而无声。独便悁[11]而烦毒[12]兮，焉发愤而纾情？时曖曖[13]其将罢兮，遂闷叹而无名。伯夷死于首阳兮，卒夭隐而不荣。太公不遇文王兮，身至死而不得逞。怀瑶象而佩琼兮，愿陈列[14]而无正[15]。生天墬[16]之若过兮，忽烂漫[17]而无成。邪气袭余之形体兮，疾憯怛[18]而萌生。愿壹见阳春之白日兮，恐不终乎永年。

【注释】

①眐眐：独行的样子。

②汩徂：急流倾泻的样子。

③卓卓：高远。

④矰（zēng）：古代用来射鸟的拴着丝绳的短箭。缴（zhuó）：系在箭上的丝绳。

⑤怦怦：忠诚敬慎的样子。

⑥摡（gài）：拂拭，擦拭。

⑦枉攘：混乱。

⑧厌饫（yù）：吃饱，吃腻。

⑨窜端：逃避祸患。端，祸端。

⑩嘆（mò）：静，寂静。

⑪便悁：忿恨。

⑫烦毒：烦恼忧愁。

⑬曖曖（ài）：昏昧不明。

⑭陈列：进献忠言，一表忠心。

⑮正：通“证”，作证。

⑯墬（dì）：同“地”。

⑰烂漫：消散。

⑱憯怛（cǎndá）：忧伤，悲痛。

【译文】

灵魂独自飞行寄居在高空啊，就像急流倾泻一去不返。身处高空离家日远啊，心情激荡满怀忧愁。鸾凤高翔于云端之上啊，所以弓箭射不到它。蛟龙潜藏在深渊之中啊，所以罗网不能将它围困。深知贪食香饵必遭杀身之祸啊，不如向下游动深潜在清波之中。宁愿幽处隐居而远离灾祸啊，谁能再将我伤害侮辱？伍子胥以死成就大义啊，屈原为理想自沉汨罗。即使粉身碎骨也不会改变啊，又怎能把忠信抛却丢弃！忠诚敬慎正直无私啊，遵循法度从不会有所偏颇。权衡考量公正无私啊，称量轻重分毫不差。拭去乱糟糟的尘垢啊，除却污秽返璞归真。形体清白本质纯真啊，内心磊落光明品德纯洁方正。世人饱食终日而不为所用啊，姑且退身隐居远离祸患。远避祸端而隐藏行迹啊，自甘寂寞默默无言。孤独忿恨心中烦闷啊，如何发泄愤懑排遣忧愁？世道昏昧不明心力交瘁啊，于是哀叹美名不得流传。伯夷守节而饿死在首阳山啊，终于默默无闻地死去而不得显达。太公吕望如果不是遇到周文王啊，到死也不能施展才华。怀揣美玉象牙而身戴玉佩啊，希望进献忠心却无人作证。生来便如天地间的过客啊，时光匆匆而过终究一事无成。邪气不断侵袭我的身体啊，忧伤痛苦悄然百病丛生。希望能够看一眼阳春的旭日啊，恐怕命短难以尽享天年。

【评析】

《哀时命》一辞，自哀像屈原一样生不逢时，怀才不遇，高度概括了自身的身世经历和人生体验，表达了追求功名和远离祸患以保身的思想，强烈地表现出一个文人的苦闷和抗争，抒发其生不逢时、怀才不遇的感慨。

本篇共分为四个部分,一是喟叹生不逢时,“哀时命之不及古人兮,夫何予生之不遘时”一语正是本篇主旨;二是批判现实愚暗,世俗之人结党营私,高洁之士远离深藏,想要劝谏君王却不被听从;三是描述自心中愁苦,渴望升仙而摆脱世俗之事的烦扰;四是表达郁郁寡欢的心情,悲叹生命短暂。

强烈而深沉的情感宣泄是本篇的一大特色,如在漫漫的长夜中难以入睡,这是因为他空有一身才华却找不到可以一展抱负的地方,因此只能看着时光匆匆流逝而终老,“时暧暧其将罢兮,遂闷叹而无名”一语正是其现实处境的真实写照。同时辞中还列举了历史上一大批高风亮节的贤能之士,通过他们的人生际遇,抒发自身怀才不遇的苦闷心理。本篇于沉郁的格调中也蕴含着浪漫主义色彩,诗人遨游苍穹的想象力极为精彩,展现了他希望在神话世界中寻求精神寄托的内心活动。

本篇篇幅虽短小,但是内容精练,感情真挚,是拟屈赋中的佳作。

九　怀

《九怀》，汉代王褒所作。王褒，字子渊，蜀资中（今四川资阳）人，西汉宣帝时期著名辞赋家，和扬雄并称为“渊云”，留存后世的主要作品除《九怀》外，还有《洞箫赋》等。

《九怀》是一组代屈原立言、抒情的作品，王逸《楚辞章句》云：“怀者，思也，言屈原虽见放逐，犹思念其君，忧国倾危而不能忘也。褒读屈原之文，嘉其温雅，藻采敷衍，执握金玉，委之污渎，遭世溷浊，莫之能识。追而愍之，故作《九怀》，以裨其词。”但从其遣词行文来看，也有王褒自怀、自愍的意味。

全章一共有九篇，分别是《匡机》《通路》《危俊》《昭世》《尊嘉》《蓄英》《思忠》《陶壅》《株昭》。《匡机》抒写屈原去国与恋国的内心矛盾冲突，以及希冀能得到君王的重用而这种愿望长久得不到实现的痛苦和悲哀；《通路》重在抒发屈原报国无门的苦闷和无奈之情，并希望能够寻找到接近君王的“通路”；《危俊》浪漫主义色彩浓厚，重在表现屈原去国远游的所见所闻，映射其内心的孤独，不为世俗所容而忧思不绝的痛苦；《昭世》通过描绘屈原乘龙飞升游仙的所见所闻，感叹楚国日益凋弊的政治环境，抒发难舍君国的情怀；《尊嘉》写屈原不得重用，只好漫无目的地徘徊游历，追怀往故，抒发其身如浮萍、人生失路的无限悲愁；《蓄英》带有悲秋的韵味，屈原去国神游太虚，欲修养美质，希望能一展抱负，实行美政，刻画其身去意存，不忘君国的情怀，表现其去国与恋国的矛盾心理；《思忠》通过描写屈原游神九天的梦境，表达其想尽忠而不能尽忠的无奈与欲远游释愁而不能的忧伤;《陶壅》一文重在表现屈原希望得遇明君以振兴国家的强烈愿望,但政治黑暗,贤能之士遭排挤而无用武之地,令其心中忧闷,思绪万千;《株昭》一篇揭露的混乱社会政治生态令人触目惊心,表现了屈原对不重视人才、摧残人才这一现象的痛恨之情,表达了其对君王、国家的深切挂念和依恋之情。

从各篇的结构和内容来看,其相似的成分很大。即开头部分大多描绘黑暗的社会现实,抨击黑白颠倒、良莠不分的政治环境,主人公因此不被世俗所接受,因此心情无比悲愤而又无可奈何;中间部分大都书写主人公游历四方以及和神灵相互娱乐的活动;结尾大都写主人公终究不能忘怀现实,表达其对国家、君王深深的眷恋。这种三段式的写作风格和行篇布局,重叠复沓,跌宕有致,别有韵味。

匡 机

极运[1]兮不中,来将屈兮困穷。余深愍[2]兮惨怛[3],愿一列[4]兮无从。

【注释】

①极运:谓反复尽力规劝。

②愍(mǐn):悲伤,悲痛。

③惨怛(dá):忧伤,悲苦。

④列:陈述。

【译文】

反复规劝君王啊却得不到信任,委屈归来啊陷入困顿贫穷。我心中忧伤啊无限悲痛,想倾诉衷肠啊却投告无门。

乘日月兮上征，顾游心[①]兮鄗丰[②]。弥览[③]兮九隅[④]，彷徨兮兰宫。芷闾兮药[⑤]房，奋摇[⑥]兮众芳。菌[⑦]阁兮蕙楼，观道[⑧]兮从横。宝金兮委积，美玉兮盈堂。桂水兮潺湲，扬流兮洋洋。蓍蔡[⑨]兮踊跃，孔鹤兮回翔。

【注释】

①顾游心：回首顾念。顾，眷顾；游心，回想。

②鄗(hào)丰：鄗，同“镐”，周武王姬发所建都城，在今陕西西安长安西南。丰，周文王姬昌所建都城，在今陕西户县境内。

③弥览：历观，遍观。

④九隅：九州。

⑤药：指白芷。

⑥奋摇：指各种香花芳草蓬勃生长开放。

⑦菌：菌桂，一种香木。

⑧观道：即楼台间的路。观，古代宫门外高台上的望楼，亦称“阙”。泛指高大的建筑物。

⑨蓍蔡：老神龟。洪兴祖《楚辞补注》：“蓍，当作耆。”耆，老。蔡，大龟。

【译文】

乘驾日月啊飞上高空，回首顾念啊丰邑镐京。遍观九州啊边远之地，徘徊徜徉啊香洁兰宫。香芷做门啊白芷做屋，蓬勃开放啊芳香四溢。薰草为阁啊蕙草为楼，楼观之间啊道路纵横。金银珠宝啊四处堆放，华美宝玉啊摆满厅堂。河水飘桂啊潺潺流淌，水流扬波啊浩浩汤汤。硕大老龟啊跳跃爬行，孔雀仙鹤啊回旋飞翔。

抚槛兮远望，念君兮不忘。怫郁[①]兮莫陈，永怀兮内伤。

【注释】

①怫郁：忧郁，心情不舒畅。

【译文】

手抚栏杆啊眺望远方，怀念君王啊时刻不忘。忧思郁结啊无处倾诉，长久思念呀内心悲伤。

【评析】

“匡”，匡正补救的意思；“机”，通“几”，细微的迹象，又有危险、危机的意思；“匡机”，即指匡救危殆，就本篇内容来看，指希望自己的忠言能够起到匡救君王以及拯救国家前途和命运的作用，是屈原一心为国、忠贞不渝的真情流露。

本篇主要抒写屈原去国与恋国的内心矛盾冲突，以及希冀能得到君王重用而这种愿望长久得不到实现的痛苦和悲哀。可分为三个部分。第一部分，感叹天道无常，即隐晦地指责君王失德无道，从而引出下文。第二部分用了大量篇幅描写想象当中的驰骋于天的情景，用对天上的向往反衬对现实的悲哀。第三部分屈原内心仍然怀恋故国，“念君兮不忘”，但不得重用的现实令他忍受着忧愤心绪的折磨而无法解脱。

通 路

天门兮墬[①]户，孰由兮贤者？无正兮溷厕[②]，怀德[③]兮何睹？假寐[④]兮愍斯，谁可与兮寤语[⑤]？痛凤兮远逝，畜鴳[⑥]兮近处。鲸鱏[⑦]兮幽潜，从虾[⑧]兮游陼[⑨]。

【注释】

①墬(dì)：同“地”。

②溷厕：混杂其间。厕，杂错。

③怀德：指品德美好的士人。

④假寐：和衣而卧。

⑤寤语：相对而语。

⑥鴳(yàn)：小鸟名。

⑦鱏(xún)：同“鲟”，一种大鱼。

⑧从虾：从鱼之虾，小虾。

⑨陼(zhǔ)：同“渚”，水中的小块陆地。

【译文】

天门啊地户，贤人啊不知道走哪条路？奸邪小人啊混杂其间，品德美好的士人啊谁够看见？和衣而卧啊悲叹世风日下，谁又能够与我啊相对而语？痛惜凤凰啊已远走高飞，畜养鴳雀啊日益亲附。巨鲸鲟鱼啊潜藏在深渊，小鱼虾啊任意游戏洲渚。

乘虬①兮登阳②，载象③兮上行。朝发兮葱岭④，夕至兮明光⑤。北饮兮飞泉，南采兮芝英。宣游⑥兮列宿，顺极⑦兮彷徉。红采⑧兮骍⑨衣，翠缥⑩兮为裳。舒佩兮綝纚⑪，竦⑫余剑兮干将⑬。腾蛇⑭兮后从，飞駏⑮兮步旁。微观兮玄圃，览察兮瑶光⑯。

【注释】

①虬(qiú)：虬龙，古代传说中的有角的小龙。

②登阳：上天。

③象：王逸《楚辞章句》：“神象，白身赤头，有翼能飞也。”

④葱岭：在今新疆西南境，自北而南，绵亘于疏勒诸县以西地区，昆仑、天山等皆发脉于此。

⑤明光：神山名，即神话中昼夜常明的丹丘。

⑥宣游：遍游。

⑦极：北极星。

⑧红采：当作“虹采”，即彩虹。

⑨骍（xīng）：赤色的马和牛，泛指赤色。

⑩翠缥（piǎo）：指淡淡的青云。缥，青白色，淡青色。

⑪绯缅（shēnxǐ）：下垂的样子。

⑫竦（sǒng）：执，持。

⑬干将：宝剑名。春秋时吴国干将所铸。

⑭腾蛇：一种似龙的飞蛇。腾，也作“螣”。

⑮驱（jù）：即驱虚。兽名，善于奔跑。

⑯瑶光：星名，即北斗第七星。

【译文】

乘着虬龙啊飞上高空，骑着神象啊遨游苍穹。早晨出发啊西方葱岭，傍晚到达啊明光之山。来到北方渴饮啊昆仑飞泉，游至南方采摘啊灵芝瑞草。遍游天上啊二十八宿，围绕北极啊徘徊游荡。绚丽彩虹啊做我红衣，淡青云朵啊做我下裳。舒展玉佩啊分散下垂，手中紧握啊宝剑干将。腾蛇飞舞啊紧紧相随，驱虚奔驰啊不离身旁。侧目窥视啊昆仑悬圃，仔细察看啊北斗瑶光。

启匮[①]兮探筴[②]，悲命兮相当[③]。纫[④]蕙兮永辞，将离兮所思。浮云兮容与，道[⑤]余兮何之？远望兮仟眠[⑥]，闻雷兮阗阗[⑦]。阴忧[⑧]兮感余，惆怅兮自怜。

【注释】

①匮（guì）：匣子。

②筴（cè）：占卜用的蓍草。

③相当：当作“所当”，即所遭逢的意思。

④纫：连缀。

⑤道：通“导”，引导。

⑥仟眠：昏暗不明的样子。

⑦阗阗（tián）：形容声音洪大。

⑧阴忧：内心的忧愁。

【译文】

打开匣子啊取出蓍草，悲叹命运啊遭逢祸患。连缀蕙草啊誓将永别，将要离开啊思念君王。浮云飘飘啊徘徊不前，引导着我啊去往何方？遥望故国啊昏暗不明，听见雷声啊隆隆作响。忧愁苦闷啊感怀于心，惆怅失意啊茕茕自伤。

【评析】

“通路”指平坦宽阔的大路，具体到本篇，即指指王褒以及他所代言的屈原想要使个人的仕途通达，让自身的才华能够为君王和国家所用，从而实现自我的人生理想。《通路》抒发了欲效力君王却报国无门，前途渺茫的愁苦和郁闷。

本篇可分为三段。第一段即开门见山地指出“天地兮蹩户，孰由兮贤者”，指责小人当道，贤者隐遁的黑暗朝政。第二段用大量篇幅描写想象当中驰骋于天的意气风发，实际反衬出人间的黑暗和在朝廷的失意。第三段写天国虽好，然而其内心却仍然牵念君王，希望能有坦途靠近君王以及无路可通的失落惆怅。

危　　俊

林不容兮鸣蜩[①]，余何留兮中州[②]？陶[③]嘉月兮总驾[④]，搴[⑤]玉英兮自修。结荣茝[⑥]兮逶逝[⑦]，将去烝[⑧]兮远游。

【注释】

①蜩(tiáo):蝉。

②中州:指中国。

③陶:喜悦,欢畅。

④总驾:聚集车辆。

⑤搴(qiān):拔取,摘取。

⑥荣:茂盛。茝(chǎi):香草名。

⑦逶逝:远逝。

⑧烝:指君王。

【译文】

树林里容不下啊秋蝉鸣叫,我何必逗留啊中州大地?选择良辰吉日啊聚集车驾,采摘美玉鲜花啊自我修饰。编结茂盛茝草啊驰而远逝,将要离开君王啊远方遨游。

径岱[①]土兮魏阙[②],历九曲[③]兮牵牛[④]。聊假日兮相佯[⑤],遗光燿[⑥]兮周流。望太一[⑦]兮淹息[⑧],纡余辔兮自休。晞[⑨]白日兮皎皎,弥[⑩]远路兮悠悠。顾列孛[⑪]兮缥缥[⑫],观幽云兮陈浮。

【注释】

①岱:泰山的别称,泰山也称为岱宗、岱岳。

②魏阙:山势如阙,高大巍峨。魏,通"巍",高大的样子。阙,宫门外两边的楼台,此处指两峰对峙如双阙。

③九曲:指九天。

④牵牛:即牵牛星。

⑤相佯:亦作"相羊",徘徊,游荡。

⑥遗光:光彩照人。燿:同"耀"。

⑦太一:东皇太一,传说中天庭最尊贵的神。

⑧淹息:停歇,停留。

⑨晞(xī):破晓,旭日东升。

⑩弥(mí):长远,久长。

⑪孛(bèi):彗星。

⑫缥缥(piāo):通“飘飘”。轻举的样子。

【译文】

经过泰山啊巍峨如阙,遍游九天啊访问牵牛星。趁着闲暇啊暂且徘徊游荡,光彩照人啊照耀四方。仰望大神太一啊稍稍停歇,放松马缰绳啊且作修整。早晨旭日东升啊光辉灿烂,前方路途遥远啊没有尽头。回看彗星啊飘飘飞逝,审视幽云啊弥漫堆浮。

钜宝[①]迁兮砏磤[②],雉咸雊[③]兮相求。泱莽莽[④]兮究志[⑤],惧吾心兮懤懤[⑥]。步余马兮飞柱[⑦],览可与兮匹俦[⑧]。卒莫有兮纤介[⑨],永余思兮怞怞[⑩]。

【注释】

①钜宝:即陈宝,传说中鸡头而人身的神。

②砏磤(pīnyīn):形容声音很大。

③雊(gòu):鸣叫。

④泱(yǎng)莽莽:广大的样子。

⑤究志:指沉浸在无尽的深思中。

⑥懤懤(chóu):忧愁。

⑦飞柱:神山名。

⑧匹俦:伴侣,配偶。王逸《楚辞章句》:“历观群英,求妃合也。二人为匹,四人为俦。”

⑨纤介:细微,少数。

⑩怞怞(yóu):忧愁。

【译文】

天神钜宝迁移啊隆隆作响，野鸡声声鸣叫啊雌雄相求。广大无边啊沉浸在无尽的深思中，唯恐自己内心啊再生忧愁。我让马儿漫步啊前往飞柱山，看看还有谁啊能够做我的伴侣。最终没有找到啊哪怕极少数，我的思绪绵绵啊忧愁满怀。

【评析】

"危"，危险的意思；"俊"，指贤能且才华突出的俊杰之士；"危俊"，即指俊杰之士处境非常不妙，空有才华，怀才不遇。本篇描写的是屈原去国远游、超越现实、遨游太空的历程，抒发其深沉的孤独感和怀才不遇的忧愤之情。

本篇可分为三部分。开篇"林不容兮鸣蜩，余何留兮中州"，即点明了俊杰之士难以被黑暗社会所接纳的现实。面对这种局面，只好隐居避世寻求自我解脱。第二部分，不为俗世所容，不被君王所用，故离君外游以释忧。第三部分，遍寻知己而不得，忧思不绝。

本辞想象力丰富，文采飞扬，情景交融的艺术手法有效地突出了彷徨无助、苦闷无奈的失落情绪。

昭　世

世溷兮冥昏①，违君②兮归真③。乘龙兮偃蹇④，高回翔兮上臻⑤。

【注释】

①冥昏：昏暗无光。

②违君：离开国君。

③归真：回归纯真本性。

④偃蹇（yǎnjiǎn）：高高的样子。

⑤臻（zhēn）：来到，达到。

【译文】

现今的世道昏浊啊忠奸不分，我要离开君王啊回归我的本真。乘驾飞龙啊高高飞升，回旋翱翔啊直达天庭。

袭英衣[①]兮缇䋁[②]，披华裳兮芳芬。登羊角[③]兮扶舆[④]，浮云漠[⑤]兮自娱。握神精[⑥]兮雍容[⑦]，与神人兮相胥[⑧]。流星坠兮成雨，进瞵盼[⑨]兮上丘墟。览旧邦兮滃郁[⑩]，余安能兮久居！志怀逝兮心懰栗[⑪]，纡余辔兮踌躇。闻素女[⑫]兮微歌，听王后[⑬]兮吹竽。魂凄怆兮感哀，肠回回兮盘纡。抚余佩兮缤纷，高太息兮自怜。使祝融兮先行，令昭明[⑭]兮开门。驰六蛟兮上征，竦[⑮]余驾兮入冥。

【注释】

①袭：穿衣。英衣：花衣。

②缇䋁（tíqiè）：色彩鲜明的样子。缇，橘红色的丝织物。䋁，同“緁”，缝衣边。

③羊角：旋风。

④扶舆：扶摇，盘旋升腾的样子。

⑤云漠：当作“云汉”，即银河。

⑥神精：即精神，指人的精气、元神。相对于形骸而言。

⑦雍容：举止大方，从容不迫。

⑧胥：通“须”，等待。

⑨进瞵（lín）盼：凝视。进，当作“集”。瞵，看。

⑩滃郁：云烟弥漫的样子。

⑪悯栗(lìúlì):悲伤,忧伤。

⑫素女:传说中古代神女。与黄帝同时。或言其善于弦歌。

⑬王后:指宓妃,洛水之神。王逸《楚辞章句》:“宓妃作乐,百虫至也。”

⑭昭明:指炎神。

⑮竦:向上。

【译文】

身穿花衣啊色彩鲜明,披着华美下裳啊芳香浓郁。乘着旋风啊盘旋而上,飘浮在银河之上啊暂且自我娱乐。振奋精神啊举止从容不迫,想要结识神人啊暂且等待。流星纷纷坠落啊如同降雨,我用心凝视啊登上昆仑之墟。下视故国啊云烟弥漫,我怎能啊在这里长久居留!决心远走高飞啊悲伤不已,放松我的马缰啊犹豫盘桓。耳边响起素女啊浅吟低唱,听到洛神宓妃啊吹奏笙竽。神魂凄惨悲伤啊感慨哀痛,愁肠百结啊思绪盘曲。抚摩我的佩饰啊缤纷作响,不由长长叹息啊自伤自怜。派遣火神祝融啊在前面开路,命令炎神昭明啊打开天门。驾起六条蛟龙啊向上飞升,乘车高驰啊直上苍穹。

历九州兮索合①,谁可与兮终生?忽反顾兮西囿,睹轸丘②兮崎倾③。横垂涕兮泫流,悲余后④兮失灵⑤。

【注释】

①索合:寻求志同道合的人。

②轸(zhěn)丘:高峻的山。

③崎倾:倾侧,倾危。

④后:指君王。

⑤失灵:失去聪明,愚昧昏聩。

【译文】

游遍九州啊寻求知音,谁能与我啊结伴终生?忽然回首眺望啊西方的园囿，只见山势巍峨啊崎岖峥嵘。不禁涕泗横流啊泫然滴落，悲伤我那君王啊愚昧昏聩。

【评析】

“昭”，即“明亮”的意思，具体到本篇，就是昭明并澄清的意思。本篇以“昭世”为题，正是对当时污浊不堪的社会现实的深刻揭露。《昭世》以乘龙飞升游仙为内容，抨击了时事的黑暗，抒写了屈原忠君与罪君、恋国与去国的内心矛盾冲突，抒发了报国无门、知音难寻的痛苦。

本篇可分为三个部分，首先写屈原因为混乱黑暗的社会和世人人情虚伪的缘故而欲远离世俗，飞游太空以求仙问道；其次写遍游四海但是依然寻找不到心灵的知己，更令其情绪郁闷难消；最后描写屈原始终难以割舍爱国思君的情怀，但现实的无奈又重重围困，使人悲愁难当。

本篇以奇魄瑰丽的想象，夸张、修饰的言辞描写屈原遨游苍穹的所见所闻，去国之思得到了全面的展现。

尊　嘉

季春①兮阳阳②，列草兮成行。余悲兮兰生③，委积④兮从横。江离⑤兮遗捐⑥，辛夷⑦兮挤臧⑧。伊⑨思兮往古，亦多兮遭殃。伍胥兮浮江，屈子兮沉湘。

【注释】

①季春：阴历三月，暮春。

②阳阳：风和日丽。

③生：当作“悴”，凋零枯萎的意思。

④委积：聚集，堆积。

⑤江离：香草名，即蘼芜。
⑥遗捐：遗弃。
⑦辛夷：香木名。
⑧挤臧：遭排挤而湮没无闻。
⑨伊：发语词。

【译文】

暮春三月啊风和日丽，芳草萋萋啊罗列成行。我心伤悲啊兰花凋零，委弃堆积啊凌乱不堪。香草江离啊被丢弃一旁，香木辛夷啊遭排挤而湮没无闻。不由想起啊前代贤士，也多半是如此啊遭逢祸殃。吴国伍胥啊浮尸江上，楚国屈原啊自沉湘江。

运余兮念兹[1]，心内兮怀伤。望淮[2]兮沛沛[3]，滨流[4]兮则逝。榜舫[5]兮下流，东注兮磕磕[6]。蛟龙兮导引，文鱼[7]兮上濑[8]。抽蒲[9]兮陈坐，援芙蕖[10]兮为盖。水跃兮余旌，继以兮微蔡[11]。云旗兮电骛[12]，倏忽兮容裔[13]。河伯兮开门，迎余兮欢欣。

【注释】

①运余兮念兹：即“余运兮念兹”的倒装。运，转的意思。
②淮：淮河。
③沛沛：形容水势盛大。
④滨流：站在水边。滨，临近，靠近。
⑤榜舫：乘船，行船。榜，摇动船桨使船行进。舫，船。
⑥磕磕（kē）：水石相互撞击的声音。
⑦文鱼：有斑彩花纹的鱼。一说即鲤鱼。
⑧上濑：逆流而上。
⑨抽蒲：拔蒲草以编织坐席。
⑩芙蕖：荷花。

⑪微蔡:小草。蔡,野草。

⑫电骛:疾驰。

⑬容裔(yì):水波荡漾的样子。

【译文】

转而想起啊自身遭遇,内心悲痛啊无限感伤。眺望淮水啊滚滚东流,伫立水边啊想要随之而去。乘一叶扁舟啊顺流而下,东流入海啊水石相击。水中蛟龙啊在前面引导,斑斓文鱼啊助我逆流而上。拔取蒲草啊铺设坐席,采摘荷叶啊当作船篷。水花飞溅啊打湿船上的旌旗,细小水藻啊卷入船舱。张挂云旗啊风驰电掣,极速前行啊水波荡漾。水神河伯啊打开宫门,热烈欢迎我啊欢欣喜悦。

顾念兮旧都,怀恨兮艰难。窃哀兮浮萍,汎淫①兮无根。

【注释】

①汎淫:随波漂浮的样子。

【译文】

思念故国啊终生难忘,心怀怨恨啊前路艰难。暗自哀叹啊身如浮萍,漂浮不定啊无家可归。

【评析】

"尊",尊崇、尊敬的意思;"嘉",美好的意思,喻指品德美好的人士;"尊嘉"即尊崇贤士之意。《尊嘉》赞颂前贤而悲叹自身,将其人生失路的愁苦表现得淋漓尽致。

本篇可分为三个部分,首先描写春意盎然的和乐之景,同自身的困境形成鲜明反差,进而追怀往古,由受遗弃和排挤的江离和辛夷,联想到被害浮江的伍子胥和沉湘的屈原,心怀悲痛而无限感伤;其次描写为寻求心灵解脱而拜访河伯,并受到河伯的热烈欢迎的情景;最后描写仍旧无法忘怀故乡,然而前途昏暗不明,崎岖坎坷,不由哀叹自身如那无根浮萍，四处漂泊而难回故乡。

蓄英

秋风兮萧萧，舒芳[1]兮振条。微霜兮眇眇[2]，病殀兮鸣蜩[3]。玄鸟[4]兮辞归，飞翔兮灵丘[5]。望溪兮滃郁[6]，熊罴兮呴嗥。

【注释】

①舒芳：使花草舒展。

②眇眇(miǎo)：微小。

③蜩(tiáo)：蝉。

④玄鸟：燕子。

⑤灵丘：神山名。

⑥滃(wěng)郁：云烟弥漫。

【译文】

秋风啊瑟瑟萧萧，摇动花草啊振动枝条。薄霜降落啊尚且微小，鸣蝉死亡啊踪迹全无。玄鸟燕子啊辞别南归，振翅飞翔啊在神山云霄。望见溪涧啊云烟弥漫，猛兽熊罴啊大声吼叫。

唐虞[1]兮不存，何故兮久留？临渊兮汪洋，顾林兮忽荒[2]。修余兮袿衣[3]，骑霓兮南上。乘云兮回回[4]，亹亹[5]兮自强。

【注释】

①唐虞：唐尧与虞舜。

②忽荒：似有似无，模糊不分明。

③袿(guī)衣：长袍。

④回回：盘旋回转。

⑤亹亹(wěi)：勤勉不倦。

【译文】

唐尧虞舜啊不复出现，我为什么啊在此久久停留？走近深渊啊广阔无垠，回顾山林啊模糊不清。整理修饰啊衣服长袍，乘着虹霓啊飞向南方。乘着云气啊盘旋回转，勤勉不倦啊奋发自强。

将息兮兰皋[1]，失志兮悠悠[2]。蚡蕴[3]兮黴黧[4]，思君兮无聊。身去兮意存，怆恨兮怀愁。

【注释】

①兰皋：长满兰草的涯岸。皋，水边的高地。

②悠悠：忧思的样子。

③蚡(fén)蕴：蕴结，蕴积。

④黴黧(méilí)：垢黑的样子。

【译文】

在长满兰草的涯岸啊准备休息，理想难以实现啊忧思难平。愁思蕴积啊面色污黑，思念君王啊苦闷不尽。身虽离去啊情意长留，悲伤怨恨啊心怀忧愁。

【评析】

“蓄”，积累、蓄积的意思；“英”，喻指美好的德行和品质；“蓄英”，就是强调不断地积累自身美好的品质，在自我修饰之中以做到自强不息。《蓄英》抒写了对于君王的失望和对朝政的不满，充分表达了他恋国与去国的矛盾心理和悲愁郁闷。

本篇可分为三个部分，开篇描写秋风萧萧的肃杀景象以及各种生物活动的情况，由此渲染出一种悲凉的沉郁气氛；其次描述因时世暗昧而离开故土去远方遨游，修炼美质以求自励自强，并希冀有朝一日能够施展自身的才华以实现美政理想；最后则描写了身去意存的矛盾心境，对故国的怀念和现实的无奈令其悲愁难消。

思忠

登九灵①兮游神②，静女③歌兮微晨④。悲皇丘⑤兮积葛⑥，众体错兮交纷。贞⑦枝抑兮枯槁，枉⑧车登兮庆云⑨。感余志兮惨慄，心怆怆⑩兮自怜。

【注释】

①九灵：九天。

②游神：舒放精神。

③静女：指神女。

④微晨：清晨，黎明。

⑤皇丘：大土山。

⑥葛：一种藤本植物。此处比喻奸邪小人。

⑦贞：正，直。

⑧枉：弯曲。

⑨庆云：祥云，瑞气。比喻尊贵显赫的地位。

⑩怆怆：忧伤悲痛的样子。

【译文】

登上九天啊舒缓精神，神女歌唱啊黎明之时。悲叹大山啊长满葛藤，枝叶众多啊交错纷杂。正直的枝干啊受压枯萎，弯曲的装满车啊尊荣显赫。想起这些啊我心伤悲，内心忧伤啊独自哀怜。

驾玄螭兮北征，向吾路兮葱岭[①]。连五宿[②]兮建旄[③]，扬氛气[④]兮为旌。历广漠兮驰骛，览中国兮冥冥[⑤]。玄武[⑦]步兮水母[⑧]，与吾期兮南荣[⑨]。登华盖[⑩]兮乘阳[⑪]，聊逍遥兮播光[⑫]。抽库娄[⑬]兮酌醴[⑭]，援瓟瓜[⑮]兮接粮。毕休息兮远逝，发玉轫[⑯]兮西行。

【注释】

①葱岭：在今新疆西南境，自北而南，绵亘于疏勒诸县以西地区，昆仑、天山等皆发脉于此。

②五宿(xiù)：天上的五颗星，即金、木、水、火、土五星。

③旄(máo)：古代用牦牛尾装饰的旗帜。

④氛气：阴霾，雾气。

⑤旌：古代用羽毛装饰的旗子。

⑥冥冥：昏暗不明的样子。

⑦玄武：古代神话中的北方之神，其形为龟，或龟蛇合体。

⑧水母：水神。

⑨南荣：南方。王逸《楚辞章句》："南方冬温，草木常茂，故曰南荣。"

⑩华盖：古星宿名，属紫微垣，共十六星，在五帝座上，今属仙后座。

⑪乘阳：上天。

⑫播光：当为"瑶光"，是北斗七星的第七星。

⑬库娄：星名，形似酌酒的器具。

⑭酌：斟酒。醴：甜酒。

⑮瓟(páo)瓜：匏瓜，即葫芦。此处为星名，即天官星。

⑯发玉轫：启程。轫，阻止车轮转动的木头，车开动时，则将其抽走。

【译文】

驾起黑色螭龙啊向北行进，我的道路啊向着西北葱岭。连起五大行星啊竖起大旗，扬起漫天云雾啊当作旌旗。穿越辽阔旷野啊风驰电掣，俯瞰中州大地啊昏暗不明。玄武与水母啊前来送行，和我约定啊南国相逢。登上华盖啊来到天上，暂且逍遥啊北斗瑶光。举起库娄啊斟满美酒，拿着匏瓜啊当作食粮。休整完毕啊我将远去，驱车出发啊直取西方。

惟时俗兮疾正①，弗可久兮此方。寤辟摽②兮永思，心怫郁兮内伤。

【注释】

①疾正：嫉恨正直的人。

②寤辟摽：言醒后抚胸长叹。辟摽，拍打胸口。辟，拊心的动作；摽，击打。

【译文】

想到当今世道啊嫉恨正直之士，绝不可以久留啊在这污浊之地。醒来抚胸长叹啊愁绪绵长，忧思郁结啊内心悲痛。

【评析】

“思”，即“悲”的意思；“忠”，“中心”的意思；“思忠”，即悲伤的情怀。《思忠》通过描写游神于九天的梦境，抨击了世间朝政的黑暗，表达了想尽忠国家而不能的悲愤心情和欲远游释愁而不能的忧伤心境。

本篇可分为三个部分，首先悲叹大山长满葛草，正直的枝条被弃而枯干，隐喻奸臣当道，贤士因遭排挤而无法立足朝廷，所以内心忧愤而欲神游九天；其次描写神游九天的历程，运用浪漫的夸张手法烘托其高大形象；最后写神游仙境亦不能让人忘却黑白颠倒的现实和内心的伤悲。

陶　壅

览杳杳[1]兮世惟[2]，余惆怅兮何归？伤时俗兮溷乱，将奋翼兮高飞。

【注释】

①杳杳：昏暗。

②惟：当作“维”，纲纪，法纪。

【译文】

看那世道纲纪啊昏聩暗昧，我内心惆怅啊不知归向何方？哀伤世俗风气啊混乱污浊，将要展翅翱翔啊远走高飞。

驾八龙兮连蜷[1]，建虹旌[2]兮威夷[3]。观中宇[4]兮浩浩[5]，纷翼翼[6]兮上跻[7]。浮溺水[8]兮舒光[9]，淹低佪[10]兮京沶[11]。屯[12]余车兮索友，睹皇公[13]兮问师。道莫贵兮归真，羡余术兮可夷[14]。吾乃逝兮南娭[15]，道幽路兮九疑。越炎火兮万里，过万首[16]兮嶷嶷[17]。济江海兮蝉蜕[18]，绝北梁[19]兮永辞。浮云郁[20]兮昼昏，霾[21]土忽兮塺塺[22]。

【注释】

①连蜷(quán)：蜷曲。

②建：立。虹旌：彩旗。

③威夷：同“逶迤”“委蛇”，旌旗随风舒展的样子。

④中宇：即宇中，指天下。

⑤浩浩：广大的样子。

⑥翼翼：飞动的样子。

⑦跻(jī)：登临，上升。

⑧溺水：弱水，水名。“溺”，同“弱”。

⑨舒光：焕发光彩，散发光芒。

⑩淹：滞，久留。低徊：徘徊，流连。

⑪京：高大。沶(chí)：同“坻”，水中的小洲或高地。

⑫屯：驻扎。

⑬皇公：天帝。

⑭夷：喜悦。

⑮南娭(xī)：到南方游戏。娭，同“嬉”，游戏。

⑯万首：指海中众多的岛屿。

⑰嶷嶷(yí)：高大，高峻。

⑱蝉蜕(tuì)：蝉自幼虫变为成虫时脱壳。比喻解脱。

⑲梁：桥梁。

⑳郁：指云气蕴积而浓厚的样子。

㉑霾(méi)：尘土。

㉒塺塺(méi)：尘土飞扬的样子。

【译文】

驾着八条飞龙啊盘旋而上，竖起彩旗啊随风舒展。看那天下啊广阔无垠，极速高飞啊冲天而起。越过弱水啊散发光芒，暂且徘徊啊水中高地。集合车驾啊寻求知己，看见天帝啊向他请教。他说：“大道最可贵处啊莫过于返璞归真，称赞我的道术啊令人欣悦。”于是我将前往南方啊周游嬉戏，取道幽暗小路啊登上神山九疑。越过冲天火焰啊绵延万里，渡过海中万岛啊巍峨险峻。横渡江海啊求得解脱，跨越北桥啊永别而去。云气蕴积啊白昼暗晦，大风翻卷啊尘土飞扬。

息阳城①兮广夏②，衰色罔③兮中怠④。意晓阳⑤兮燎寤⑥，乃自诊⑦兮在兹。思尧舜兮袭兴⑧，幸咎繇⑨兮获谋。悲九州兮靡君[10],抚轼[11]叹兮作诗。

【注释】

①阳城:春秋时楚国某贵族的封邑。

②广夏:大屋。夏,通“厦”,房屋。

③罔:同“惘”,失意,忧伤。

④中怠:精神疲倦,懈怠。

⑤晓阳:当作“晓畅”,通畅明白。

⑥燎寤:明了,领悟。

⑦诊:省视,察看。

⑧袭兴:相继兴起。

⑨咎繇:即皋陶,舜之贤臣。

⑩靡君:没有明君。靡,无。

⑪轼:古代车厢前面用作扶手的横木。

【译文】

停歇在阳城啊高屋大厦之中,容颜渐老忧伤啊精神懈怠。内心依然清楚啊通达事理,于是自我反省啊念念在兹。想那唐尧虞舜啊相继兴起,有幸得到咎繇啊出谋划策。悲痛普天之下啊没有明君,凭轼叹息啊以诗寄情。

【评析】

“陶”,心中烦闷的意思;“壅”,堵塞、滞塞不通的意思;“陶壅”,即心中苦闷而滞塞不通的意思。世道纲纪混浊愚昧,贤士遭排挤而无用武之地,因此出现“陶壅”的局面。

本篇共分为三个部分,首先描写了主人公因世俗昏乱而惆怅苦闷的心理,于是飞升天界去追寻理想;接着详细叙述了诗人在天界神游的历程,但是最终因云雾弥漫、尘土遮天而止步;最后刻画了主人公长途奔波之后疲惫不堪,憔悴懈怠,于是自我反思,抚今追昔,对比天上人间和过往今朝，指出朝政之黑暗，自身之失意，就在于君王失道。

全诗感情真挚，抒发了希望从现实社会中逃逸出来以求返璞归真的个人理想，但同时又为国家的命运担忧不已的矛盾心理。

株　昭

悲哉于嗟[①]兮，心内切磋[②]。款冬[③]而生兮，凋彼叶柯[④]。瓦砾[⑤]进宝兮，捐弃[⑥]随和[⑦]。铅刀[⑧]厉御[⑨]兮，顿[⑩]弃太阿[⑪]。骥垂两耳兮，中坂[⑫]蹉跎[⑬]。蹇[⑭]驴服驾兮，无用日多。修洁处幽兮，贵宠沙劘[⑮]。凤凰不翔兮，鹑鸮[⑯]飞扬。

【注释】

①于嗟(xūjiē)：叹息声。于，同“吁”。

②切磋(qiēcuō)：古时雕刻骨器叫切，雕刻象牙叫磋。此处比喻内心悲痛，如切如磋。

③款冬：多年生草本植物。严冬开花，故名款冬。

④柯：草木的枝茎。

⑤砾(lì)：小石头。

⑥捐弃：抛弃，丢弃。捐，弃。

⑦随：随侯珠。随，一作“隋”。和：和氏璧。

⑧铅刀：铅制的刀。铅质软，作刀不锐，故比喻无用的人和物。

⑨厉御：受重用而居高位。厉，高。御，进用。

⑩顿：舍弃，废弃。

⑪太阿：宝剑名。

⑫中坂：半山坡。

⑬蹉跎(cuōtuó)：失足，颠蹶。

⑭蹇(jiǎn):跛,瘸。

⑮沙劘(suōmó):即摩挲,用手抚摩,表示亲昵。

⑯鹑鴳(yàn):鸟名。鹑与鴳,均为小鸟。

【译文】

悲哀啊!我长长叹息啊,内心悲痛如切如磋。款冬严冬花开啊,草木枝茎枯萎凋零。瓦器碎石视如珍宝啊,宝珠玉璧抛弃一旁。钝劣铅刀受重用居高位啊,丢弃太阿宝剑而不用。良马默默无言低垂两耳啊,半山坡上失足颠蹶。跛脚的毛驴拉车驾辕啊,它不能使用的日子越来越多。清廉之士退避归隐啊,权贵宠臣却亲近君王。神鸟凤凰不能自由飞翔啊,鹌鹑鴳雀却任意飞窜喧嚣。

乘虹骖蜺[1]兮,载云变化。鷦鵬[2]开路兮,后属[3]青蛇。步骤[4]桂林兮,超骧[5]卷阿[6]。丘陵翔舞兮,溪谷悲歌。神章灵篇兮,赴曲[7]相和。余私娱兹兮,孰哉复加[8]?

【注释】

①蜺:同“霓”,虹的一种。

②鷦鵬(jiāomíng):凤凰之类的神鸟。

③属:跟随。

④步:缓行;骤:疾走。

⑤超骧(xiāng):腾跃而前的样子。

⑥卷阿(ē):蜿蜒的山陵。卷,弯曲,蜿蜒;阿,大山。

⑦赴曲:应合曲调的节奏旋律,合拍。赴,合,顺应。

⑧孰哉复加:即“孰复加哉”的倒置句。

【译文】

乘驾虹霓去远游啊,车载彩云变化无穷。命鷦鵬神鸟前面开路啊,令青蛇相随于后。向着桂树林或慢或疾前行啊,骏马腾跃而过蜿蜒山峦。山丘翩翩起舞啊，溪谷慷慨悲歌。舞姿歌声美妙无比啊，节奏旋律相互应和。我私下里感到愉悦啊，天下何处还会有这种欢乐？

还顾世俗兮，坏败罔罗①。卷佩②将逝兮，涕流滂沲③。

【注释】

①罔罗：法度，纲纪。

②卷佩：指收拾行装。

③滂沲（pāngtuó）：同“滂沱”。形容眼泪流得多。

【译文】

回首人间世俗啊，纲纪法度败坏无遗。收拾行装将要远去啊，不禁泪如雨下。

乱曰：皇门①开兮照下土，株秽②除兮兰芷睹。四佞③放兮后得禹，圣舜摄④兮昭⑤尧绪⑥，孰能若兮愿为辅。

【注释】

①皇门：指君王之门。

②株秽：腐败的草木，比喻奸佞小人。

③四佞：指尧时期的四个佞臣，分别是驩兜、共工、苗、鲧。

④摄：管辖，统领。

⑤昭：发扬光大。

⑥绪：前人未完成的事业。

【译文】

乱辞：君门大开啊光耀四方，扫除腐烂恶草啊满眼兰芷香草。放逐了四大佞臣啊才得到大禹，圣明的虞舜执政啊继承唐尧的基业，谁能像尧舜那样啊我愿意辅佐他。

【评析】

“株”,通“诛”,即责让、诛除的意思;“昭”意为显明、显达,指代高官厚禄之人。在诗人看来,那些身居高位的都是些奸邪小人,而君子贤士却沉沦下僚,一身才华无处施展。《株昭》中,诗人对混乱的社会以及对人才被摧残的不合理现象感到无比的痛心疾首,强烈地表达了自己想要扭转这种不公平的政治生态环境的迫切愿望。

本篇可分为三个部分,首先以“悲哉于嗟兮,心内切磋”领引全篇,笔势突兀,一声长叹之后便将心事娓娓道来,原来主人公是在为世道人心的黑白颠倒、贤愚不分而忧虑;紧接着主人公驾虹乘云气神游于天地间,试图退隐朝政,归隐山林,不问世事,解脱自;然而,主人公虽有离开的想法,但对国家、君王的深切挂念和依恋,令他内心矛盾重重,最终“涕流滂沲”,悲痛欲绝。

“乱曰”部分是《九怀》整章的乱辞,描写了诗人理想中的社会,君王能拨乱反正,贤者布满朝堂,充分发挥才能,报效国家。但现实当中,奸邪当道,君子被逐,贤者怀才不遇,报国无门。这种鲜明的对照,让诗人的悲伤情绪得以在诗篇中充分展现。

九　叹

《九叹》是西汉时期刘向创作的作品。刘向，字子政，原名更生，沛（今江苏徐州）人，楚元王刘交四世孙。汉宣帝时，为谏大夫。汉元帝时，任宗正。以反对宦官弘恭、石显下狱，旋得释。后又以反对恭、显下狱，免为庶人。汉成帝即位后，得进用，任光禄大夫，改名为“向”，官至中垒校尉，世称刘中垒。刘向是著名的经学家、目录学家、文学家，曾受诏命校阅群书，为保存整理古代文献做出了巨大贡献。所撰《别录》，是我国最早的图书分类目录。

刘向在校书时，辑录《楚辞》十六卷，其末即其拟屈原《九章》之作《九叹》，即《逢纷》《离世》《怨思》《远逝》《惜贤》《忧苦》《愍命》《思古》《远游》等九篇作品。因每篇文章的结尾都以“叹曰”为结束语，所以取名为“九叹”。王逸《楚辞章句》曰：“（刘）向以博敏达，典校经书，辩章旧文，追念屈原忠信之节，故作《九叹》。叹者，伤也，息也。言屈原放在山泽，犹伤念君，叹息无已。所谓赞贤以辅志，骋词以曜德者也。”因此，《九叹》是刘向代屈原立言，抒发其不见容于君、不受知于世的忧思悲慨，表现其强烈的爱国热情和追求理想的执着精神，同时也反映了刘向对屈原忠君爱国却遭贬殉身的悲愤之情。

具体来说，《逢纷》概述屈原的身世，哀叹其不被世俗所容但是又对君王和国家难以忘怀的矛盾心理，其所表现的悲愤情感也奠定了《九叹》全章的感情基调；《离世》《怨思》《远逝》三篇抒写屈原不能施展报国才华和眷恋家国的苦闷心理，进一步倾诉了他的忧愤之情；《惜贤》则结合《离骚》的思想内容，对屈原所遭受的种种不公表示了深切的同情和惋惜；《忧苦》表现了屈原被放逐异乡的痛苦，溢满了念国之情和去国之恨；《愍命》《思古》是《惜贤》一篇进一步的情感流露，表达了刘向对屈原忠而被谤、惨遭放逐的深切同情；最后以《远游》作结，以浪漫主义的写作手法和文采飞扬的遣词用句，描述屈原上天入地的神游，塑造其无比高大的人格形象，表现其执着的追求理想的精神。

逢　　纷

伊伯庸[①]之末胄[②]兮，谅皇直[③]之屈原。云余肇祖[④]于高阳[⑤]兮，惟楚怀之婵连[⑥]。原生受命于贞节兮，鸿永路[⑦]有嘉名。齐名字于天地兮，并光明于列星。吸精粹而吐氛浊兮，横邪世而不取容。行叩诚[⑧]而不阿兮，遂见排而逢谗。后[⑨]听虚而黜[⑩]实兮，不吾理而顺情。肠愤悁[⑪]而含怒兮，志迁蹇[⑫]而左倾[⑬]。心怳慌[⑭]其不我与兮，躬速速[⑮]其不吾亲。辞灵修[⑯]而陨志[⑰]兮，吟泽畔之江滨。椒桂罗[⑱]以颠覆[⑲]兮，有竭信而归诚。谗夫蔼蔼[⑳]而漫著[㉑]兮，曷其不舒予情？

【注释】

①伊：句首语气词。伯庸：屈原父亲的名或字。

②末胄：后代。

③谅：确实。皇：美大。直：正直。

④肇（zhào）祖：始祖。肇，开始，初始。

⑤高阳：传说中上古帝王颛顼的号。

⑥婵连：族亲相连的意思。屈原与楚王原是同姓，同为颛顼高阳氏的后裔。

⑦鸿永路：前途远大。鸿，大；永，长。

⑧叩诚：真诚，款诚。

⑨后：君王。

⑩黜（chù）：降职或罢免。

⑪愤悁：愤恨。悁，恨。

⑫迁蹇：屈曲的样子。

⑬左倾：颓丧不振。

⑭傥（tǎng）慌：失意忧愁的样子。

⑮速速：疏远的样子。

⑯灵修：指君主。

⑰陨志：失意。

⑱罗：通“罹”，遭受。

⑲颠覆：跌倒，跌落。

⑳蔼蔼：众多的样子。

㉑漫著：污蔑他人以显示自己。漫，污。著，夸耀。

【译文】

伯庸的后代子孙啊，有正直诚信的美德的屈原。我的始祖是古帝高阳氏啊，楚怀王与我族亲相连。我屈原秉受正气贞德而生啊，前途远大被赋予了美好的名字。我的名字和天地并列啊，光辉明亮如同天上的群星。吸吮天地精华之气而吐出污浊之气啊，虽然身处邪恶浊世但不苟且取容。为人忠诚刚直不阿啊，于是遭到谗毁受到排挤。君王听信谎言而贬斥忠良啊，对我不理不睬反而顺从奸佞小人。我满腔怒火义愤填膺啊，心灰意冷颓废不振。心中忧伤君王不信任我啊，苦恼君王和我不亲近。辞别君王怅然若失啊，只好低吟悲歌于湖畔水滨。椒桂即使遭受祸患啊，依然竭忠尽智归于诚心。众多的小人纷纷贬人扬己啊，为什么不让我表明心迹？

始结言[①]于庙堂兮，信中涂[②]而叛之。怀兰蕙与衡芷兮，行中壄[③]而散之。声哀哀而怀高丘[④]兮，心愁愁而思旧邦。愿承闲而自恃[⑤]兮，径淫曀[⑥]而道壅。颜黴黧[⑦]以沮败兮，精越裂[⑧]而衰耄[⑨]。裳襜襜[⑩]而含风兮，衣纳纳[⑪]而掩露。赴江湘之湍流兮，顺波凑[⑫]而下降[⑬]。徐徘徊于山阿[⑭]兮，飘风[⑮]来之汹汹[⑯]。驰余车兮玄石[⑰]，步余马兮洞庭。平明发兮苍梧，夕投宿兮石城[⑱]。芙蓉盖而蔆华[⑲]车兮，紫贝阙[⑳]而玉堂。薜荔饰而陆离荐[㉑]兮，鱼鳞衣而白蜺[㉒]裳。登逢龙[㉓]而下陨[㉔]兮，违[㉕]故都之漫漫[㉖]。思南郢[㉗]之旧俗兮，肠一夕而九运。扬流波之潢潢[㉘]兮，体溶溶[㉙]而东回。心怊怅以永思兮，意晻晻[㉚]而日颓。白露纷以涂涂[㉛]兮，秋风浏[㉜]以萧萧。身永流而不还兮，魂长逝而常愁。

【注释】

①结言：约定，约好。

②涂：通“途”。

③中壄：荒野之中。壄，同“野”。

④高丘：高山，喻朝廷。

⑤自恃：自负。

⑥淫曀(yì)：昏暗不明。

⑦黴黧(méilí)：污黑。

⑧越裂：散失，消散。

⑨衰耄(mào)：衰老。耄，年老，八九十岁的年纪。

⑩襜襜(chān)：摇动、飘动的样子。

⑪纳纳：濡湿的样子。

⑫波凑：犹言滚滚波涛。凑，聚集。

⑬下降：顺流而下。

⑭山阿(ē):山的曲折处。

⑮飘风:旋风。

⑯汹汹:声势浩大或凶猛的样子。

⑰玄石:山名。

⑱石城:山名。

⑲蓤(líng)华:菱花。蓤,同“菱”。华,花。

⑳阙:古代宫门前两边供瞭望的楼。

㉑陆离:美玉名。荐:卧席。

㉒白蜺:白色的副虹。蜺,同“霓”,副虹。

㉓逢龙:山名。

㉔下陨:指向下遥望。

㉕违:离开。

㉖漫漫:长,久。

㉗南郢:即郢都,在今湖北荆州江陵。因地居楚国南境,亦称南郢。

㉘潢潢:水深广的样子。

㉙溶溶:水流盛大的样子。

㉚晻晻:抑郁的样子。

㉛涂涂:浓厚的样子。

㉜浏:通“飂”。风疾的样子。

【译文】

当初我们曾在庙堂约定啊,如今听信谗言中途变心。我怀抱兰蕙蘅芷各种香草啊,只好将其抛弃在荒野之中。声声哀叹怀念朝廷啊,内心忧愁思恋故国。本想趁机竭尽心力啊,但是前途昏暗道路堵塞不通。我面色黧黑沮丧失意啊,灰心丧气日益衰老。阵阵冷风将我的下裳吹动啊,浓浓霜露将我的上衣沾湿。在长江湘水的激流中航行啊,乘着滚滚波涛顺流而下。慢步徘徊于山谷之中啊,疾风回旋声势浩大。我的马车向着玄石山奔驰而去啊,在洞庭湖边暂且慢步徐行。黎明时我从苍梧山出发啊,傍晚投宿在石城山。荷花当作车盖菱花当作车啊,紫贝砌成楼阙白玉铺设厅堂。薜荔为装饰香草作卧席啊，鱼鳞一样美丽的上衣洁白的裙裳。登上逢龙山向下遥望啊，离开故国的道路是多么漫长。回想郢都的风土人情啊，一夜之间愁肠九转。江水深广扬起巨浪啊，浪涛翻卷送我到东方。内心惆怅长久思虑啊，精神抑郁日益颓废。茫茫霜露纷纷降落啊，秋风急疾萧萧作响。身随江水长流不复返啊，灵魂远逝忧愁难当。

叹曰：譬彼流水，纷扬磕①兮。波逢汹涌，濆滂沛②兮。揄扬涤荡③，漂流陨往，触崟石④兮。龙邛脟圈⑤，缭戾⑥宛转，阻相薄⑦兮。遭纷逢凶，蹇离尤⑧兮。垂文扬采，遗⑨将来兮。

【注释】

①磕(kē)：水石相互撞击声。

②濆(pēn)：水波涌起。滂沛：形容水势浩大。

③揄扬：挥扬，扬起。涤荡：波涛翻滚。

④崟(yín)石：巨石。崟，高耸。

⑤龙邛(qióng)：水波互相撞击的样子。脟(luán)圈：挛曲，回旋。

⑥缭戾：回旋曲折的样子。

⑦薄：停滞不前。

⑧蹇：语助词。离尤：遭罪，遇祸。离，同“罹”，遭遇。

⑨遗(wèi)：赠予，给予。

【译文】

叹辞：就像那流水卷起波涛，浪花飞溅撞击巨石轰然作响啊。狂风卷起浪涛汹涌澎湃，水波涌起波澜壮阔啊。浪花飞扬流水激荡，漂流向前，猛烈撞击巨石啊。洪流回旋冲击，盘旋缠绕，终被阻挡停滞不前啊。遭遇祸患灾殃，终获罪过诽谤啊。挥笔谱写诗篇，希望流传后世啊。

【评析】

《逢纷》是《九叹》的首篇。"逢纷",即遭逢纷乱浊世之义。本篇刘向代笔屈原,倾诉其空怀美德而不为世所容的苦闷,以及被楚王放逐后思君念国怀乡的情感,表达了对屈原忠君爱国却遭贬殉身命运的悲愤。

全篇可分为三个部分。开篇模拟《离骚》笔法,叙述屈原高贵的出身和高洁的品德,感慨其怀美德而不为世所容的苦闷和愤懑。第二部分描述屈原被流放的行程,或行吟泽畔,或驾车远走高飞,当他登上逢龙山眺望故都时,念国思君之情陡然升起,于是更加苦闷伤感。第三部分为叹辞,赞叹屈原为国砥柱、矢志不渝、宁死不屈的高贵品行,表达了对屈原忠君爱国却遭贬殉身命运的悲愤之情。

离 世

灵怀[①]其不吾知兮,灵怀其不吾闻。就灵怀之皇祖兮,愬[②]灵怀之鬼神。灵怀曾不吾与兮,即听夫人之谀辞。余辞上参[③]于天墬[④]兮,旁引之于四时。指日月使延[⑤]照兮,抚招摇[⑥]以质正[⑦]。立师旷俾端词[⑧]兮,命咎繇使并听。兆[⑨]出名曰正则兮,卦发字曰灵均。余幼既有此鸿节兮,长愈固而弥纯。不从俗而诐行[⑩]兮,直躬指[⑪]而信志[⑫]。不枉绳以追曲兮,屈情素[⑬]以从事。端余行其如玉兮,述皇舆[⑭]之踵迹。群阿容[⑮]以晦光[⑯]兮,皇舆覆以幽辟。舆中涂以回畔兮,驷马惊而横奔。执组者[⑰]不能制兮,必折轭[⑱]而摧辕[⑲]。断镳衔[⑳]以驰骛兮,暮去次[㉑]而敢[㉒]止。路荡荡[㉓]其无人兮,遂不御乎千里。

【注释】

①灵怀:指楚怀王。

②愬:同“诉”。

③参:合,配合。

④墬:同“地”。

⑤延:长期,永久。

⑥招摇:即北斗的第七星瑶光。泛指北斗。

⑦质正:质询。

⑧师旷:春秋时期晋国的乐师,善于辨别音律。俾:使。端词:直言。

⑨兆:古代占验吉凶时灼龟甲所成的裂纹。

⑩诐(bì)行:邪行。

⑪直:挺直。躬:身体。指:心志。

⑫信志:表明心志。

⑬情素:向来的志向。

⑭皇舆:先王。

⑮阿容:阿谀奉承。阿,逢迎。容,取悦。

⑯晦光:蒙蔽光明。比喻蒙惑人主之聪明。

⑰执组者:指御车的人。组,绶带,此指马缰绳。

⑱轭:驾车时搁在牛马颈上的曲木。

⑲辕:车前驾牲畜的两根直木。

⑳镳(biāo)衔:马嚼子。镳,马嚼子两端露出嘴外的部分。衔,马嚼子。

㉑次:旅行所居止之处所,旅舍。

㉒敢:岂敢,不敢。

㉓荡荡:空旷的样子。

【译文】

怀王不知道我清白廉洁啊,怀王也不了解我忠心耿耿。我要向怀王的先祖啊,向那些神灵倾诉我的心曲。怀王本和我志不同道不合啊,又听信小人阿谀奉承的言语。我说的话上合天地啊,四时之神可为我作证。日月永知我心啊,还让北斗来为我证明。我的话可以请师旷质询啊，也可以令皋陶一起来聆听。炙龟为我起名叫作正则啊，卜卦为我表字叫作灵均。我小时候就已经有美好的德行啊，长大之后操守更加坚定纯正。从不随波逐流肆意妄为啊，立身正直意志坚定充满信心。我决不背离正道而追求邪曲啊，违背自己的心志阿谀逢迎。我的品行纯洁如玉啊，遵循先王治国的足迹。群小花言巧语欺哄君王啊，致使朝政黑暗混乱国家危如累卵。就像车行到中途突然掉头啊，驷马受惊狂奔逃散。御车之人不能控制啊，必然使得车轭折断车辕尽毁。马嚼子断折马儿狂奔啊，傍晚经过旅舍也不敢停止。大道空空荡荡没有人迹啊，脱缰的马儿奔走千里。

身衡[①]陷而下沈兮，不可获而复登。不顾身之卑贱兮，惜皇舆之不兴。出国门而端指[②]兮，冀壹寤而锡[③]还。哀仆夫之坎毒[④]兮，屡遭忧而逢患。九年之中不吾反兮，思彭咸之水游。惜师延[⑤]之浮渚[⑥]兮，赴汨罗之长流。遵江曲[⑦]之逶移[⑧]兮，触石碕[⑨]而衡游。波沣沣[⑩]而扬浇兮，顺长濑[⑪]之浊流。凌黄沱[⑫]而下低兮，思还流而复反。玄舆[⑬]驰而并集兮，身容与而日远。棹舟杭[⑭]以横沥[⑮]兮，济湘流而南极。立江界而长吟兮，愁哀哀而累息。情慌忽而忘归兮，神浮游以高厉[⑯]。心蛩蛩[⑰]而怀顾兮，魂眷眷[⑱]而独逝。

【注释】

①衡：意外。

②端指：笔直向前。

③锡：通“赐”。

④坎毒：愤恨。

⑤师延：商纣时乐师。周武王灭纣，师延投濮水自杀。

⑥浮渚：浮在水边。谓投水自尽。

⑦江曲：江水转弯处。

⑧逶移：曲折蜿蜒。

⑨碕：弯曲的岸。

⑩洋洋：波浪声。

⑪濑：从沙石上流过的急水。

⑫黄沱：古代长江的别称。

⑬玄舆：水车，以水为车。玄，水。

⑭棹：船桨。舟杭：同“舟航”。指船只。

⑮沥：渡。

⑯高厉：上升，高高腾起。

⑰蛩蛩：忧愁的样子。

⑱眷眷：依恋反顾的样子。

【译文】

我横遭诬陷而被放逐啊，不能重获君王信任而被任用。我不顾念自身卑微贫贱啊，只是哀伤楚国不能繁荣强盛。我离开郢都一直前行啊，希望君王一朝醒悟将我召回朝廷。可怜身边的仆夫也为我愤愤不平啊，屡次遭受迫害和祸患。放逐九年不让回返啊，想起彭咸投水自尽。痛惜师延在濮水之洲浮游啊，我也将举身自沉汨罗。沿着曲折的江水蜿蜒前进啊，船只碰触曲折的石岸掉头横走。波涛澎湃水流回卷啊，顺着湍急的江水驶向浅滩的浊流。乘着长江顺流直下啊，多想逆流直上扭转船头。驾着水车与船儿齐头并进啊，我徘徊犹豫却越走越远。摇起船桨横渡大江啊，渡过湘水奔向那极远的南方。伫立江岸高歌吟唱啊，声声叹息心中愁苦无限。精神迷茫忘了归路啊，心神飘荡高高飞扬。心怀忧愁思君念国啊，灵魂依依不舍独自远游。

叹曰：余思旧邦，心依违[①]兮。日暮黄昏，羌幽悲兮。去郢东迁，余谁慕兮。谗夫党旅[②]，其以兹故兮。河水淫淫[③]，情所愿兮。顾瞻郢路，终不返兮。

【注释】

①依违：迟疑，犹豫。

②旅：众多。

③淫淫：水流动的样子。

【译文】

叹辞：我思念故国，内心迟疑不决啊。太阳落山暮色苍苍，内心无限伤悲啊。离开郢都流放东方，我在思恋谁啊。谗人朋党众多，使我落到今天这般地步啊。河水滔滔东流，我心羡慕啊。回望郢都道远路遥，再也不能踏上归途啊。

【评析】

《离世》是《九叹》的第二篇。本篇激昂悲切，倾诉了屈原忠心正直却不被理解和任用的苦闷以及放逐多年仍深怀对故国家乡的思恋和对国事的忧患。

全篇可分为三个部分。开篇"灵怀其不吾知兮，灵怀其不吾闻"，以屈原的口吻，指责楚怀王听信谗言而不信任并疏远自己，然后引天地、四时、日月、招摇、师旷、咎繇等来证明自己的忠贞和正直。第二部分描述屈原遭放逐后离开郢都的行程。楚国在群小的包围中一天天衰败，流放途中的屈原且行且思，对国家的思念和内心的悲愤之情溢于言表。第三部分为叹辞，再一次控诉"谗夫党旅"对于国家的危害，倾诉了内心的悲伤和对家国的眷恋。

怨　思

惟郁郁之忧毒[①]兮，志坎壈[②]而不违。身憔悴而考旦[③]兮，日黄昏而长悲。闵空宇[④]之孤子兮，哀枯杨之冤鸰[⑤]。孤雌吟于高墉[6]兮，鸣鸠栖于桑榆。玄蝯[7]失于潜林[8]兮，独偏弃而远放。征夫劳于周行[9]兮，处妇[10]愤而长望。申诚信而罔违兮，情素洁于纽帛[11]。光明齐于日月兮，文采燿于玉石。伤压次[12]而不发兮，思沉抑而不扬。芳懿懿[13]而终败兮，名靡散而不彰。

【注释】

①忧毒：忧愁痛苦。

②坎壈（lǎn）：不得志。

③考旦：直到天亮。考，终。

④宇：屋。

⑤鸰（chú）：同“雏”，雏鸟，幼鸟。

⑥高墉：高墙。

⑦玄蝯：黑色的猿猴。蝯，一作“猿”。

⑧潜林：深林。

⑨周行：大路，大道。

⑩处妇：独守空房的妻子。

⑪纽帛：束帛。纽，缠结，束。

⑫压次：因受压抑而心绪失常。

⑬懿懿：芳香。

【译文】

心情郁闷忧愁痛苦啊，命运坎坷不顺也决不会背弃初衷。忧戚烦恼直到天亮啊，从早到晚长久悲伤。可怜独居空室之中的孤儿啊，哀伤栖息在枯杨之上的雏鸟。失群的雌鸟在高墙上悲啼啊，鸠鸟也在桑树上声声鸣唱。黑猿消失在茂密的山林啊，独自被抛弃在偏远之地。远行的人在大道上疲于奔命啊，独守空房的妻子在家中翘首企盼。我坚守诚信之道决不背离啊，我的感情就像束帛一样洁净。美德和日月齐辉啊，文采与美玉争光。可惜遭受排挤难以奋起啊，情思受到压抑不能发扬。郁郁香气终会消散啊，美名消逝不得彰显。

背玉门[①]以犇鹜[②]兮，蹇离尤而干诟。若龙逄[③]之沉首兮，王子比干之逢醢[④]。念社稷之几危兮，反为雠而见怨。思国家之离沮[⑤]兮，躬获愆而结难。若青蝇[⑥]之伪质[⑦]兮，晋骊姬[⑧]之反情。恐登阶之逢殆兮，故退伏于末庭。孽臣[⑨]之号咷兮，本朝芜而不治。犯颜色而触谏兮，反蒙辜而被疑。菀[⑩]蘼芜与菌若兮，渐藁本[⑪]于洿渎[⑫]。淹[⑬]芳芷于腐井，兮，弃鸡骇[⑭]于筐簏[⑮]。执棠谿[⑯]以刜[⑰]蓬兮，秉干将以割肉。筐泽泻[⑱]以豹鞹[⑱]兮，破荆和[⑳]以继筑[㉑]。时溷浊犹未清兮，世殽乱犹未察。欲容与以俟时兮，惧年岁之既晏[㉒]。顾屈节以从流兮，心巩巩[㉓]而不夷[㉔]。宁浮沉而驰骋兮，下江湘以邅迴[㉕]。

【注释】

①背：离开。玉门：宫门。

②犇(bēn)鹜：奔驰。

③龙逄(páng)：即关龙逄。夏之贤人，因劝谏夏桀被杀。

④醢(hǎi)：古代的一种酷刑，把人杀死后剁成肉酱。

⑤离沮：分崩离析，涣散。

⑥青蝇：苍蝇。喻指谗佞。

⑦伪质：颠倒黑白。

⑧骊姬：晋献公夫人，进谗言，逼死太子申生。

⑨孽臣：奸邪嬖幸之臣。

⑩菀(yùn)：通“蕴”，郁结。

⑪渐(jiān)：浸泡，淹没。藁(gǎo)本：香草名。多年生草本植物。

⑫洿渎：小水沟。

⑬淹：浸，渍。

⑭鸡骇：犀角名。

⑮簏（lù）：竹箱。

⑯棠谿：亦作“棠溪”。春秋时属楚，战国时属韩，故址在今河南遂平。出产利剑，因代指名贵的宝剑。

⑰刜（fú）：砍，割。

⑱泽泻：多年生草本植物，开白色小花，块茎可入药，为利尿剂。

⑲豹鞹（kuò）：豹皮制成的革。鞹，同“鞟”，皮革。

⑳荆和：指和氏璧。楚人卞和于荆山发现，故称。

㉑筑：捣土用的杵。

㉒晏：晚。

㉓蛩蛩：束缚，拘束。

㉔夷：快乐。

㉕邅迴：徘徊，难行不进的样子。

【译文】

离开君王奔向远方啊，遭受祸殃自取其辱。就好像关龙逢劝谏夏桀反被斩首啊，也好比王子比干规劝纣王被剁成肉酱。担心楚国的命运危在旦夕啊，如今反与小人结仇被人怨恨。忧虑国家法度遭到破坏啊，自身反而获罪遭受祸殃。谗人颠倒黑白就像青蝇一般啊，又好比晋国的骊姬挑拨亲情。害怕亲近君王而遭受祸患啊，所以远远地隐退避世。佞臣贼子大声吵嚷啊，朝中一片混乱无人治理。我触犯君颜而忠言直谏啊，反而蒙受罪过被人猜疑。蘼芜菌桂杜若胡乱堆积啊，藁本被浸泡在肮脏的小水沟里。芬芳的白芷淹在臭水井里啊，珍贵的犀牛角被丢进竹器中。用棠谿利剑砍割蓬蒿野草啊，用干将宝剑去剁肉割皮。豹皮口袋中装满恶草啊，用大杵捣碎和氏璧。时事混浊是非不分啊，世道混乱好坏不明。想要悠闲自得等待时机啊，又担心年华老去。想要改变节操随流从俗啊，可内心被束缚很不乐意。宁愿浮游驰骋沅水之上啊，进入长江湘水徘徊嬉戏。

叹曰：山中槛槛[①]，余伤怀兮。征夫皇皇[②]，其孰依兮。经营[③]原野，杳冥冥兮。乘骐骋骥，舒吾情兮。归骸旧邦，莫谁语兮。长辞远逝，乘湘去兮。

【注释】

①槛槛：车子行走时发出的声音。

②皇皇：同“惶惶”，惶恐不安的样子。

③经营：周旋，往来。

【译文】

叹辞：车行山中辚辚作响，我内心无限悲伤啊。路上征夫惶恐不安，他的归宿究竟在何方啊。在原野上来回游荡，空旷寂寥杳无人迹啊。乘上骏马尽情奔驰，暂使心情舒畅啊。死后骸骨想要归故乡，又能向谁倾诉啊？永辞故国从此离去，乘舟湘水之上漂流远方啊。

【评析】

《怨思》是《九叹》的第三篇。“怨思”，语出《诗·王风·扬之水序》：“（周平王）不抚其民，而远屯戍于母家，周人怨思焉。”意为抱怨迁居，怀念故土。而屈原的怨思，不仅在于他个人蒙冤受排挤被流放的遭遇，更在于其忧国忧民的政治理念无法实施。本篇即借屈原口吻，抨击了忠直不见用、贤者遭谗害的黑暗世道，抒发了报国无门的怨愤和惆怅之情。

本篇可分为三部分，第一部分直接描述屈原忠直不见用、横遭奸邪谗害打击、备受君王猜忌流放而无比愤懑、哀伤的心情。第二部分，屈原于失意彷徨中将目光投向因忠直而蒙受祸患的众多贤士，描述自己遭排挤放逐后，终不肯改变节操随从流俗，从而引出隐身山林江湖之意。第三部分为叹辞，抒发了屈原面对黑暗的世道，面对谗言奸邪和无德君王，被迫远离朝政、去国流放的苦闷和忧伤。

远　逝

志隐隐[1]而郁佛[2]兮，愁独哀而冤结。肠纷纭以缭转兮，涕渐渐[3]其若屑。情慨慨[4]而长怀兮，信上皇[5]而质正[6]。合五岳与八灵[7]兮，讯九魁[8]与六神[9]。指列宿以白情兮，诉五帝[10]以置词。北斗为我折中[11]兮，太一[12]为余听之。云服[13]阴阳之正道兮，御[14]后土之中和[15]。佩苍龙之蚴虬[16]兮，带隐[17]虹之逶蛇。曳彗星之皓旰[18]兮，抚朱爵[19]与鵕鸃[20]。游清[21]之飒戾[22]兮，服云衣之披披[23]。杖玉华与朱旗兮，垂明月之玄珠。举霓旌之墆翳[24]兮，建黄纁[25]之总旄。躬纯粹而罔愆[26]兮，承皇考之妙仪。

【注释】

①隐隐：忧愁。

②郁佛：心情郁闷不舒畅。

③渐渐：流淌的样子。

④慨慨：感叹、叹息的样子。

⑤信：通“申”，申明，申诉。上皇：上帝。

⑥质正：质对以正其是非对错。

⑦八灵：八方之神。

⑧九魁(qí)：北斗九星，即北斗七星加第六星旁的一颗星和北斗勺端的招摇星。

⑨六神：六宗之神，一般认为是四时、寒暑、日、月、星、水旱。

⑩五帝：五方之帝，即东方太昊、南方炎帝、西方少昊、北方颛顼、中央黄帝。

⑪折中：调节使适中。

⑫太一:亦作“太乙”。星名,即帝星,又名北极二。

⑬服:实行,实施。

⑭御:使用,应用。

⑮中和:中庸之道的主要内涵,喜怒哀乐之未发谓之中,发而皆中节谓之和。

⑯蚴虬(yòuqiú):蛟龙屈折行动的样子。

⑰隐:长,大。

⑱皓旰:光明,明亮。

⑲朱爵:即朱雀。爵,通“雀”。

⑳鵔鸃(jùnyì):神俊之鸟。

㉑清灵:清冥,即天.

㉒飒戾:清凉的样子。

㉓披披:飘动的样子。

㉔墆翳(dìyì):隐蔽。

㉕黄缥:赤黄色。

㉖罔愆:没有过失。

【译文】

内心忧愁难以舒畅啊,独自哀伤忧思郁结。心乱如麻愁肠百结啊,涕泪忍不住流淌。感慨万千长久遐想啊,想向上帝申诉为我证明清白。请得五岳八方之神齐来会合啊,并向九魁六宗之神询问。指着二十八星宿诉说衷情啊,向五方天帝倾诉心意。北斗为我调和使中正不偏啊,太一为我听讼辨别善恶。群神劝我遵循阴阳正道啊,应用大地的中和真谛。行为像蜿蜒青龙能屈能伸啊,意志像斑斓长虹连绵天际。精神像彗星光明闪耀啊,举动像朱雀鵔鸃高翔云天。在高远清凉的天庭遨游啊,身穿飘飘的五彩云衣。手执美玉和红色旌旗啊,佩戴光彩熠熠的明月之珠。举起云旗遮天蔽日啊,树起赤黄大旗。我的品行纯正没有过失啊,继承了先祖美好的风仪。

惜往事之不合兮，横汨罗而下沥[①]。乘隆波而南渡兮，逐江湘之顺流。赴阳侯[②]之潢洋[③]兮，下石濑[④]而登洲[⑤]。陵魁堆[⑥]以蔽视兮，云冥冥而暗前。山峻高以无垠兮，遂曾闳[⑦]而迫身。雪雰雰[⑧]而薄[⑨]木兮，云霏霏而陨集。阜[⑩]隘狭而幽险兮，石嵾嵯[⑪]以翳日。悲故乡而发忿兮，去余邦之弥久。背龙门[⑫]而入河兮，登大坟[⑬]而望夏首[⑭]。横舟航[⑮]而济湘兮，耳聊啾[⑯]而怳慌[⑰]。波淫淫[⑱]而周流兮，鸿溶[⑲]溢而滔荡[⑳]。路漫漫其无端兮，周容容而无识。引日月以指极[㉑]兮，少须臾而释思。水波远以冥冥兮，眇[㉒]不睹其东西。顺风波以南北兮，雾宵晦[㉓]以纷纷。日杳杳以西颓兮，路长远而窘迫。欲酌醴以娱忧兮，蹇骚骚[㉔]而不释。

【注释】

①沥：流淌。

②阳侯：古代传说中的波涛之神。代指波涛。

③潢洋：水深广的样子。

④石濑：水为石激而形成的急流。

⑤洲：水中的陆地。

⑥魁堆：高大。

⑦曾闳(hóng)：高大。

⑧雰雰(fēn)：形同雪花纷纷飘落的样子。

⑨薄：停止，依附。

⑩阜：土山。

⑪嵾嵯：同“参差”，不齐。

⑫龙门：郢都城门名。

⑬坟：水中高地。

⑭夏首：夏水从长江分流而出的地方。

⑮舟航：船只。航，船。

⑯聊啾：耳鸣。

⑰惝慌：失意忧愁的样子。

⑱淫淫：远去的样子。

⑲鸿溶：水势盛大的样子。

⑳滔荡：广大的样子。

㉑极：北极星。

㉒眇：高远，遥远。

㉓宵晦：昏黑。宵，晚上；晦，昏暗。

㉔蹇：语助词。骚骚：忧愁的样子。

【译文】

疼惜从前和国君政见不合啊，只好横渡汨罗随江流漂荡。乘着滔滔江水向南前进啊，追逐长江湘水游荡徜徉。奔向那浩渺的浪涛之乡啊，越过急流登上小洲。高山巍峨挡住视线啊，乌云压顶眼前一片昏暗。群山高峻连绵不断啊，山势峥嵘迫近身旁。大雪纷纷扬扬飘落树上啊，乌云浓重聚集翻卷。山中峡谷幽深险峻啊，怪石嶙嶙将阳光遮掩。思念故乡心里满怀忧怨啊，离开故国的日子已长。走出郢都大门进入大河啊，登上高岸眺望夏口。掉转船头横渡湘水啊，耳中轰鸣令我怅然若失。波涛滚滚打着旋涡远去啊，大水茫茫奔流浩荡。前路漫长没有尽头啊，四周纷乱无法辨识。依靠日月星辰指引方向啊，暂时消除心头忧伤。江水深远无穷无尽啊，浩渺辽阔不能辨别方向。乘风破浪漂南荡北啊，大雾弥漫天色晦暗。太阳渐渐向西坠落啊，长路迢迢处境艰难。本想自斟自饮一醉解千愁啊，愁思绵绵难以解脱。

叹曰：飘风蓬龙①，埃坲坲②兮。中③木摇落，时槁悴兮。遭倾遇祸，不可救兮。长吟永欷④，涕究究⑤兮。舒情陈诗，冀以自免兮。颓流下陨，身日远兮。

【注释】

①蓬龙:蓬草随风飞转。形容风转动、旋转的样子。

②坲坲(fó):尘埃扬起的样子。

③屮(cǎo):同“草”。

④欷:抽泣,哽咽。

⑤究究:涕泪不止的样子。

【译文】

叹辞:旋风呼啸盘旋,漫天尘土飞扬啊。草木纷纷随风摇动,这时都已枯萎凋零啊。遭遇倾危祸患,如今已不可挽救啊。声声长叹抽泣哽咽,泪水流个不停啊。舒展情怀写成诗篇,希望能够借此免祸啊。但随流水而下,故国日远难以回头啊。

【评析】

《远逝》是《九叹》的第四篇。《远逝》叙写了屈原空怀理想与德才,却不被楚王信任,遭受去国离家、放逐江南的厄运。“远逝”有两层含义,一是屈原遭受谗毁被排挤出郢都,远离朝政;二是屈原虽遭流放,但矢志不渝,宁肯远逝,自沉汨罗,也不同流合污,改弦易辙。

本篇可分为三个部分,第一部分写屈原因为受谗于奸邪,见疑于君王,而被排挤流放,忧思郁结,故飞天向“上皇”“五岳”“八灵”“九魁”“六神”“列宿”“五帝”“北斗”“太一”等诸神指天而誓,以明忠直、报国之心。于是神灵教之以神仙之道,令其从此飞升羽化,远走高飞。第二部分写屈原遭排挤被放逐,去国离家,但思国之心却越发炽热,忧国之思越发愁苦。第三部分为叹辞,抒发了屈原被流放而无法还国、无法报国的悲切心情。

惜贤

览屈氏之《离骚》兮，心哀哀而怫郁[①]。声嗷嗷[②]以寂寥兮，顾仆夫之憔悴。拨[③]谄谀而匡邪兮，切淟涊[④]之流俗。荡渨涹[⑤]之奸咎兮，夷蠢蠢[⑥]之溷浊。怀芬香而挟蕙兮，佩江蓠之斐斐[⑦]。握申椒与杜若兮，冠浮云之峨峨[⑧]。登长陵[⑨]而四望兮，览芷圃之蠡蠡[⑩]。游兰皋与蕙林兮，睨玉石之嵾嵯[⑪]。扬精华以眩燿兮，芳郁渥[⑫]而纯美。结桂树之旖旎兮，纫荃蕙与辛夷。芳若兹而不御[⑬]兮，捐林薄[⑭]而菀[⑮]死。

【注释】

①怫郁：忧郁，心情不舒畅的样子。

②嗷嗷：大声疾呼。

③拨：整顿，整治。

④切：削平。淟涊（tiǎnniǎn）：污浊。

⑤渨涹（wěiwō）：污秽，污浊。

⑥夷：铲除。蠢蠢：骚动，扰乱。

⑦斐斐：香气浓郁。

⑧峨峨：高耸，巍峨。

⑨长陵：高大的土山。陵，大土山。

⑩蠡蠡：犹“历历”，行列分明的样子。

⑪嵾嵯：同“参差”，不整齐。

⑫郁渥：形容香气浓烈。

⑬御：用。

⑭林薄：交错丛生的草木。薄，草木丛生的样子。

⑮菀(yùn):通“蕴”。积聚,郁结。

【译文】

读完了屈原的《离骚》啊,悲伤不已忧愤难平。对着寂寥荒野大声疾呼啊,看见仆人像我一样憔悴。我要整治谗人纠正邪恶啊,削平这污浊的世风流俗。扫荡污秽卑劣的奸佞之徒啊,铲除扰动不安的混乱行为。怀抱芳香馥郁的蕙草啊,身佩芳香浓郁的江离。手握申椒和杜若啊,头上戴着高耸的切云冠。登上高山四面眺望啊,看到花圃中香芷行列分明。游览兰花水滨和蕙草芳林啊,回首又见玉石千姿百态。枝枝精粹如美玉光辉闪耀啊,香气浓郁纯洁美好。系结柔嫩的桂树枝条啊,再连缀荃草、蕙草、辛夷等香草。如此芳香却不被任用啊,反抛弃在丛林任其堆积枯萎。

驱子侨[①]之奔走兮,申徒狄[②]之赴渊。若由夷[③]之纯美兮,介子推[④]之隐山。晋申生[⑤]之离殃兮,荆和氏[⑥]之泣血。吴申胥[⑦]之抉眼[⑧]兮,王子比干之横废[⑨]。欲卑身而下体兮,心隐恻而不置[⑩]。方圜殊而不合兮,钩绳用而异态。欲俟时于须臾兮,日阴曀[⑪]其将暮。时迟迟其日进兮,年忽忽而日度。妄周容[⑫]而入世兮,内距闭[⑬]而不开。俟时风之清激兮,愈氛雾其如塺[⑭]。进雄鸠之耿耿[⑮]兮,谗介介[⑯]而蔽之。默顺风以偃仰[⑰]兮,尚由由[⑱]而进之。心忙恨[⑲]以冤结兮,情舛错[⑳]以曼忧。搴薜荔于山野兮,采撚支[㉑]于中洲。望高丘而叹涕兮,悲吸吸[㉒]而长怀。孰契契[㉓]而委栋[㉔]兮,日晻晻[㉕]而下颓。

【注释】

①驱:驰。谓驱驰侍王子乔,以学道真。子侨:即王子乔,传说中的仙人。

②申徒狄:商朝末年的贤臣,劝谏纣王而不听,怀石自沉。

③由夷：即许由、伯夷。许由，传说中的隐士，尧让以天下，不受，遁居于颍水之阳箕山之下。伯夷，商末孤竹君长子，武王伐纣，与弟叔齐扣马谏阻，不听。武王灭商后，他们耻食周粟，采薇而食，饿死于首阳山。

④介子推：春秋晋人，从晋公子重耳出亡凡十九年。重耳还国，是为晋文公，赏从亡者，介子推不言禄，禄亦不及。与母隐于绵山而终。

⑤申生：春秋时晋献公太子。献公宠爱骊姬，骊姬欲立己子奚齐，遂进谗言，使申生居曲沃，最后被逼自杀。

⑥荆和氏：即卞和，春秋时楚人，和氏璧的发现者。

⑦申胥：即伍子胥，因功封于申，故曰申胥。

⑧抉眼：挖去双眼。吴王夫差听信太宰伯嚭谗言，称伍子胥阴谋倚托齐国反吴，赠剑令他自尽。伍子胥留下遗言云："抉吾眼县吴东门之上，以观越寇之入灭吴也。"

⑨横废：横遭祸殃。

⑩置：废弃，舍弃。

⑪阴曀(yì)：云气掩映日光，天气阴晦。曀，阴沉而有风，昏暗。

⑫周容：阿谀奉承的样子。

⑬内：内心。距闭：拒而不纳。距，通"拒"。

⑭塺(méi)：尘土。

⑮耿耿：诚信的样子。

⑯介介：分隔，离间

⑰偃仰：俯仰，与世沉浮的意思。

⑱由由：迟疑，犹豫不定的样子。

⑲圹埌(kuǎnglǎng)：失意怅惘，不得志。

⑳舛(chuǎn)错：错乱，不正常。舛，相违背。

㉑撚(niǎn)支：香草名。

㉒吸吸：呼吸急促的样子。

㉓契契：忧愁的样子。

㉔委栋：当作"委惰"，疲倦的意思。

㉕晻晻：日光渐暗。

【译文】

想要跟随王子乔去远游啊，仰慕申徒狄投江以求洁身自好。要像许由、伯夷那样高尚纯洁啊，要学介子推隐居深山无欲无求。可怜晋国的申生遭受祸殃啊，痛惜楚国卞和抱玉泣血。吴国伍子胥还被挖去双眼啊，殷商王子比干横遭剖心。想要卑躬屈膝顺从世俗啊，心中隐隐作痛不愿意这样。方与圆的形状原本就不相同啊，曲钩直绳的用途也大有分别。想要等待那美好的时光啊，但天色阴晦日已黄昏。时光看似缓慢每日运转，岁月匆匆流逝日复一日。想阿谀奉承以迎合时俗啊，但内心却拒绝这种念头。盼望时政清明激发人心啊，但雾气如尘土遮天蔽日。想要像雄鸠那样进献忠诚啊，谗人又百般阻挠离间君臣。想要默默不语与世沉浮啊，心中迟疑不肯这样。心中失意怅惘悲愤郁结啊，心绪错乱忧愁深长。在山野之中去摘取薜荔啊，在水中的小洲上采集揽支。遥望高山叹息流涕啊，声声悲泣长久思念。谁能忧国忧民贡献自我啊，太阳渐渐西沉而日光越发昏暗。

叹曰：江湘油油①，长流汩兮。挑揄②扬汰③，荡迅疾兮。忧心展转，愁怫郁兮。冤结未舒，长隐④忿兮。丁⑤时逢殃，可柰⑥何兮。劳心悁悁⑦，涕滂沲⑧兮。

【注释】

①油油：形容水流动的样子。

②挑揄：搅动。

③汰：波涛。

④隐：悲痛，痛苦。

⑤丁：当，遭逢。

⑥柰：同“奈”，怎样，如何。

⑦悁悁：忧闷的样子。

⑧滂沲（pāngtuó）：同“滂沱”，形容泪流得多。

【译文】

叹辞：江湘之水滚滚东逝，水流迅疾啊。水流激荡扬起波涛，奔流向前快速迅猛啊。忧心忡忡辗转反侧，心头悲愁忧思郁结啊。怨愤郁结难解，长怀愤恨啊。生不逢时遭受祸患，无可奈何啊。劳心忧闷无比伤悲，泪水滚滚洒落啊。

【评析】

《惜贤》是《九叹》的第五篇，是《九叹》中唯一一篇不以屈原为第一人称，而是以刘向自己口吻写的辞赋。刘向读罢《离骚》，情绪激荡，胸中不平，故创作此篇，表达了他对屈原空怀一片忠心而惨遭打击谗毁的愤慨和惋惜。

本篇可分为三个部分。第一部分总写诗人写读完屈原《离骚》后郁结悲愤心情，以及扫除奸邪、重整朝纲的心愿。第二部分诗人拈出屈原作品中所推崇的历史人物，如王子侨、申徒狄、许由、伯夷、介子推等，来传递敬仰之情；然后又笔锋一转，拈出屈原作品中所提及的忠良而惨遭不幸的历史人物，如申生、卞和、伍子胥、比干等，来传达自己对历史与现实的困惑。诗人痛惜这些历史人物与屈原一样虽精忠报国却惨遭不幸的悲惨遭遇，更表达了学习屈原不愿同流合污、报国之心矢志不渝的可贵信念。第三部分为叹辞，抒发了空有报国之心，却反见疑于君王，无法报效国家的悲愤之情。

忧　苦

悲余心之悁悁[①]兮，哀故邦之逢殃。辞九年而不复兮，独茕茕[②]而南行。思余俗之流风兮，心纷错而不受。遵壄莽以呼风兮，步从容于山廋[3]。巡陆夷[4]之曲衍[5]兮，幽空虚以寂寞。倚石岩以流涕兮，忧憔悴而无乐。登巑岏[6]以长企[7]兮，望南郢而窥之。山修远其辽辽兮，途漫漫其无时。听玄鹤之晨鸣兮，于高冈之峨峨[8]。独愤积而哀娱[9]兮，翔江洲而安歌。三鸟[10]飞以自南兮，览其志而欲北。愿寄言于三鸟兮，去飘疾而不可得。

【注释】

①悁悁：忧闷的样子。

②茕茕：孤独的样子。

③廋（sōu）：隈曲处，弯曲之处。

④陆夷：高山和平地。

⑤曲衍：曲折的湖泽。

⑥巑岏（cuánwán）：高峻的山峰。

⑦企：踮着脚看。

⑧峨峨：高。

⑨哀娱：哀乐，悲伤和欢乐。

⑩三鸟：古代神话中西王母身边的三只青鸟，一名大鵹，一名少鵹，一名青鸟。亦为使者的泛称。

【译文】

可怜我心中无限悲愁啊，痛惜国家遭受祸殃。离别九年而不能回返啊，孑然一身在走向南方。想到楚国世风混乱污浊啊，心绪烦乱难以忍受。沿着山野漫步迎风疾呼啊，在山弯处徐徐前行。行走在高山和平地之间曲折的湖沼啊，四周幽静没有任何声响。依靠在山岩之上痛哭流涕啊，身心憔悴没有丝毫的快乐。登上险峰踮起脚尖长久站立啊，眺望郢都凝视故乡。山峦绵长多么遥远啊，长路漫漫没有尽头。清晨时分我听见神鸟玄鹤引吭高歌啊，看见它站立在那巍峨的山冈上。孤独忧愤只好苦中作乐啊，来到江中小洲纵情歌唱。三青鸟从南方翩翩而来啊，看它的模样是想要飞回北方。想要委托青鸟为我传递信息啊，但它飞得太快难以追赶。

欲迁志而改操兮，心纷结[①]其未离。外彷徨而游览兮，内恻隐而含哀。聊须臾[②]以时忘兮，心渐渐其烦错。愿假簧[③]以舒忧兮，志纡郁其难释。叹《离骚》以扬意兮，犹未殚[④]于《九章》。长嘘吸[⑤]以於悒[⑥]兮，涕横集而成行。伤明珠之赴泥兮，鱼眼玑之坚藏。同驽骡与乘驵[⑦]兮，杂班驳[⑧]与阘茸[⑨]。葛藟虆[⑩]于桂树兮，鸱鸮集于木兰。偓促[⑪]谈于廊庙兮，律魁[⑫]放乎山间。恶虞氏之《箫韶》[⑬]兮，好遗风之《激楚》。潜周鼎[⑭]于江淮兮，爨[⑮]土鬶[⑯]于中宇。且人心之持旧兮，而不可保长。邅[⑰]彼南道兮，征夫宵行。思念郢路兮，还顾睠睠[⑱]。涕流交集兮，注下涟涟。

【注释】

①纷结：形容心思纷乱郁结。

②须臾：优游自得。

③簧：乐器里用金属或其他材料制成的发声薄片。此处指笙、竽之类的乐器。

④殚：尽。

⑤嘘吸：啼泣的样子。

⑥於（wū）悒：呜咽。

⑦驵（zǔ）：骏马。

⑧班驳：杂色，色彩斑斓。

⑨阘（tà）茸：庸俗低劣。

⑩葛藟（lěi）：植物名。落叶木质藤本。叶广卵形，夏季开花，圆锥花序，果实黑色，可入药。虆（léi）：同“累”，缠绕。

⑪偓促：器量局狭的样子。代指小人。

⑫律魁:高大的样子。代指贤士。

⑬虞氏之《箫韶》:虞氏,虞舜。《箫韶》,相传为舜时的乐舞。

⑭周鼎:相传夏禹铸九鼎,象征九州,夏商周三代奉为象征国家政权的传国之宝。周显王时,九鼎没于泗水彭城下。

⑮爨(cuàn):烧火做饭。

⑯鬵(qín):釜一类的烹饪器具。

⑰邅(zhān):转,改变方向。

⑱睠睠(juàn):反顾,回顾。

【译文】

想要改变志向丢弃节操啊,思绪纷乱如麻未离心上。表面上自由自在四处游览啊,内心隐隐作痛满怀忧伤。暂且优游自得以求忘却忧思啊,心绪渐渐错乱烦闷难当。想要借助笙竽舒解忧愁啊,愁思郁结难以释怀。吟诵《离骚》以抒发情怀啊,心中忧苦难以尽诉于《九章》。长久哭泣声声悲啼啊,涕泗交流热泪成行。伤心明珠被丢弃在泥土中啊,哀叹反把鱼眼当作宝珠珍藏。劣骡骏马同等对待啊,杂色劣马大受欣赏。恶草葛藟爬满桂树枝干啊,恶鸟鸱鸮聚集在木兰树上。局促小人在朝堂上高谈阔论啊,贤良高士被放逐在蛮荒山野。虞舜《箫韶》之乐被世人厌弃啊,民间流行的俗乐《激楚》备受欣赏。传国宝器九鼎沉于江淮啊,烧饭土锅却摆在殿堂之上。人心虽怀有淳朴的古风啊,但世风日下难以保持久长。把车马调转向着南方的道路啊,就像远行的人昼夜不停地奔忙。思念着郢都的道路啊,频频回首难舍难忘。禁不住涕泗交下啊,热泪滚滚流淌。

叹曰:登山长望,中心悲兮。菀[①]彼青青,泣如颓兮。留思北顾,涕渐渐[②]兮。折锐摧矜[③],凝泛滥[④]兮。念我茕茕,魂谁求兮?仆夫慌悴,散若流兮。

【注释】

①菀(yù):茂盛。

②渐渐:流淌的样子。

③折锐摧矜:锐气和自尊遭到了打击。锐,锐利;矜,自尊自大。

④凝:止,停止。泛滥:犹沉浮,谓趋时随俗,随波逐流。

【译文】

叹辞:登上高山眺望远方,心中无限悲伤啊。草木茂盛郁郁葱葱,泪如流水肆意流淌啊。思念故国回首北望,悲从中来泪水涟涟啊。锐气自尊受到挫伤,不愿与世沉浮啊。想到自己孑然一身,灵魂在把谁寻找啊?仆人也愁苦憔悴,离散如同流水啊。

【评析】

《忧苦》是《九叹》的第六篇。本篇和《怨思》《远逝》一样,以悲愁起笔,将屈原被放逐之后内心的忧愁苦闷淋漓尽致地展现出来,强烈抨击忠奸不辨、善恶不分的社会现实。

本篇可分为三个部分。第一部分描写屈原被放逐之后流落江湖、徘徊山野的场景,以凄清的景物衬托屈原内心的孤独及忧愁困苦。第二部分从外部描写转向内心刻画,描写屈原虽然被流放在荒凉之地,但依然不肯改变节操而顺随流俗,依然担忧祖国的命运,为楚国的社会发展而焦虑。第三部分为叹辞,表达了被放逐异乡的痛苦,溢满了念国之情和去国之恨。

愍　命

昔皇考之嘉志兮,喜登能而亮贤①。情纯洁而罔薉②兮,姿盛质而无愆。放佞人与谄谀兮,斥谗夫与便嬖③。亲忠正之悃诚[4]兮,招贞良与明智。心溶溶[5]其不可量兮,情澹澹[6]其若渊。回邪[7]辟而不能入兮,诚愿藏而不可迁。逐下袟[8]于后堂兮,迎宓妃[9]于伊洛[10]。剬[11]谗贼于中霤[12]兮,选吕管[13]于榛薄[14]。丛林之下无怨士兮,江河之畔无隐夫。三苗[15]之徒以放逐兮,伊皋[16]之伦以充庐。

【注释】

①登能而亮贤:举贤授能的意思。

②罔薉(huì):没有一点不洁净的地方。薉,污秽。

③便嬖(bì):君主左右受宠幸的小臣。嬖,宠幸。

④悃(kǔn)诚:至诚,忠诚。悃,诚实,诚心。

⑤溶溶:广大的样子。

⑥澹澹:恬静的样子。

⑦回邪:不正,枉曲。

⑧下袟(zhì):宫廷中等级不高的宫人姬妾。袟,秩序,次等。

⑨宓(fú)妃:传说是伏羲的女儿,因溺死洛水而成为洛水女神。

⑩伊洛:伊水与洛水。两水在洛阳附近汇流,注入黄河。

⑪剬(fú):砍,铲除。

⑫中霤(liù):室的中央。霤,堂的中央,正房的中央。

⑬吕管:吕望和管仲。

⑭榛薄:丛杂的草木。引申指山野僻乡。

⑮三苗:传说尧时佞臣,后被放逐于三危山。

⑯伊皋:伊尹和皋陶。

【译文】

从前我的先祖志向美好啊,喜欢仁智之士举贤授能。性情纯洁毫无瑕秽啊,天生资质美盛没有过失。放逐奸佞和谄谀小人啊,斥退谗人和邀宠的近臣。亲近中正至诚之君啊,招纳贤良和明智之士。心胸开阔无法度量啊，性情恬静有如深渊。枉曲邪僻难以侵入啊，永保贞信终不变更。驱逐乱政侍妾打入冷宫啊，迎接宓妃于伊洛水边。把奸邪小人赶出朝堂啊，选拔吕望管仲于山野僻乡。山野之中自此没有怨恨之士啊，江河湖畔也没有隐居圣贤。三苗之徒被统统放逐啊，伊尹皋陶之类的贤臣充满朝堂。

今反表以为里兮，颠裳以为衣。戚宋万[1]于两楹[2]兮，废周邵[3]于遐夷[4]。却骐骥以转运[5]兮，腾驴骡以驰逐。蔡女[6]黜而出帷兮，戎妇入而彩绣服。庆忌[7]囚于阱室[8]兮，陈不占[9]战而赴围。破伯牙之号钟[10]兮，挟人筝[11]而弹纬[12]。藏瑉石[13]于金匮[14]兮，捐赤瑾于中庭。韩信蒙于介胄[15]兮，行夫将[16]而攻城。莞芎[17]弃于泽洲兮，瓟蠡蠹[18]于筐簏[19]。麒麟奔于九皋[20]兮，熊罴群而逸囿[21]。折芳枝与琼华兮，树枳棘[22]与薪柴。掘荃惠与射干[23]兮，耘藜藿[24]与蘘荷[25]。惜今世其何殊兮，远近思而不同。或沉沦其无所达兮，或清激其无所通。哀余生之不当兮，独蒙毒而逢尤。虽謇謇[26]以申志兮，君乖差而屏之。诚惜芳之菲菲兮，反以兹为腐也。怀椒聊[27]之蔎蔎[28]兮，乃逢纷以罹诟也。

【注释】

①戚：亲近，亲密。宋万：南宫长万，又名南宫万，是春秋时期宋国将领。打猎时与宋闵公争胜，因曾兵败被俘遭闵公羞辱，心怀怨恨，杀宋闵公叛乱。

②两楹：房屋正厅当中的两根柱子。两楹之间是房屋正中所在，为举行重大仪式和重要活动的地方。

③周邵：周成王时共同辅政的周公旦和召公奭的并称。两人分陕而治，皆有美政。

④遐夷：指边远少数民族地区。

⑤转运:运输。

⑥蔡女:蔡国贤女。

⑦庆忌:吴王僚的儿子,为人有勇力。公子光(吴王阖闾)派刺客专诸刺杀吴王僚,自立为王。庆忌逃亡卫国,扩充势力,准备夺回王位,被阖闾遣要离刺死。

⑧阱室:地牢。

⑨陈不占:春秋时期齐人,为人忠义,但胆小怕事。崔杼要杀齐庄公,陈不占闻君难,将赴之,但“餐则失匕,上车失轼”,“闻战斗之声,恐骇而死”。

⑩号钟:古琴名。

⑪人筝:小筝。

⑫纬:琴徽,系琴弦的绳子。

⑬瑉石:一种似玉的石头。

⑭金匮:铜制的柜。古时用以收藏文献或文物。

⑮介胄:盔甲。介,铠甲。胄,兜鍪,头盔。

⑯行夫:小兵。将:动词,担任大将。

⑰莞(guān):水葱,一种生于湖泽的野葱。芎(xiōng):多年生草本植物,全草有香气。

⑱瓟(páo):即匏,葫芦。蠡(lí):匏制成的瓢。蠹(dù):当作“囊”,盛装的意思。

⑲簏:竹篾编成的盛物器具,多为圆筒形。

⑳九皋:曲折深远的沼泽。皋,沼泽,湖泊。

㉑逸囿:谓禽兽奔跑于苑囿。

㉒枳棘:枳木与棘木。因多刺而称恶木,常用以比喻恶人或小人。

㉓射干:多年生草本植物,叶剑形,排成两行。夏季开花,花被橘红色,有深红斑点。根可入药。

㉔耘:除草。藜藿:泛指粗劣的饭菜。藜,一年生草本植物,茎直立,嫩叶可吃。藿,豆类植物的叶子。

㉕蘘(ráng)荷:多年生草本植物,根茎圆柱形,叶互生,椭圆状披针形。

㉖謇謇:直言的样子。

㉗椒聊:即椒。聊,语助词。

㉘葰葰(shè):香气弥漫的样子。

【译文】

当今之世把里外颠倒啊,把裙裳当成上衣来穿。逆臣贼子宋万身居尊位啊,周公召公被放逐到蛮夷之地。让千里马去拉车负重啊,却乘驾着驴骡飞奔驰骋。把蔡国美女黜落出帷帐啊,纳进戎狄丑妇身穿绣服。勇士庆忌被囚禁在地牢中啊,使懦夫陈不占领兵出征去解围。摔碎了伯牙的名琴号钟啊,反把小筝拿来拨弄弹奏。把瑨石珍藏在金匮里啊,却把上等的赤玉抛弃在庭院中。上将韩信只能身披甲胄充当小卒啊,却让行伍懦夫担任大将去攻城。把芳草莞芎遗弃在水泽之中啊,却把匏瓢装在筐篓之内。麒麟奔逃于曲折的大泽啊,熊罴成群地奔跑在御苑内。摧折芳香树木和如玉花朵啊,反而去栽植多刺的枳棘和木柴。挖掉香草荃蕙和射干啊,却种植藜藿和蘘荷等贱草。痛惜今世不比往昔啊,思虑古今之人相差悬殊。有人沉沦世俗难以显达啊,有人清廉奋发难容于世。可怜我生不逢时啊,独自蒙受苦难背负罪名。虽然忠贞敢谏而表明心志啊,与君心意相违遭到摒弃。真诚地爱惜这芬芳的香气啊,君王反说这些都是腐臭的东西。怀揣着香气四溢的花椒啊,却遭逢乱世被人嫉妒。

叹曰:嘉皇既殁,终不返兮。山中幽险,郢路远兮。谗人谗谗[①],孰可愬[②]兮?征夫罔极[③],谁可语兮?行吟累欷,声喟喟[④]兮。怀忧含戚,何侘傺[⑤]兮。

【注释】

①谗谗(jiàn):花言巧语,能言善辩。

②愬:同"诉"。

③罔极:无穷无尽。

④喟喟(kuì):叹息声。

⑤侘傺:失意而神情恍惚的样子。

【译文】

叹辞:圣君已经逝去,再也不会重现啊。山中幽暗危险,回郢都的道路遥远漫长啊。谄谀小人巧言进谗,我能向谁倾诉啊?远行的道路没有尽头,我又能向谁诉说啊?只好边走边叹,不断悲伤叹息啊。满怀忧愁心中凄苦,惆怅失意神情恍惚啊。

【评析】

《愍命》是《九叹》的第七篇,明写诗人悲哀屈原虽有忠直之心、报国之才,却反而被排挤流放,最后竟然无奈沉江的悲惨遭遇,亦是诗人自哀生不逢时、报国无门的不幸遭遇,表达了对政治清明之世的向往。

本篇可分为三个部分。第一部分追忆屈原的先祖具有美好的志向,选拔贤能治理国家,使得楚国政治清明,国家富强。第二部分写楚国后期的国君愚昧昏聩,任用群小使国家步入了覆亡的深渊。这种回顾历史、照应现实的描写手法,起到了良好的对比衬托作用,将屈原所遭遇的政治不公全面地展现出来。第三部分为叹辞,指责朝政混乱的根源在于君王昏聩,奸佞横行,更进一步抒发了对屈原悲惨命运的哀伤之情。

思　　古

冥冥深林兮,树木郁郁。山参差以崭岩①兮,阜杳杳②以蔽日。悲余心之悁悁兮,目眇眇③而遗泣。风骚屑④以摇木兮,云吸吸⑤以湫戾⑥。悲余生之无欢兮,愁倥偬⑦于山陆⑧。旦徘徊于长阪[9]兮，夕彷徨而独宿。发披披以鬤鬤[10]兮，躬劬劳[11]而瘏悴[12]。魂俇俇[13]而南行兮，泣沾襟而濡袂。心婵媛[14]而无告兮，口噤闭而不言。违郢都之旧闾兮，回湘沅而远迁。念余邦之横陷兮，宗鬼神之无次。闵先嗣之中绝兮，心惶惑而自悲。聊浮游于山陿[15]兮，步周流于江畔。临深水而长啸兮，且徜徉而泛观。

【注释】

①崭岩：险峻的样子。

②皋：土山。杳杳：昏暗。

③眇眇：眯眼远望的样子。

④骚屑：风声。

⑤吸吸：摇动或移动的样子

⑥湫戾：卷曲的样子。

⑦倥偬（kǒngzǒng）：困苦。

⑧山陆：山地。

⑨阪：山坡。

⑩鬤鬤（ráng）：头发散乱的样子。

⑪劬（qú）劳：劳苦，劳累。

⑫瘏（tú）悴：疲病，疲劳憔悴。瘏，疲劳致病。

⑬俇俇（guàng）：惶恐，心神不安的样子。

⑭婵媛：牵引，情思牵萦。

⑮陿：同“峡”，峡谷。

【译文】

阴暗幽深的山林啊，树木繁茂郁郁葱葱。峰峦起伏巉岩峥嵘啊，土山幽暗天气阴沉。可怜我心中无限愁苦啊，放眼四望泪下如雨。秋风萧萧摇动草木啊，白云舒卷翻滚飘荡。悲伤我的一生毫无欢乐啊，忧愁困苦居处荒山野岭。白天徘徊游荡在高坡上啊，夜晚辗转反侧独自成眠。披头散发不修边幅啊，劳苦憔悴身心俱疲。神魂不定匆匆南行啊，泪下衣襟沾湿衣衫。心中情思萦绕向谁诉说啊，只好紧闭嘴巴不言不语。离开郢都我的故国啊，渡过湘江沅水继续远行。想到我的祖国横遭灾殃啊，宗庙之中神位无人祭祀。哀怜祖宗事业由此中断啊，内心惶恐暗自伤悲。暂且在山间峡谷游荡啊，信步到大江岸边周游。面临深渊放声长啸啊，姑且徘徊踟蹰观望。

兴《离骚》之微文①兮，冀灵修②之壹悟。还余车于南郢兮，复往轨③于初古。道修远其难迁兮，伤余心之不能已。背三五④之典刑⑤兮，绝《洪范》⑥之辟纪⑦。播⑧规矩以背度兮，错⑨权衡而任意。操绳墨而放弃兮，倾容幸⑩而侍侧。甘棠⑪枯于丰草兮，藜棘树于中庭。西施斥于北宫兮，仳倠⑫倚于弥楹⑬。乌获戚⑭而骖乘兮，燕公⑮操于马圉⑯。蒯聩⑰登于清府⑱兮，咎繇⑲弃而在壄。盖见兹以永叹兮，欲登阶而狐疑。乘白水而高骛兮，因徙弛⑳而长词。

【注释】

①微文：隐约讽喻之文。

②灵修：指君王。

③往轨：喻指往古的法度。轨，本指车辙，喻指纲纪法度。

④三五：即三皇五帝。

⑤典刑：常刑，法典。

⑥《洪范》：《尚书》篇名，旧说其为箕子所作，以此向周武王陈述天地之大法。洪，大；范，法。

⑦辟纪：法纪，法度。

⑧播：舍弃。

⑨错：违背，背离。

⑩倾：斜，不正。代指小人。容幸：阿谀奉承，讨人欢心。

⑪甘棠：树名，即棠梨。

⑫仳倠（pǐhuī）：古代丑女名。

⑬弥楹：布满厅堂。楹，厅堂前部的柱子，借指厅堂。

⑭乌获：战国时秦之力士。戚：亲密，亲近。

⑮燕公：即邵公，封于燕，为燕国的始祖，故称燕公。

⑯马圉：养马的地方。

⑰蒯聩（guì）：卫灵公太子，忤逆不孝，欲害其母。

⑱清府：清庙，即太庙。古代帝王的宗庙。

⑲咎繇：即皋陶。舜之贤臣。

⑳徙弛：后退，退却。

【译文】

创作《离骚》隐约讽喻之文啊，希望君王能够顿然醒悟。让我的车驾回到郢都啊，遵循先王的法度。道路遥远难以返回啊，我情不自禁悲伤不已。君王背离三皇五帝的法度啊，断绝《洪范》之天地大法。舍弃圆规直尺而违背法度啊，丢开衡器任意称量轻重。执行法纪的反被弃置不用啊，阿谀奉承的小人却陪侍君王左右。甘棠枯死而野草茂盛啊，蒺藜荆棘种满庭院。美女西施被贬入北宫啊，丑妇仳倠却得宠侍立君前。力士乌获亲密地君王同车共乘啊，贤良的燕公却操劳于马厩之内。蒯聩忤逆反而进入宗庙啊，皋陶贤明反被放逐于荒野。看到是非如此颠倒我不由仰天长叹啊，想要面谏君王又迟疑犹豫。还是乘着白水远走高飞啊，趁此隐退避世永远别离。

叹曰：倘佯垆[①]阪，沼水深兮。容与汉渚，涕淫淫兮。钟牙[②]已死，谁为声兮？纤阿[③]不御，焉舒情兮？曾哀凄欷，心离离[④]兮。还顾高丘，泣如洒兮。

【注释】

①垆:黑色而坚硬的土。

②钟牙:指钟子期和俞伯牙。

③纤阿:古神话中御月运行之女神。

④离离:悲痛、忧伤的样子。

【译文】

叹辞:徜徉在黑黄的土山坡上,池水幽深啊。徘徊于汉水之滨,涕泪涟涟啊。钟子期俞伯牙已死,谁弹妙音啊?纤阿不驾月车,骏马怎会开怀舒畅啊?无限悲伤凄然长叹,哀哀欲绝啊。回望楚国高山,泪如雨下啊。

【评析】

《思古》是《九叹》的第八篇,抒发了屈原被谗于奸邪,见疑于君王,空有报国之心,却被排挤流放,报国无门、知音难寻的悲伤困苦心情。

本篇可分为三个部分。第一部分,屈原被排挤流放在蛮荒之地,独自徘徊于幽暗凄清的山野,不由怀念故国故都,挂念国家兴衰存亡,心情抑郁凄楚。第二部分,屈原作《离骚》,控诉国家衰败的因由在于君王昏聩,进用奸佞,贤士怀才不遇,欲忠心报国,却遭受奸邪谗言,不见信于君王。第三部分为叹辞,屈原倾诉知音难觅,怀才不遇而报国无门的忧伤心情。

远　　游

悲余性之不可改兮,屡惩艾[①]而不移。服觉晧[②]以殊俗兮,貌揭揭[③]以巍巍。譬若王侨之乘云兮,载赤霄[④]而凌太清[⑤]。欲与天地参寿[⑥]兮,与日月而比荣。登昆嵛而北首兮,悉灵圉[⑦]而来谒。选鬼神于太阴[8]兮，登阊阖[9]于玄阙。回朕车俾[10]西引兮，褰虹旗[11]于玉门。驰六龙于三危[12]兮，朝[13]西灵于九滨[14]。结[15]余轸[16]于西山兮，横飞谷以南征。绝都广[17]以直指兮，历祝融于朱冥[18]。枉玉衡[19]于炎火兮，委[20]两馆[21]于咸唐[22]。贯鸿蒙[23]以东朅[24]兮，维[25]六龙于扶桑。

【注释】

①惩艾:亦作“惩刈”或“惩乂”，惩治。

②觉晧:显明。觉，通“较”，明显。晧，明。

③揭揭:长而高。

④赤霄:红云。

⑤太清:太空，即天空。

⑥参寿:同寿。

⑦灵圉:众神。

⑧太阴:极盛的阴气。

⑨阊阖:天门。

⑩俾(bǐ):使。

⑪褰:举起。虹旗:画有虹霓的旗，或谓以虹为旗。

⑫三危:指三危仙山，三青鸟居之。

⑬朝:通“召”。召来，召集。

⑭九滨:弯曲的涯岸。

⑮结:盘旋，旋转。

⑯轸:古代指车箱底部四周的横木，借指车。

⑰绝:穿越。都广:古代传说中的地名。

⑱朱冥:指南方。

⑲枉:弯曲，回转。玉衡:车辕头横木的美称。

⑳委:放弃。

㉑馆，住宿，止宿。

㉒咸唐：即咸池。神话传说中的日浴处。

㉓鸿蒙：混沌之气。

㉔朅（qiè）：离去。

㉕维：系，拴。

【译文】

悲叹我的本性不可改变啊，屡遭惩治仍坚定不移。服饰鲜明与众不同啊，形象高大顶天立地。像仙人王侨那样乘云驾雾啊，乘着红云飞升太空。想和天地一样长寿啊，与日月一样普照四方。登上昆仑山向着北方啊，众多的仙人纷纷前来拜见。我在极阴之气中挑选鬼神啊，和我登上天门进入天庭。掉转车驾向西行进啊，高举虹旗直驱玉门。驾起六龙奔驰于三危山啊，在九曲水滨召来西方神灵。我的车驾盘旋在西山中啊，横度飞泉谷接着向南行进。穿越都广山径直向南啊，经过火神祝融的住所朱冥。回转车驾于炎火山啊，我在咸池两次停下暂歇。穿过混沌之气离开东方啊，将六条神龙拴在扶桑树上。

周流览于四海兮，志升降以高驰。征九神于回极①兮，建虹采②以招指③。驾鸾凤以上游兮，从玄鹤与鷦明④。孔鸟⑤飞而送迎兮，腾群鹤于瑶光⑥。排⑦帝宫与罗囿⑧兮，升县圃以眩灭⑨。结琼枝以杂佩兮，立长庚⑩以继日。凌惊雷以轶骇电⑪兮，缀鬼谷⑫于北辰⑬。鞭风伯使先驱兮，囚灵玄⑭于虞渊⑮。溯高风以低徊兮，览周流于朔方⑯。就颛顼而敶⑰词兮，考玄冥⑱于空桑⑲。旋车逝⑳于崇山㉑兮，奏虞舜于苍梧㉒。济杨舟于会稽兮，就申胥于五湖㉓。见南郢之流风兮，殒余躬于沅湘。望旧邦之黯黮㉔兮，时溷浊其犹未央。怀兰茝之芬芳兮，妒被离㉕而折之。张绛帷以襜襜㉖兮，风邑邑㉗而蔽之。日暾暾㉘其西舍兮，阳焱焱㉙而复顾。聊假日以须臾兮，何骚骚㉚而自故？

【注释】

①回极:天极回旋的枢轴,即古人认为的天体的轴心。

②建:立,竖起。虹采:指彩旗。

③招指:犹指挥。

④鷫明:传说中的神鸟。凤凰之类。

⑤孔鸟:即孔雀。

⑥瑶光:星名,北斗七星的第七星。

⑦排:推开。

⑧罗囿:神话传说中的天上园林。

⑨眩灭:目眩魂消。

⑩长庚:古代指傍晚时分出现在西方天空的金星。亦称太白星、启明星。

⑪轶:超过,超越。骇电:惊人的电光。

⑫缀:缝合,连缀。鬼谷:当作“百鬼”。

⑬北辰:北极星。

⑭灵玄:古代神话中的北方之神。又称玄帝、黑帝。

⑮虞渊:亦称虞泉。传说为日没处。

⑯朔方:北方。

⑰敶(chén):同“陈”,陈列。

⑱玄冥:传说中的神名,北方水神。

⑲空桑:传说中的山名,产琴瑟之材。

⑳逝:往。

㉑崇山:山名。相传舜放驩兜之处。

㉒苍梧:山名,即九疑山。

㉓五湖:即太湖。

㉔黯黮(dǎn):昏暗不明。

㉕被离:分散的样子。

㉖襜襜(chān):鲜艳美好的样子。

㉗邑邑：微弱的样子。

㉘暾暾：明亮的样子。

㉙焱焱（yàn）：光彩闪耀的样子。

㉚骚骚：忧愁的样子。

【译文】

周游天下遍览四海啊，想要上天下地到处翱翔奔驰。召来九天神灵聚于天极中心啊，竖起彩旗指挥四方。乘驾鸾鸟凤凰向上飞行啊，玄鹤和鷞明在后面紧紧跟随。孔雀飞舞迎来送往啊，仙鹤成群结队飞越瑶光星。推开帝宫大门进入天苑啊，登上悬圃令我目眩神迷。系结美玉枝条掺杂佩饰啊，升起长庚星以接替太阳。乘着滚滚惊雷超越闪电啊，把百鬼锁在北极星。鞭策风伯在前面开路啊，并把玄帝囚禁在虞渊。迎着强劲的风徘徊游荡啊，要遍览北方之地。我向颛顼陈述衷情啊，再到空桑山去询问玄冥。调转车头驰向崇山啊，再到苍梧山向舜帝进言。驾起杨木舟来到会稽啊，请教伍子胥于太湖之中。看到郢都的流风习俗啊，只能自沉于沅湘江流之中。望见故国昏暗不明啊，人世混乱污浊没有任何改变。怀抱兰草白茝芳香四溢啊，众人嫉妒而纷纷被摧残凋零。张设绛帷鲜艳美好啊，清风细微被它阻挡。明亮的太阳将要在西山隐没啊，余光闪耀还想高照天空。暂且趁此时光悠闲片刻啊，为何心中忧愁依然如故？

叹曰：譬彼蛟龙，乘云浮兮。汎淫澒溶[①]，纷若雾兮。潺湲轇轕[②]，雷动电发，馺[③]高举兮。升虚凌冥，沛[④]浊浮清，入帝宫兮。摇翘奋羽，驰风骋雨，游无穷兮。

【注释】

①汎淫：浮游不定的样子。澒（hòng）溶：深广的样子。此处指云层浓厚。

②轇轕(jiāogé):交错,杂乱。

③驭(sà):马飞驰的样子。

④沛:通"柿"。排除。

【译文】

叹辞:就像那蛟龙,腾云浮游啊。在浓云中浮游不定,纷纭变化如同大雾啊。蜿蜒纵横如水流一样错乱,又像惊雷震动闪电突行,迅速飞向高空啊。飞临天界高远无涯,排除污浊之气而浮游在清气之中,进入天帝所居的宫殿啊。摆动龙尾展开双翅,驾驭着狂风在暴雨中驰骋,尽情遨游于无穷无尽的太空啊。

【评析】

《远游》是《九叹》的第九篇,与屈原所创作的《远游》同名,两者在思想内涵和遣词造句方面颇多相似之处。但屈原的《远游》是外界客观环境的逼迫所造成的结果,而刘向创作的这篇《远游》,则重在赞美屈原的高洁品行,塑造其高大光辉的形象。

本篇可以分为三个部分。第一部分,屈原自谓"悲余性之不可改兮,屡惩艾而不移",于是开始飞升神游。第二部分,屈原与各路神仙交游,但是"望旧邦之黯黮兮,时溷浊其犹未央",放不下对故国的思念,心中忧苦依然如故。第三部分为叹辞,表达了屈原忠直却被流放的悲哀心情,欲放下心结,远游于太空。全篇以浪漫主义的手法,全面描绘了屈原周游天地的神游历程,向我们展现出了一个个瑰丽多彩的神话世界,将屈原"吾将上下而求索"的不屈不挠的抗争精神淋漓尽致地呈现在读者面前。

九　思

《九思》为王逸代屈原抒发忧愤之情之作。《楚辞章句·九思序》云："《九思》者，王逸之所作也。逸，南阳人，一作南郡，博雅多览，读《楚辞》而伤愍屈原，故为之作解。又以自屈原终没之后，忠臣介士游览学者读《离骚》《九章》之文，莫不怆然，心为悲感，高其节行，妙其雅丽。至刘向、王褒之徒，咸嘉其义，作赋骋辞，以谮其志，则皆列于谱录，世世相传。逸与屈原同土共国，悼伤之情与凡有异。窃慕向、褒之风，作颂一篇，号曰《九思》，以裨其辞。"王逸，字叔师，东汉著名文学家。官至豫州刺史，豫章太守。所作《楚辞章句》，是《楚辞》最早的完整注本，颇为后世楚辞学者所重。又作有赋、诔、书、论、诗等多篇，今多散佚，仅存《九思》一章。

《九思》由《逢尤》《怨上》《疾世》《悯上》《遭厄》《悼乱》《伤时》《哀岁》《守志》等九篇组成。从内容上看，《逢尤》《遭厄》描写的是屈原在受到群小诋毁之后的悲愤心情；《怨上》描写的是屈原对楚国君王又恨又爱、怨望交织的矛盾心理；《悯上》侧重于表达作者对屈原个人不幸遭遇的深切同情和惋惜；《疾世》《悼乱》主要是对屈原所处黑暗时代的无情抨击，以表达其生不逢时的感慨；《伤时》《哀岁》则由对自然景物的描写到人物感情的宣泄，通过情景交融的写作手法，衬托出屈原不幸的命运；最后一篇《守志》，描写了一幅清明祥和的天上之境，表达了屈原对美政理想以及光明未来的向往和追求。

通览《九思》，我们可以发现作者从两个方面来行篇布局，一方面是屈原心路历程的变化情况：屈原遭谗毁流放而内心愤愤不平，然后由悲哀个人的不幸遭遇上升到对国君、国家命运的铭刻在心，最后身处困境却依然能够坚持个人高洁的品行，甚至不惜以死抗争。另一方面是楚国兴衰的历史进程：楚王偏听偏信，最终导致国破身亡，其历史经验教训值得后人深思并引以为戒。总之，《九思》抒发了屈原去国思国、怨君爱君的矛盾心理和痛苦挣扎，反映了身处那个时代的忠贞之士的普遍处境和心态。

逢尤

悲兮愁，哀兮忧。天生我兮当暗时，被诼谮①兮虚获尤②。心烦愦兮意无聊，严载驾兮出戏游。

【注释】

①诼谮（zèn）：造谣诬陷。

②尤：罪过。

【译文】

可悲啊忧愁，哀伤啊苦恼。我生来就遭逢啊这昏暗的世道，受人造谣诬陷啊平白无故获罪遭贬。心烦意乱啊苦闷忧愁，整饬车驾啊出门远游。

周八极兮历九州，求轩辕兮索重华①。世既卓②兮远眇眇，握佩玖③兮中路躇④。羡咎繇⑤兮建典谟⑥，懿风后⑦兮受瑞图。愍余命兮遭六极⑧，委玉质兮于泥涂。遽傽遑⑨兮驱林泽，步屏营⑩兮行丘阿。车轨⑪折兮马虺颓⑫，惷怅⑬立兮涕滂沲。

【注释】

①重华:对虞舜的美称。

②卓:遥远。

③佩玖:作佩饰用的浅黑色美石。玖,似玉的黑色石头。

④躇:踌躇,徘徊不进。

⑤咎繇:即皋陶,舜之贤臣,掌管刑法。

⑥典谟(mó):《尚书》中《尧典》《舜典》和《大禹谟》《皋陶谟》等篇的并称。泛指经典,法言。

⑦懿:赞叹。风后:相传为黄帝贤臣之一。

⑧六极:谓六种极凶恶之事。《尚书·洪范》:"六极:一曰凶短折,二曰疾,三曰忧,四曰贫,五曰恶,六曰弱。"

⑨倬遑:惊慌失措的样子。

⑩屏(bīng)营:惶恐,彷徨。

⑪车轪(yuè):古代车上置于辕前端与车横木衔接处的销钉。

⑫虺(huī)颓:疲极致病,疲病。

⑬惷(chōng)怅:失意惆怅的样子。惷,失意的样子。

【译文】

遍览八方啊游历九州,渴望见到黄帝啊找寻虞舜。盛世已经远逝啊前途漫漫,手握珠玉宝石啊半路踌躇。羡慕皋陶啊制定法度谋略,赞叹风后啊秉承吉祥图符。可怜我时运不济啊多灾多难,美好品质啊丢弃在污泥中。惊慌失措啊进入林中沼泽,惶恐不安啊走在幽僻深山。车轪断折啊马儿疲病,惆怅呆立啊热泪涟涟。

思丁文[①]兮圣明哲,哀平差[②]兮迷谬愚。吕傅[③]举兮殷周兴,忌嚭[④]专兮郢吴虚。仰长叹兮气噎结,悒殟绝[⑤]兮咶[⑥]复苏。虎兕争兮于廷中,豺狼斗兮我之隅。云雾会兮日冥晦,飘风起兮扬尘埃。走𢝊罔[⑦]兮乍东西,欲窜伏兮其焉如?念灵闺[⑧]兮隩[9]重深，愿竭节兮隔无由。望旧邦兮路逶随[10]，忧心悄[11]兮志勤劬[12]。魂茕茕兮不遑[13]寐，目眽眽[14]兮寤终朝。

【注释】

①丁：殷高宗武丁。文：周文王姬昌。

②平：楚平王熊弃疾。差：吴王夫差。

③吕：吕尚，辅佐周文王、周武王兴周灭商。傅：傅说，辅佐武丁中兴殷商。

④忌：费无忌，楚平王时佞臣。太子建夫人孟嬴美貌无双，费无忌劝楚平王强纳儿媳，又迫害太子建与伍奢，伍奢的儿子伍子胥侥幸逃脱到吴国，给楚国大乱埋下了伏笔。嚭（pǐ）：吴太宰伯嚭，收受勾践贿赂，使勾践免于一死；陷害伍子胥，伍子胥被迫自刎。

⑤悒：忧愁。殟：突然失去知觉。绝：气绝。

⑥咶（huài）：喘息，气息。

⑦邑（chàng）罔：即怅惘，惆怅失落。

⑧灵闺：指君王的宫殿。

⑨隩（ào）：室内西南角，引申为房屋深处。

⑩逶随：迂远，迂回遥远。

⑪悄（qiǎo）：忧愁。

⑫勤劬（qú）：辛勤劳累。

⑬遑：闲暇。

⑭眽眽（mò）：凝视的样子。

【译文】

思念武丁、文王啊圣明睿智，哀叹平王、夫差啊荒谬糊涂。吕尚、傅说被任用啊商周繁荣昌盛，费无忌、太宰嚭受宠专权啊楚国吴国变成废墟。仰天长叹啊愤懑之气郁结难消，忧愁愤恨而昏倒气绝啊久久才苏醒过来。猛虎犀牛争权夺势啊在那朝堂之上，豺狼厮杀搏斗啊就在我身旁。乌云浓雾聚集啊日色昏暗，旋风猛烈刮起啊扬起漫天尘埃。惆怅失落啊忽东忽西，想要逃避隐藏啊又该去向何方？想到君王宫殿啊幽深难入，愿意竭尽忠诚啊被无理阻挡。回首故国啊道路遥远曲折，忧心如焚啊辛勤劳累。灵魂孤独难耐啊无暇睡觉，睁大双眼啊直到天亮。

【评析】

《逢尤》是《九思》的首篇。“逢”，遭遇；“尤”，祸患；“逢尤”，即遭遇祸患的意思。

《逢尤》作为《九思》的开篇之作，全面展现了屈原在遭受群小诽谤残害之后的心路历程。最初屈原感叹自己生不逢时，既然不能见容于这个黑暗的社会，那么不如出去远游，以寄情于自然山水之间，寻求心灵的宁静和解脱。但是他又放不下对君王国家的眷恋，对国君依然心存幻想，希望有朝一日能够重新回到君王身边效命出力。但是无情的社会现实和楚国污浊的政治环境使屈原很快醒悟过来，不禁陷入了忧己忧国忧民的痛苦挣扎之中。

本篇格调悲凉，尤其是凄凉的外部环境和屈原的内心相互照应，有力地表达出了屈原愁苦彷徨的内心活动，寓情于景，情景交融，收到了良好的艺术效果。

怨　上

令尹兮謷謷①，群司兮诶诶②。哀哉兮淈淈③，上下兮同流。菽藟④兮蔓衍，芳虈⑤兮挫枯。朱紫⑥兮杂乱，曾莫兮别诸。倚此兮岩穴，永思兮窈悠⑦。嗟怀⑧兮眩惑，用志兮不昭。将丧兮玉斗⑨，遗失兮钮枢⑩。我心兮煎熬，惟是兮用忧。

【注释】

①謷謷（áo）：傲慢而妄言。

②诶诶(nóu):多言、喧嚣的样子。

③淈淈(gǔ):混乱的样子。

④菽藟(lěi):比喻小人。菽,豆类的总称。藟,藤。

⑤虈(xiāo):香草名,即白芷。

⑥朱紫:朱为正色,紫为杂色。后因以“朱紫”比喻正邪、真伪、是非等。

⑦窈悠:深远的样子。

⑧怀:楚怀王。

⑨玉斗:宝器。喻社稷。

⑩钮枢:珍宝。喻贤者。

【译文】

令尹啊傲慢妄言,百官啊喧嚣不已。可悲啊朝政混乱,从上到下啊同流合污。菽豆葛藤啊遍地都是,芳草白芷啊摧折枯萎。朱紫两色啊混同一处,竟没有人啊辨识清楚。身体倚着啊洞穴石壁,思绪悠悠啊连绵不绝。可叹怀王啊糊涂迷惑,一片忠心啊难以彰显。楚国社稷啊将要倾危,君王遗失啊忠臣贤士。我的内心啊如同煎熬,想起这些啊无限忧愁。

进恶[①]兮九旬[②],复顾兮彭务[③]。拟斯兮二踪,未知兮所投。谣吟兮中壄,上察兮璇玑[④]。大火[⑤]兮西睨[⑥],摄提[⑦]兮运低。雷霆兮硠磕[⑧],雹霰兮霏霏。奔电兮光晃[⑨],凉风兮怆凄。鸟兽兮惊骇,相从兮宿栖。鸳鸯兮噰噰[⑩],狐狸兮微微[⑪]。哀吾兮介特[⑫],独处兮罔依。蝼蛄[⑬]兮鸣东,蟊蠽[⑭]兮号西。蛓[⑮]缘兮我裳,蠋[⑯]入兮我怀。虫豸兮夹余,惆怅兮自悲。伫立兮忉怛[⑰],心结缗[⑱]兮折摧。

【注释】

①进恶:当作“进思”。

②九旬：当作“仇荀”，即仇牧和荀息。仇牧，春秋时宋大夫。《史记·宋微子世家》：“（南宫万）杀湣公于蒙泽。大夫仇牧闻之，以兵造公门。万搏牧，牧齿着门阖死。”荀息，春秋时晋大夫。晋献公病重，托之以国。献公病逝，荀息立骊姬子奚齐为国君。里克借为献公治丧之机，刺杀奚齐。荀息又拥立卓子（骊姬之妹少姬所生）为君，里克再次发动政变，卓子和骊姬均被死。荀息深感有负于献公，遂自杀。

③彭：彭咸，殷之贤臣，谏君不从，投水而死。务：务光，古代隐士，相传商汤让位给他，不肯接受，负石投水而死。

④璇玑：北斗七星的第二颗星名天璇，第三颗名天玑。

⑤大火：星名，即心宿二。夏历五月的黄昏，大火星在中天；七月的黄昏，由中天逐渐西降，即所谓的“七月流火”。

⑥睨：倾斜，偏斜。

⑦摄提：星名。属亢宿，共六星。

⑧硠礚（lángkē）：雷声。

⑨光晃：光芒闪耀。

⑩嗈嗈（yōng）：鸟和鸣声。

⑪徽徽（méi）：相随的样子。

⑫介特：孤独。

⑬蝼蛄：昆虫名，吃农作物嫩茎。

⑭蟊蠽（máojié）：蝉类。

⑮蛓（cì）：毛虫。

⑯蠋（zhú）：蝴蝶、蛾等昆虫的幼虫，外形像蚕。

⑰忉怛（dāodá）：忧伤，悲痛。

⑱结缗（gǔ）：思绪错乱，郁结不解。

【译文】

想起了啊为君王尽忠而死的仇牧荀息，又想起了啊投江而死的彭咸务光。想要追随啊前辈贤人的遗迹，但不知道啊该往何处去。孤独地边走边唱啊在荒野之中，抬头仰观啊北斗璇玑。大火星啊向西倾斜，摄提星啊向下运转。雷霆霹雳啊隆隆作响，冰雹雪花啊纷纷扬扬。闪电奔驰啊光芒闪耀，寒风刺骨啊凄怆忧伤。飞鸟走兽啊惊骇不已，相互依偎啊栖息一起。鸳鸯鸣叫啊此起彼和，狐狸成群啊相互跟随。可怜我啊孑然一身，单独居住啊无所依附。蝼蛄啊在东边鸣叫，蟊蠹啊在西边鸣叫。毛虫啊爬上我的衣裳，蠋虫啊钻进我的怀抱。虫豸啊将我团团围住，令人惆怅啊独自悲伤。久久伫立啊满腹忧伤，思绪烦乱啊心情沮丧。

【评析】

《逢尤》是《九思》的第二篇。"怨上"可以有两层解释，一方面可以理解为怨愤天道不公，另一方面也可以理解为控诉君王昏聩愚昧。

在内容上，本篇主要描写了屈原遭受群小的诋毁打击，孤身一人在流放之地漫无目的地来回游荡，眼看天显恶兆，痛惜国家危亡却无可奈何的痛苦心情。"将丧兮玉斗，遗失兮钮枢"，楚国政治一片混乱，上下同流合污，国家命运走到了崩溃的边缘，此情此景让屈原忧愤难当。虽然个人遭受了不公正的对待，但是屈原依然期望楚国国君能够迷途知返、拨乱反正。但黑暗的政治环境以及恶劣的自然环境，让屈原的内心如油煎一样痛苦不堪。他对君王充满希冀又满是怨愤，这种矛盾心理相互交织，控诉了命运的不公，批判了楚王的昏聩，极具政治讽喻意味。

对外部悲凉环境的描写在本篇中占据了很大的篇幅，雷声滚滚、冰雹雪花、霹雳闪电、刺骨寒风、恐惧的飞鸟走兽等等，将屈原彷徨无助的内心世界衬托得更加鲜明。

疾　世

周徘徊兮汉渚[1]，求水神兮灵女。嗟此国兮无良，媒女诎[2]兮谁谈[3]。鸩雀[4]列兮哗讙[5]，鸲鹆[6]鸣兮聒余。抱昭华[7]兮宝璋，欲炫鬻[8]兮莫取。言旋迈[9]兮北徂[10]，叫我友兮配耦[11]。日阴曀[12]兮未光，阒睄窕[13]兮靡睹。

【注释】

①汉渚：汉水之涯，汉水水边。渚，水涯。

②诎（qū）：言语迟钝。

③涟谈（liánlóu）：形容委曲繁杂，絮语不清。

④鸲雀：小鸟名。鹑的一种。

⑤讹谨（huáhuān）：喧哗。

⑥鸲鹆（qúyù）：鸟名。俗称八哥。

⑦昭华：美玉名。

⑧炫鬻（yù）：叫卖。

⑨旋迈：指远去。

⑩徂（cú）：去，往。

⑪配耦：即配偶，指知己、朋友。

⑫阴曀（yì）：云气掩映日光，天气阴晦。

⑬阒（qù）：形容寂静。睄窕（xiāotiǎo）：昏暗，幽深。

【译文】

周游徘徊啊在汉水之涯，渴望相遇啊汉水女神。哀叹国中啊竟无贤士，媒人言语迟钝啊絮语不清。鸲雀成列啊吵吵嚷嚷，八哥鸣叫啊聒噪刺耳。怀抱昭华啊珍藏玉璋，想要售卖啊无人理睬。转身远去啊向北进发，急唤友朋啊同心之人。日光昏暗啊不见光亮，昏暗幽深啊难以辨识。

纷载驱兮高驰，将谘询兮皇羲[1]。遵河皋兮周流，路变易兮时乖[2]。沥[3]沧海兮东游，沐盥[4]浴兮天池。访太昊[5]兮道要[6]，云靡贵[7]兮仁义。志欣乐兮反征，就周文兮邠岐[8]。秉玉英兮结誓，日欲暮兮心悲。惟天禄[9]兮不再，背我信兮自违。逾陇堆[10]兮渡漠，过桂车兮合黎[11]。赴昆山[12]兮皨騄[13]，从邛[14]遨兮栖迟。吮玉液兮止渴，啮[15]芝华兮疗饥。居嵺廓[16]兮尠畴[17]，远梁昌[18]兮几迷。望江汉兮濩渃[19]，心紧絭[20]兮伤怀。时昢昢[21]兮且旦，尘莫莫[22]兮未晞[23]。忧不暇兮寝食，吒增叹兮如雷。

【注释】

①皇羲：指上古帝王伏羲。

②时乖：时运乖违。乖，乖违，反常。

③沥（lì）：渡过。

④盥（guàn）：洗手。

⑤太昊：即伏羲氏。

⑥道要：指治国的要务。

⑦靡贵：没有什么比之更贵重。

⑧邠（bīn）岐：周朝最早的领土。邠，同“豳”，今陕西旬邑。岐，今陕西岐山。

⑨天禄：天赐福禄，天降吉祥。

⑩陇堆：山名，或即今之陇山，在宁夏、甘肃、陕西三省交界处。

⑪桂车、合黎：均为西方山名。

⑫崑山：即昆仑山。

⑬馽（zhí）：栓，捆。騄（lù）：骏马。

⑭邛：指邛邛駏虚，兽名，善于奔跑。

⑮啮（niè）：咬。

⑯嵺（liáo）廓：同“寥廓”。空旷。

⑰尠（xiǎn）：同“鲜”，少。畴：类，同类。

⑱梁昌：谓处境狼狈，进退失据。

⑲濩渃（huòruò）：水势浩大的样子。

⑳絭（juàn）：缠绕，束缚。

㉑昢昢（pò）：日月初出，光未盛明的样子。

㉒莫莫：同“漠漠”。尘土飞扬的样子。

㉓晞：消散。

【译文】

驾驭缤纷盛美的车驾啊策马飞驰，将去求教啊古帝伏羲。沿着河边高岸啊四处游走，世道变易啊时运乖违。渡过沧海啊向东行进，沐浴盥洗啊天池之中。访问太昊啊请教天道，他说最珍贵的啊莫过于仁义之道。内心欢喜啊踏上归程，寻访文王啊来到邠岐之地。手拿玉花啊相对立誓，日薄西山啊内心忧伤。想到天赐福禄啊不可再得，趋炎附势啊自相背离。越过陇山啊穿越荒漠，经过桂车啊又到合黎。攀登昆仑啊系好骏马，随着邛邛距虚啊遨游休息。吸吮琼浆啊消除口渴，食用灵芝啊聊以充饥。居处空旷啊孤单一人，踉跄远行啊进退无据。遥望江汉啊广袤无极，心绪烦乱啊伤心感怀。旭日初升啊天色微明，尘土飞扬啊长久不散。忧思绵长啊寝食难安，大声怒吼啊喟然长叹。

【评析】

《疾世》是《九思》的第三篇。“疾世”，即痛恨人情世道之意。屈原得不到君王的重用，因此只好孤身一人周游徘徊，在天地之中寻求沧桑正道，其内心的纠结和矛盾展露无遗。

从内容来看，全文在写作上一共分为三个层次。首先描写了屈原坚持高洁的品行，不愿和世俗同流合污，想要寻求志同道合的知己而不得，无可奈何地周游在天地之间以寻求心灵的解脱。其次是虽然屈原的耿耿忠心与义行善举和天道相一致，但是受制于时世的混乱和政治的黑暗，难以施展而实现其美政理想。最后描写屈原在理想和现实、入世和出世之间徘徊不定的矛盾心理，于彷徨中更加忧愤难当。

悯　上

哀世兮睩睩[①]，谖谖[②]兮嗌喔[③]。众多兮阿媚，骫靡[④]兮成俗。贪枉兮党比，贞良兮茕独。鹄窜兮枳棘，鹈集兮帷幄。罽蘩[5]兮青葱，槁本[6]兮萎落。睹斯兮伪惑[7]，心为兮隔错[8]。

【注释】

①睩睩：谨慎地看。

②谗谗（jiàn）：能言善辩，花言巧语。

③嗌喔：形容奉承取媚的声音。

④骩（wěi）靡：同“委靡”。委曲取容的意思。

⑤罽蘩（jìrú）：古书上说的一种植物，似芹，可食，子大如麦粒，俗称“鬼麦”。

⑥槁本：即藁本，香草名。多年生草本。叶呈羽状，夏开白花，果实有锐棱，根紫色，可入药。

⑦伪惑：诈伪蛊惑。

⑧隔错：精神错乱。

【译文】

可叹世俗看人啊谨慎小心，巧言令色啊奉承取媚。众人大多啊阿谀逢迎，委曲取容啊蔚然成风。贪婪奸佞之徒啊朋比为奸，正直忠贞之士啊无依无靠。鸿鹄窜伏啊枳棘丛中，鹈鸟群集啊帷帐之内。杂草罽蘩疯长啊郁郁葱葱，香草藁本被弃啊枯萎凋零。看到世间啊诈伪蛊惑，内心伤感啊精神错乱。

逡巡[1]兮圃薮[2]，率[3]彼兮畛陌[4]。川谷兮渊渊[5]，山皀[6]兮客客[7]。丛林兮崯崯[8]，株榛兮岳岳[9]。霜雪兮漼溰[10]，冰冻兮洛泽[11]。东西兮南北，罔所兮归薄[12]。庇荫兮枯树，匍匐兮岩石。蜷跼[13]兮寒局数[14]，独处兮志不申，年齿尽兮命迫促。魁垒挤摧[15]兮常困辱，含忧强老[16]兮愁不乐。须发苧顇[17]兮颢[18]鬓白，思灵泽[19]兮一膏沐[20]。怀兰英兮把琼若，待天明兮立踯躅。云蒙蒙兮电倏烁[21]，孤雌惊兮鸣呴呴[22]。思怫郁兮肝切剥[23]，忿悁悒兮孰诉告？

【注释】

①逡（qūn）巡：徘徊。

②薮：生长着很多草的湖泽。

③率：沿着。

④畛陌：田间的小路。

⑤渊渊：深广，深邃。

⑥山阜：土山，泛指山岭。阜，同“阜”。

⑦峉峉（è）：形容山势高大。

⑧崟崟（yín）：繁茂的样子。

⑨岳岳：挺立，耸立。

⑩漼溰（cuǐyí）：霜雪积聚的样子。

⑪洛泽：冰冻的样子。

⑫归薄：归附，依傍。

⑬蜷跼：蜷曲，得不到伸展。

⑭局数（cù）：即局促。

⑮魁垒：心情郁闷，盘结不解。挤摧：排斥摧折。

⑯强老：由壮年转入衰老。

⑰苧（níng）：散乱。顇（cuì）：同“悴”。

⑱颢（piǎo）：头发斑白。

⑲灵泽：滋润万物的雨水。喻君王的恩德。

⑳膏沐：洗沐，润泽。

㉑倏烁：疾闪的样子。

㉒呴呴（gòu）：鸟鸣声。

㉓切剥：形容心情极端痛苦。

【译文】

徘徊彷徨啊在湖畔园圃，沿着田间小路啊慢步徐行。山谷啊幽深，土山啊高大。丛林啊繁茂，榛莽啊挺立。霜雪啊聚集，水泽啊冰封。东西啊南北，没有地方啊可以归附。寻求庇荫啊枯树之下，隐藏行迹啊岩洞深处。蜷曲难伸啊寒冷局促，独处荒野啊壮志难伸，寿命将尽啊人生苦短。心情烦闷啊屡遭受排斥摧折，忧伤催人老啊愁苦不乐。须发蓬乱啊鬓发斑白，希望天赐甘露啊为我沐浴。怀抱兰花啊手握如玉杜若，等待天明啊伫立徘徊。乌云密布啊雷电疾闪，孤单雌鸟啊惊恐哀鸣。内心愤懑啊肝胆俱裂，怨愤难平啊向谁倾诉？

【评析】

《悯上》是《九思》的第四篇。“悯”，怜悯、哀怜的意思；“上”，很多学者认为应作“已”；“悯上”，即“悯已”，应为王逸对屈原所遭受的不公正待遇寄以怜悯之意。

从内容来看，开篇就直接道出楚国小人当政而正直之士遭受驱逐的黑暗社会现实。屈原对此无可奈何，空怀济世之才却无所施展，只好孤独地彷徨在山水之间，以纾解内心的苦闷和愤懑。本篇满怀愤愤不平之意，体现了对先贤的哀怜和相知之情。

本篇的情景描写十分成功，天地之大，何处是栖身之处？由此将孤苦无依的人生境遇表现得淋漓尽致。

遭　厄

悼屈子兮遭厄，沉玉躬[①]兮湘汨。何楚国兮难化[②]，迄乎今兮不易。士莫志兮羔裘[③]，竞佞谀兮谗阋[④]。指正义兮为曲，訿[⑤]玉璧兮为石。殇鹛[⑥]游兮华屋，鵕鸡[⑦]栖兮柴蔟[⑧]。起奋迅兮奔走，违群小兮谿訽[9]。

【注释】

①玉躬：对身躯的美称。

②化：教化，感化。

③羔裘：用紫羔制的皮衣，古时为诸侯、卿、大夫的朝服。

④谗阋（xì）：攻讦争吵。阋，争吵。

⑤訿（zǐ）：诋毁，争斗。

⑥鸱（chī）：同“鸱”，恶鸟。鹏：同“雕”，猛禽。

⑦鵕䴊（jùnyí）：神俊之鸟。

⑧柴蔟（cù）：柴草堆。蔟，同“簇”，聚积。

⑨谿訽（xǐgòu）：辱骂。

【译文】

哀悼屈原啊遭受祸患，自沉高洁身躯啊湘江汨罗。为何楚国啊难以教化，知道今天啊毫无变易。士人莫不追求啊尊荣富贵，竞相阿谀奉承啊攻讦争吵。将公理正义啊指为邪曲，诋毁玉璧啊如同顽石。恶鸟鸱鹏飞翔嬉戏啊华屋之内，神鸟鵕䴊栖息啊柴草堆中。奋翅而起啊向上高飞，躲避这些小人啊诋毁辱骂。

载青云兮上升，适昭明兮所处。蹑天衢[1]兮长驱，踵九阳[2]兮戏荡。越云汉[3]兮南济，秣[4]余马兮河鼓[5]。云霓纷兮晻翳[6]，参辰[7]回兮颠倒。逢流星兮问路，顾我指兮从左。径娵觜[8]兮直驰，御者迷兮失轨。遂踢达[9]兮邪造[10]，与日月兮殊道。志阏绝[11]兮安如，哀所求兮不耦。攀天阶[12]兮下视，见鄢郢兮旧宇。意逍遥兮欲归，众秽盛兮沓沓[13]。思哽饐[14]兮诘诎[15]，涕流澜[16]兮如雨。

【注释】

①衢(qú):大路,四通八达的道路。

②九阳:古代神话传说中太阳所出入的地方。

③云汉:银河。

④秣:喂牲口。

⑤河鼓:星名。属牛宿,在牵牛之北。一说即牵牛。

⑥晻翳:掩翳,遮蔽。

⑦参辰:参星和辰星,分别在西方和东方,出没各不相见。因用以比喻彼此隔绝。

⑧娵觜(jūzī):十二星次之一,在二十八星宿中为室宿和壁宿,大致相当于现代天文学上黄道十二宫中的双鱼宫。

⑨踢达:错过。

⑩邪造:斜向行进,不走正道。

⑪阏(è)绝:阻断,杜绝。

⑫天阶:星名。《晋书·天文志上》:"又曰三台为天阶,太一蹑以上下。"

⑬杳杳:昏暗。

⑭哽饐(yē):悲痛气塞,泣不成声。饐,同"噎"。

⑮诘诎:滞塞,艰涩。

⑯流澜:散布,遍布。

【译文】

乘着青云啊向上飞升,奔向光明啊所居之处。踏上天中大路啊长驱直入,来到太阳住处啊徜徉游荡。穿越银河啊往南跋涉,喂马休息啊河鼓之畔。云霓纷纭啊遮天蔽日,参辰运转啊彼此颠倒。遇到流星啊询问方向,回首指路啊方向在左。越过娵觜啊径直奔驰,御者迷路啊不知何往。误入歧途啊走上邪路,背离日月啊不同轨道。志向阻断啊走向何处,哀叹所求啊无人赞同。攀登天阶啊俯瞰下方,看见鄢郢啊我的故乡。心神动摇啊想要归去,污秽众多啊昏暗无光。悲叹气结啊泣不成声,泪流满面啊零落如雨。

【评析】

《遭厄》是《九思》的第五篇。“遭”，遭受、遭遇；“厄”，祸患；“遭厄”，即指屈原因高洁的个人品行而遭受祸患之意。

本篇主要描写了屈原在遭受排挤和迫害后，忍辱远离却又寻不到出路的经历。首先写屈原因朝廷小人当政，贤良被斥退，不愿随波逐流，故远走高飞，寻找光明所在。然后写屈原飞升天界，但是天上人间一般模样，天界亦处处昏暗不明，令人迷失方向。最后写屈原在天上看见故国故都，眷念不已而欲返回故乡，但因为小人当道又犹豫不决。

悼　乱

嗟嗟兮悲夫，殽乱兮纷挐①。茅丝兮同综②，冠屦③兮共絇④。督万⑤兮侍宴，周邵⑥兮负刍⑦。白龙兮见射，灵龟兮执拘。仲尼兮困厄，邹衍兮幽囚。伊余兮念兹，奔遁兮隐居。将升兮高山，上有兮猴猿。欲入兮深谷，下有兮虺蛇⑧。左见兮鸣鵙⑨，右睹兮呼枭。惶悸兮失气，踊跃兮距跳⑩。便旋⑪兮中原，仰天兮增叹。菅蒯⑫兮壄莽，雚苇⑬兮仟眠⑭。鹿蹊⑮兮躖躖⑯，貒貉⑰兮蟫蟫⑱。鹯鹞⑲兮轩轩⑳，鹑鹌㉑兮甄甄㉒。

【注释】

①纷挐(ná)：混乱。

②同综(zèng)：交织。综，织布机上带着经线上下分开形成梭口的装置。

③冠屦(jù)：帽子和鞋子。

④绚(qú):古人鞋子上的装饰。

⑤督:华督,春秋时期宋国宗室,官至太宰。贪图孔父嘉妻子美貌,攻杀孔父嘉,引得宋殇公大怒。华督害怕遭到诛杀,于是将宋殇公杀害。万,即南宫长万,也叫宋万,春秋时宋国大将,因遭宋闵公羞辱,怒而弑君。

⑥周邵:指周公、召公,都是周朝的开国功臣。

⑦负刍:背柴草。谓从事樵采之事。刍,柴。

⑧虺(huǐ)蛇:毒蛇。

⑨鶪(jú):鸟名,即伯劳。

⑩距跳:跳跃。

⑪便旋:徘徊,回旋。

⑫菅蒯(jiānkuǎi):茅草之类的杂草。

⑬雚(huán)苇:荻草和芦苇。雚,同"萑",荻,形状像芦苇,茎可编席。

⑭仟眠:草木丛生的样子。

⑮蹊:路径。

⑯蹰蹰(duàn):野兽所践处。

⑰貒(tuān):猪獾。貉(hé):哺乳动物,外形像狐,穴居河谷、山边和田野间。

⑱蟫蟫(xún):紧紧相随。

⑲鹯(zhān)鹞:猛禽,鹯雀、鹞鹰之类。

⑳轩轩:飞动的样子,舞动的样子。

㉑鹌(ān):同"鹌"。

㉒甄甄:小鸟飞的样子。

【译文】

可叹啊可悲,错杂啊混乱。茅草丝线啊交织一起,帽子鞋子啊相同装饰。华督宋万啊君前侍宴,周公召公啊打柴为生。河神白龙啊被射瞎左眼,祥瑞灵龟啊被拘禁关押。圣人孔子啊困厄陈蔡,贤人邹衍啊被囚齐国。我一想到啊历史过往，远走他乡啊避世隐居。将要攀登啊高高大山，上面却有啊猿猴游荡。想要进入啊深谷之中，下面却有啊毒蛇盘踞。身体左边啊伯劳鸣叫，身体右边啊是枭鸟呼号。惊惧惶恐啊气息欲绝，争先恐后啊跳跃逃离。徘徊回旋啊荒野之中，仰望苍天啊悲叹不已。菅草蒯草啊遍布原野，荻草芦苇啊丛生繁茂。麋鹿飞奔啊踏出小路，猪獾貉子啊相互追逐。鹳雀鹞鹰啊翱翔云天，小鸟鹌鹑啊奋力飞舞。

哀我兮寡独，靡有兮齐伦①。意欲兮沉吟，迫日兮黄昏。玄鹤兮高飞，曾逝②兮青冥。鸧鹒③兮喈喈④，山鹊兮嘤嘤⑤。鸿鸬⑥兮振翅，归雁兮于征⑦。吾志兮觉悟，怀我兮圣京⑧。垂屣⑨兮将起，跓俟⑩兮硕明⑪。

【注释】

①齐伦：同伴，同类。伦，类。

②曾逝：高飞。曾，高。

③鸧鹒(cānggēng)：黄鹂。

④喈喈(jiē)：禽鸟鸣声。

⑤嘤嘤：鸟和鸣声。

⑥鸿：大雁。鸬：鸬鹚，俗名鱼鹰。

⑦于征：即将远行。

⑧圣京：指楚国都城鄢郢。

⑨垂屣：穿鞋。

⑩跓俟：驻足等待。

⑪硕明：天大亮。

【译文】

哀叹自己啊孤家寡人，世间没有啊同类之人。想要前往啊心下迟疑，日落西山啊已近黄昏。黑色仙鹤啊高高飞翔，远远消失啊云天之上。

黄鹂鸣叫啊喈喈，山鹊和鸣啊嘤嘤。水鸟鸧鹚啊振翅欲飞，南归大雁啊即将远行。我的内心啊终于醒悟，无法忘怀啊故都鄢郢。穿上鞋子啊将要动身，驻足等待啊天色大亮。

【评析】

《悼乱》是《九思》的第六篇，所要表达的意思就是哀悼世事的混乱不堪，表明想要远离污浊的世俗而隐居避世与眷恋故国的矛盾心理。

在内容上，本篇从“乱”字入手，刻画了一大批大自然中各种兽类并存的险恶生态环境，由此影射人世间黑白不分、错乱颠倒的社会现实。然后写屈原被群小诋毁攻击而难以见容，想要隐居避世但是却看到遍地都是怪兽恶鸟，对个体的生命带来了严重的威胁。最后写屈原处在孤苦冷清的环境之中，加上缺少知音来宽慰其心，陷入困境。纵然如此，屈原思念故国的心情依然没有任何变化，更加坚定了自己人生的理想，其百折不挠的勇气可亲可佩。

伤　　时

惟昊天[①]兮昭灵，阳气发兮清明[②]。风习习[③]兮龢煖[④]，百草萌兮华荣。堇荼[⑤]茂兮扶疏[⑥]，蘅芷彫[⑦]兮莹嫇[⑧]。愍[⑨]贞良兮遇害，将夭折兮碎糜[⑩]。时混混[⑪]兮浇馈[⑫]，哀当世兮莫知。览往昔兮俊彦，亦诎辱兮系累。管[⑬]束缚兮桎梏，百[⑭]贸易兮传卖。遭桓缪[⑮]兮识举，才德用兮列施。

【注释】

①昊天：指夏天。

②清明：清澈明朗。

③习习：微风和煦的样子。

④龢煖(hénuǎn)：犹“和暖”，和煦温暖。

⑤堇(jǐn)：堇菜。多年生草本植物，茎细弱，叶呈肾脏形，边缘有锯齿，春末开白花，有紫色条纹。果实椭圆形，全草可入药。荼：古书上说的一种苦菜。

⑥扶疏：枝叶繁茂分披的样子。

⑦彫：同“凋”，凋谢。

⑧茔娱(míng)：萧瑟，枯萎凋零。

⑨愍(mǐn)：同“悯”，哀怜。

⑩糜：碎，烂。

⑪混混：指水、空气等含有杂质，不清洁。比喻社会环境阴暗肮脏。

⑫浇馔(zàn)：以羹浇饭。比喻浊乱。

⑬管：即管仲，春秋时齐人。曾辅佐公子纠与公子小白(即齐桓公)争夺王位，失败，被关押。后经鲍叔牙推荐，任宰相，终使齐桓公成就霸业。

⑭百：即百里奚。原为虞国大夫，虞亡时为晋所俘，作为陪嫁之臣送入秦国。后出走到楚，为楚人所执，又被秦穆公以五张牡黑羊皮赎回，用为大夫，称为“五羖大夫”。与蹇叔、由余等共同辅穆公，建立霸业。

⑮桓缪：齐桓公和秦穆公。缪，通“穆”。

【译文】

唯有夏天啊光明神圣，阳气勃发啊景象清明。微风和煦啊温暖舒适，百草萌发啊欣欣向荣。堇菜苦菜啊枝叶繁茂，杜蘅白芷啊枯萎凋零。哀伤贤良之士啊遭受祸患，将要死去啊粉身碎骨。世道混乱啊如同以羹浇饭，无人知我啊令人悲伤。历览前贤啊才智出众，亦遭屈辱啊身陷困境。管仲被捆绑啊还加上刑具，百里奚被买卖啊两次转卖。得遇齐桓秦穆啊赏识抬举，才能德行啊尽情施展。

且从容兮自慰，玩琴书兮游戏。迫中国兮迮陿①，吾欲之兮九夷[2]。超五岭[3]兮嵯峨，观浮石[4]兮崔嵬。陟丹山[5]兮炎野，屯余车兮黄支[6]。就祝融兮稽疑[7]，嘉己行兮无为[8]。乃回朅[9]兮北逝，遇神孈[10]兮宴娭[11]。欲静居兮自娱，心愁戚兮不能。放余辔兮策驷，忽飙腾兮浮云。蹠飞杭[12]兮越海，从安期[13]兮蓬莱。缘天梯兮北上，登太一兮玉台。使素女兮鼓簧，乘戈龢[14]兮讴谣。声嗷誂[15]兮清和，音晏衍[16]兮要淫[17]。咸欣欣兮酣乐，余眷眷[18]兮独悲。顾章华[19]兮太息，志恋恋兮依依。

【注释】

①窄陿(xiá)：狭小，狭窄。

②九夷：古代对东方少数民族的称谓。

③五岭：大庾岭、越城岭、骑田岭、萌渚岭、都庞岭的总称，位于江西、湖南、广东、广西四省之间，是长江与珠江流域的分水岭。

④浮石：山名。在东海。

⑤丹山：南方当日之地。

⑥黄支：南方古国名。

⑦稽疑：谓用卜筮决疑。

⑧无为：顺应自然，合乎天道。

⑨朅(qiè)：去，离去。

⑩孈(xié)：古代中国北方神名。

⑪宴娭(xī)：宴饮游戏。

⑫蹠(zhí)：跳跃。飞杭：飞船。杭，船。

⑬安期：安期生，传说中的仙人。《史记·封禅书》："安期生仙者，通蓬莱中，合则见人，不合则隐。"

⑭乘戈：传说中的仙人名。龢(hè)：同"和"。唱和。

⑮嗷誂(jiàotiǎo)：歌声清畅的样子。

⑯晏衍：淫邪之声，怪腔异调。

⑰要淫:舞姿仪态万千。

⑱眷眷:依恋反顾的样子。

⑲章华:章华台,楚离宫名。春秋时楚灵王所建,台高十丈,基广十五丈,时为“天下第一台”。

【译文】

暂且逍遥自在啊自我抚慰,弹琴读书啊嬉戏游乐。迫于国内啊险恶狭隘,我将前往啊东方九夷。飞越五岭啊巍峨高峻,观赏浮石啊高高耸立。穿过丹山啊奔向炎野,停留车驾啊古国黄支。请教祝融啊决断是非,称赞我的行为啊合乎天道。于是转身离去啊向北行进,遭逢神嬿啊宴饮游戏。想要安静居住啊自我欢娱,心情悲伤啊难以实现。放开缰绳啊策马前行,忽然暴风腾起啊浮云翻卷。跃上飞船啊我越过沧海,跟随安期啊来到蓬莱。攀越天梯啊向北而上,登上太一啊白玉之台。请求素女啊吹奏笙竽,乘戈唱和啊引吭高歌。歌声清畅啊清越和谐,音律怪腔异调啊舞姿仪态万千。大家兴高采烈啊尽情欢乐,我思念故国啊独自哀伤。回首章华啊长长叹息,心中眷恋啊依依不舍。

【评析】

《伤时》是《九思》的第七篇。“伤时”有两层含义,一是伤自然之时,二是伤时局世事。

本篇通过季节的转换,从冬去春来、草木萌生的清明时节,写到清冷肃杀、草木枯萎凋零的寒冬。触景生情,屈原自然联想到楚国小人当政而贤良之士遭到驱逐的黑暗社会现实,于是想要远遁他乡以避祸患。虽然受到了神灵的热情接待,但屈原依然思念着多灾多难、危如累卵的故国。内心的烦乱和对故国的眷恋相互交织,使我们更能感受到彼时屈原复杂的心理状态。

哀岁

旻天[1]兮清凉，玄气[2]兮高朗。北风兮潦洌[3]，草木兮苍唐[4]。蛜蚗[5]兮嗟嗟[6]，蝍蛆[7]兮穰穰[8]。岁忽忽兮惟暮，余感时兮凄怆。伤俗兮泥浊，矇蔽兮不章。宝彼兮沙砾，捐此兮夜光。椒瑛[9]兮涅污[10]，葈耳[11]兮充房。摄[12]衣兮缓带，操我兮墨阳[13]。升车兮命仆，将驰兮四荒。下堂兮见虿[14]，出门兮触蜂。巷有兮蚰蜒[15]，邑多兮螳螂。睹斯兮嫉贼，心为兮切伤。

【注释】

①旻(mín)天：秋天。

②玄气：指阳气。

③潦洌：寒冷凛冽的样子。

④苍唐：草木开始凋谢时青黄相间的样子。

⑤蛜蚗(yījué)：蝉的一种。

⑥嗟嗟：鸟鸣声。

⑦蝍蛆(jíjū)：蜈蚣。一说蟋蟀。

⑧穰穰(rǎng)：众多。

⑨椒瑛：香木美玉，比喻贤德之人。

⑩涅污：污染。涅，以黑色染物，以墨涂物。

⑪葈(xǐ)耳：即苍耳，一年生草本，菊科。果实称苍耳子，有刺。比喻奸邪的小人。

⑫摄：整理。

⑬墨阳：古代宝剑名。

⑭虿(chài)：古书上说的蝎子一类的毒虫。

⑮蛐蜒:虫名,节足动物,像蜈蚣而略小,体色黄褐,有细长的脚十五对,生活在阴湿的地方。

【译文】

适逢秋天啊天气清凉,阳光灿烂啊秋高气爽。北风萧瑟啊寒气逼人,草木渐凋啊已然枯黄。蛚蚗啊鸣叫不已,蜈蚣啊数目众多。时光飞逝啊渐入暮年,心中忧伤啊愁苦不已。哀叹世俗啊混乱不堪,蒙蔽人心啊黑白不分。流沙碎石啊视若珍宝,夜明珍珠啊弃置一旁。香椒美石啊被污泥污染,刺人苍耳啊填满厅堂。整饬衣冠啊放宽松衣带,操持在手啊墨阳宝剑。命令仆人啊备好车马,将要驰往啊荒远之地。走下堂屋啊遇见毒蝎,走出大门啊遭遇毒蜂。小巷之中啊密布蛐蜒,村邑里面啊满是螳螂。此情此景啊痛恨奸贼,内心感到啊极度悲伤。

俛[①]念兮子胥,仰怜兮比干。投剑兮脱冕,龙屈[②]兮蜿蟤[③]。潜藏兮山泽,匍匐兮丛攒。窥见兮溪涧,流水兮沄沄[④]。鼋鼍[⑤]兮欣欣,鳣[⑥]鲇兮延延[⑦]。群行兮上下,骈罗[⑧]兮列陈。自恨兮无友,特处兮茕茕。冬夜兮陶陶[⑨],雨雪兮冥冥。神光兮颎颎[⑩],鬼火兮荧荧[⑪]。修德兮困控[⑫],愁不聊兮遑[⑬]生?忧纡兮郁郁,恶所兮写情[⑭]。

【注释】

①俛(fǔ):同“俯”。

②龙屈:像龙一样屈曲。

③蜿蟤(zhuān):屈曲而不伸展的样子。

④沄沄:水流汹涌的样子。

⑤鼋鼍(yuántuó):大鳖和扬子鳄。

⑥鳣(zhān):鲟鳇鱼的古称。一说同“鳝”,即鳝鱼。

⑦延延:众多。

⑧骈罗：并列分布。

⑨陶陶：漫长的样子。

⑩颎颎(jiǒng)：犹炯炯。明亮的样子。

⑪荧荧：光闪烁的样子。

⑫困控：无人引荐。控，引。

⑬遑：何，怎能。

⑭写情：宣泄心曲，抒发感情。

【译文】

低头想起啊伍子胥，仰首痛惜啊比干。抛剑在地啊摘下冠冕，像龙屈曲啊不再伸展。隐居避世啊深山大泽，颠沛劳顿啊在草木丛林。遥遥窥见啊山涧溪水，水流回旋啊奔腾不息。大鳖鳄鱼啊悠然自得，鳣鱼鲇鱼啊数目众多。成群结队啊往来游动，并列分布啊排成阵势。可恨自己啊没有朋友，形影相吊啊孤苦伶仃。寒冬之夜啊多么漫长，雨雪纷纷啊昏暗无光。神灵之光啊光芒四射，幽冥之火啊闪闪烁烁。修身养性啊无人引荐，愁苦难消啊何以为生？忧思郁结啊心烦意乱，没有地方啊宣泄心曲。

【评析】

《哀岁》是《九思》的第八篇，主旨即在哀叹岁月匆匆流逝的无奈及年华渐老的凄凉。

从情感基调上看，本篇和上一篇《伤时》有很多相同之处，开篇都以香草萧杀的悲凉景象作为情感的铺垫和衬托，而面对凄凉肃杀的秋天景色，屈原触景生情，不由生发悲愁情绪。从屈原的个人遭遇来看，这种愁绪依然是被放逐之后，特别是面对楚国混乱不堪的朝政和岌岌可危的国势而无计可施，因而产生的无处宣泄的苦闷。

相对于《伤时》中屈原渴望能够寻找到解脱之道来说，《哀岁》所表现出的是一种更为深沉的悲苦和绝望，暗喻了屈原生于混乱的时代而苦苦求索，求而不得而痛苦终日的人生境遇。

守　　志

陟玉峦兮逍遥，览高冈兮峣峣[①]。桂树列兮纷敷[②]，吐紫华兮布条[③]。实孔鸾兮所居，今其集兮惟鸮。乌鹊惊兮哑哑[④]，余顾瞻兮怊怊[⑤]。彼日月兮闇昧[⑥]，障覆天兮祲氛[⑦]。伊我后兮不聪，焉陈诚兮效忠。摅羽翮[⑧]兮超俗，游陶遨[⑨]兮养神。乘六蛟兮蜿蝉[⑩]，遂驰骋兮升云。

【注释】

①峣峣(yáo)：高。

②纷敷：犹纷披，散乱的样子。

③布条：舒展枝条。

④哑哑：象声词。禽鸟鸣声。

⑤怊怊(chāo)：惆怅不已。

⑥闇昧：昏暗无光。闇，通“暗”，昏暗不明。

⑦祲(jìn)氛：邪恶之气。

⑧摅(shū)：舒展。羽翮(hé)：指翅膀。

⑨陶遨：无牵无挂的样子。

⑩蜿蝉：蛟龙盘屈的样子。

【译文】

攀登玉山啊悠闲自在，看见高山啊壮观巍峨。桂树罗列啊错杂纷披，紫花开放啊枝条舒展。本是孔雀凤凰啊栖息之地，现在只有鸱鸮啊聚集于此。乌鹊受惊啊哑哑鸣叫，我回首眺望啊失意惆怅。那里日月啊昏暗无光，遮天蔽日啊邪气弥漫。我的君王啊昏庸不明，如何表明心志啊献出忠心。展翅高飞啊超越世俗，无牵无挂啊保养精神。乘着六条蛟龙啊蜿蜒前行，于是极速奔驰啊直升云天。

扬彗光兮为旗，秉电策兮为鞭。朝晨发兮鄢郢，食时[①]至兮增泉[②]。绕曲阿兮北次[③]，造我车兮南端。谒玄黄[④]兮纳贽[⑤]，崇忠贞兮弥坚。历九宫兮遍观，睹秘藏兮宝珍。就傅说[⑥]兮骑龙，与织女兮合婚。举天罼[⑦]兮掩邪，彀天弧[⑧]兮射奸。随真人兮翱翔，食元气兮长存。望太微[⑨]兮穆穆[⑩]，睨三阶[⑪]兮炳分。相辅政兮成化，建烈业[⑫]兮垂勋[⑬]。日暓暓[⑭]兮西没，道遐迥[⑮]兮阻叹。志稸积[⑯]兮未通，怅敞罔[⑰]兮自怜。

【注释】

①食时：用膳的时候，特指进早餐的时刻。

②增泉：指银河。

③次：驻留，止歇。

④玄黄：指古代传说中五天帝的中央之帝。

⑤纳贽（zhì）：初次拜见长者时馈赠礼物。

⑥傅说：殷武丁时期的贤相。据说死后变成星辰，在箕、尾宿之间。

⑦天罼（bì）：即天毕，星名。状如古代田猎用的长柄小网，故名。

⑧彀（gòu）：张满弓弩。天弧：星名。形状像是箭搭在弓上，故名。

⑨太微：古代星官名。三垣之一。位于北斗之南，轸、翼之北，大角之西，轩辕之东。诸星以五帝座为中心，作屏藩状。

⑩穆穆：端庄恭敬的样子。

⑪三阶：星名，即三台星。《晋书·天文志上》："三台六星，两两而居……西近文昌二星曰上台，为司命，主寿。次二星曰中台，为司中，主宗室。东二星曰下台，为司禄，主兵。"

⑫烈业：赫赫功绩。

⑬垂勋：垂留功勋，立功。

⑭瞥瞥：形容光或声迅速消失。

⑮遐迥：遥远，辽远。

⑯稸积：积聚，积蓄。稸，同“蓄”。

⑰怅：怨望，失意。敞罔：同“怅惘”，失意的样子。

【译文】

挥动彗星之光啊当作旗帜，手持闪电之鞭啊策马前行。清晨出发啊楚都鄢郢，早饭时分啊抵达银河。绕过弯曲山阿啊在北面暂歇，随后驾车啊往南而去。谒见中央天帝啊奉献礼物，崇尚忠贞之志啊愈加坚定。游历天宫啊到处观看，满目皆是啊珍藏宝器。拜见傅说啊骑上飞龙，还和织女啊缔结良缘。举起天毕啊诛灭邪恶，张满天弓啊射杀奸佞。相随仙人啊自由翱翔，服食元气啊长生不老。看见太微啊庄严肃穆，望见三台啊显著分明。辅助君王啊教化万民，建立赫赫功绩啊垂留功勋。太阳急速啊向西方隐没，路途遥远艰险啊令人悲叹。一腔壮志啊难以实现，失意怅惘啊独自伤感。

乱曰：天庭明兮云霓藏，三光[①]朗兮镜万方。斥蜥蜴兮进龟龙，策谋从兮翼机衡[②]。配稷契[③]兮恢唐功[④]，嗟英俊兮未为双。

【注释】

①三光：指日、月、星。

②翼：辅助，辅佐。机衡：北斗七星中的第三颗星天玑和第五颗星玉衡的并称。代指北斗。

③配：比得上。稷契：皆尧时贤臣，稷为周先祖，契为商先祖。

④唐功：唐尧的功绩。

【译文】

乱辞：天庭光明灿烂啊云霓隐藏，日月星辰照耀啊映射四方。斥退蜥蜴啊进献龟龙，言听计从啊辅助社稷。才智堪比稷契啊发扬唐尧功绩，感叹当今英贤啊无人和您媲美。

【评析】

《守志》是《九思》的第九篇。“守”，恪守；“志”，理想、志向；“守志”，即恪守志向，实现理想之意。

本篇是一首有着神话色彩的游仙诗，主要描写屈原在遭到流放后仍然坚守志节，不同流合污的美好品格。文中先写屈原受小人诋毁和打击，不愿随波逐流，故在孤独失落中远飞仙界；接着写屈原到了仙界，与前朝圣贤、天上星宿同游交谈的愉快场景；最后写屈原辅助天帝建立功勋，得到了精神上的满足。

从情感基调上看，虽然篇末有一些伤感哀叹的味道，但是从整体而言，其积极向上的乐观精神还是占据着主导地位。特别是最后的乱辞部分，作者描绘了一幅君明臣贤、政治清明的美好画卷，借想象来替屈原完成美政理想，体现了对屈原身处黑暗时世的愤慨和同情。

图书在版编目(CIP)数据

楚辞译注评 / 孙家顺，孔军，吴文沫注译. -- 武汉：崇文书局，2018.1（2022.1 重印）
（中华经典全本译注评丛书）
ISBN 978-7-5403-4851-9

Ⅰ. ①楚… Ⅱ. ①孙… ②孔… ③吴… Ⅲ. ①古典诗歌－诗集－中国－战国时代②楚辞－译文③楚辞－注释
Ⅳ. ① I222.3

中国版本图书馆 CIP 数据核字（2017）第 306073 号

楚辞译注评

责任编辑 陈春阳
封面设计 甘淑媛
责任校对 董 颖
责任印刷 李佳超
出版发行 长江出版传媒 | 崇文书局
地　　址 武汉市雄楚大街 268 号 C 座 11 层
电　　话 (027)87293001 邮政编码 430070
印　　刷 湖北恒泰印务有限公司
开　　本 880mm×1230mm 1/32
印　　张 11.5
字　　数 350 千字
版　　次 2018 年 1 月第 1 版
印　　次 2022 年 1 月第 2 次印刷
定　　价 35.00 元